Diogenes Taschenbuch 23795

W. SOMERSET MAUGHAM, geboren 1874, war früh von der Literatur angezogen. Er studierte zunächst Medizin, übte den Arztberuf aber nicht aus. Als Bühnenautor hatte er bald großen Erfolg, seinen literarischen Ruhm erlangte er jedoch als Romancier und Geschichtenerzähler. Zeitweise war er als britischer Geheimagent tätig. Er bereiste zahlreiche Länder, vor allem im Fernen Osten, dem Schauplatz vieler seiner Erzählungen, und starb 1965 in Cap Ferrat an der französischen Riviera.

W. Somerset Maugham

Die romantische junge Dame

und andere Erzählungen

Diogenes

Die vorliegenden Erzählungen sind eine Auswahl
aus W. Somerset Maugham, ›Gesammelte Erzählungen
in zwei Bänden‹ in Kassette, Band II: Der Rest der Welt,
Diogenes Verlag, Zürich 2005
Titel der 1952 bei Doubleday, New York,
in zwei Bänden erschienenen Originalausgabe:
›The Complete Short Stories of W. Somerset Maugham‹
Diese vereinte erstmals die vom Autor selbst
zusammengestellten Bände East and West (1934)
und The World Over (1952)

Die Übersetzungen wurden für die 2005
erschienene Ausgabe überarbeitet
Covermotiv: Illustration aus ›Art-Goût-Beauté‹
Nr. 67, Paris, März 1926

Veröffentlicht als Diogenes Taschenbuch, 2008

info@diogenes.ch · www.diogenes.ch
In Fragen zur Produktsicherheit (GPSR):
truepages UG (haftungsbeschränkt)
Westermühlstraße 29, 80469 München
info@truepages.de
ASR/25/852/3
ISBN 978 3 257 23795 5

Inhalt

Mabel 7
›Mabel‹, deutsch von Wulf Teichmann

Masterson 14
›Masterson‹, deutsch von Wulf Teichmann

Eine Vernunftehe 30
›A Marriage of Convenience‹, deutsch von Wulf Teichmann

Prinzessin September 51
›Princess September‹, deutsch von Wulf Teichmann

In einem fremden Land 64
›In a Strange Land‹, deutsch von Felix Gasbarra

Der Müßiggänger 71
›The Lotus Eater‹, deutsch von Claudia und Wolfgang Mertz

Salvatore 93
›Salvatore‹, deutsch von Wulf Teichmann

Der Waschtrog 100
›The Wash-Tub‹, deutsch von Mimi Zoff

Mayhew 113
›Mayhew‹, deutsch von Wulf Teichmann

Ein glücklicher Mensch 118
›The Happy Man‹, deutsch von Friedrich Torberg

Eine Frage der Ehre 125
›The Point of Honour‹, deutsch von Helene Mayer

Die Mutter 147
›The Mother‹, deutsch von Helene Mayer

Die romantische junge Dame 168
›The Romantic Young Lady‹, deutsch von Helene Mayer

Der Dichter 183
›The Poet‹, deutsch von Mimi Zoff

Der Mann aus Glasgow 191
›A Man From Glasgow‹, deutsch von Friedrich Torberg

So handelt ein Gentleman 207
›The Lion's Skin‹, deutsch von Claudia und Wolfgang Mertz

Die drei dicken Damen von Antibes 240
›The Three Fat Women of Antibes‹, deutsch von Claudia und Wolfgang Mertz

Das glückliche Paar 261
›The Happy Couple‹, deutsch von Helene Mayer

Das Gurren der Turteltaube 283
›The Voice of the Turtle‹, deutsch von Claudia und Wolfgang Mertz

Aufgeklärt 306
›The Facts of Life‹, deutsch von Claudia und Wolfgang Mertz

Gigolo und Gigolette 333
›Gigolo and Gigolette‹, deutsch von Claudia und Wolfgang Mertz

Glossar 359

Mabel

Ich war in Pagan, Burma, und nahm von dort den Dampfer nach Mandalay, aber ein paar Tage bevor ich dort ankam, entschloß ich mich, an Land zu gehen, als der Dampfer für die Nacht bei einem Dorf am Flußufer festmachte. Der Kapitän sagte mir, es gebe dort einen hübschen kleinen Klub, in dem ich mich wie zu Hause fühlen könne; man sei dort daran gewöhnt, daß immer mal Fremde den Dampfer verließen, und der Sekretär sei ein sehr netter Bursche; vielleicht könnte ich sogar eine Partie Bridge spielen. Ich hatte überhaupt nichts zu tun, also setzte ich mich in einen der Ochsenwagen, die am Landungssteg warteten, und wurde zum Klub gefahren. Ein Mann saß auf der Veranda, und als ich herankam, nickte er mir zu und fragte, ob ich einen Whisky-Soda oder einen Gin-Bitter haben wolle. Die Möglichkeit, daß ich gar nichts haben wollte, fiel ihm überhaupt nicht ein. Ich entschied mich für den leichteren Drink und setzte mich. Er war ein großer, dünner, sonnengebräunter Mann mit einem großen Schnurrbart und trug Khakihemd und Khakihose. Ich erfuhr seinen Namen nie, aber als wir uns eine Weile unterhalten hatten, kam ein anderer Mann herein, der mir sagte, er sei der Sekretär, und redete meinen Freund mit George an.

»Haben Sie schon etwas von Ihrer Frau gehört?« fragte er ihn.

Die Augen des anderen leuchteten auf.

»Ja, mit der letzten Post kamen Briefe. Sie amüsiert sich prächtig.«

»Hat sie Ihnen gesagt, Sie sollen sich nicht grämen?«

George lachte ein wenig, aber irrte ich mich, wenn ich einen kleinen Seufzer mitzuhören meinte?

»Sie hat es tatsächlich gesagt. Aber das ist leichter gesagt als getan. Natürlich weiß ich, daß sie einmal Ferien braucht, und ich bin froh, daß sie sie macht, aber es geht einem ziemlich an die Nieren.« Er wandte sich mir zu. »Sehen Sie, das ist das erste Mal, daß ich von meiner besseren Hälfte getrennt bin, und ohne sie bin ich wie ein verlorener Hund.«

»Wie lange sind Sie schon verheiratet?«

»Fünf Minuten.«

Der Klubsekretär lachte.

»Seien Sie kein Narr, George. Sie sind acht Jahre verheiratet.«

Nachdem wir ein Weilchen geredet hatten, sah George auf die Uhr, sagte, er müsse sich zum Dinner umziehen, und verließ uns. Der Sekretär beobachtete mit einem nicht unfreundlichen ironischen Lächeln, wie er in der Nacht verschwand.

»Jetzt, wo er allein ist, laden wir ihn alle so oft wie möglich ein«, erzählte er mir. »Er hängt schrecklich trübsinnig herum, seit seine Frau nach Hause gefahren ist.«

»Es muß sehr schön für sie sein zu wissen, daß ihr Mann so an ihr hängt.«

»Mabel ist eine bemerkenswerte Frau.«

Er rief nach dem Boy und bestellte weitere Drinks. An diesem gastfreundlichen Ort fragte man nicht, ob man etwas haben wollte; sie hielten es für selbstverständlich. Er machte es sich auf seinem Liegestuhl bequem und steckte sich eine Manilazigarre an. Er erzählte mir die Geschichte von George und Mabel.

Sie verlobten sich, als er auf Urlaub zu Hause war, und als er nach Burma zurückfuhr, wurde ausgemacht, daß sie in sechs Monaten nachkommen sollte. Aber eine Schwierigkeit jagte die andere. Mabels Vater starb, der Krieg brach aus, George wurde in einen für weiße Frauen ungeeigneten Distrikt versetzt. So dauerte es schließlich sieben Jahre, bevor sie nachreisen konnte. Er bereitete alles für die Hochzeit vor, die am Tage ihrer Ankunft stattfinden sollte, und fuhr nach Rangun hinunter, um sie abzuholen. Am Morgen, als das Schiff ankommen sollte, lieh er sich ein Auto und fuhr zu den Docks. Er ging auf dem Kai hin und her.

Dann, plötzlich und ohne Vorwarnung, verlor er die Nerven. Er hatte Mabel sieben Jahre nicht gesehen. Er hatte vergessen, wie sie war. Sie war ihm völlig fremd. Er fühlte, wie sich sein Magen umdrehte, und seine Knie begannen zu schlottern. Es ging über seine Kräfte. Er mußte Mabel sagen, daß es ihm leid tue, aber er könne sie nicht heiraten, wirklich nicht. Aber wie konnte ein Mann einem Mädchen so etwas sagen, das seit sieben Jahren mit ihm verlobt und sechstausend Meilen hergereist war, um ihn zu heiraten? Auch dazu hatte er nicht den Nerv. George wurde vom Mut der Verzweiflung gepackt. Am Kai lag ein Schiff, fertig zur Abfahrt nach Singapur; er schrieb Mabel einen eiligen Brief, und ohne ein Stück Gepäck, nur mit den Kleidern, die er am Leibe trug, sprang er an Bord.

Der Brief, den Mabel erhielt, lautete etwa folgendermaßen:

Liebste Mabel,
ich mußte plötzlich geschäftlich verreisen und weiß nicht, wann ich zurück sein werde. Ich denke, es ist klüger, wenn Du nach England zurückfährst. Meine Pläne sind sehr ungewiß. Dein Dich liebender George.

Aber als er in Singapur ankam, wartete ein Telegramm auf ihn.

VERSTANDEN. MACH DIR KEINE SORGEN. LIEBE. MABEL.

Die Angst verlieh ihm Geistesgegenwart.

›Du lieber Gott, ich glaube, sie ist hinter mir her‹, sagte er sich.

Er telegraphierte an das Schiffsbüro in Rangun, und richtig, ihr Name war auf der Passagierliste des Schiffes, das nach Singapur unterwegs war. Es galt, keinen Augenblick zu verlieren. Er erwischte den Zug nach Bangkok. Aber er war unruhig. Sie würde keine Schwierigkeit haben herauszufinden, daß er nach Bangkok gefahren war, und es war für sie genauso leicht, mit dem Zug zu fahren, wie für ihn. Glücklicherweise fuhr am nächsten Tag ein französischer Frachter nach Saigon. Er fuhr mit. In Saigon würde er sicher sein, sie würde nie darauf kommen, daß er dorthin gefahren war; und wenn sie darauf käme, würde sie inzwischen den Wink verstanden haben. Es ist eine Fünftagereise von Bangkok nach Saigon, und das Schiff ist schmutzig, eng und unbequem. Er war froh, als er endlich ankam, und nahm eine Rikscha zum Hotel. Er schrieb sich in die Hotelliste ein, und sofort wurde ihm ein Telegramm übergeben. Es enthielt nur zwei Wörter: *Liebe. Mabel.* Sie genügten, um ihn in kalten Schweiß ausbrechen zu lassen.

»Wann geht das nächste Schiff nach Hongkong?« fragte er.

Nun wurde seine Flucht ernst. Er fuhr nach Hongkong, wagte aber nicht, dort zu bleiben; er ging nach Manila; Manila war unheilverkündend. Er fuhr weiter nach Schanghai; Schanghai war nervenaufreibend. Jedesmal wenn er das Hotel verließ, erwartete er, Mabel in die Arme zu laufen. Nein, Schanghai war nicht genug. Das beste war, nach Yokohama zu gehen. Im Grandhotel von Yokohama wartete ein Telegramm auf ihn:

SEHR SCHADE, DASS ICH DICH IN MANILA VERPASST HABE. LIEBE. MABEL.

Fieberhaft durchforschte er die Schiffsnachrichten. Wo war sie jetzt? Er kehrte nach Schanghai zurück. Diesmal ging er direkt zum Klub und fragte nach einem Telegramm. Es wurde ihm ausgehändigt:

ANKOMME IN KÜRZE. LIEBE. MABEL.

Nein, nein, so leicht war er bestimmt nicht zu fangen. Er hatte schon alles geplant. Der Jangtse ist ein langer Fluß, und der Wasserspiegel des Jangtse fiel. Er konnte gerade noch den letzten Dampfer nehmen, der nach Chungking hinauffuhr, und dann konnte bis zum nächsten Frühjahr niemand mehr reisen, außer mit einer Dschunke. Eine solche

Reise kam für eine alleinstehende Frau nicht in Frage. Er ging nach Hankou und von Hankou nach Ichang, hier wechselte er das Schiff und fuhr von Ichang über die Stromschnellen nach Chungking. Aber er war jetzt verzweifelt; er würde kein Risiko mehr eingehen: es gab einen Ort namens Chentu, Hauptstadt von Sezuan, und er war vierhundert Meilen entfernt. Er konnte nur per Straße erreicht werden, und die Straße wurde von Räubern unsicher gemacht. Dort würde er sicher sein.

Endlich konnte er ausruhen: Mabel würde ihn dort nie finden. Der Konsul war zufällig einer seiner Freunde, und er wohnte bei ihm. Er genoß die Bequemlichkeit eines luxuriösen Hauses, er genoß seine Muße nach der anstrengenden Flucht durch Asien, und vor allem genoß er seine göttliche Sicherheit. Faul vergingen die Wochen, eine nach der anderen.

Eines Morgens standen George und der Konsul auf dem Hof und betrachteten einige Raritäten, die ein Chinese ihnen zur Prüfung gebracht hatte, als laut an das große Tor des Konsulats geklopft wurde. Der Torwächter öffnete es. Eine von vier Kulis getragene Sänfte kam herein, näherte sich und wurde abgesetzt. Mabel trat heraus. Sie war sauber, kühl und frisch. Nichts in ihrer Erscheinung deutete darauf hin, daß sie eine vierzehntägige Reise über Land hinter sich hatte. George war versteinert. Er war bleich wie der Tod. Sie ging zu ihm.

»Hallo George, ich hatte solche Angst, daß ich dich wieder verpassen würde.«

»Hallo Mabel«, stammelte er.

Er wußte nicht, was er sagen sollte. Er sah hierhin und

dorthin: sie stand zwischen ihm und dem Ausgang. Sie sah ihn mit lächelnden blauen Augen an.

»Du hast dich überhaupt nicht verändert«, sagte sie. »Männer können in sieben Jahren so schrecklich verfallen, und ich fürchtete, du könntest fett und glatzköpfig geworden sein. Ich war so nervös. Es wäre schrecklich gewesen, wenn ich mich nach all den Jahren nicht dazu hätte überwinden können, dich überhaupt noch zu heiraten.«

Sie wandte sich an Georges Gastgeber.

»Sind Sie der Konsul?« fragte sie.

»Das bin ich.«

»In Ordnung. Ich werde ihn heiraten, sobald ich gebadet habe.«

Und das tat sie.

Masterson

Als ich Colombo verließ, hatte ich nicht die Absicht, nach Kengtung zu fahren, aber auf dem Schiff traf ich einen Mann, der mir erzählte, er habe fünf Jahre dort gelebt. Er sagte, es gebe dort einen bedeutenden Markt, der alle fünf Tage abgehalten werde und zu dem Eingeborene aus einem halben Dutzend Ländern und einem halben Hundert Stämmen kämen. Es gebe großartige, geheimnisumwobene Pagoden und eine Einsamkeit, die den suchenden Geist von seiner Furcht befreie. Er sagte, er wolle lieber dort als irgendwo anders auf der Welt leben. Ich fragte ihn, was diese Stadt ihm gegeben habe, und er antwortete: Zufriedenheit. Er war ein großer, dunkler Mann, und seine Gesten waren zurückhaltend wie die von Menschen, die lange allein an abgelegenen Orten gelebt haben. Solche Männer werden in Gesellschaft anderer ein wenig ruhelos, und obwohl sie im Rauchsalon eines Schiffes oder in der Bar eines Klubs redselig und gesellig sein können, wie alle anderen ihre Geschichten erzählen, Späße machen und sich manchmal freuen, von ihren ungewöhnlichen Erfahrungen erzählen zu können, scheinen sie immer etwas für sich zu behalten. In ihrem Inneren haben sie ein Leben, das sie vor anderen verborgen halten, und in ihren Augen liegt ein Blick, der nach innen gerichtet scheint und einem klarmacht, daß ihr verborgenes Leben das einzig Bedeutungsvolle für sie ist. Und ab und zu verraten ihre Augen den Überdruß an der Gesellschaft, in die der Zufall oder die Angst, anders zu wirken, sie für einen Moment gezwungen hat. Sie scheinen sich dann nach der öden Einsamkeit eines geliebten Ortes zu sehnen, an dem sie mit der Wirklichkeit, die sie dort gefunden haben, wieder alleine sein können.

Ebenso wie die Art dieser Zufallsbekanntschaft bewog mich das, was er mir erzählte, die Reise durch die Schan-Staaten zu machen, zu der ich nun aufbrach. Vom Anfang der Eisenbahnstrecke in Oberburma bis zu deren Ende in Siam, von wo ich nach Bangkok hinuntergelangen konnte, waren es sechs- bis siebenhundert Meilen. Freundliche Leute hatten alles nur mögliche getan, um mir den Ausflug bequem zu machen, und der Resident in Taungine hatte mir telegrafiert, daß bei meiner Ankunft Maultiere und Pferde bereitstehen würden. In Rangun hatte ich die Sachen gekauft, die mir nötig schienen, Klappstühle und einen Tisch, einen Trinkwasserfilter, Lampen und was weiß ich noch alles. Ich fuhr mit dem Zug von Mandalay nach Thaza, um dort einen Wagen nach Taungine zu mieten, und ein Mann, den ich im Klub in Mandalay getroffen hatte und der in Thaza lebte, lud mich ein, vor meiner Abreise mit ihm einen Brunch (die herrliche burmesische Mahlzeit, die Breakfast und Lunch gleichzeitig ist) einzunehmen. Er hieß Masterson. Er war ein Mann in den frühen Dreißigern, mit freundlichem Gesicht, dunklem, angegrautem, lockigem Haar und schönen dunklen Augen. Er sprach mit einzigartig melodiöser Stimme, sehr langsam, und das ließ einen, ich weiß kaum, warum, Vertrauen zu ihm haben. Man fühlte, daß ein Mann, der sich so viel Zeit nahm, um das zu sagen, was er sagen wollte, und erfahren hatte, daß die Leute sich Zeit genug nahmen, ihm zuzuhören, Qualitäten haben mußte, die ihn seinen Mitmenschen sympathisch machten. Er war überzeugt, daß die Menschheit liebenswert sei, und ich nehme an, das gelang ihm nur, weil er selbst liebenswert war. Er hatte einen feinen Sinn für Humor, natürlich ohne Hieb und Parade, aber mit angenehmem Sarkasmus; deshalb angenehm, weil er auf die Wechselfälle des Lebens mit gesundem Menschenverstand reagierte und ihnen so einen leicht lächerlichen Aspekt abgewann. Sein Geschäft führte ihn fast das ganze Jahr über kreuz und quer durch Burma, und auf seinen Reisen war er Sammler geworden. Er erzählte mir, daß er alles Ersparte für burmesische Antiquitäten ausgebe, und in diesem Zusammenhang lud er mich zum Essen ein, um sie mir zu zeigen.

Der Zug kam früh am Morgen an. Er hatte mir gesagt, daß er mich nicht abholen könne, da er in seinem Büro sein müsse; aber der Brunch sollte um zehn sein, und er sagte mir, ich solle zu ihm nach Hause gehen, wenn ich mit den ein oder zwei Dingen, die ich in der Stadt zu erledigen hatte, fertig sei.

»Fühlen Sie sich wie zu Hause«, sagte er, »und wenn Sie einen Drink wollen, sagen Sie dem Boy Bescheid. Ich komme, sobald ich meine Arbeit erledigt habe.«

Ich machte eine Autogarage ausfindig und verabredete mit dem Besitzer eines sehr heruntergekommenen Ford, mich und mein Gepäck nach Taungine zu bringen. Ich ließ meinen Madras-Diener da, der darauf achten sollte, daß soviel wie möglich eingepackt und der Rest auf den Trittbrettern festgezurrt wurde, und schlenderte zu Mastersons Haus. Es war ein hübscher kleiner Bungalow in einer von großen Bäumen beschatteten Straße und sah im frühen Licht des sonnigen Tages sauber und anheimelnd aus. Ich ging die Treppe hinauf und wurde von Masterson begrüßt.

»Ich bin schneller fertig geworden, als ich dachte. Ich habe Zeit, Ihnen meine Sachen zu zeigen, bevor der Brunch fertig ist. Was möchten Sie? Ich fürchte, ich kann Ihnen nur einen Whisky-Soda anbieten.«

»Ist es dafür nicht ein bißchen früh?«

»Ein bißchen schon. Aber es ist eine Hausregel, daß niemand die Schwelle überschreitet, ohne etwas zu trinken.«

»Was soll ich machen? Ich beuge mich der Regel.«

Er rief nach dem Boy, und sofort brachte ein adretter Burmese eine Karaffe, einen Siphon und Gläser herein. Ich setzte mich und sah mich im Zimmer um. Obwohl es noch so früh war, brannte die Sonne draußen heiß, und die Jalousien waren zugezogen. Das Licht war angenehm kühl nach der brennend hellen Straße. Das Zimmer war mit Rohrstühlen bequem eingerichtet, und Aquarelle mit englischen Szenen hingen an den Wänden. Sie waren ein wenig steif und altmodisch, und ich vermutete, daß sie von der unverheirateten ältlichen Tante meines Gastgebers in ihrer Jugend gemalt worden waren. Es waren zwei von einer Kathedrale, die ich nicht kannte, zwei oder drei von einem Rosengarten und eins von einem georgianischen Haus. Als er sah, daß ich es länger betrachtete, sagte er:

»Das war unser Haus in Cheltenham.«

»Oh, stammen Sie von dort?«

Dann war da seine Sammlung. Das Zimmer war voller Buddhas und Holz- oder Bronzefiguren von Buddhas Schülern; es gab Schachteln in allen Formen, Utensilien der einen oder anderen Art, alle möglichen Raritäten, und obwohl es viel zu viele waren, waren sie mit gewissem Geschmack arrangiert. Er besaß einige sehr schöne Stücke. Er zeigte sie mir voller Stolz, erzählte mir, wie er dieses oder jenes Objekt bekommen hatte, wie er von einem anderen gehört und es erjagt hatte, und von der unglaublichen Raffinesse, die er angewendet hatte, um einen sich sträubenden Besitzer zu überreden, sich davon zu trennen. Seine freundlichen Augen strahlten, wenn er einen großartigen Kauf beschrieb, und funkelten düster, wenn er über die Unvernunft eines Händlers schimpfte, der, anstatt einen guten Preis für eine Bronzeschale zu akzeptieren, sie wieder mitgenommen hatte. In dem Zimmer waren Blumen, und es machte nicht den verlorenen Eindruck so vieler Junggesellenbehausungen im Osten.

»Sie haben sich's sehr gemütlich eingerichtet«, sagte ich.

Er sah sich flüchtig im Zimmer um.

»Es war gemütlich. Jetzt kaum noch.«

Ich verstand nicht genau, was er meinte. Dann zeigte er mir eine lange, vergoldete, mit Glasmosaik geschmückte Holzschachtel, wie ich sie in dem Palast von Mandalay bewundert hatte, aber sie war feiner gearbeitet als alles, was ich dort gesehen hatte, und ihre schmuckähnliche Pracht besaß tatsächlich etwas von der kunstvollen Feinheit der italienischen Renaissance.

»Man hat mir erzählt, sie sei ungefähr zweihundert Jahre alt«, sagte er. »Man hat schon lange nichts Derartiges mehr gefunden.«

Es war ein Stück, das offensichtlich für den Palast eines Königs gemacht worden war. Es war ein Juwel.

»Wie sieht sie innen aus?« fragte ich.

»Ach, nichts Besonderes. Sie ist einfach nur lackiert.«

Er öffnete sie, und ich sah, daß sie drei oder vier gerahmte Fotografien enthielt.

»Oh, ich hatte vergessen, daß die da drin waren«, sagte er.

Seine weiche, musikalische Stimme hatte einen seltsamen Unterton, und ich sah ihn von der Seite an. Er war von der Sonne gebräunt, aber dennoch konnte man sehen, daß er errötete. Er wollte die Schachtel schließen, änderte dann aber seine Meinung. Er nahm eine der Fotografien heraus und zeigte sie mir.

»Manche dieser burmesischen Mädchen sind wirklich süß, wenn sie jung sind, oder?« fragte er.

Das Foto zeigte ein junges Mädchen, das recht selbstbewußt vor dem konventionellen Hintergrund, einer Pagode und einer Gruppe Palmen, in einem Fotoatelier stand. Sie trug ihre besten Kleider und hatte eine Blume im Haar. Aber die Verlegenheit, die sie sichtlich empfand, weil ein Bild von ihr gemacht wurde, verhinderte nicht ein scheues, zitterndes Lächeln auf ihren Lippen, und ihre großen, ernsten Augen zwinkerten schelmisch. Sie war sehr klein und sehr zart.

»Was für ein hinreißendes kleines Ding«, sagte ich.

Dann nahm Masterson ein anderes Foto heraus, auf dem sie mit einem Baby in den Armen dasaß und einen Jungen neben sich stehen hatte, der seine Hand furchtsam auf ihr Knie legte. Der Junge starrte geradeaus, mit ängstlicher Miene, er konnte nicht verstehen, was diese Maschine und der Mann dahinter, mit dem Kopf unter einem schwarzen Tuch, vorhatten.

»Sind das ihre Kinder?« fragte ich.

»Und meine«, sagte Masterson.

In dem Moment kam der Boy herein und sagte, der Brunch sei fertig. Wir gingen ins Eßzimmer und setzten uns.

»Ich weiß nicht, was Sie zu essen bekommen werden. Seit mein Mädchen weggegangen ist, geht es im Haus drunter und drüber.«

Ein verdrossener Ausdruck erschien auf seinem roten, ehrlichen Gesicht, und ich wußte nicht, was ich antworten sollte.

»Ich bin so hungrig, daß alles, was ich bekomme, gut sein wird«, sagte ich.

Er sagte gar nichts, und eine Platte mit dünnem Porridge wurde vor uns hingestellt. Ich nahm Milch und Zucker. Masterson aß einen oder zwei Löffel und schob seinen Teller beiseite.

»Ich wünschte, ich hätte diese verfluchten Fotos nicht angesehen«, sagte er. »Ich hatte sie extra weggelegt.«

Ich wollte nicht neugierig sein oder meinen Gastgeber zu Vertraulichkeiten bewegen, die er nicht zu offenbaren wünschte, aber ich wollte auch nicht zu uninteressiert scheinen oder ihn daran hindern, mir etwas zu erzählen, das er auf dem Herzen hatte. Schon oft hat mir ein Mann auf einem einsamen Dschungelposten oder allein in einem steifen, pompösen Haus mitten in einer wimmelnden chinesischen Stadt Geschichten über sich erzählt, von denen ich sicher bin, daß er sie niemals vorher irgend jemandem erzählt hatte. Ich war eine flüchtige Bekanntschaft, die er nie zuvor gesehen hatte und nie wieder sehen würde, für einen Augenblick ein Wanderer durch sein monotones Leben, und irgendein ausgehungerter Impuls ließ ihn dann seine Seele bloßlegen.

So habe ich in einer Nacht mehr über Männer erfahren (bei einem oder zwei Siphons und einer Flasche Whisky sitzend, die feindliche, unerklärliche Welt außerhalb des Scheins einer Azetylenlampe), als es möglich gewesen wäre, wenn ich sie zehn Jahre lang gekannt hätte. Wenn man sich für die menschliche Natur interessiert, ist das eine der großen Freuden des Reisens. Verabschiedet man sich dann, um zu Bett zu gehen (denn man muß zeitig aufstehen), sagen sie einem manchmal: »Ich fürchte, ich habe Sie mit diesem ganzen Unsinn zu Tode gelangweilt. Ich habe in sechs Monaten nicht soviel geredet. Aber es hat mir gutgetan, es loszuwerden.«

Der Boy nahm die Porridgeteller fort und gab uns jedem ein Stück hellen gebratenen Fisch. Er war ziemlich kalt.

»Der Fisch schmeckt scheußlich, oder?« sagte Masterson. »Ich hasse Flußfisch, außer Forelle; man kann ihn nur mit Worcestersoße ertragen.«

Er nahm sich reichlich und gab mir die Flasche.

»Sie war eine verdammt gute Hausfrau, mein Mädchen; als sie noch hier war, habe ich wie ein Scheunendrescher gefuttert. Sie hätte den Koch in einer Viertelstunde aus dem Haus gejagt, wenn er so einen Fraß hereingeschickt hätte.«

Er lächelte mir zu, und ich bemerkte, daß sein Lächeln sehr sanft war. Ich sah ihn besonders freundlich an.

»Es war einigermaßen schwierig, mit ihr auszukommen, wissen Sie.«

Jetzt war es ziemlich klar, daß er reden wollte, und ich zögerte nicht, ihm eine Brücke zu bauen.

»Haben Sie sich gestritten?«

»Nein. Man konnte es kaum Streiten nennen. Sie lebte fünf Jahre mit mir, und wir haben uns noch nicht mal ein bißchen geärgert. Sie war das bestgelaunte kleine Ding, das es je gab. Nichts schien sie aufzuregen. Sie war immer kreuzfidel. Man konnte sie nicht ansehen, ohne daß ihre Lippen anfingen zu lächeln. Sie war immer glücklich. Und es gab auch keinen Grund, warum sie es nicht sein sollte. Ich war immer gut zu ihr.«

»Das glaube ich gern«, antwortete ich.

»Sie war die Herrin des Hauses. Ich gab ihr alles, was sie wollte. Vielleicht wäre sie nicht weggegangen, wenn ich ein bißchen grober gewesen wäre.«

»Sie bringen mich noch dazu, den Gemeinplatz zu äußern, daß Frauen unberechenbar sind.«

Er sah mich flehend an, und in dem Lächeln, das kurz in seinen Augen aufflackerte, war eine Spur von Schüchternheit.

»Würde es Sie sehr langweilen, wenn ich Ihnen davon erzählte?«

»Natürlich nicht.«

»Nun ja, eines Tages sah ich sie auf der Straße, und sie gefiel mir. Ich habe Ihnen ihre Fotografie gezeigt, aber sie wird ihr nicht annähernd gerecht. Es klingt dumm, so etwas über ein burmesisches Mädchen zu sagen, aber sie war wie eine Rosenknospe, keine englische Rose, wissen Sie, das war sie so wenig, wie die Glasblumen auf dem Kasten, den ich Ihnen gezeigt habe, richtige Blumen sind, sondern wie eine Rose, die in einem östlichen Garten gewachsen ist, die etwas Fremdes und Exotisches an sich hat. Ich weiß nicht, wie ich mich ausdrücken soll.«

»Ich denke, ich verstehe trotzdem, was Sie meinen«, sagte ich lächelnd.

»Ich sah sie zwei- oder dreimal und fand heraus, wo sie wohnte. Ich schickte meinen Boy los, um Erkundigungen über sie einzuholen, und er sagte mir, ihre Eltern wären einverstanden, ich könnte sie haben, wenn wir uns arrangieren würden. Ich wollte nicht feilschen, und alles wurde schnell geregelt. Ihre Familie gab eine Party, um das Ereignis zu feiern, und sie kam und lebte hier. Natürlich behandelte ich sie in jeder Hinsicht wie meine Frau und übertrug ihr den Haushalt. Ich sagte den Boys, daß sie ihren Befehlen zu gehorchen hätten, und wenn sie sich über einen von ihnen beschwerte, flog er raus. Wissen Sie, so mancher hält sich sein Mädchen als Hauspersonal, und wenn er unterwegs ist, hat das Mädchen ein ganz mieses Leben. Nun, ich denke, es ist gemein, so was zu machen. Wenn man ein Mädchen hat, das mit einem leben soll, muß man zumindest dafür sorgen, daß es ihr gutgeht.

Sie war großartig, und ich freute mich wie ein Schneekönig. Sie hielt das Haus makellos sauber. Sie ging sparsam mit meinem Geld um. Sie achtete darauf, daß die Boys mich nicht bestahlen. Ich lehrte sie Bridge, und, glauben Sie mir, sie lernte es verdammt gut.«

»War sie gerne hier?«

»Sehr. Wenn Leute herkamen, hätte sie sie nicht besser empfangen können, und wenn sie eine Herzogin gewesen wäre. Manchmal mußte ich über die Selbstsicherheit lachen, mit der sie meine Gäste empfing, Regierungsbeamte, wissen Sie, und Soldaten, die hier durchkamen. Wenn ein junger Subalterner ein wenig schüchtern war, nahm sie ihm sofort seine Befangenheit. Nie drängte sie jemanden oder war aufdringlich, sie war einfach da, wenn sie gebraucht wurde, und tat ihr Bestes, damit alles richtig lief und jeder sich wohl fühlte. Und ich will Ihnen was sagen, sie konnte den besten Cocktail mixen, den es zwischen Rangun und Bhamo gab. Die Leute sagten immer, ich sei gut dran.«

»Ich muß sagen, ich denke das auch«, sagte ich.

Der Curry wurde serviert, und ich häufte Reis auf meinen Teller, nahm von dem Huhn und wählte aus einem Dutzend kleiner Schälchen die Zutaten, die ich gerne aß. Der Curry war gut.

»Dann bekam sie die Kinder, drei in drei Jahren, aber eins starb mit sechs Wochen. Ich habe Ihnen ein Foto gezeigt von den beiden, die noch leben. Komische kleine Zwerge, nicht? Lieben Sie Kinder?«

»Ja. Ich habe eine seltsame und fast unnatürliche Schwäche für kleine Babys.«

»Ich eigentlich nicht, wissen Sie. Ich konnte noch nicht mal viel für meine eigenen empfinden. Ich habe mich oft gefragt, ob man merkte, daß ich ein ziemlicher Rabenvater war.«

»Bestimmt nicht. Ich glaube, die Passion, die viele Leute Kindern gegenüber hegen, ist nur eine modische Pose. Ich vermute fast, daß es Kindern besser geht, wenn sie nicht mit zuviel elterlicher Liebe belastet werden.«

»Dann bat mich mein Mädchen, sie zu heiraten, ich meine legal, nach englischem Recht. Ich hielt das für einen Witz. Ich wußte nicht, wie sie sich so was in den Kopf setzen konnte. Ich dachte, es sei nur eine Laune, und schenkte ihr ein goldenes Armband, um sie zu beruhigen. Aber es war keine Laune. Sie meinte es ganz ernst. Ich sagte ihr, das käme nicht in Frage. Aber Sie wissen, wie Frauen sind; wenn sie sich einmal etwas in den Kopf gesetzt haben, lassen sie einem keine Ruhe mehr. Sie schmeichelte und schmollte, sie weinte, sie appellierte an meine Liebe, sie versuchte, mir ein Versprechen abzuluchsen, als ich ziemlich betrunken war, sie lag auf der Lauer, wenn ich mich verliebt fühlte, sie erwischte mich fast, als sie krank war. Ich glaube, sie beobachtete mich genauer, als ein Börsenmakler jemals den Markt beobachtet hat, und ich wußte, wie natürlich sie auch schien, wie sehr sie auch von etwas anderem gefesselt schien, sie war immer auf dem Sprung nach dem unachtsamen Moment, wo sie über mich herfallen und ihr Ziel erreichen könnte.«

Wieder zeigte mir Masterson sein langsames, treuherziges Lächeln.

»Ich vermute, die Frauen sind auf der ganzen Welt ziemlich gleich«, sagte er.

»Wahrscheinlich«, antwortete ich.

»Eine Sache, die ich nie verstehen konnte, ist, warum eine Frau es für lohnend hält, einen zu etwas zu bewegen, was man nicht tun will. Lieber will sie, daß man eine Sache widerwillig tut, als daß man sie überhaupt nicht tut. Ich verstehe nicht, was für eine Befriedigung ihnen das gibt.«

»Die Befriedigung des Triumphs. Ein Mann, der gegen seinen Willen überzeugt wird, kann immer noch der gleichen Meinung sein, aber eine Frau kümmert das nicht. Sie hat gesiegt. Sie hat ihre Macht bewiesen.«

Masterson zuckte die Achseln. Er trank eine Tasse Tee.

»Sehen Sie, sie sagte, früher oder später würde ich eine englische Frau heiraten und sie rausschmeißen. Ich sagte, ich dächte nicht ans Heiraten. Jaja, sagte sie, wisse sie. Aber selbst wenn ich es nicht täte, würde ich eines Tages weggehen und nach England zurückkehren. Und was würde dann aus ihr? So ging das ein Jahr lang. Ich blieb standhaft. Dann sagte sie, wenn ich sie nicht heiratete, würde sie gehen und die Kinder mitnehmen. Ich sagte ihr, sie solle nicht so eine dumme kleine Närrin sein. Sie sagte, wenn sie mich jetzt verlassen würde, könnte sie einen Burmesen heiraten, aber in ein paar Jahren würde sie niemand mehr wollen. Sie begann, ihre Sachen zu packen. Ich hielt es nur für einen Bluff und ging darauf ein: Ich sagte: ›Gut, geh, wenn du willst, aber wenn du das tust, kommst du mir nicht mehr zurück.‹ Ich dachte nicht, daß sie dieses Haus aufgeben würde und die Geschenke, die ich ihr gemacht hatte, und all die Vorteile, um zu ihrer Familie zurückzugehen. Sie waren arm wie die Kirchenmäuse. Nun, sie packte weiter. Sie war mir gegenüber genauso freundlich wie immer, sie war fröhlich und lächelte; als irgendwelche Leute kamen, um hier zu übernachten, war sie herzlich wie gewöhnlich und spielte bis morgens um zwei Bridge mit uns. Ich konnte nicht glauben, daß sie wirklich gehen wollte, und doch hatte ich Angst. Ich liebte sie sehr. Sie war verdammt gut.«

»Aber wenn Sie sie geliebt haben, warum um alles in der Welt haben Sie sie nicht geheiratet? Es wäre großartig geworden.«

»Das werde ich Ihnen sagen. Wenn ich sie geheiratet hätte, hätte ich für den Rest meines Lebens in Burma bleiben müssen. Früher oder später werde ich in den Ruhestand gehen, und dann will ich in meine alte Heimat zurück und dort leben. Ich will nicht hier draußen begraben werden. Ich will auf einem englischen Friedhof begraben werden. Ich bin sehr glücklich hier, aber ich will nicht für immer hier leben.

Ich kann nicht. Ich brauche England. Manchmal machen mich diese heiße Sonne und diese grellen Farben krank. Ich möchte grauen Himmel, sanften Regen und den Landgeruch. Ich werde ein komischer, fetter ältlicher Mann sein, wenn ich zurückgehe, zu alt zum Jagen, selbst wenn ich es mir leisten könnte, aber ich kann angeln. Ich will keine Tiger schießen, ich will Kaninchen schießen. Und ich kann auf einem guten Platz Golf spielen. Ich weiß, ich werde nicht mehr richtig dazugehören, das ist immer so bei uns Leuten, die wir hier draußen unser Leben verbracht haben, aber ich kann dort im örtlichen Klub herumsitzen und mit pensionierten Anglo-Indern reden. Ich möchte den grauen Bürgersteig einer englischen Provinzstadt unter meinen Füßen spüren, ich möchte zum Metzger gehen und mich mit ihm streiten können, weil das Steak, das er mir gestern geschickt hat, zäh war, und ich möchte in Antiquariaten herumstöbern. Ich möchte, daß Leute mir auf der Straße guten Tag sagen, die mich schon kannten, als ich noch ein kleiner Junge war. Und ich möchte einen Garten mit einer Mauer darum hinter dem Haus haben und Rosen züchten. Ich glaube, das alles klingt sehr fad und provinziell und dumpf für Sie, aber so haben meine Leute immer gelebt, und so will ich auch leben. Es ist ein Traum, wenn Sie wollen, aber er ist alles, was ich habe, er ist das Wichtigste auf der Welt für mich, und ich kann ihn nicht aufgeben.«

Er schwieg für einen Augenblick und sah mir in die Augen.

»Halten Sie mich für einen schrecklichen Narren?«

»Nein.«

»Dann kam sie eines Morgens zu mir und sagte, sie gehe

jetzt. Sie hatte ihre Sachen auf einen Karren gepackt, und selbst da glaubte ich nicht, daß sie es ernst meinte. Dann setzte sie die beiden Kinder in eine Rikscha und kam, um mir Lebewohl zu sagen. Sie begann zu weinen. Lieber Himmel, das machte mich ganz schön fertig. Ich fragte sie, ob sie wirklich entschlossen sei zu gehen, und sie sagte, ja, wenn ich sie nicht heiraten würde. Ich schüttelte den Kopf. Ich hätte fast nachgegeben. Ich fürchte, ich weinte auch. Dann schluchzte sie auf und rannte aus dem Haus. Ich mußte ein halbes Wasserglas Whisky trinken, um meine Nerven zu beruhigen.«

»Wie lange ist das her?«

»Vier Monate. Zuerst dachte ich, sie würde wiederkommen, und dann schickte ich meinen Boy, um ihr zu sagen, daß ich sie aufnehmen würde, wenn sie kommen wollte, weil ich dachte, sie würde sich schämen, den ersten Schritt zu machen. Aber sie lehnte ab. Das Haus schien schrecklich leer ohne sie. Zuerst dachte ich, ich würde mich dran gewöhnen, aber irgendwie scheint es nicht weniger leer zu werden. Ich hatte nicht gewußt, wieviel sie mir bedeutete. Ich hatte mein Herz an sie gehängt.«

»Ich nehme an, sie wird zurückkommen, wenn Sie einverstanden sind, sie zu heiraten.«

»O ja, das sagte sie dem Boy. Manchmal frage ich mich, ob es sich lohnt, mein Glück einem Traum zu opfern. Es ist nur ein Traum, oder? Es ist komisch, aber eins der Dinge, die mich zurückhalten, ist die Erinnerung an eine schlammige Straße, die ich kenne, mit großen Böschungen zu beiden Seiten und Buchen, die sich darüberbeugen. Sie hat eine Art kalten, erdigen Geruch, den ich nie ganz aus der Nase bekomme. Ich mache dem Mädchen keinen Vorwurf, wissen Sie. Ich bewundere sie eher. Ich hatte keine Ahnung, daß sie soviel Charakter besaß. Manchmal möchte ich sehr gerne nachgeben.« Er zögerte eine Weile. »Ich denke, vielleicht, wenn ich wüßte, sie liebt mich, würde ich es auch tun. Aber natürlich liebt sie mich nicht; sie tun das nie, diese Mädchen, die hingehen und mit weißen Männern leben. Ich denke, sie hatte mich gern, aber das ist alles. Was würden Sie an meiner Stelle tun?«

»Aber mein Lieber, wie kann ich das sagen? Würden Sie je diesen Traum vergessen?«

»Niemals.«

In dem Moment kam der Boy herein und meldete, daß mein Madras-Diener mit dem Ford vorgefahren sei. Masterson sah auf die Uhr.

»Sie wollen los, nicht? Und ich muß zurück in mein Büro. Ich fürchte, ich habe Sie mit meinen Privatangelegenheiten sehr gelangweilt.«

»Ganz und gar nicht«, sagte ich.

Wir schüttelten uns die Hand, ich setzte meinen Tropenhelm auf, und er winkte mir nach, als das Auto davonfuhr.

Eine Vernunftehe

Ich verließ Bangkok auf einem schäbigen kleinen Schiff von vier- oder fünfhundert Tonnen. In dem schmuddeligen Salon, der auch als Eßraum diente, standen der Länge nach zwei schmale Tische mit Drehstühlen auf beiden Seiten. Die Kabinen lagen im Schiffsinneren und waren extrem schmutzig. Kakerlaken spazierten über den Fußboden, und man mag noch so heiteren Gemütes sein, es ist schwierig, sich nicht zu ekeln, wenn man zum Händewaschen ans Waschbecken geht und eine riesige Kakerlake gemütlich herausstolziert.

Wir tuckerten den breiten und träge fließenden freundlichen Fluß hinunter, und seine grünen Ufer waren gesprenkelt mit kleinen Hütten auf Pfählen, die nahe am Wasser standen. Wir durchfuhren die Barre; und die offene See, blau und ruhig, dehnte sich vor uns aus. Ihr Anblick und ihr Geruch versetzten mich in freudige Aufregung.

Ich war am frühen Morgen an Bord gegangen und entdeckte bald, daß ich mitten unter die seltsamste Ansammlung von Leuten geraten war, die ich je gesehen hatte. Es waren zwei französische Händler und ein belgischer Oberst, ein italienischer Tenor, der amerikanische Besitzer eines Zirkus mit seiner Frau und ein pensionierter französischer Beamter mit der seinen. Der Zirkusbesitzer war, was man einen geselligen Menschen nennt, ein Typ, den man je nach Stimmung begrüßt oder meidet, aber zufällig fühlte ich mich sehr zufrieden mit meinem Dasein, und ehe ich noch eine Stunde an Bord war, hatten wir um Drinks gewürfelt, und er hatte mir seine Tiere gezeigt. Er war ein sehr kleiner, dicker Mann, und sein Hemd, weiß, aber nicht allzu sauber, kehrte die stattlichen Proportionen seines Bauches hervor, aber der Kragen war so eng, daß man sich wundern mußte, warum er nicht erstickte. Er hatte ein rotes, glattrasiertes Gesicht, fröhliche, blaue Augen und kurze, unordentliche sandfarbene Haare. Er trug einen verbeulten Tropenhelm weit auf den Hinterkopf geschoben. Er hieß Wilkins und war in Portland, Oregon, geboren. Im Osten liebt man den Zirkus, und Mr. Wilkins reiste seit zwanzig Jahren mit seiner Menagerie und seinen Karussells kreuz und quer herum, von Port Said nach Yokohama (Aden, Bombay, Madras, Kalkutta, Rangun, Singapur, Penang, Bangkok, Saigon, Hue, Hanoi, Hongkong, Schanghai, lauter Namen, die auf der Zunge zergehen und die Phantasie mit Sonnenschein, fremdartigen Klängen und buntem Treiben füllen). Er führte ein seltsames Leben, und, so sollte man meinen, eines, das alle Arten außergewöhnlicher Erlebnisse bot, aber das Verrückte bei ihm war, daß er ein vollkommen alltäglicher kleiner Mann war, und man hätte ihn sich als Garagenbesitzer oder Leiter eines drittklassigen Hotels in einer zweitklassigen Stadt in Kalifornien vorstellen können. Tatsache ist – und das habe ich so oft bemerkt, daß ich nicht weiß, warum es mich immer wieder überrascht –, daß die Außergewöhnlichkeit des Lebens eines Mannes nicht zugleich ihn außergewöhnlich macht, sondern im Gegenteil, wenn ein Mann außergewöhnlich ist, wird er auch Außergewöhnliches aus einem so alltäglichen Leben wie dem eines Landpfarrers machen. Ich wünschte, ich könnte hier die Geschichte des Eremiten erzählen, den ich auf einer Insel in der Torres-Straße besuchte, eines schiffbrüchigen Matrosen, der dort seit dreißig Jahren alleine lebte, aber beim Schreiben ist man durch die vier Wände seines Sujets eingeengt, und obwohl ich zu meiner eigenen Unterhaltung gerne abschweifen würde, unterlasse ich es lieber, denn wegen meiner Vorstellung von dem, was zwischen zwei Buchdeckel gehört und was nicht, wäre ich am Ende gezwungen, es wieder zu eliminieren. Jedenfalls, das Ergebnis war, daß der Mann trotz seiner langen und engen Verbindung mit der Natur und seinen eigenen Gedanken am Ende dieser Zeit ein genauso dumpfer, unsensibler und vulgärer Dummkopf war, wie er es zu Beginn gewesen sein muß.

Der italienische Sänger ging an uns vorbei, und Mr. Wilkins erzählte mir, er sei Neapolitaner und unterwegs nach Hongkong, um sich wieder seiner Truppe anzuschließen, die er wegen eines Malariaanfalls in Bangkok verlassen mußte. Er war riesengroß und sehr dick, und als er sich auf einen Stuhl warf, knarrte der erschreckt. Er nahm seinen Tropenhelm ab, zeigte einen großen Kopf mit langen, lockigen, fettigen Haaren, durch die er mit seinen kurzen, dicken und beringten Fingern fuhr.

»Er ist nicht gerade gesellig«, sagte Mr. Wilkins. »Er hat die Zigarre genommen, die ich ihm angeboten habe, aber einen Drink wollte er nicht. Sollte mich nicht wundern, wenn mit dem was Komisches los wäre. Sieht übel aus, der Kerl, oder?«

Dann kam eine kleine, dicke Frau in Weiß an Deck, die

einen Affen an der Hand hielt. Er ging würdevoll an ihrer Seite.

»Das ist Mrs. Wilkins«, sagte der Zirkusbesitzer, »und unser jüngster Sohn. Nimm dir einen Stuhl, Mrs. Wilkins, und sag dem Herrn hier guten Tag. Ich weiß nicht, wie er heißt, aber er hat schon zwei Drinks für mich bezahlt, und wenn er nicht besser würfelt als bisher, wird er dir auch einen bezahlen.«

Mrs. Wilkins setzte sich mit zerstreutem, ernstem Blick hin und meinte, die Augen auf das blaue Meer gerichtet, sie sehe nicht ein, warum sie nicht eine Limonade trinken könne.

»Mein Gott, ist das heiß«, murmelte sie und befächelte sich mit dem Tropenhelm, den sie abgenommen hatte.

»Mrs. Wilkins leidet unter der Hitze«, sagte ihr Mann. »Sie hat jetzt zwanzig Jahre davon genossen.«

»Zweiundzwanzigeinhalb«, sagte Mrs. Wilkins, die immer noch auf das Meer blickte.

»Und sie hat sich immer noch nicht daran gewöhnt.«

»Das werde ich auch nicht, und du weißt das«, sagte Mrs. Wilkins.

Sie war genauso groß wie ihr Mann und genauso dick, und sie hatte ein rundes rotes Gesicht wie er und das gleiche sandfarbene, unordentliche Haar. Ich fragte mich, ob sie geheiratet hatten, weil sie sich so ähnlich sahen, oder ob sie im Lauf der Jahre diese erstaunliche Ähnlichkeit angenommen hatten. Sie drehte ihren Kopf nicht, sondern blickte weiterhin abwesend auf das Meer.

»Hast du ihm die Tiere gezeigt?« fragte sie.

»Darauf kannst du wetten.«

»Was hält er von Percy?«

»Prima.«

Ich fühlte mich ungebührlich von einer Unterhaltung ausgeschlossen, deren Gegenstand ich wenigstens teilweise war, deshalb fragte ich:

»Wer ist Percy?«

»Percy ist unser ältester Sohn. – Da ist ein fliegender Fisch, Elmer. – Der Orang-Utan. Hat er heute morgen gut gegessen?«

»Sehr gut. Er ist der größte Orang-Utan in Gefangenschaft. Ich würde ihn nicht für tausend Dollar hergeben.«

»Und in welcher Verwandtschaftsbeziehung steht der Elefant?« fragte ich.

Mrs. Wilkins sah mich nicht an, sondern blickte mit ihren blauen Augen immer noch gleichgültig auf das Meer.

»Er ist kein Verwandter«, antwortete sie. »Nur ein Freund.«

Der Boy brachte Limonade für Mrs. Wilkins, einen Whisky-Soda für ihren Mann und einen Gin Tonic für mich. Wir würfelten, und ich zeichnete die Rechnung ab.

»Es muß teuer werden, wenn er beim Würfeln immer verliert«, murmelte Mrs. Wilkins zur Küste.

»Mir scheint, Egbert möchte einen Schluck von deiner Limonade, mein Liebes«, sagte Mr. Wilkins.

Mrs. Wilkins drehte ihren Kopf ein wenig und sah den Affen an, der auf ihrem Schoß saß.

»Möchtest du einen Schluck von Mutters Limonade, Egbert?«

Der Affe quietschte ein bißchen, und, den Arm um ihn legend, gab sie ihm einen Strohhalm. Der Affe sog ein wenig an der Limonade, und als er genug getrunken hatte, sank er an Mrs. Wilkins schweren Busen zurück.

»Mrs. Wilkins hält große Stücke auf Egbert«, sagte ihr Mann. »Kein Wunder, er ist unser Jüngster.«

Mrs. Wilkins nahm einen neuen Strohhalm und trank nachdenklich ihre Limonade.

»Egbert ist in Ordnung«, bemerkte sie, »an Egbert stimmt alles.«

Da erhob sich der französische Beamte, der bis dahin gesessen hatte, und ging auf und ab. Er war von dem französischen Gesandten in Bangkok, einem oder zwei Sekretären und einem Prinzen der königlichen Familie an Bord begleitet worden. Es hatte viele Verbeugungen und Händeschütteln gegeben, und als das Schiff vom Kai ablegte, viel Schwenken von Hüten und Taschentüchern. Ganz offensichtlich war er ein bedeutender Mann. Ich hatte gehört, wie der Kapitän ihn mit Monsieur le Gouverneur anredete.

»Das ist das hohe Tier auf diesem Schiff«, sagte Mr. Wilkins. »Er war Gouverneur in einer französischen Kolonie und macht jetzt eine Weltreise. Er hat meinen Zirkus in Bangkok besucht. Ich glaube, ich frage ihn mal, was er trinken will. Wie soll ich ihn anreden, Liebling?«

Mrs. Wilkins drehte langsam den Kopf und betrachtete den Franzosen mit der Rosette der Ehrenlegion im Knopfloch, der auf und ab schlenderte.

»Red ihn überhaupt nicht an«, sagte sie. »Halt ihm einen Reifen hin, und er wird durchspringen.«

Ich mußte lachen. Monsieur le Gouverneur war ein kleiner Mann, weit unter Normalgröße, fein gebaut, mit einem sehr häßlichen, kleinen Gesicht und dicken, fast negroiden Zügen; und er hatte einen buschigen grauen Kopf, buschige graue Augenbrauen und einen buschigen grauen Schnurrbart. Er sah ein wenig wie ein Pudel aus und hatte die sanften, intelligenten und leuchtenden Augen eines Pudels. Als er wieder an uns vorbeikam, rief Mr. Wilkins:

»*Monsoo. Qu'est-ce que vous prenez?*« Ich kann seinen exzentrischen Akzent nicht wiedergeben. »*Une petite verre de porto?*« Er drehte sich zu mir um. »Ausländer, die trinken alle Porto. Da kann man nichts falsch machen.«

»Nicht die Holländer«, sagte Mrs. Wilkins mit einem Blick auf das Meer. »Die rühren nichts an als Schnaps.«

Der distinguierte Franzose blieb stehen und betrachtete Mr. Wilkins einigermaßen verwirrt. Woraufhin Mr. Wilkins sich an die Brust tippte und sagte:

»*Moa, proprietarre cirque. Vous avez visité.*«

Dann machte Mr. Wilkins, aus einem Grund, der mir entging, aus seinen Armen einen Reifen und beschrieb mit Gesten einen Pudel, der hindurchsprang. Dann deutete er auf den Wa-Wa, den Mrs. Wilkins immer noch auf dem Schoß hielt.

»*La petit fils de mon femme*«, sagte er.

Das Gesicht des Gouverneurs erhellte sich, und er brach in ein besonders musikalisches und ansteckendes Lachen aus. Mr. Wilkins begann auch zu lachen.

»*Oui, oui*«, schrie er, »*Moa*, Zirkusdirektor. *Une petite verre de porto. Oui. Oui. N'est-ce pas?*«

»Mr. Wilkins redet Französisch wie ein Franzose«, informierte Mrs. Wilkins das vorüberziehende Meer.

»*Mais très volontiers*«, sagte der Gouverneur, immer noch

lächelnd. Ich zog ihm einen Stuhl heran, und er setzte sich mit einer Verbeugung gegen Mrs. Wilkins.

»Sag dem Pudelgesicht, er heißt Egbert«, sagte sie, auf das Meer blickend.

Ich rief nach dem Boy und bestellte eine Runde.

»Du unterschreibst die Rechnung, Elmer«, sagte sie. »Würfeln hat keinen Sinn bei Mr. Soundso, wenn er nicht mehr als ein Paar Dreien würfeln kann.«

»*Vous comprenez le français, madame?*« fragte der Gouverneur höflich.

»Er möchte wissen, ob du Französisch sprichst, Liebling.«

»Was denkt der, wo ich aufgewachsen bin? Neapel?«

Da brach der Gouverneur überschwenglich gestikulierend in einen Redeschwall von so abenteuerlichem Englisch aus, daß es all meiner Französischkenntnisse bedurfte, um zu verstehen, wovon er sprach.

Dann nahm Mr. Wilkins ihn mit hinunter, um ihm die Tiere zu zeigen, und etwas später versammelten wir uns zum Mittagessen in dem stickigen Salon. Die Frau des Gouverneurs erschien und bekam den Platz rechts neben dem Kapitän. Der Gouverneur erklärte ihr, wer wir alle seien, und sie nickte uns freundlich zu. Sie war eine breite Frau, groß und robust gebaut, vielleicht fünfundfünfzig, und etwas streng in schwarze Seide gekleidet. Auf dem Kopf trug sie einen riesigen runden Tropenhelm. Ihre Gesichtszüge waren so breit und regelmäßig, ihr Körper so statuesk, daß man an die massiven Frauen erinnert wurde, die an Prozessionen teilnehmen. Bei einer patriotischen Demonstration würde sie wunderbar in die Rolle einer Columbia oder Britannia gepaßt haben. Sie überragte ihren winzigen Mann wie ein Wolkenkratzer eine Bretterbude. Er redete unaufhörlich, mit Lebhaftigkeit und Witz, und wenn er etwas Amüsantes sagte, entspannten sich ihre schweren Gesichtszüge zu einem breiten, liebevollen Lächeln.

»*Que tu es bête, mon ami*«, sagte sie. Sie wandte sich an den Kapitän. »Sie müssen nicht auf ihn achten. Er ist immer so.«

Die Mahlzeit verlief wirklich amüsant, und als sie zu Ende war, trennten wir uns und verschliefen die Hitze des Nachmittags in unseren jeweiligen Kabinen. Nachdem ich meine Mitreisenden erst einmal kennengelernt hatte, war es auf diesem kleinen Schiff ausgeschlossen, daß ich ihnen nicht zu jeder Tageszeit begegnete, sobald ich meine Kabine verlassen hatte, selbst wenn ich es vermeiden wollte. Der einzige, der sich abseits hielt, war der italienische Tenor. Er sprach mit niemandem, sondern saß alleine so weit vorne wie möglich und zupfte so leise auf seiner Gitarre, daß man die Ohren spitzen mußte, um die Töne zu hören. Wir blieben in Sichtweite der Küste, und die See war ruhig wie ein Eimer Milch. Wir redeten über dies und das, wir sahen den Tag zur Neige gehen, wir aßen zu Abend, und dann saßen wir wieder auf Deck unter den Sternen. Die beiden Händler spielten im heißen Salon Piquet, aber der belgische Oberst gesellte sich zu unserer kleinen Gruppe. Er war schüchtern und dick und öffnete den Mund nur, um eine Höflichkeitsfloskel zu äußern. Bald begann der italienische Tenor, vielleicht durch die Nacht beeinflußt und von der Dunkelheit ermutigt, die ihm dort vorne im Bug das Gefühl gab, allein mit der See zu sein, sich selbst auf der Gitarre begleitend zu singen, zuerst leise, dann ein wenig lauter, bis er schließlich, von seiner eigenen Musik bezaubert, in voller Lautstärke sang. Er hatte die echt italienische Stimme, ganz Makkaroni, Olivenöl und Sonnenschein, und er sang die neapolitanischen Lieder, die ich in meiner Jugend auf der Piazza San Ferdinando gehört hatte, und Teile aus *La Bohème* und *La Traviata* und *Rigoletto*. Er sang mit Gefühl und künstlicher Emphase, und sein Tremolo erinnerte einen an jeden drittklassigen italienischen Tenor, den man je gehört hatte, aber hier, in der Weite dieser lieblichen Nacht, ließ sein übertriebener Schmelz einen nur lächeln, und man konnte nicht umhin, im Herzen eine träge, sinnliche Freude zu empfinden. Er sang vielleicht eine Stunde lang, und wir schwiegen alle; dann war er still, aber er bewegte sich nicht, und wir sahen seinen riesigen Körper sich dunkel gegen den klaren Himmel abzeichnen.

Ich bemerkte, daß der kleine französische Gouverneur die ganze Zeit die Hand seiner großen Frau hielt, und der Anblick war absurd und rührend.

»Wissen Sie, daß heute der Jahrestag der ersten Begegnung mit meiner Frau ist?« sagte er, plötzlich die Stille durchbrechend, die sicherlich auf ihm gelastet hatte, denn niemals hatte ich einen redseligeren Menschen gesehen. »Außerdem ist es der Jahrestag ihres Versprechens, meine Frau zu werden. Und, das wird Sie überraschen, es war ein und derselbe Tag.«

»*Voyons, mon ami*«, sagte die Dame, »du wirst unsere Freunde nicht mit dieser alten Geschichte langweilen. Du bist wirklich ganz unausstehlich.«

Aber sie sprach mit einem Lächeln auf ihrem breiten, ruhigen Gesicht und in einem Ton, der darauf hindeutete, daß sie durchaus nichts dagegen hatte, es noch einmal zu hören.

»Aber es wird sie interessieren, *mon petit chou.*« So redete er seine Frau immer an, und es war komisch, ihn diese imposante, ja majestätische Dame so nennen zu hören. »Oder nicht, *monsieur?*« fragte er mich. »Es ist eine Romanze, und wer hört nicht gerne eine Romanze, besonders in einer solchen Nacht?«

Ich versicherte dem Gouverneur, daß wir alle begierig seien, sie zu hören, und der belgische Oberst nutzte die Gelegenheit, eine weitere Höflichkeit anzubringen.

»Sehen Sie, wir sind eine Vernunftehe eingegangen, klar und einfach.«

»*C'est vrai*«, sagte die Dame. »Es wäre albern, das abzustreiten. Aber manchmal kommt die Liebe nach der Hochzeit und nicht davor, und dann ist sie besser; sie währt länger.«

Ich konnte nicht übersehen, daß der Gouverneur ihre Hand leicht und liebevoll drückte.

»Sehen Sie, ich war bei der Marine, und als ich dort aufhörte, war ich neunundvierzig. Ich war stark und aktiv und wollte sehr gerne eine andere Beschäftigung finden. Ich sah mich um; ich zog alle möglichen Fäden. Zum Glück hatte ich einen Vetter, der einigen politischen Einfluß besaß. Es ist einer der Vorteile des demokratischen Systems, daß ein Verdienst, der sonst unerkannt dahinschwindet, normalerweise entsprechend gewürdigt wird, wenn man genügend Einfluß hat.«

»Du bist die Bescheidenheit in Person, *mon pauvre ami*«, sagte sie.

»Und prompt ließ mich der Kolonialminister zu sich rufen und bot mir den Posten des Gouverneurs einer bestimmten Kolonie an. Es war ein entlegenes Fleckchen Erde, wo sie mich hinstecken wollten, und sehr einsam, aber ich hatte mein Leben von Hafen zu Hafen wandernd zugebracht, und so störte es mich nicht weiter. Ich nahm mit Freuden an. Der Minister sagte mir, ich müsse in einem Monat startklar sein. Ich sagte, das sei einfach für einen alten Junggesellen, der nicht viel mehr als ein paar Kleider und ein paar Bücher auf der Welt habe.

›*Comment, mon lieutenant*‹, rief er. ›Sie sind Junggeselle?‹

›Sicher‹, antwortete ich, ›und ich habe die feste Absicht, es zu bleiben.‹

›In dem Fall muß ich mein Angebot mit Bedauern zurücknehmen. Für diesen Posten ist es erforderlich, daß Sie verheiratet sind.‹

Die Geschichte ist zu lang, um sie Ihnen zu erzählen, aber das Wesentliche war, daß wegen des Skandals, den mein Vorgänger, ein Junggeselle, dadurch hervorgerufen hatte, daß er eingeborene Mädchen in der Residenz wohnen ließ, und wegen der darauf folgenden Beschwerden der weißen Pflanzer und Beamtenfrauen entschieden worden war, daß der nächste Gouverneur ein Vorbild an Achtbarkeit sein müsse. Ich protestierte. Ich argumentierte. Ich erinnerte an meine Verdienste für das Vaterland und die Dienste, die mein Vetter bei der nächsten Wahl leisten könnte. Nichts half. Der Minister blieb hart.

›Aber was soll ich machen‹, rief ich bestürzt.

›Sie können heiraten‹, sagte der Minister.

›*Mais voyons, Monsieur le Ministre,* ich kenne keine einzige

Frau. Ich bin nicht der Typ für Frauen, und ich bin neunundvierzig. Was glauben Sie, wie ich eine Frau finden soll?‹

›Nichts ist einfacher. Annoncieren Sie in der Zeitung.‹

Ich war verwirrt. Ich wußte nicht, was ich sagen sollte.

›Nun, überlegen Sie es sich‹, sagte der Minister. ›Wenn Sie innerhalb eines Monats eine Frau finden, können Sie gehen, aber keine Frau – kein Posten. Das ist mein letztes Wort.‹ Er lächelte ein wenig, für ihn war die Situation nicht ohne Komik. ›Und wenn Sie ans Annoncieren denken, empfehle ich den *Figaro.*‹

Ich verließ tödlich getroffen das Ministerium. Ich kannte die Gegend, für die sie mich berufen hatten, und ich wußte, es würde angenehm für mich sein, dort zu leben; das Klima war erträglich, und die Residenz war großzügig und komfortabel. Die Vorstellung, ein Gouverneur zu sein, war weit entfernt davon, mir zu mißfallen, und da ich nicht viel mehr als meine Pension als Marineoffizier besaß, war die Bezahlung auch nicht zu verachten. Plötzlich entschloß ich mich. Ich ging zum Büro des *Figaro*, verfaßte ein Inserat und gab es zum Annoncieren ab. Aber ich kann Ihnen sagen, als ich hinterher die Champs-Élysées hinaufging, klopfte mein Herz wilder als jemals, wenn mein Schiff klar zum Gefecht gemacht wurde.«

Der Gouverneur beugte sich nach vorne und legte seine Hand nachdrücklich auf mein Knie.

»*Mon cher monsieur,* Sie werden es niemals glauben, aber ich bekam viertausenddreihundertzweiundsiebzig Antworten. Es war eine Lawine. Ich hatte ein halbes Dutzend erwartet; ich mußte ein Taxi nehmen, um die Briefe in mein Hotel zu bringen. Mein Zimmer wurde von ihnen überschwemmt. Es gab da viertausenddreihundertzweiundsiebzig Frauen, die gewillt waren, meine Einsamkeit zu teilen und die Frau eines Gouverneurs zu sein. Es war verblüffend. Jedes Alter war vertreten von siebzehn bis siebzig. Da waren Jungfrauen von untadeliger Abstammung und höchster Kultur; da waren unverheiratete Damen, denen einmal in ihrer Karriere ein kleiner Ausrutscher unterlaufen war und die ihre Lage nun wieder einrenken wollten; da waren Witwen, deren Männer unter höchst schrecklichen Umständen gestorben waren, und da waren Witwen, deren Kinder der Trost meiner alten Tage sein würden. Sie waren blond und dunkel, groß und klein, dick und dünn; einige konnten fünf Sprachen sprechen, und andere konnten Klavier spielen. Einige boten mir Liebe, andere flehten darum; einige konnten mir nur eine solide Freundschaft bieten, aber mit Achtung gepaart; einige besaßen ein Vermögen und andere goldene Aussichten. Ich war überwältigt. Ich war verwirrt. Zuletzt verlor ich die Geduld, denn ich bin ein leidenschaftlicher Mann, und ich stand auf, trampelte auf all den Briefen und all den Fotografien herum, und ich schrie, ich würde keine von denen heiraten. Es war hoffnungslos, ich hatte jetzt kaum noch einen Monat und konnte in der Zeit nicht über viertausend Bewerberinnen um meine Hand überprüfen. Ich meinte, wenn ich sie nicht alle sehen könnte, würde ich für den Rest meines Lebens von dem Gedanken gequält werden, die eine Frau verpaßt zu haben, die das Schicksal für mich bestimmt hatte, mich glücklich zu machen. Ich gab es auf – es war hoffnungslos.

Ich verließ mein Zimmer, das mit all den Fotografien und zerknüllten Papieren schrecklich aussah, ging auf den Boulevard und setzte mich in das Café de la Paix, um meine Sorgen zu vergessen. Nach einer Weile sah ich einen Freund vorübergehen, und er nickte mir zu und lächelte. Ich versuchte zurückzulächeln, aber mein Herz war schwer. Es wurde mir klar, daß ich die Jahre, die mir noch blieben, in einer billigen Pension in Toulon oder Brest als *officier de marine en retraite* verbringen mußte. *Zut!* Mein Freund blieb stehen, kam zu mir und setzte sich.

›Warum siehst du so düster aus, *mon cher?*‹ fragte er mich. ›Du, der fröhlichste aller Sterblichen.‹

Ich war froh, jemanden zu haben, dem ich mein Herz ausschütten konnte, und erzählte ihm die ganze Geschichte. Er lachte ungeheuer. Inzwischen weiß ich, daß die Sache ihre komische Seite hat, aber damals, das versichere ich Ihnen, konnte ich nichts Erheiterndes daran finden. Das sagte ich meinem Freund auch schroff, und dann sagte er zu mir, indem er seine Heiterkeit unterdrückte, so gut es ging: ›Aber mein lieber Freund, du willst wirklich heiraten?‹ Daraufhin verlor ich völlig die Fassung.

›Du bist ein kompletter Idiot‹, sagte ich, ›wenn ich nicht heiraten wollte, und zwar sofort, innerhalb der nächsten vierzehn Tage, was glaubst du denn, warum ich drei Tage damit zugebracht hätte, Liebesbriefe von Frauen zu lesen, die ich nie im Leben gesehen habe?‹

›Beruhige dich und hör mir zu‹, erwiderte er. ›Ich habe eine Cousine, die in Genf lebt. Sie ist Schweizerin, nebenbei, und sie gehört zu einer der bestangesehenen Familien der Republik. Ihre Moral ist makellos, sie ist im passenden Alter, eine alte Jungfer, denn sie hat die letzten fünfzehn Jahre ihre kranke Mutter gepflegt, die vor kurzem gestorben ist, sie ist gut erzogen und, *pardessus le marché,* sie ist nicht häßlich.‹

›Das klingt, als sei sie ein Muster an Tugend‹, sagte ich.

›Das will ich nicht sagen, aber sie kommt aus guter Familie und paßt in die Position, die du ihr zu bieten hast.‹

›Etwas vergißt du. Welchen Grund sollte sie haben, ihre Freunde und ihr gewohntes Leben aufzugeben, um einem Mann von neunundvierzig ins Exil zu folgen, der keineswegs eine Schönheit ist?‹«

Monsieur le Gouverneur unterbrach seine Erzählung, hob die Schultern so weit, daß sein Kopf fast zwischen ihnen verschwand, und wandte sich uns zu.

»Ich bin häßlich. Ich gebe es zu. Ich bin von einer Häßlichkeit, die nicht Angst oder Respekt einflößt, nur Lächerlichkeit, und das ist die schlimmste Häßlichkeit. Wenn Leute mich zum erstenmal sehen, zucken sie nicht vor Angst zusammen, darin läge offensichtlich etwas Schmeichelhaftes, sie prusten vor Lachen. Hören Sie, als der vortreffliche Mr. Wilkins mir heute morgen seine Tiere zeigte, streckte Percy, der Orang-Utan, die Arme aus, und wären die Käfigstäbe nicht gewesen, hätte er mich als einen lange vermißten Bruder an die Brust gedrückt. Und wirklich, einmal als ich im Jardin des Plantes in Paris war und man mir erzählte, daß einer der Menschenaffen ausgebrochen sei, ging ich so schnell wie möglich raus, in der Angst, daß sie mich in Verwechslung mit dem Flüchtigen packen und trotz meines Protests ins Affenhaus sperren würden.«

»*Voyons, mon ami*«, sagte Madame, seine Frau, mit ihrer tiefen, langsamen Stimme, »du redest noch mehr Unsinn als sonst. Ich sage nicht, daß du ein Apoll bist, und das ist in deiner Position auch nicht nötig, aber du hast Würde, du hast Haltung, du bist ein Mann, wie man sich ihn nur wünschen kann.«

»Ich will meine Geschichte weitererzählen. Als ich diese Bemerkung zu meinem Freund machte, erwiderte er: ›Bei Frauen weiß man nie Bescheid. Es gibt etwas am Heiraten, das sie auf wunderbare Art und Weise anzieht. Es kann nicht schaden, sie zu fragen. Schließlich wird es von einer Frau als Kompliment aufgefaßt, wenn man sie um die Ehe bittet. Mehr als ablehnen kann sie nicht.‹

›Aber ich kenne deine Cousine nicht und weiß nicht, wie ich ihre Bekanntschaft machen soll. Ich kann nicht in ihr Haus gehen, sie sprechen wollen, und wenn ich in den Salon geführt werde, sagen: *Voilà*, ich bitte Sie, meine Frau zu werden. Sie würde denken, ich sei ein Verrückter, und um Hilfe rufen. Nebenbei, ich bin ein extrem schüchterner Mann und würde niemals einen solchen Schritt wagen.‹

›Ich werde dir sagen, was du tun mußt‹, sagte mein Freund. ›Fahr nach Genf und bring ihr eine Schachtel Pralinen von mir. Sie wird froh sein, von mir zu hören, und dich mit Freuden empfangen. Ihr könnt euch ein bißchen unterhalten, und wenn sie dir nicht gefällt, gehst du, und nichts Schlimmes ist passiert. Andererseits, wenn du sie magst, können wir die Sache weiterverfolgen, und du kannst förmlich um ihre Hand anhalten.‹

Ich war verzweifelt. Es schien die einzige Möglichkeit zu sein. Wir gingen sofort in einen Laden und kauften eine riesige Schachtel Pralinen, und in der Nacht nahm ich den Zug nach Genf. Kaum war ich angekommen, schickte ich ihr einen Brief, um ihr zu sagen, daß ich der Überbringer eines

Geschenkes von ihrem Cousin sei und daß ich mich sehr freuen würde, wenn ich es ihr persönlich überreichen dürfe. Innerhalb einer Stunde erhielt ich ihre Antwort, die besagte, daß es ihr eine Freude sei, mich um vier Uhr nachmittags empfangen zu können. Die Zwischenzeit verbrachte ich vor dem Spiegel und band siebzehnmal meinen Schlips. Als die Uhr vier schlug, präsentierte ich mich vor ihrer Haustür und wurde sofort in den Salon geführt. Sie erwartete mich. Ihr Cousin hatte gesagt, sie sei nicht häßlich. Stellen Sie sich meine Überraschung vor, eine junge Frau zu sehen, *enfin* eine junggebliebene Frau, von vornehmer Haltung, mit der Würde einer Juno, den Formen einer Venus und in ihrem Ausdruck der Intelligenz einer Minerva.«

»Du bist zu absurd«, sagte Madame. »Aber inzwischen wissen diese Herren, daß man nicht alles glauben kann, was du sagst.«

»Ich schwöre Ihnen, daß ich nicht übertreibe. Ich war so verblüfft, daß ich fast die Pralinenschachtel fallengelassen hätte. Aber ich sagte mir: ›*La garde meurt mais ne se rend pas.*‹ Ich überreichte ihr die Pralinen. Ich erzählte ihr Neues von ihrem Cousin. Ich fand sie liebenswürdig. Wir sprachen eine Viertelstunde miteinander, und ich sagte mir: ›*Allons-y.*‹ Und dann sagte ich zu ihr:

›*Mademoiselle*, ich muß gestehen, daß ich nicht nur gekommen bin, um Ihnen eine Schachtel Pralinen zu bringen.‹

Sie lächelte und bemerkte, daß ich offensichtlich wichtigere Gründe als das gehabt haben müsse, um nach Genf zu kommen.

›Ich bin gekommen, Sie um die Ehre zu bitten, meine Frau zu werden.‹

Sie fuhr zurück.

›Aber *monsieur,* Sie sind verrückt‹, sagte sie.

›Ich flehe Sie an, nicht zu antworten, bevor Sie die Tatsachen gehört haben‹, unterbrach ich sie, und ehe sie etwas sagen konnte, erzählte ich ihr die ganze Geschichte. Ich erzählte ihr von der Annonce im *Figaro,* und sie lachte, bis ihr die Tränen über das Gesicht liefen. Dann wiederholte ich meinen Antrag.

›Sie meinen das ernst?‹ fragte sie.

›Ich habe nie in meinem Leben etwas ernster gemeint.‹

›Ich will nicht leugnen, daß Ihr Antrag eine Überraschung ist. Ich habe nicht mehr an Heirat gedacht, ich bin über das Alter hinaus; aber anscheinend ist Ihr Antrag nicht so, daß eine Frau ihn ohne zu überlegen ablehnen sollte. Ich bin geschmeichelt. Wollen Sie mir ein paar Tage Zeit zum Überlegen lassen?‹

›*Mademoiselle,* ich bin zutiefst betrübt‹, antwortete ich, ›aber ich habe nicht soviel Zeit. Wenn Sie mich nicht heiraten wollen, muß ich nach Paris zurück, um die Durchsicht der fünfzehn- oder achtzehnhundert Briefe zu beenden, die noch auf mich warten.‹

›Es liegt auf der Hand, daß ich Ihnen nicht sofort antworten kann. Bis vor einer Viertelstunde habe ich Sie noch nie gesehen. Ich muß meine Freunde und meine Familie um Rat fragen.‹

›Was haben die damit zu tun? Sie sind volljährig. Die Angelegenheit drängt. Ich kann nicht warten. Ich habe Ihnen alles erklärt. Sie sind eine intelligente Frau. Folgen Sie Ihrer ersten Regung. Was könnte durch weiteres Nachdenken gewonnen werden?‹

›Sie wollen doch wohl nicht, daß ich jetzt sofort ja oder nein sage? Das ist ungeheuerlich.‹

›Genau das will ich. In zwei Stunden geht mein Zug zurück nach Paris.‹

Sie sah mich nachdenklich an.

›Sie sind ganz offensichtlich ein Verrückter. Sie sollten eingesperrt werden, sowohl zu Ihrer eigenen als auch zur Sicherheit der Öffentlichkeit.‹

›Nun, wie lautet die Antwort?‹ sagte ich. ›Ja oder nein?‹

Sie zuckte die Achseln.

›*Mon Dieu.*‹ Sie wartete eine Minute, und ich saß wie auf Kohlen. ›Ja.‹«

Der Gouverneur deutete mit der Hand auf seine Frau.

»Und da ist sie. Wir heirateten nach vierzehn Tagen, und ich wurde Gouverneur einer Kolonie. Ich heiratete ein Juwel, meine verehrten Herren, eine Frau mit dem zauberhaftesten Charakter, eine unter tausend, eine Frau mit männlicher Intelligenz und weiblicher Sensibilität, eine bewundernswerte Frau.«

»Nun halt aber den Mund, *mon ami*«, sagte seine Frau. »Du machst mich genauso lächerlich wie dich.«

Er wandte sich an den belgischen Oberst.

»Sind Sie Junggeselle, *mon colonel*? Wenn ja, empfehle ich Ihnen dringend, nach Genf zu fahren. Es ist ein Nest (*une pépinière* war das Wort, das er gebrauchte) voll der anbetungswürdigsten jungen Frauen. Dort finden Sie eine Frau wie sonst nirgends. Außerdem ist Genf eine zauberhafte Stadt. Verlieren Sie keine Minute, sondern fahren Sie hin, und ich werde Ihnen einen Brief an die Nichten meiner Frau mitgeben.«

Madame faßte schließlich zusammen:

»Tatsache ist, daß man in einer Vernunftehe weniger erwartet und daher weniger wahrscheinlich enttäuscht wird. Da man keine übertriebenen Ansprüche an den anderen stellt, gibt es keinen Grund zur Verbitterung. Man erwartet keine Vollkommenheit und ist deshalb den gegenseitigen Fehlern gegenüber tolerant. Leidenschaft ist schön und gut, aber nicht die richtige Grundlage für eine Ehe. *Voyez-vous*, damit zwei Menschen in der Ehe glücklich sein können, müssen sie in der Lage sein, sich gegenseitig zu respektieren, sie müssen in einer ähnlichen Verfassung sein, und ihre Interessen müssen sich ähneln; wenn sie dann noch anständige Leute und gewillt sind, zu geben und zu nehmen, zu leben und leben zu lassen, gibt es keinen Grund, warum ihre Verbindung nicht so glücklich sein sollte wie unsere.« Sie hielt inne. »Aber, natürlich, mein Mann ist besonders bemerkenswert.«

Prinzessin September

Zuerst bekam der König von Siam zwei Töchter, und er nannte sie Nacht und Tag. Dann bekam er noch zwei, deshalb änderte er die Namen der beiden ersten und nannte die vier nach den Jahreszeiten, Frühling, Herbst, Winter und Sommer. Aber im Lauf der Zeit bekam er noch drei und änderte ihre Namen noch einmal und nannte alle sieben nach den Wochentagen. Als aber seine achte Tochter geboren wurde, wußte er nicht, was er tun sollte, bis er plötzlich an die zwölf Monate des Jahres dachte. Die Königin sagte, es gebe nur zwölf, und es verwirre sie, sich so viele neue Namen merken zu müssen, aber der König hatte einen methodischen Geist, und wenn er sich einmal zu etwas entschlossen hatte, konnte er es nicht mehr ändern, sosehr er es auch versuchte. Er änderte die Namen aller seiner Töchter und nannte sie Januar, Februar, März (aber natürlich auf Siamesisch), bis er zur jüngsten kam, die August genannt wurde, und die nächste hieß September.

»Da bleiben nur noch Oktober, November und Dezember übrig«, sagte die Königin. »Und danach müssen wir wieder ganz von vorne anfangen.«

»Nein, müssen wir nicht«, sagte der König, »denn ich denke, zwölf Töchter sind genug für jeden Mann, und wenn die süße kleine Dezember geboren ist, werde ich bedauerlicherweise gezwungen sein, dir den Kopf abzuschneiden.«

Er weinte bitterlich, als er das sagte, denn er liebte die Königin außerordentlich. Natürlich machte das die Königin sehr traurig, denn sie wußte, es würde den König sehr schmerzen, wenn er ihr den Kopf abschneiden müßte. Und für sie wäre es auch nicht gerade schön. Aber es ergab sich, daß es für beide unnötig war, sich zu sorgen, denn September war die letzte Tochter, die sie je bekamen. Die Königin gebar danach nur noch Söhne, und die wurden nach den Buchstaben des Alphabets benannt, so daß in dem Falle für lange Zeit kein Grund zur Sorge bestand, denn sie hatte erst den Buchstaben J erreicht.

Nun waren dadurch, daß sie auf diese Art dauernd ihre Namen ändern mußten, die Charaktere der Töchter des Königs von Siam verbittert worden, und die älteren, die natürlich ihre Namen öfter als die anderen hatten ändern müssen, hatten einen noch verbitterteren Charakter. Aber September, die nie erfahren hatte, was es bedeutet, anders als September genannt zu werden (außer natürlich von ihren Schwestern, die sie, weil ihre Charaktere verbittert waren, mit allen möglichen Namen belegten), hatte ein sanftes und liebreizendes Gemüt.

Der König von Siam hatte eine Gewohnheit, die, wie ich meine, nützlicherweise in Europa nachgeahmt werden könnte. Anstatt zu seinem Geburtstag Geschenke zu erhalten, verteilte er welche, und es scheint, als liebte er seine Gewohnheit, denn er pflegte oft zu sagen, daß es ihm leid tue, nur an einem Tag geboren zu sein und deshalb nur einen Geburtstag im Jahr zu haben. Aber so gelang es ihm, im Lauf der Zeit all seine Hochzeitsgeschenke und die Ergebenheitsgeschenke, die die Bürgermeister der siamesischen

Städte ihm überreichten, und all seine Kronen, die aus der Mode gekommen waren, wegzuschenken. In einem Jahr schenkte er, weil er nichts anderes zur Hand hatte, jeder seiner Töchter einen wunderschönen grünen Papagei in einem wunderschönen goldenen Käfig zu seinem Geburtstag. Es waren neun, und auf jedem Käfig stand der Name des Monats geschrieben, der der Name der Prinzessin war, der er gehörte. Die neun Prinzessinnen waren sehr stolz auf ihre Papageien, und sie verbrachten jeden Tag eine Stunde (denn wie ihr Vater hatten sie einen methodischen Geist) damit, ihnen das Sprechen beizubringen. Bald konnten alle Papageien ›Gott schütze den König‹ sagen (auf Siamesisch, was sehr schwer ist), und einige konnten ›Pretty Polly‹ in nicht weniger als sieben orientalischen Sprachen sagen. Aber eines Tages, als Prinzessin September ihrem Papagei guten Morgen sagen wollte, fand sie ihn tot auf dem Boden seines goldenen Käfigs. Sie brach in Tränen aus, und nichts, was ihre Ehrenjungfrauen sagen konnten, tröstete sie. Sie weinte so sehr, daß die Ehrenjungfrauen, ratlos, was zu tun sei, die Königin unterrichteten, und die Königin sagte, es sei dummes Zeug und das Kind solle einfach ohne Abendbrot ins Bett gesteckt werden. Die Ehrenjungfrauen wollten auf eine Abendgesellschaft, und deshalb brachten sie Prinzessin September so schnell wie möglich ins Bett und ließen sie allein. Und als sie, immer noch weinend, obwohl sie sich sehr hungrig fühlte, in ihrem Bett lag, sah sie einen kleinen Vogel in ihr Zimmer hüpfen. Sie nahm den Daumen aus dem Mund und setzte sich auf. Da begann der kleine Vogel zu singen, und er sang ein wunderschönes Lied über den See im Garten des Königs und die Weidenbäume, die sich in dem stillen Wasser betrachteten, und die Goldfische, die zwischen den Ästen, die sich im Wasser spiegelten, hin und her glitten. Als er geendet hatte, weinte die Prinzessin nicht mehr, und sie vergaß völlig, daß sie kein Abendbrot bekommen hatte.

»Das war ein schönes Lied«, sagte sie.

Der kleine Vogel verbeugte sich vor ihr, denn Künstler haben selbstverständlich gute Manieren, und sie lieben es, anerkannt zu werden.

»Würdest du gerne mich anstelle deines Papageis haben?« sagte der kleine Vogel. »Ich bin zwar nicht so schön, aber andererseits habe ich eine viel bessere Stimme.«

Prinzessin September klatschte vor Freude in die Hände, und da hüpfte der kleine Vogel auf das Fußende ihres Bettes und sang sie in den Schlaf.

Als sie am nächsten Tag erwachte, saß der kleine Vogel immer noch da, und als sie die Augen öffnete, sagte er guten Morgen. Die Ehrenjungfrauen brachten ihr Frühstück herein, und er pickte Reis aus ihrer Hand und badete in ihrer Untertasse. Er trank auch daraus. Die Ehrenjungfrauen meinten, es sei nicht sehr fein, das eigene Badewasser zu trinken, aber Prinzessin September sagte, das sei eben das künstlerische Temperament. Als er gefrühstückt hatte, begann er wieder so wunderschön zu singen, daß die Ehrenjungfrauen ganz überrascht waren, denn sie hatten so etwas noch nie gehört, und Prinzessin September war sehr stolz und glücklich.

»Nun möchte ich dich meinen acht Schwestern zeigen«, sagte die Prinzessin.

Sie streckte den Zeigefinger ihrer rechten Hand aus, so daß er als Sitzstange diente, und der kleine Vogel flog herunter und setzte sich darauf. Dann ging sie, gefolgt von ihren Ehrenjungfrauen, durch den Palast und besuchte der Reihe nach alle Prinzessinnen, angefangen bei Januar, denn sie wahrte die Etikette, bis hinunter zu August. Und für jede Prinzessin sang der kleine Vogel ein anderes Lied. Aber die Papageien konnten nur ›Gott schütze den König‹ und ›Pretty Polly‹ sagen. Zuletzt zeigte sie den kleinen Vogel dem König und der Königin. Sie waren überrascht und entzückt.

»Ich wußte, es war richtig, dich ohne Abendbrot ins Bett zu schicken«, sagte die Königin.

»Dieser Vogel singt viel besser als die Papageien«, sagte der König.

»Ich hätte mir denken können, daß es dich langsam langweilt, die Leute ›Gott schütze den König‹ sagen zu hören«, sagte die Königin. »Ich weiß nicht, warum die Mädchen es auch ihren Papageien noch beibringen wollten.«

»Das Gefühl ist erhebend«, sagte der König, »und ich kann es nicht oft genug hören. Aber es langweilt mich wirklich, diese Papageien ›Pretty Polly‹ sagen zu hören.«

»Sie sagen es in sieben verschiedenen Sprachen«, wandten die Prinzessinnen ein.

»Das muß ich zugeben«, sagte der König. »Aber es erinnert mich zu sehr an meine Ratgeber. Sie sagen die gleiche Sache auf sieben verschiedene Arten, und es bedeutet gar nichts, egal, wie sie es sagen.«

Die Prinzessinnen, deren Charaktere, wie ich bereits sagte, natürlich verbittert waren, waren darüber verärgert, und die Papageien sahen wirklich finster drein. Aber Prinzessin September lief durch alle Räume des Palastes und sang wie eine Lerche, während der kleine Vogel sie umkreiste und wie eine Nachtigall sang, was er auch war.

So ging es einige Tage weiter, und dann steckten die acht Prinzessinnen die Köpfe zusammen. Sie gingen zu September, setzten sich im Kreis um sie nieder und verbargen ihre Füße, wie sich das für siamesische Prinzessinnen gehört.

»Meine arme September«, sagten sie. »Wir sind traurig über den Tod deines wunderschönen Papageis. Es muß schrecklich für dich sein, keinen Vogel zu haben wie wir. Deshalb haben wir alle unser Taschengeld zusammengelegt und werden dir einen schönen grünen und gelben Papagei kaufen.«

»Nein danke«, sagte September. (Das war nicht sehr höflich von ihr, aber siamesische Prinzessinnen sind manchmal etwas kurz angebunden gegeneinander.) »Ich habe einen Vogel, der singt mir die lieblichsten Lieder, und ich weiß nicht, was ich um alles in der Welt mit einem grünen und gelben Papagei soll.«

Januar schniefte, Februar schniefte, dann schniefte März; tatsächlich schnieften alle Prinzessinnen, jedoch in der richtigen Reihenfolge. Als sie damit fertig waren, fragte September:

»Warum schnieft ihr so? Habt ihr alle einen Schnupfen?«

»Nein, meine Liebe«, sagten sie, »es ist absurd, von *deinem* Vogel zu reden, wenn der kleine Wicht rein- und rausfliegt, wie er will.«

Sie sahen sich im Zimmer um und zogen die Augenbrauen so hoch, daß ihre Stirnen ganz und gar verschwanden.

»Ihr werdet schreckliche Falten bekommen«, sagte September.

»Dürfen wir vielleicht fragen, wo dein Vogel jetzt ist?« sagten sie.

»Er besucht seinen Schwiegervater«, sagte September.

»Und wieso denkst du, daß er zurückkommt?« fragten die Prinzessinnen.

»Er kommt immer zurück«, sagte September.

»Nun, meine Liebe«, sagten die acht Prinzessinnen, »wenn du auf uns hören willst, dann geh lieber kein solches Risiko ein. Wenn er zurückkommt – und glaub uns, du hast wirklich Glück, wenn er's tut –, sperr ihn in den Käfig und laß ihn nicht mehr raus. Nur so kannst du seiner sicher sein.«

»Aber ich möchte, daß er im Zimmer herumfliegt«, sagte September.

»Sicher ist sicher«, sagten ihre Schwestern unheilverkündend.

Sie standen auf, gingen kopfschüttelnd hinaus und ließen September sehr unruhig zurück. Es schien ihr, daß ihr kleiner Vogel lange fortblieb, und sie wußte nicht, was er tat. Es könnte ihm etwas zugestoßen sein. Schließlich gab es Falken und Vogelfänger, da wußte man nie, in welch schlimme Situationen er geraten konnte. Außerdem könnte er sie vergessen oder einen anderen liebgewinnen; das wäre schrecklich; oh, sie wünschte, er wäre gesund zurück und in dem goldenen Käfig, der leer und wartend dastand. Als die Ehrenjungfrauen den toten Papagei begraben hatten, hatten sie den Käfig an der alten Stelle stehenlassen.

Plötzlich hörte September ein twiet-twiet gerade hinter ihrem Ohr, und sie sah den kleinen Vogel auf ihrer Schulter sitzen. Er war so still hereingekommen und so leicht gelandet, daß sie ihn nicht gehört hatte.

»Ich habe mich gefragt, was um alles in der Welt mit dir geschehen sein könnte«, sagte die Prinzessin.

»Ich habe mir gedacht, daß du dich das fragen würdest«, sagte der kleine Vogel. »Tatsache ist, daß ich um ein Haar heute nacht überhaupt nicht zurückgekommen wäre. Mein Schwiegervater hat ein Fest veranstaltet, und alle wollten, daß ich bleibe, aber ich dachte, du würdest dich ängstigen.«

So wie die Dinge lagen, machte der kleine Vogel da eine sehr unglückliche Bemerkung.

September fühlte ihr Herz wump, wump in ihrer Brust klopfen und entschloß sich, kein Risiko mehr einzugehen. Sie ergriff den Vogel mit der Hand. Das war er gewöhnt, denn sie fühlte gerne sein Herz in der Höhle ihrer Hand schlagen, pit-e-pet, so schnell, und ich glaube, er liebte die weiche Wärme ihrer kleinen Hand. Deshalb argwöhnte der Vogel nichts und war so überrascht, als sie ihn hinüber zum Käfig trug, ihn hineinstieß und die Tür hinter ihm schloß, daß er für einen Moment sprachlos war. Aber einen Augenblick später hüpfte er auf die Elfenbeinstange und sagte:

»Soll das ein Witz sein?«

»Das ist kein Witz«, sagte September, »einige von Mamas Katzen streunen heute nacht herum, und ich denke, du bist da drin viel sicherer.«

»Ich verstehe nicht, warum die Königin all diese Katzen haben muß«, sagte der kleine Vogel ziemlich verdrossen.

»Nun ja, weißt du, es sind ganz besondere Katzen«, sagte die Prinzessin, »sie haben blaue Augen und einen Knick im Schwanz, und sie sind eine Spezialität der königlichen Familie, wenn du verstehst, was ich meine.«

»Ganz genau«, sagte der kleine Vogel, »aber warum hast du mich in diesen Käfig gesperrt, ohne etwas davon zu sagen? Ich glaube nicht, daß ich mich hier wohl fühle.«

»Ich hätte die ganze Nacht kein Auge zugetan, wenn ich dich nicht in Sicherheit gewußt hätte.«

»Nun gut, nur für dieses eine Mal soll es mir recht sein«, sagte der kleine Vogel, »wenn du mich am Morgen wieder rausläßt.«

Er aß ein sehr gutes Abendessen und begann dann zu singen. Aber mitten im Lied hörte er plötzlich auf.

»Ich weiß nicht, was mit mir los ist«, sagte er, »aber mir ist heute abend nicht nach Singen zumute.«

»Gut, gut«, sagte September, »schlaf lieber.«

Er steckte also seinen Kopf unter den Flügel und war nach einer Minute fest eingeschlafen. September ging auch schlafen. Aber als die Morgendämmerung hereinbrach, wurde sie von dem kleinen Vogel aufgeweckt, der sie rief, so laut er nur konnte.

»Wach auf, wach auf«, sagte er. »Mach diese Käfigtür auf und laß mich raus. Ich möchte ordentlich fliegen, solange der Tau noch auf dem Boden liegt.«

»Du bist viel besser aufgehoben, wo du bist«, sagte September. »Du hast einen wunderschönen goldenen Käfig. Der beste Handwerker im Königreich meines Papas hat ihn gebaut, und mein Papa hat sich so darüber gefreut, daß er ihm den Kopf abgeschnitten hat, damit er keinen anderen bauen kann.«

»Laß mich raus, laß mich raus«, sagte der kleine Vogel.

»Du bekommst von meinen Ehrenjungfrauen drei Mahlzeiten am Tag serviert; du brauchst dich von morgens bis abends um nichts zu kümmern und kannst nach Herzenslust singen.«

»Laß mich raus, laß mich raus«, sagte der kleine Vogel. Und er versuchte, durch das Käfiggitter zu schlüpfen, aber es gelang ihm natürlich nicht, und er schlug gegen die Tür, aber er konnte sie natürlich nicht öffnen. Da kamen die acht Prinzessinnen herein und betrachteten ihn. Sie sagten September, wie klug sie sei, ihrem Rat gefolgt zu sein. Sie sagten, er werde sich bald an den Käfig gewöhnt haben und in ein paar Tagen vergessen, daß er je frei gewesen war. Solange sie da waren, sagte der kleine Vogel überhaupt nichts, aber sobald sie gegangen waren, begann er wieder zu schreien: »Laß mich raus, laß mich raus.«

»Sei doch nicht so ein alter Dummkopf«, sagte September. »Ich habe dich nur in den Käfig gesperrt, weil ich dich so gern habe. Ich weiß viel besser, was gut für dich ist, als du selber. Sing ein kleines Lied für mich, und ich gebe dir ein Stück braunen Zucker.«

Aber der kleine Vogel stand in der Ecke seines Käfigs, sah zum blauen Himmel hinauf und sang keinen Ton. Er sang den ganzen Tag nicht.

»Was hat es für einen Sinn zu schmollen?« sagte September. »Warum singst du nicht und vergißt deine Sorgen?«

»Wie kann ich singen«, antwortete der kleine Vogel. »Ich möchte die Bäume sehen und den See und den grünen Reis, der auf den Feldern wächst.«

»Wenn das alles ist, was du willst, werde ich dich auf einen Spaziergang mitnehmen«, sagte September.

Sie nahm den Käfig und ging hinaus und hinunter zum See, um den die Weidenbäume wuchsen, und sie stand am

Rand der Reisfelder, die sich ausdehnten, so weit das Auge reichte.

»Ich werde dich jeden Tag ausführen«, sagte sie. »Ich habe dich lieb, und alles, was ich möchte, ist, dich glücklich zu machen.«

»Es ist nicht das gleiche«, sagte der kleine Vogel. »Die Reisfelder und der See und die Weidenbäume sehen ganz anders aus, wenn man sie durch das Gitter eines Käfigs sieht.«

Also brachte sie ihn wieder nach Hause und gab ihm sein Abendessen. Aber er fraß nichts. Die Prinzessin war darüber ein bißchen besorgt und fragte ihre Schwestern, was sie davon hielten.

»Du mußt fest bleiben«, sagten sie.

»Aber wenn er nicht ißt, wird er sterben«, antwortete sie.

»Das wäre sehr undankbar von ihm«, sagten sie. »Er muß doch wissen, daß du nur sein Bestes willst. Wenn er eigensinnig ist und stirbt, geschieht es ihm recht, und du kannst froh sein, wenn du ihn los bist.«

September konnte nicht einsehen, was ihr das viel nützen sollte, aber sie waren acht gegen eine und alle älter, also sagte sie nichts.

»Vielleicht wird er sich bis morgen an seinen Käfig gewöhnt haben«, sagte sie.

Und als sie am nächsten Tag aufwachte, rief sie mit fröhlicher Stimme guten Morgen. Sie bekam keine Antwort. Sie sprang aus dem Bett und rannte bis zum Käfig. Sie stieß einen entsetzten Schrei aus, denn der kleine Vogel lag da, auf dem Boden, auf der Seite, die Augen zu, und sah aus, als sei er tot. Sie öffnete die Tür, steckte ihre Hand hinein und holte ihn heraus. Sie gab einen erleichterten Seufzer von sich, denn sie fühlte, daß sein kleines Herz noch schlug.

»Wach auf, wach auf, kleiner Vogel«, sagte sie.

Sie begann zu weinen, und ihre Tränen fielen auf den kleinen Vogel. Er öffnete die Augen und merkte, daß die Käfigstäbe ihn nicht mehr umgaben.

»Ich kann nicht singen, wenn ich nicht frei bin, und wenn ich nicht singen kann, sterbe ich«, sagte er.

Die Prinzessin seufzte tief.

»Dann sei frei«, sagte sie, »ich habe dich in einen goldenen Käfig gesperrt, weil ich dich liebte und ganz für mich alleine haben wollte. Aber ich habe bestimmt nicht gewußt, daß es dich töten würde. Geh. Flieg durch die Bäume, die um den See stehen, und flieg über die grünen Reisfelder. Ich habe dich so lieb, daß ich dich auf deine Art glücklich sein lasse.«

Sie stieß das Fenster auf und setzte den kleinen Vogel sanft auf das Fensterbrett. Er schüttelte sich ein bißchen.

»Komm und geh, wie es dir gefällt, kleiner Vogel«, sagte sie. »Ich werde dich nie mehr in einen Käfig sperren.«

»Ich werde kommen, weil ich dich liebe, kleine Prinzessin«, sagte der Vogel. »Und ich werde dir die schönsten Lieder singen, die ich kenne. Ich werde weit fortfliegen, aber ich werde immer wieder zurückkommen, und ich werde dich niemals vergessen.« Er schüttelte sich noch einmal. »Du liebes bißchen, wie steif ich bin«, sagte er.

Dann öffnete er seine Flügel und flog geradewegs ins Blaue. Aber die kleine Prinzessin brach in Tränen aus, denn es ist sehr schwer, das Glück von jemandem, den man liebt, vor das eigene zu setzen, und da ihr kleiner Vogel nun weit weg und nicht mehr zu sehen war, fühlte sie sich plötzlich sehr einsam. Als ihre Schwestern erfuhren, was geschehen war, verspotteten sie sie und sagten, der kleine Vogel werde nie mehr zurückkommen. Aber schließlich kam er doch zurück. Und er saß auf Septembers Schulter und aß aus ihrer Hand und sang ihr die schönsten Lieder vor, die er gelernt hatte, als er die schönen Gegenden der Welt besuchte. September ließ ihr Fenster Tag und Nacht offen, damit der kleine Vogel immer, wenn er wollte, in ihr Zimmer kommen konnte, und das war gut für sie; so wurde sie außergewöhnlich schön. Und als sie alt genug war, heiratete sie den König von Kambodscha und wurde den ganzen Weg bis zu der Stadt, in der er lebte, von einem weißen Elefanten getragen. Aber ihre Schwestern schliefen nie bei offenem Fenster, deshalb wurden sie außergewöhnlich häßlich und widerwärtig, und als die Zeit kam, sie zu verheiraten, wurden sie an die Ratgeber des Königs weggegeben samt einem Pfund Tee und einer Siamkatze.

In einem fremden Land

Ich bin immer viel gereist. Aber ich bin nicht gereist, um berühmte Denkmäler zu bewundern, die mich sogar etwas langweilen, oder mir schöne Gegenden anzusehen, die mich bald ermüden, sondern um Menschen zu begegnen. Bekannte Persönlichkeiten vermeide ich. Ich würde nicht über die Straße gehen, um einen König oder einen Präsidenten aus der Nähe zu sehen, und einen Autor lerne ich lieber aus seinen Büchern und einen Maler durch seine Bilder kennen. Aber ich habe Hunderte von Meilen zurückgelegt, um einen Missionar aufzusuchen, von dem ich eine merkwürdige Geschichte gehört hatte, und vierzehn Tage in einem elenden Hotel kampiert, um einen Billardmarkeur näher kennenzulernen. Ich könnte sagen, daß mich keine menschliche Begegnung wirklich überrascht, wäre da nicht diese eine Sorte von Mensch, auf die ich fortgesetzt stoße und die in mir jedesmal ein belustigtes Staunen auslöst. Ich meine die alte Engländerin, die meistens mit entsprechenden Mitteln allein lebt und überall in der ganzen Welt zu finden ist, selbst an Orten, wo man sie am wenigsten vermutet. Man wundert sich schon kaum mehr, wenn man hört, daß in der Villa auf dem Hügel am Rande einer kleinen italienischen Stadt eine Engländerin wohnt, die einzige, die es weit und breit gibt, und wenn einem eine einsame Hazienda in Andalusien gezeigt wird, muß man beinahe darauf gefaßt sein, daß dort seit vielen Jahren eine alte Engländerin lebt. Mehr ist man schon überrascht zu erfahren, daß die einzige weiße Person in einer gottverlassenen Stadt mitten im ländlichen China kein Missionar, sondern eine Engländerin ist und da für sich lebt, keiner weiß, weshalb. Eine andere haust auf einer Südseeinsel, und eine dritte bewohnt einen Bungalow bei einem größeren Dorf im Inland von Java. Alle diese Frauen führen ein einsames Leben, ohne Anhang und Freunde. Fremde sind ihnen unwillkommen. Auch wenn sie monatelang keinen Landsmann zu Gesicht bekommen haben, sind sie imstande, auf der Straße an einem vorüberzugehen, als hätten sie einen nicht gesehen. Sollte man ihnen aufgrund der gemeinsamen Nationalität einen Besuch abstatten wollen, so werden sie mit größter Wahrscheinlichkeit ablehnen, einen zu empfangen. Sollte dies wider Erwarten aber doch der Fall sein, bekommt man eine Tasse Tee aus einer silbernen Teekanne und schottische Scones auf einer Worcester-Schale serviert. Sie werden sich höflich mit dem Gast unterhalten, so, als säßen sie in einem Pfarrhaus in Kent, beim Abschied aber nicht den leisesten Wunsch zu erkennen geben, die Bekanntschaft fortzusetzen. Umsonst fragt man sich, welcher sonderbare Instinkt sie getrieben hat, sich von allen ihren Verwandten und Freunden zurückzuziehen und fern von ihren natürlichen Lebensbedingungen in einem fremden Land zu leben. Was haben sie gesucht, Romantik oder Freiheit?

Von all diesen Engländerinnen, die ich getroffen habe oder über die mir berichtet wurde (sie sind, wie gesagt, schwer zugänglich), ist mir jedoch eine besonders im Gedächtnis geblieben, eine ältere Person, die in Kleinasien lebte.

Nach einer langen Fahrt war ich in einer kleinen Stadt angekommen, von der aus ich einen berühmten Berg besteigen wollte. An seinem Fuß lag der alte weiträumige Gasthof, in dem ich abstieg. Ich traf spät in der Nacht ein und trug meinen Namen in das Gästebuch ein. Ich ging in mein Zimmer, es war kalt, und beim Ausziehen fror ich am ganzen Leibe. Gleich darauf klopfte es an der Tür, und der Dragoman trat ein.

»Mit einer Empfehlung von Signora Niccolini«, sagte er.

Damit überreichte er mir zu meinem größten Erstaunen eine Wärmflasche. Ich nahm sie dankbar entgegen.

»Wer ist Signora Niccolini?« fragte ich.

»Die Besitzerin des Hotels«, gab er zur Antwort.

Ich bat ihn, ihr meinen Dank zu übermitteln, und er zog sich zurück. Eine Wärmflasche war das letzte, was ich in einem abgelegenen Gasthaus in Kleinasien erwartet hätte, das von einer alten Italienerin geführt wurde. (Wäre uns nicht allen noch sterbensübel vom Krieg, würde ich hier die Geschichte erzählen, wie sechs Männer ihr Leben riskierten, um aus einem Schloß in Flandern, das bombardiert wurde, eine Wärmflasche herauszuholen.)

Am nächsten Morgen fragte ich nach Signora Niccolini, um mich bei ihr persönlich zu bedanken. Während ich auf sie wartete, zerbrach ich mir den Kopf darüber, was wohl ›Wärmflasche‹ auf Italienisch hieß. Kurz darauf erschien sie. Sie war etwas untersetzt, nicht ohne Würde, trug eine schwarze, spitzenbesetzte Schürze und eine gleichartige Haube auf dem Kopf. Sie hatte die Hände übereinandergelegt. Ich war überrascht. Sie sah genauso aus wie eine Haushälterin in einem großen englischen Haus.

»Sie wollten mich sprechen, Sir?«

Sie war Engländerin. Die wenigen Worte genügten, um den leichten Cockney-Akzent zu verraten.

»Ich wollte mich nur für die Wärmflasche bei Ihnen bedanken«, erwiderte ich leicht verwirrt.

»Ich habe dem Gästebuch entnommen, daß Sie Engländer sind, und englischen Gästen schicke ich immer eine Wärmflasche aufs Zimmer.«

»Seien Sie versichert, daß ich es sehr zu schätzen wußte.«

»Ich war jahrelang bei dem verstorbenen Lord Ormskirk in Stellung, Sir. Seine Lordschaft ging nie ohne Wärmflasche auf Reisen. Haben Sie sonst noch Wünsche, Sir?«

»Danke. Im Augenblick nicht.«

Sie neigte den Kopf höflich und würdevoll und verschwand, und ich fragte mich, wie um alles in der Welt eine ältere Engländerin dazu gekommen sein mochte, ein Hotel in Kleinasien zu führen. Es war nicht einfach, sie näher kennenzulernen. Sie war sich ihrer Stellung bewußt, die sie sich selbst zugewiesen hatte, und hielt sich in gebührendem Abstand. Sie war nicht umsonst bei einer Familie des englischen Hochadels im Dienst gewesen. Aber ich war hartnäckig und brachte sie schließlich dazu, mich zum Tee in ihrem kleinen Privatsalon einzuladen. Wie ich erfuhr, war sie Zofe bei einer gewissen Lady Ormskirk gewesen, während Signor Niccolini (sie pflegte ihren verstorbenen Mann nie anders zu nennen) die Stellung eines Kochs bei Seiner Lordschaft innegehabt hatte. Signor Niccolini sei ein schöner Mann gewesen, und eine Reihe von Jahren hätten sie sich ›gut verstanden‹. Als sie beide eine bestimmte Summe zusammengespart hatten, hatten sie geheiratet, den Dienst aufgegeben und sich nach einem Hotel umgesehen. Auf eine Annonce hin hatten sie dieses hier gekauft, weil Signor Niccolini meinte, er würde gern noch etwas von der Welt sehen. Das lag nun schon fast dreißig Jahre zurück, und Signor Niccolini war vor fünfzehn Jahren gestorben. England hatte sie nie wiedergesehen. Ich fragte sie, ob sie nicht manchmal Heimweh habe.

»Ich sage nicht, daß ich nicht gern auf einen Besuch hinüberfahren würde, obwohl ich mir denken kann, daß ich vieles sehr verändert finden würde. Aber meine Familie war gegen die Heirat mit einem Ausländer, und wir stehen in keiner Verbindung mehr. Natürlich ist hier manches anders, als ich es von zu Hause her gewohnt war. Aber man wundert sich selbst, woran man sich alles gewöhnen kann. Ich sehe hier eine Menge vom Leben. Ich weiß nicht, ob das ewige Einerlei an einem Ort wie London mir noch zusagen würde.«

Ich mußte lächeln. Ihre Worte standen in einem sonderbaren Gegensatz zu ihrem ganzen Wesen. Sie war ein Muster von Anstand und Sitte. Man konnte sich kaum vorstellen, daß sie dreißig Jahre lang in diesem unwirtlichen, fast barbarischen Land zugebracht hatte, ohne davon im geringsten verändert worden zu sein. Obwohl ich nicht Türkisch konnte – während sie es fast fließend sprach –, war ich überzeugt, daß sie es nicht korrekt, auf jeden Fall aber mit Cockney-Akzent sprach. Sie war allem Anschein nach die pünktliche, korrekte, adrette englische Kammerzofe geblieben, die ihren Platz kannte und sich durch nichts beirren ließ, weil sie sich über nichts wundern konnte. Wie es auch kam, sie nahm alles als selbstverständlich hin. Jeder, der kein Engländer war, war in ihren Augen ein Fremder und damit nahezu ein Schwachsinniger, mit dem man Nachsicht haben mußte. Sie leitete ihr Hotel mit strenger Hand. Sie wußte, wie ein Bediensteter höheren Ranges seine Autorität gegenüber der unter ihm stehenden Dienerschaft in einem großen Haus ausüben mußte. So war auch alles im Hotel sauber und ordentlich.

Als ich ihr diesbezüglich meine Anerkennung aussprach, erwiderte sie: »Ich tue, was ich kann«, wobei sie wie gewöhnlich mit respektvoll übereinandergelegten Händen vor mir stand.

»Natürlich kann man nicht von einem Ausländer erwarten, daß er dieselben Sitten und Gebräuche hat wie wir, aber, wie Seine Lordschaft immer zu mir zu sagen pflegte: ›Was wir in diesem Leben tun müssen, Parker‹ – sagte er zu mir –, ›was wir tun müssen, ist, das Beste aus unserem Rohmaterial zu machen.‹«

Die größte Überraschung bereitete sie mir am Abend vor meiner Abreise.

»Es freut mich, daß Sie noch meine Jungen sehen werden, ehe Sie abreisen.«

»Ich wußte nicht, daß Sie Söhne haben.«

»Sie hatten auswärts zu tun und sind eben erst zurückgekommen. Ich glaube, Sie werden überrascht sein, wenn Sie sie sehen. Ich habe sie sozusagen mit meinen eigenen Händen ausgebildet, und wenn ich einmal nicht mehr bin, werden sie das Haus gemeinsam weiterführen.«

Gleich darauf leuchteten ihre Augen auf, denn zwei große, stämmige, braungebrannte Burschen erschienen in der Halle. Sie stürmten auf Signora Niccolini zu, nahmen sie in die Arme und küßten sie herzlich ab.

»Sie sprechen kein Englisch, aber sie verstehen ein wenig. Natürlich sprechen sie Türkisch wie Einheimische und Griechisch und Italienisch.«

Ich schüttelte beiden die Hände, und dann verschwanden sie, nachdem Signora Niccolini etwas zu ihnen gesagt hatte.

»Zwei prachtvolle Burschen«, sagte ich, »Sie können sehr stolz auf sie sein.«

»Das bin ich auch. Und es sind gute Jungen, alle beide. Von dem Tag ihrer Geburt an haben sie mir nie Kummer gemacht. Sie sind Signor Niccolini wie aus dem Gesicht geschnitten.«

»Man würde offen gesagt nicht auf den Gedanken kommen, daß sie eine Engländerin zur Mutter haben.«

»Genau gesagt bin ich nicht ihre Mutter, Sir. Sie kommen gerade von ihr. Ich hatte sie hingeschickt, damit sie ihr guten Tag sagten.«

Ich möchte annehmen, daß ich ein etwas verdutztes Gesicht machte.

»Es sind die Söhne von Signor Niccolini und einem griechischen Mädchen, das hier im Hotel arbeitete. Und da ich keine Kinder bekam, habe ich sie adoptiert.«

Ich suchte umsonst nach einer passenden Bemerkung.

»Hoffentlich nehmen Sie nicht an, daß damit irgendein Vorwurf gegen Signor Niccolini verbunden ist«, fuhr sie fort und richtete sich etwas auf. »Ich möchte nicht, daß Sie das denken, Sir.« Sie legte die Hände übereinander und fügte mit einer Mischung aus Stolz, Strenge und Zufriedenheit als letztes hinzu:

»Signor Niccolini war in jeder Beziehung ein ganzer Mann.«

Der Müßiggänger

Die meisten Menschen, ja fast alle, leben, wie es der Druck der äußeren Umstände bestimmt, und wenn auch einige, die sich in ihrer Haut nicht wohl fühlen, murren, weil sie unter anderen Verhältnissen vorgeblich eine bessere Figur abgegeben hätten, nimmt der größere Teil, wenn nicht heiter, so doch resigniert sein Schicksal hin. Wie Straßenbahnen fahren sie ohne Unterlaß auf den ewig gleichen Geleisen hin und her, hin und her, immer wieder, bis sie ihren Geist aufgeben und verschrottet werden. Selten findet man einen, der tapfer sein Leben in die eigenen Hände nimmt; und es lohnt sich, ihn genauer anzusehen, wenn man auf so jemanden stößt.

Daher lag mir daran, Thomas Wilson zu treffen, der sich in ein kühnes und aufregendes Unternehmen gestürzt hatte. Natürlich war sein Experiment noch nicht zu Ende, und vorher durfte man es nicht als erfolgreich bezeichnen. Aber nach allem, was ich hörte, mußte er ein merkwürdiger Bursche sein, den ich gerne kennenlernen wollte. Er galt als sehr zurückhaltend, doch ich hatte das Gefühl, daß ich durch Vorsicht und Geduld sein Vertrauen gewinnen würde. Ich mußte die Geschichte von ihm selbst erfahren; die Leute übertreiben gerne und erzählen romantische Märchen, und ich erwartete, daß sein Fall nicht halb so ungewöhnlich sei, wie man mir weisgemacht hatte.

Dieser Eindruck verstärkte sich, als wir uns endlich begegneten. Ich verbrachte den August in der Villa eines Freundes auf Capri, wo kurz vor Sonnenuntergang auf der Piazza Einheimische und Fremde zu einem geruhsamen Schwatz in der Abendkühle zusammenkommen. Von einer Terrasse aus geht der Blick auf die Bucht von Neapel, und wenn die Sonne langsam ins Meer sinkt, zeichnet sich die Silhouette von Ischia vor einer Feuerwand ab – eines der schönsten Naturschauspiele in der ganzen Welt. Als ich mit meinem Freund und Gastgeber die Aussicht genoß, sagte er plötzlich:

»Du, dort ist Wilson.«

»Wo?«

»Der Mann auf dem Geländer, der uns den Rücken zukehrt. Er hat ein blaues Hemd an.«

Ich sah eine unauffällige Rückenpartie und einen kleinen Kopf mit dünnem, kurzgeschnittenem, grauem Haar.

»Wenn er sich bloß umdrehen würde«, sagte ich.

»Das wird er gleich tun.«

»Dann frag ihn doch, ob er mit uns im Morgano einen Drink nimmt.«

»Gerne.«

Schon war der Augenblick berauschender Schönheit vorüber, die Sonne versank wie die Kuppe einer Orange im weinroten Meer. Wir wendeten uns ab und schauten, an die Balustrade gelehnt, den promenierenden Leuten zu. Alle schnatterten nach Kräften, ein herzerfrischender Lärm. Dann läutete die Kirchenglocke, ein wenig scheppernd zwar, aber mit einem hellen Nachklang. Die Piazza von Capri bildet mit dem Glockenturm über dem Fußweg, der vom Hafen heraufführt, und der an einer Freitreppe aufragenden Kirche die ideale Kulisse für eine Donizetti-Oper; man erwartete, daß die plappernde Menge jeden Augenblick einen schmetternden Chor anstimmte. Alles war reizvoll unwirklich. Die Szene fesselte mich so, daß ich gar nicht bemerkte, wie Wilson von der Balustrade her auf uns zuging. Als er vorbeikam, hielt ihn mein Freund an.

»Hallo, Wilson, ich sah Sie in letzter Zeit gar nicht beim Baden.«

»Ich war zur Abwechslung auf der anderen Seite.«

Mein Freund stellte mich vor, und Wilson reichte mir freundlich, aber unbeteiligt die Hand; so viele Touristen besuchen für ein paar Tage oder ein paar Wochen Capri, daß er gewiß dauernd kurzlebige Bekanntschaften machte. Mein Freund lud ihn zu einem Drink mit uns ein.

»Ich wollte gerade zum Abendessen.«

»Kann das nicht warten?«

Er lachte. »Ich glaube schon.«

Trotz seiner schlechten Zähne war sein freundliches, gütiges Lachen anziehend. Er trug ein blaues Baumwollhemd, graue, sehr zerknitterte und nicht sonderlich saubere Leinenhosen und uralte Espadrilles. Dieser malerische Aufzug paßte ausgezeichnet zu der Umgebung und zum Wetter, aber keineswegs zu Wilsons langem, zerfurchtem, sonnenverbranntem Gesicht mit den schmalen Lippen, den kleinen grauen, eng beieinanderstehenden Augen und den straffen, klaren Zügen. Die grauen Haare hatte er sorgsam gebürstet. Sein Gesicht war nicht unattraktiv, ja in seiner Jugend mochte er gut, wenn auch konventionell ausgesehen haben. Das am Kragen offenstehende Hemd und die grauen Hosen schienen nicht zu ihm zu gehören; er trug sie, als hätte er im Pyjama Schiffbruch erlitten und wäre von mitleidigen Fremden mit abgelegten Sachen ausgestattet worden. Ungeachtet seines lässigen Aufzugs wirkte er wie der Leiter einer Versicherungsfiliale, der eigentlich undenkbar ist ohne schwarzes Jackett, Pfeffer-und-Salz-Hosen, blütenweißes Hemd und tadellosen Binder. Ich sah mich schon bei ihm meinen Schadenersatzanspruch für eine verlorene Uhr anmelden und völlig verwirrt seine Fragen beantworten, da er bei aller Höflichkeit durchscheinen ließ, daß so einen Verlust nur Narren oder Spitzbuben ersetzt haben wollen.

Wir bummelten über die Piazza und die Straße hinunter bis zum Morgano, wo wir uns in den Garten setzten. Um uns herum sprach man russisch, deutsch, englisch und italienisch. Als wir etwas zu trinken bestellt hatten, watschelte Donna Lucia, die Frau des Wirts, herbei und begrüßte uns mit ihrer tiefen, melodischen Stimme. Obschon nun in gesetztem Alter und recht stattlich, bewahrte sie Spuren jener überwältigenden Schönheit, die vor dreißig Jahren die Maler zu unzähligen schlechten Porträts inspiriert hatte. Ihre großen runden Augen waren Heras Augen, in ihrem Lachen klang Anmut und Güte. Wir drei plauderten eine Weile leichthin, denn Capri liefert immer irgendeinen Skandal als Gesprächsstoff. Bald stand Wilson auf und verabschiedete sich. Kurz danach schlenderten wir zum Haus meines Freundes hinauf zum Abendessen. Unterwegs fragte er mich, was ich von Wilson halte.

»Nichts«, sagte ich, »ich glaube kein Wort von deiner Geschichte.«

»Warum nicht?«

»Er ist nicht der Mann dazu.«

»Wer kennt schon seine Mitmenschen bis auf den Grund?«

»Ich halte Wilson für einen ganz gewöhnlichen Geschäftsmann, der sich mit einem netten Einkommen aus einer bombensicheren Kapitalanlage zur Ruhe gesetzt hat. Richtiger Capri-Klatsch, den du mir da aufgetischt hast.«

»Bitte, wie du willst«, sagte mein Freund.

Gewöhnlich badeten wir an einem Strand neben dem sogenannten Bad des Tiberius. Mit einem gemieteten Einspänner fuhren wir ein Stück die Straße entlang, dann wanderten wir durch Zitronenhaine und Weinberge, wo Zikaden zirpten und die Luft schwer war vom heißen Duft der Sonne, bis wir die Spitze einer Klippe erreichten, von der in steilen Serpentinen ein Weg zum Meer hinunterführte. Als wir, ein oder zwei Tage nach dem Zusammentreffen, fast unten angelangt waren, rief mein Freund: »Oh, Wilson ist wieder da.«

Wir stapften über den steinigen Strand, an dem man zum vollkommenen Glück nur den Sand vermißte. Wilson sah uns ankeuchen und winkte. Er stand in der Badehose da und rauchte eine Pfeife, sein Körper war dunkelbraun, schlank, aber nicht ausgemergelt, und im Vergleich zu seinen Runzeln und seinem grauen Haar jugendlich. Erhitzt von unserem Marsch zogen wir uns rasch aus und stürzten sofort ins Wasser, das am Ufer schon zehn Meter tief und so klar war, daß man bis auf den Grund sah. Trotz seiner Wärme erfrischte es.

Als ich herausstieg, lag Wilson bäuchlings auf einem Handtuch und las. Ich zündete mir eine Zigarette an und setzte mich zu ihm.

»Gut geschwommen?« fragte er.

Er steckte seine Pfeife als Lesezeichen zwischen die Seiten, schloß das Buch und legte es neben sich auf die Steine. Ohne Zweifel wollte er sich unterhalten.

»Herrlich«, sagte ich, »auf der ganzen Welt gibt's nichts Vergleichbares.«

»Das da halten die Leute natürlich für das Bad des Tiberius.« Er zeigte auf einige unförmige Mauerreste, die aus dem Wasser ragten. »Aber das ist Unfug. Die Mauern stammen, wie Sie sicher wissen, von einer seiner Villen.«

Ich wußte es, doch man muß die Leute reden lassen, wenn sie der Mitteilungsdrang überfällt. So nimmt man sie für sich ein. Wilson lachte auf.

»Ein merkwürdiger Knabe, dieser Tiberius. Nur schade, daß angeblich alle diese Geschichten über ihn glatt erlogen sind.«

Und er schilderte mir das Leben des Tiberius von A bis Z. Da ich meinen Sueton kannte und auch Darstellungen der frühen römischen Kaiserzeit gelesen hatte, erfuhr ich nicht viel Neues, doch mir fiel auf, und ich sagte es ihm auch, daß er recht gut beschlagen war.

»Ja, als ich mich hier niederließ, interessierte ich mich dafür, und Zeit zum Lesen habe ich ja genug. An einem Platz wie hier, mit allen diesen Erinnerungen, wird Geschichte so gegenwärtig. Da fühlt man sich beinahe in die alten Zeiten zurückversetzt.«

Ich muß hier einflechten, daß wir uns im Jahr 1913 befanden. Die Welt war ein geruhsamer und angenehmer Ort, und kein Mensch erwartete, irgend etwas könnte die Heiterkeit des Daseins stören.

»Wie lange sind Sie schon hier?« fragte ich.

»Fünfzehn Jahre.« Er warf einen Blick auf das ruhige blaue Meer, und ein seltsam zärtliches Lächeln spielte um seine dünnen Lippen. »Ich verliebte mich Hals über Kopf in diesen Fleck Erde. Sicher haben Sie von jenem sagenumwobenen Deutschen gehört, der mit dem Boot von Neapel herüberkam, um hier Mittag zu essen und die Blaue Grotte zu besichtigen, und der vierzig Jahre dablieb; nun, bei mir war's nicht ganz so, aber es läuft aufs gleiche hinaus. Bloß werden es in meinem Fall keine vierzig Jahre sein. Fünfundzwanzig. Das ist besser als gar nichts.«

Ich wartete auf weiteres, denn diese Andeutungen ließen doch etwas Wahres an der außerordentlichen Geschichte vermuten, die ich über ihn gehört hatte. Aber in diesem Augenblick stieg triefend und stolz, daß er anderthalb Kilometer geschwommen war, mein Freund aus dem Wasser, und die Unterhaltung wandte sich anderen Themen zu.

Später traf ich Wilson verschiedentlich, teils auf der Piazza, teils am Strand. Er war liebenswürdig und höflich, plauderte gerne und erwies sich nicht bloß als genauer Kenner der Insel, sondern auch des benachbarten Festlands. Über die verschiedensten Sachgebiete hatte er eine Menge gelesen, insbesondere über römische Geschichte, die er erstaunlich beherrschte. Er besaß allerdings wenig Phantasie und eine bloß durchschnittliche Intelligenz. Er lachte viel, doch gedämpft, und freute sich an schlichten Späßchen: ein Mann ohne Profil. Ich vergaß nicht seine seltsame Bemerkung bei unserem ersten vertrauten Gespräch, aber er kam nie darauf zurück. Als mein Freund und ich einmal vom Baden zurückkehrten und auf der Piazza aus der Pferdedroschke stiegen, bestellten wir den Fahrer für fünf Uhr zu einem Ausflug nach Anacapri. Wir wollten den Monte Solaro besteigen, in unserer Lieblingstaverne zu Abend essen und im Mondlicht heimwandern; es war Vollmond und die Aussicht bei Nacht ganz einzigartig. Wilson, den wir mitgenommen hatten, um ihm den heißen und staubigen Weg zu ersparen, stand daneben, als wir mit dem Kutscher verhandelten, und aus purer Höflichkeit fragte ich ihn, ob er uns begleiten wolle.

»Ich lade Sie ein«, sagte ich.

»Ich komme gerne mit«, antwortete er.

Aber als wir zum Aufbruch rüsteten, fühlte sich mein Freund nicht wohl; er war sicher zu lange im Wasser geblieben und scheute nun den langen, ermüdenden Marsch. So zogen Wilson und ich allein los. Wir stiegen auf den Berg, genossen den weiten Blick und erreichten bei Einbruch der Nacht erhitzt, hungrig und durstig die Wirtschaft. Unser Abendessen hatten wir im voraus bestellt. Es war sehr gut, denn Antonio kochte hervorragend, und der leichte Wein stammte aus seinem eigenen Weinberg. Man trank ihn wie Wasser, und zu den Makkaroni leerten wir die erste Flasche. Als die zweite zu Ende war, sahen wir das Leben in rosigen Farben. Wir saßen ganz allein in einer mit Trauben dicht behangenen Laube. Die Luft war zauberhaft mild, die Nacht ganz still. Das Mädchen brachte uns Bel Paese und eine Schüssel Feigen, ich bestellte noch Kaffee und Strega, den besten italienischen Likör. Wilson verschmähte meine Zigarre und zündete seine Pfeife an.

»Wir haben noch lange Zeit«, meinte er, »der Mond taucht erst in einer Stunde über dem Berg auf.«

»Mond hin oder her«, warf ich rasch ein, »natürlich haben wir lange Zeit. Das gehört zu Capris Reizen, daß sich niemand abhetzt.«

»Muße«, sagte er, »was wissen die Leute davon: das Wertvollste, was ein Mensch besitzen kann, und sie sind so blöde, daß sie es nicht einmal für erstrebenswert halten. Arbeit? Sie arbeiten um der Arbeit willen, zu dumm, um zu begreifen, daß der Genuß der Muße das einzige Ziel der Arbeit ist.«

Unter dem Einfluß des Weins ergehen sich viele Menschen in allgemeinen Betrachtungen. Wilsons Theorien waren richtig, aber beim besten Willen nicht originell. Ich sagte nichts, sondern zündete meine Zigarre an.

»Es war Vollmond, als ich zum erstenmal nach Capri kam«, fuhr er nachdenklich fort. »Es scheint, es war derselbe wie heute.«

»Es war derselbe«, bemerkte ich lächelnd.

Er feixte. Im Garten brannte als einziges Licht eine Öllampe, die über uns hing; das Essen hatte sie dürftig beleuchtet, aber jetzt verlockte sie zu vertraulichen Eröffnungen.

»So war's nicht gemeint. Ich wollte sagen, es hätte gestern sein können. Die fünfzehn Jahre sind mir wie ein Monat verflogen. Ich war vorher nie in Italien gewesen und nutzte damals meinen Sommerurlaub. Von Marseille fuhr ich mit dem Schiff nach Neapel und besuchte natürlich Pompeji und Paestum und noch ein oder zwei Sehenswürdigkeiten; dann kam ich für eine Woche hierher. Capri gefiel mir gleich, schon vom Meer aus, wie es immer näherrückte; und als wir von dem Dampfer in die kleinen Boote stiegen und am Kai landeten: diese plappernden Horden, die sich um das Gepäck balgten, und die Schlepper, die einen in ein Hotel schubsten, und die verfallenen Häuser der Marina und der Weg hinauf zu meiner Unterkunft und das Abendessen auf der Terrasse – ja, da hat's mich gepackt. Wirklich und nachhaltig. Ich wußte nicht mehr, wo mir der Kopf stand. Ich hatte noch nie Capri-Wein getrunken, sondern nur davon gehört; wahrscheinlich war ich darum etwas blau. Als alle zu Bett gegangen waren, blieb ich auf der Terrasse sitzen und betrachtete den Mond über dem Meer, eine große rote Rauchwolke stieg aus dem Vesuv. Heute weiß ich, was für ein Gepansche mir vorgesetzt wurde, von wegen Capri-Wein, aber damals schmeckte es mir. Und nicht der Wein machte mich trunken, sondern der Umriß der Insel, die redseligen Leute, der Mond und das Meer und der Oleander im Garten des Hotels. Ich hatte nie zuvor einen Oleander gesehen.«

Die lange Rede hatte ihm die Kehle ausgetrocknet. Er langte nach seinem Glas, aber es war leer. Ich bot ihm noch einen Strega an.

»Zu süßes Zeug. Wir nehmen lieber noch eine Flasche Wein. Viel vernünftiger, dieser reine Traubensaft, der einem nicht nachhängt.«

Ich bestellte noch eine Flasche und füllte die Gläser. Er nahm einen großen Schluck, seufzte wohlig auf und erzählte weiter.

»Am nächsten Morgen entdeckte ich unseren Badeplatz. Ganz nett, dort zu schwimmen, dachte ich. Dann erkundete ich die Insel und geriet, so ein Glück, mitten in ein Fest auf der Punta di Timberio. Ein Madonnenbild, Priester, weihrauchschwingende Ministranten und dazu eine riesige Volksmenge, hübsch, begeistert, fröhlich, die meisten im Sonntagsstaat. Ich traf einen Engländer und fragte ihn, was das zu bedeuten habe. ›Oh, Auferstehung‹, sagte er, ›zumindest behauptet das die Katholische Kirche, aber das ist nur Tarnung. Es ist das Fest der Venus, ein heidnisches Fest, verstehen Sie? Aphrodite, die aus dem Meer steigt und so weiter.‹ Mir wurde ganz anders, als ich das hörte. Es versetzt uns so weit in die Vergangenheit zurück, nicht wahr? Später schlenderte ich einmal bei Nacht hinunter, um die großen Felsen, die Faraglioni, im Mondlicht zu sehen. Wenn das Schicksal mich weiterhin zum Bankdirektor bestimmt hatte, durfte es mich nicht diesen Spaziergang machen lassen.«

»Sie waren bei der Bank?« fragte ich.

Ich hatte mich in seinem Beruf getäuscht, aber nur wenig.

»Ja. Leiter der York and City Bank an der Crawford Street. Das war praktisch, da ich Richtung Hendon wohnte. Siebenunddreißig Minuten brauchte ich ins Geschäft.«

Er zog an seiner Pfeife und zündete sie wieder an. »Das war meine letzte Nacht. Montag früh mußte ich zurück in der Bank sein. Als ich die zwei riesigen, aus dem Wasser aufragenden Felsen im Mondlicht betrachtete, dazu die vielen kleinen Lichter der Fischerboote, alles so friedlich und so vollkommen schön, da fragte ich mich, warum ich denn zurück sollte. Schließlich war niemand auf mich angewiesen. Meine Frau war vier Jahre zuvor an einer Lungenentzündung gestorben, unsere Tochter hatte ich der Großmutter, der Mutter meiner Frau, in Obhut gegeben. Diese dumme Person kümmerte sich nicht richtig um die Kleine, sie kriegte Blutvergiftung, ein Bein wurde amputiert, aber sie konnten sie nicht retten, und das arme Kind starb.«

»Schrecklich«, sagte ich.

»Ja, das hat mich sehr mitgenommen damals, wenn auch nicht auf die gleiche Weise, wie wenn das Kind bei mir gelebt hätte, und im Grunde war es eine Erlösung. Welche Chancen hat schon ein Mädchen mit einem Holzbein? Ich trauerte auch um meine Frau, wir kamen sehr gut miteinander aus, obgleich ich nicht weiß, ob das so geblieben wäre. Sie gehörte zu den Frauen, die sich immer nach der Meinung anderer Leute richten. Sie reiste nicht gerne, Eastbourne war ihr Ferienideal. Stellen Sie sich vor, erst nach ihrem Tod fuhr ich zum erstenmal über den Kanal.«

»Aber vermutlich haben Sie andere Verwandte, oder nicht?«

»Nein. Ich war das einzige Kind; mein Vater hatte einen Bruder, aber der ging schon vor meiner Geburt nach Australien. Ich glaube, niemand konnte einsamer sein auf dieser Welt als ich, und es gab keinen triftigen Grund, warum ich nicht dem Zug meines Herzens folgen sollte. Damals war ich vierunddreißig.«

Fünfzehn Jahre sei er bereits auf der Insel, hatte er mir erzählt, also war er jetzt neunundvierzig, wie ich etwa geschätzt hatte.

»Ich habe seit meinem siebzehnten Lebensjahr gearbeitet. Und mich erwartete nur das ewig gleiche Einerlei bis zu meiner Pensionierung. Lohnt denn das? fragte ich mich. Was konnte Unrechtes daran sein, wenn ich alles an den Nagel hängen und den Rest meines Lebens hier unten verbringen würde? Dies war das schönste Fleckchen Erde, das ich kannte. Aber als Geschäftsmann und von Natur aus vorsichtig sagte ich mir: Nein, du schlidderst da nicht einfach hinein, sondern fährst morgen wie geplant zurück und überlegst dir die

Sache noch einmal, vielleicht stellt sie sich von London aus ganz anders dar. Ich Esel verlor ein ganzes Jahr dadurch.«

»Und Sie hielten an Ihrem Entschluß fest?«

»Aber ja! Solange ich arbeitete, dachte ich bloß an den Strand und die Weinberge, an die Spaziergänge über die Hügel, an den Mond und das Meer und an die Piazza, wo sich am Abend das ganze Dorf zu einem kleinen Plausch nach des Tages Arbeit einfindet. Nur ein einziges Problem beschäftigte mich: ob ich es verantworten könne, im Gegensatz zu allen anderen Leuten nichts zu tun. Da las ich eine Art historischen Roman von einem Mann namens Marion Crawford, worin etwas über Sybaris und Crotona stand. Das waren zwei Städte: In Sybaris genossen sie das Leben in vollen Zügen, und in Crotona schuftete man unermüdlich. Eines Tages überfielen die Crotoner Sybaris und zerstörten es, und nach einiger Zeit überfielen irgendwelche Halunken Crotona und zerstörten es. Nichts überdauerte von Sybaris, kein einziger Stein, und von Crotona blieb nur eine Säule. Das entschied für mich die Sache.«

»Hm?«

»Es ist doch genau aufs gleiche hinausgelaufen. Und, im nachhinein betrachtet, wer war der Dumme?«

Ich schwieg, und er sprach weiter.

»Das Geld machte mir natürlich Kopfzerbrechen, denn die Bank zahlte erst nach dreißig Jahren Dienstzeit eine Pension, gewährte aber eine Abfindung, wenn man vorher ausschied. Auch zusammen mit dem Verkaufserlös meines Hauses und den paar Ersparnissen reichte es nicht für eine lebenslängliche Rente. Ich wäre ja blöde gewesen, alles einem angenehmen Leben zu opfern, ohne die Mittel zu besitzen, es mir wirklich angenehm zu gestalten. Ich wollte ein Häuschen, einen dienstbaren Geist, der mir den Haushalt führte, Tabak, ordentliches Essen, hie und da ein Buch und einen kleinen Fonds für Notfälle. Ich wußte genau, wieviel ich brauchen würde, und rechnete aus, daß ich mir gerade eine Rente für fünfundzwanzig Jahre kaufen konnte.«

»Sie waren damals fünfunddreißig?«

»Ja. Damit hätte ich mein Auskommen bis sechzig. Wer weiß schon, ob er länger lebt, die meisten sterben in den Fünfzigern, und mit sechzig hat man ja das Beste hinter sich.«

»Aber stirbt man auch garantiert mit sechzig?«

»Vielleicht. Das hängt von uns selbst ab, meinen Sie nicht?«

»An Ihrer Stelle wäre ich bei der Bank geblieben, bis ich die Pension hätte beanspruchen können.«

»Mit siebenundvierzig also. Nicht zu alt, um hier das Leben zu genießen, ich bin jetzt schon darüber hinaus und genieße es wie eh und je, aber doch zu alt, dieses Abenteuer mit der Intensität der Jugend zu erleben. Natürlich kann man sich's mit fünfzig so herrlich wie mit dreißig einrichten, aber es ist nicht dasselbe. Ich wollte das vollkommene Leben leben im Vollbesitz meiner geistigen und körperlichen Kräfte, um das Maximum daraus zu ziehen. Fünfundzwanzig Jahre schienen eine lange Zeit und fünfundzwanzig Jahre Glückseligkeit einen ordentlichen Preis wert. Ich hatte beschlossen, ein Jahr zu warten; ich wartete ein Jahr, bat dann um meine Entlassung und kaufte, sobald ich meine Abfindung hatte, die Rente und kam hierher.«

»Eine Rente für fünfundzwanzig Jahre?«

»Sicher.«

»Und Sie haben es nie bereut?«

»Nie. Den Gegenwert meines Geldes hab ich schon erhalten, und zehn Jahre stehen mir noch bevor. Meinen Sie nicht, nach fünfundzwanzig Jahren ungetrübten Glücks sollte man zufrieden sein und nicht mehr verlangen?«

»Vielleicht.«

Er sprach sich nicht darüber aus, was er dann tun wollte, aber seine Absicht war klar. Was er mir anvertraut hatte, deckte sich mit der Geschichte, die mir mein Freund erzählt hatte, aber aus Wilsons eigenem Mund klang sie doch anders. Ich musterte ihn kurz: Es war wirklich nichts Ungewöhnliches an ihm. Niemand, der dieses feine, etwas konventionelle Gesicht sah, traute dem Mann etwas Außerordentliches zu. Ich machte ihm keinen Vorwurf; es war sein Leben, das er sich so seltsam zurechtgebastelt hatte – warum sollte er nicht damit anfangen, was ihm beliebte; dennoch kroch mir ein Schauder über den Rücken.

»Wird Ihnen kühl?« fragte er lächelnd. »Wir könnten jetzt loszuckeln, der Mond wird aufgegangen sein.«

Bevor wir aufbrachen, fragte mich Wilson noch, ob ich nicht sein Haus sehen wollte, und zwei oder drei Tage darauf, als ich erfahren hatte, wo er wohnte, machte ich mich zu ihm auf. Ich fand eine Bauernhütte vor, ziemlich entfernt von der Stadt, in einem Weinberg, mit Aussicht auf das Meer. Neben der Haustür blühte verschwenderisch ein großer Oleander. Innen gab es nur zwei kleine Zimmer und eine winzige Küche mit einem Verschlag für Brennholz. Das Schlafzimmer glich einer Mönchszelle, während das angenehm nach Tabak riechende Wohnzimmer behaglich eingerichtet war mit zwei Lehnstühlen, die Wilson aus England mitgebracht hatte, einem mächtigen Rollschreibtisch, einem kleinen Klavier und übervollen Bücherregalen. An den Wänden hingen gerahmte Stiche nach Bildern von G.F. Watts und Lord Leighton. Wilson berichtete, die Hütte gehöre dem Besitzer des Weinbergs, der weiter oben in einem anderen Haus wohne und dessen Frau täglich die Zimmer und das Essen besorge. Während seines ersten Aufenthalts in Capri habe er diesen Platz ausfindig gemacht und ihn bei seiner Rückkehr gemietet: Seither lebe er dort.

Als ich das Instrument und die aufgeschlagenen Noten bemerkte, fragte ich Wilson, ob er Klavier spiele.

»Nur mäßig, aber ich liebe Musik seit langem und klimpere mit großem Vergnügen.«

Er setzte sich ans Klavier und spielte einen Satz einer Beethoven-Sonate. Es war nicht sehr bedeutend. Ich blätterte die Noten durch: Schumann, Schubert, Beethoven, Bach und Chopin. Auf dem Eßtisch entdeckte ich ein Paket abgenutzter Karten, und ich fragte ihn, ob er Patiencen lege.

»Oft.«

Nach allem, was ich von ihm sah und von anderen Leuten über ihn hörte, konnte ich mir wohl ein zutreffendes Bild seines Lebens in den letzten fünfzehn Jahren machen. Ein harmloses Leben: Er badete und wanderte viel und gewann sichtlich der Insel, die er so gut kannte, immer neue Schönheiten ab; er spielte Klavier, legte Patiencen und las. Einladungen schlug er nicht aus und zeigte sich als angenehmer, wenn auch ein bißchen farbloser Gast. Kümmerte man sich nicht um ihn, war er keineswegs beleidigt. Er mochte die Menschen, aber mit einer Distanz, die Intimität ausschloß. Er lebte schlicht, ohne auf Komfort zu verzichten, und schuldete niemandem eine Lira. Sex hatte ihn wahrscheinlich nie heftig beunruhigt, und wenn er früher ab und an mit einer Touristin, die in dieser Luft den Kopf verlor, eine Affäre gehabt haben mochte, dann blieb er ganz gewiß Herr über seine Gefühle. Nichts durfte seine völlige Unabhängigkeit beeinträchtigen. Seine einzige Leidenschaft war die Schönheit der Natur; so suchte er das Glück in den einfachen, kreatürlichen Dingen, die das Leben jedermann anbietet. Vielleicht sagen Sie: wie entsetzlich selbstsüchtig. Sicher, er nützte niemandem, aber er schadete auch niemandem. Er erstrebte bloß sein persönliches Glück und schien es sogar erreicht zu haben. Wenige wissen, wo sie ihr Glück suchen sollen, kaum einer findet es. War er ein Narr oder ein Weiser? Auf jeden Fall war er ein Mann, der wußte, was er wollte. Mich störte bloß seine aufreizende Durchschnittlichkeit. Niemals hätte ich einen zweiten Gedanken an ihn verschwendet, wäre er nicht, wie er mir angedeutet hatte, an einem bestimmten Tag in zehn Jahren gezwungen, von dieser so geliebten Welt Abschied zu nehmen, wenn nicht eine Krankheit ihm zufällig den Lebensfaden vorher durchschnitt. Wahrscheinlich stachelte ihn diese Vorstellung, die ihm nie aus dem Sinn kam, zu jenem eigentümlichen Eifer an, mit dem er jede Sekunde des Tages ausschöpfte.

Es wäre ungerecht gegenüber Wilson, nicht darauf hinzuweisen, daß er im allgemeinen nicht von sich zu sprechen pflegte. Nur meinem Freund, bei dem ich wohnte, hatte er sich anvertraut, und mir erzählte er seine Geschichte, weil er vermutete, ich kenne sie bereits; überdies hatte er an jenem Abend recht viel Wein getrunken.

Meine Ferien gingen zu Ende, und ich verließ die Insel.

Im Jahr darauf brach der Krieg aus. Verschiedene Umstände gaben meinem Leben eine neue Richtung, so daß ich erst dreizehn Jahre später wieder nach Capri kam. Mein Freund war schon früher zurückgekehrt, hatte aber, da es ihm finanziell nicht mehr besonders gut ging, ein neues Haus bezogen, wo kein Platz für mich war; so stieg ich in einem Hotel ab. Er holte mich am Schiff ab, wir aßen zusammen, und ich fragte ihn beiläufig, wo eigentlich sein Haus genau liege.

»Du kennst es«, antwortete er, »es gehörte Wilson. Ich habe ein Zimmer angebaut und es mir sehr hübsch eingerichtet.«

Den Kopf voll von anderen Dingen, hatte ich Wilson jahrelang vergessen; jetzt überfiel mich mit einem leisen Schreck die Erinnerung. Die zehn Jahre, die er noch vor sich hatte, als ich ihn kennenlernte, mußten lange abgelaufen sein.

»Brachte er sich wirklich um?«

»Es ist eine recht traurige Geschichte.«

Wilsons Plan war gut, er besaß nur einen Fehler, den Wilson nicht einkalkulieren konnte. Er hatte übersehen, daß durch fünfundzwanzig Jahre ungetrübten Seelenfriedens und vollkommenen Glücks im Windschatten des Schicksals seine Charakterstärke immer mehr aufgeweicht würde. Der menschliche Wille braucht Hindernisse, um sich zu stählen; wenn er nie beansprucht wird, wenn alle Wünsche glatt in Erfüllung gehen, weil sie sich im Rahmen des mühelos Erreichbaren halten, dann versagt der Wille den Dienst. Wer nur auf ebener Erde geht, dessen Muskeln bilden sich zurück und taugen nicht mehr zum Bergsteigen. Diese Betrachtungen sind banal, aber sei es. Als Wilsons Rente abgelaufen war, konnte er sich nicht aufraffen, Schluß zu machen und den Preis für diese lange Zeit heiterer Beschaulichkeit zu zahlen. Nach allem, was ich von meinem Freund und später von anderen erfuhr, denke ich nicht, daß es ihm an Mut gebrach, er konnte sich einfach nicht zu der Tat entschließen. Er schob sie von Tag zu Tag hinaus.

Da er so lange auf der Insel gelebt und seine Rechnungen immer prompt beglichen hatte, bekam er leicht Kredit; er hatte nie Geld geliehen und fand jetzt zahlreiche Bekannte, die er um kleine Summen angehen konnte. Auch seine Miete hatte er regelmäßig bezahlt, so daß der Hausbesitzer, dessen Frau Assunta ihm immer noch die Wirtschaft führte, den Dingen monatelang ihren Lauf ließ. Jedermann glaubte seiner Beteuerung, eine Verwandte von ihm sei gestorben und er stecke in momentaner Verlegenheit, da juristische Formalitäten die Anweisung des ihm zustehenden Erbes verzögerten. Mit diesem Trick hielt er sich ein gutes Jahr über Wasser, dann schrieben die Läden nicht mehr länger an, und niemand lieh ihm mehr das geringste. Der Hausbesitzer forderte ihn auf auszuziehen, wenn er bis zu einem bestimmten Termin seine Mietschulden nicht abgetragen habe.

Am Tag, ehe die Frist abgelaufen war, zog sich Wilson in seine Schlafkammer zurück, verschloß Tür und Fenster, zog die Vorhänge zu und zündete eine Pfanne mit Holzkohle an. Als Assunta ihm am nächsten Morgen das Frühstück bereiten wollte, fand sie ihn bewußtlos, aber noch am Leben. In dem Zimmer war es zugig trotz der Abdichtungen: Besonders sorgfältig hatte Wilson nicht gearbeitet. Es schien, als ob er in letzter Sekunde ungeachtet der verzweifelten Lage an seiner Absicht irre geworden sei. Man schaffte ihn in bedenklichem Zustand ins Krankenhaus, und er erholte sich wieder; allerdings blieb, als Folge der Gasvergiftung oder des Schocks, ein geistiger Defekt zurück. Er war nicht verrückt, auf keinen Fall anstaltsreif, aber ganz offensichtlich stimmte es bei ihm nicht mehr.

»Ich habe ihn einmal besucht«, erzählte mein Freund, »und versuchte, ihn zum Sprechen zu bringen, aber er starrte mich bloß seltsam an, als erinnere er sich nicht recht an mich. Ein trostloses Bild, wie er da seit einer Woche unrasiert und mit grauen Stoppeln in seinem Bett lag; doch abgesehen von diesem seltsamen Ausdruck der Augen schien er ganz normal.«

»Was für ein seltsamer Ausdruck?«

»Ich weiß nicht, wie ich ihn beschreiben soll – verwirrt. Der Vergleich ist absurd, aber stell dir vor, du wirfst einen Stein in die Luft, und er fällt nicht herunter, sondern bleibt oben ...«

»Nicht zu glauben.« Ich lachte.

»Das ist's, ungläubig schaute er mich an.«

Was sollte man mit Wilson anfangen? Er besaß kein Geld und konnte keines verdienen. Seine Habseligkeiten wurden verkauft, aber der Erlös deckte nicht einmal seine Schulden. Er war Engländer, und die italienischen Behörden lehnten die Verantwortung für ihn ab. Der britische Konsul in Neapel verfügte über keine Mittel für so einen Fall. Natürlich konnte man Wilson nach England zurückschicken, doch niemand wußte, was dort mit ihm geschehen sollte. Da erklärte Assunta, die Zugehfrau, er sei ein guter Herr und ein guter Mieter gewesen und habe, solange es ihm möglich war, ordentlich bezahlt; er könne im Holzschuppen ihres Hauses schlafen und bei ihnen mitessen. Dies wurde ihm vorgeschlagen, aber er reagierte nicht darauf. Als Assunta ihn im Krankenhaus abholte, folgte er ihr wortlos; er schien jeden eigenen Willen verloren zu haben. Jetzt versorgte sie ihn schon zwei Jahre.

»Es ist nicht gerade üppig«, fuhr mein Freund fort. »Sie haben ihm ein wackliges Feldbett aufgeschlagen mit ein paar Decken, aber der Raum hat kein Fenster – eine Eishöhle im Winter und ein Brutofen im Sommer. Und das Essen ist primitiv; du weißt, wie sich diese Bauern ernähren: am Sonntag Makkaroni und alle Schaltjahre einmal Fleisch.«

»Was treibt er denn die ganze Zeit?«

»Wandert auf den Hügeln herum. Ich wollte mich zwei- oder dreimal um ihn kümmern, doch es hat keinen Zweck: Sobald er einen sieht, rennt er davon wie ein Hase. Gelegentlich kommt Assunta herunter zu einem Schwatz, und dann gebe ich ihr etwas Geld, damit sie ihm Tabak kauft, aber wer weiß, ob er ihn je sieht.«

»Gehen sie wenigstens anständig mit ihm um?« fragte ich.

»Die freundliche Assunta sicher; sie behandelt ihn wie ein Kind. Ihr Mann dagegen ist leider nicht sehr nett zu ihm. Ihn reuen die Kosten für Wilsons Unterhalt. Ich glaube nicht, daß er ihn schlägt, aber er packt ihn ein bißchen scharf an, läßt ihn Wasser holen, den Kuhstall putzen und so weiter.«

»Das klingt doch alles sehr mißlich.«

»Er hat es sich selber eingebrockt. Schließlich erntet er bloß, was er gesät hat.«

»Ja, so geht es wohl uns allen«, sagte ich. »Aber das ändert nichts daran, daß es entsetzlich ist.«

Drei Tage später schlenderten mein Freund und ich auf einem schmalen Pfad durch den Olivenhain.

»Dort ist Wilson«, rief mein Freund plötzlich. »Weiter! Nicht hinsehen, sonst erschrickt er.«

Ich ging stur geradeaus, den Blick fest auf den Weg gerichtet, verfolgte aber aus den Augenwinkeln, wie sich ein Mann hinter einem Olivenbaum versteckte. Er rührte sich nicht, als wir näherkamen, doch spürte ich, daß er uns beobachtete. Sobald wir vorbei waren, hörten wir ein Rascheln: Wilson rannte wie ein gejagtes Tier davon. Das war das letzte, was ich von ihm sah.

Voriges Jahr ist er gestorben. Sechs Jahre lang hatte er dieses Leben ausgehalten. Man fand ihn eines Morgens auf einem Hügel friedlich daliegen, als wäre er im Schlaf verschieden. Von dort oben schaut man auf die beiden aus dem Meer ragenden Faraglioni herab. Es war Vollmond, er hatte sie wohl im Mondlicht sehen wollen. Vielleicht war er von der Schönheit dieses Anblicks überwältigt worden.

Salvatore

Ob ich es wohl schaffe?

Ich lernte Salvatore kennen, als er ein fünfzehnjähriger Junge mit häßlichem, freundlichem Gesicht, einem lachenden Mund und sorglosen Augen war. Gewöhnlich verbrachte er den Morgen fast unbekleidet am Strand liegend, und sein brauner Körper war hager und voller Anmut. Er war dauernd im Wasser und wieder draußen und schwamm mit den plumpen, mühelosen Zügen der Fischerjungen. Er kletterte mit bloßen Füßen auf die schartigen Felsen, denn außer am Sonntag trug er nie Schuhe und warf sich mit einem Freudenschrei in das tiefe Wasser. Sein Vater war Fischer und besaß einen kleinen Weinberg, und Salvatore paßte auf seine beiden jüngeren Brüder auf. Er rief ihnen zu, ans Ufer zu kommen, wenn sie sich zu weit hinausgewagt hatten, und trieb sie zum Anziehen, wenn es Zeit war, für das einfache Mittagessen den heißen, weinbestandenen Hügel hinaufzusteigen.

Aber im Süden wachsen die Jungen schnell, und nach kurzer Zeit war er wahnsinnig in ein Mädchen verliebt, das an der Grande Marina wohnte. Sie hatte Augen wie Waldseen, und ihre Haltung war die einer Tochter Caesars. Sie waren verlobt, konnten aber nicht heiraten, da Salvatore seinen Militärdienst noch nicht abgeleistet hatte, und als er die Insel zum erstenmal in seinem Leben verließ, um Matrose in der Marine König Victor Emanuels zu werden, weinte er wie ein Kind. Es war hart für jemanden, der frei wie ein Vogel gelebt hatte, den Befehlen anderer zu gehorchen; es war noch härter, mit Fremden auf einem Kriegsschiff zu leben, statt in den kleinen, weißen Hütten zwischen den Weinbergen; und wenn er an Land war, durch lärmende, unfreundliche Städte zu gehen, deren Straßen so bevölkert waren, daß er Angst hatte, sie zu überqueren, denn er war die stillen Pfade und die Berge und die See gewohnt. Ich glaube, es war ihm nie eingefallen, daß Ischia, zu dem er jeden Abend hinübersah (es lag wie eine Märcheninsel im Sonnenuntergang), um festzustellen, wie das Wetter am nächsten Tag sein würde, oder der Vesuv, perlig in der Morgendämmerung, irgend etwas mit ihm zu tun hatten; aber als er sie nicht mehr ständig vor Augen hatte, wurde ihm allmählich klar, daß sie genauso zu ihm gehörten wie seine Hände und Füße. Er hatte schreckliches Heimweh. Aber am härtesten von allem war es, von dem Mädchen, das er mit seinem ganzen leidenschaftlichen jungen Herzen liebte, getrennt zu sein. Er schrieb ihr (in seiner kindlichen Handschrift) lange, fehlerhafte Briefe, in denen er ihr erzählte, wie er dauernd an sie denke und wie gerne er zu Hause wäre. Er wurde hierhin und dorthin geschickt, nach La Spezia, nach Venedig, nach Bari und schließlich nach China. Hier erkrankte er an einer geheimnisvollen Krankheit und lag monatelang im Hospital. Er ertrug es mit der stummen und verständnislosen Geduld eines Hundes. Als ihm gesagt wurde, es handele sich um eine Art Rheumatismus, die ihn für den weiteren Militärdienst untauglich mache, frohlockte er, denn er konnte nach Hause gehen; und er machte sich nichts daraus, ja, er hörte kaum richtig zu, als die Ärzte ihm sagten, daß er nie mehr ganz gesund sein werde. Was kümmerte ihn das, wenn er doch zu seiner geliebten Insel und zu dem Mädchen zurückkehren konnte, das auf ihn wartete?

Als er in das Ruderboot stieg, das dem Dampfer von Neapel entgegengefahren war, und an Land gerudert wurde, sah er Vater und Mutter und die beiden Brüder, die jetzt große Jungen waren, auf der Mole stehen und winkte ihnen zu. Seine Augen suchten unten in der Menge, die dort wartete, nach dem Mädchen. Er konnte sie nicht sehen. Es gab eine große Küsserei, als er die Treppe hinaufsprang, und sie alle, diese gefühlvollen Geschöpfe, weinten ein wenig, als sie sich begrüßten. Er fragte, wo das Mädchen sei. Seine Mutter sagte, sie wisse es nicht, sie hätten sie zwei oder drei Wochen nicht gesehen; so ging er am Abend, als der Mond über dem ruhigen Meer schien und die Lichter von Neapel in der Ferne flimmerten, hinunter zu ihrem Haus an der Grande Marina. Sie saß mit ihrer Mutter auf den Stufen von der Tür. Er war ein wenig schüchtern, weil er sie so lange nicht gesehen hatte. Er fragte sie, ob sie den Brief, den er ihr geschrieben hatte, um seine Rückkehr anzukünden, nicht erhalten habe. Doch, sie hätten einen Brief bekommen, und einer der Jungen von der Insel habe ihnen gesagt, daß er krank sei. Ja, deshalb sei er zurück, sei das nicht ein Glück? Oh, aber sie hätten gehört, daß er nie mehr ganz gesund werden würde. Die Ärzte erzählten eine Menge Unsinn, aber er wisse genau, daß er wieder gesund würde, wo er jetzt wieder zu Hause sei. Sie schwiegen eine Weile, und dann stieß die Mutter die Tochter in die Seite. Sie versuchte nicht, den Stoß zu verbergen. Mit der groben Direktheit ihrer Rasse sagte sie geradeheraus, daß sie keinen Mann heiraten könne, der niemals stark genug sein würde, um wie ein Mann zu arbeiten. Sie hätten es sich überlegt, ihr Vater, ihre Mutter und sie, und ihr Vater werde niemals seine Zustimmung geben.

Als Salvatore nach Hause kam, stellte er fest, daß sie es alle wußten. Der Vater des Mädchens hatte ihnen gesagt, was er entschieden hatte, aber sie hatten nicht den Mut gehabt, es ihm zu sagen. Er weinte am Busen seiner Mutter. Er war schrecklich unglücklich, gab aber dem Mädchen nicht die Schuld. Das Leben eines Fischers ist hart, und er braucht Kraft und Ausdauer. Er wußte sehr wohl, daß das Mädchen keinen Mann heiraten konnte, der vielleicht nicht in der Lage wäre, sie zu ernähren. Sein Lächeln war sehr traurig, und seine Augen hatten den Blick eines geprügelten Hundes, aber er klagte nicht und sagte nie ein hartes Wort über das Mädchen, das er so sehr geliebt hatte. Als er sich nach ein paar Monaten an das normale Leben gewöhnt hatte und im Weingarten seines Vaters arbeitete und zum Fischen ausfuhr, erzählte ihm seine Mutter, daß eine junge Frau aus dem Dorf ihn heiraten wolle. Sie hieß Assunta.

»Sie ist häßlich wie der Teufel«, sagte er.

Sie war älter als er, vier- oder fünfundzwanzig, und war mit einem Mann verlobt gewesen, der während seiner Militärdienstzeit in Afrika getötet worden war. Sie hatte ein wenig Geld, und wenn Salvatore sie heiratete, könnte sie ihm ein eigenes Boot kaufen, und sie könnten einen Weinberg übernehmen, der zufällig im Moment nicht verpachtet war. Seine Mutter erzählte ihm, daß Assunta ihn auf der *festa* gesehen und sich in ihn verliebt habe. Salvatore lächelte sein freundliches Lächeln und sagte, er wolle darüber nachdenken. Am folgenden Sonntag zog er seinen steifen, schwarzen Anzug an, in dem er so viel schlechter als in seiner abgerissenen Alltagskleidung aussah, ging zur Messe hinauf in die Dorfkirche und setzte sich so, daß er die junge Frau gut sehen konnte. Als er wieder hinunterkam, sagte er seiner Mutter, er sei einverstanden.

Nun, sie heirateten und ließen sich in einem winzigen, weißgekalkten Haus mitten in einem hübschen Weinberg nieder. Salvatore war jetzt ein großer, starker, sehniger Bursche, hochgewachsen und breit, aber er besaß immer noch das unbekümmerte Lächeln und die vertrauenden, freundlichen Augen seiner Kindheit. Er hatte die schönsten Gebärden, die ich je gesehen habe. Assunta war eine mürrisch aussehende Frau mit scharfen Gesichtszügen und sah alt aus für ihre Jahre. Aber sie hatte ein gutes Herz und war nicht dumm. Ich freute mich immer über das ergebene Lächeln, das sie ihrem Mann schenkte, wenn er besonders männlich und herrisch tat; immer war sie von seiner zärtlichen Freundlichkeit gerührt. Aber sie konnte das Mädchen, das ihn fallengelassen hatte, nicht ausstehen und hatte trotz Salvatores lächelnden Vorhaltungen nur harte Worte für sie übrig. Bald wurden ihnen Kinder geboren.

Das Leben war sehr hart. Während der ganzen Fischsaison ruderte er jeden Abend mit einem seiner Brüder sein Boot zu den Fischgründen. Es waren lange sechs oder sieben Meilen, und er verbrachte die Nacht beim Fang einträglicher Tintenfische. Dann mußten sie den weiten Weg zurückrudern, um den Fang so rechtzeitig verkaufen zu können, daß er mit dem frühen Boot nach Neapel gebracht werden konnte. Zu anderen Zeiten arbeitete er in seinem

Weinberg von Sonnenaufgang, bis die Hitze ihn zu einer Ruhepause zwang, und dann wieder, wenn es ein wenig kühler wurde, bis Sonnenuntergang. Oft hinderte ihn sein Rheumatismus, überhaupt etwas zu tun, und dann lag er am Strand, rauchte Zigaretten und hatte für jeden ein freundliches Wort, ohne auf die Schmerzen zu achten, die seine Glieder marterten. Fremde, die zum Baden herunterkamen und ihn sahen, sagten, diese italienischen Fischer seien faule Hunde.

Manchmal brachte er seine Kinder mit, um sie baden zu lassen. Es waren beides Jungen, und damals war der ältere drei, der jüngere noch nicht ganz zwei Jahre alt. Sie lümmelten splitternackt am Strand herum, und Salvatore, der auf einem Stein stand, tauchte sie ins Wasser. Der Ältere ertrug es stoisch, aber der Kleine brüllte kräftig. Salvatore hatte riesige Hände, wie Hammelschinken, plump und hart vom ständigen Netzeinholen, aber wenn er seine Kinder badete, hielt er sie so sanft und trocknete sie mit solcher Fürsorge ab, daß sie wirklich zart wie Blumen waren. Er setzte das nackte Kleinkind auf seine Hand und hielt es hoch, lachte über seine Winzigkeit, und sein Lachen war das Lachen eines Engels. Seine Augen waren so rein wie die des kleinen Kindes.

Ich begann die Geschichte damit, daß ich mich fragte, ob ich es schaffen würde, und nun muß ich erklären, um was es dabei ging. Ich wollte sehen, ob ich für ein paar Seiten die Aufmerksamkeit des Lesers erregen könnte, indem ich das Porträt eines Mannes zeichnete, eines gewöhnlichen Fischers, der nichts auf der Welt besaß außer der seltensten, kostbarsten und liebenswertesten Eigenschaft, die ein Mensch haben kann. Nur der Himmel weiß, warum ausgerechnet er sie besaß. Ich weiß nur, daß sie in ihm mit einer Kraft strahlte, daß sie, wäre sie nicht unbewußt und bescheiden gewesen, von ganz gewöhnlichen Menschen kaum zu ertragen wäre. Und falls noch nicht deutlich geworden ist, um welche Eigenschaft es sich handelte, will ich es verraten: Güte, reine Güte.

Der Waschtrog

Positano liegt am Abhang eines steilen Hügels, ein Drunter und Drüber dicht aneinandergedrängter weißer Häuser, deren ziegelgedeckte Dächer von hundertjähriger Sonnenglut gebleicht worden sind. Aber im Unterschied zu vielen anderen jener italienischen Städte, die sicher auf einer felsigen Anhöhe thronen, enthüllt es dem ersten entzückten Blick nicht gleich alles, was es zu bieten hat. Es hat enge, alte Straßen, die sich im Zickzack den Berg hinaufziehen, und verwahrloste, bemalte Häuser im Barockstil, aber aus einer sehr späten Epoche, in denen neapolitanische Edelleute eine Saison lang ein armselig-großartiges Dasein führten. Es ist beinah allzu pittoresk, und im Winter sind seine zwei, drei bescheidenen Hotels dicht bevölkert von Malern männlichen und weiblichen Geschlechts, die, jeder auf seine Art, in ihren täglichen Arbeiten Zeugnis davon ablegen, welch großen Eindruck dieser Ort ihnen gemacht hat. Manche nehmen sich unendliche Mühe, jedes Fenster, jeden Ziegelstein auf die Leinwand zu bringen, und ernten zweifellos die Befriedigung, die redlichen Fleiß belohnt. »Auf alle Fälle ist es getreu«, sagen sie bescheiden, wenn sie uns ihre Arbeiten zeigen. Andere rücken ihrer Leinwand stürmisch und draufgängerisch mit heiliger Raserei zu Leibe, und einen dicken Klecks Farbe auf dem Spatel, erklären sie: »Mir ist es darum zu tun, meine Persönlichkeit zum Ausdruck zu bringen.« Ein paar Schritte zurücktretend, die Augen zusammengekniffen, betrachten sie prüfend ihr Werk und murmeln zögernd: »Es liegt doch eine Menge von mir darin, finden Sie nicht auch?« Und manche gibt es, die einem höchst amüsante Kombinationen von Würfeln und Kuben vorführen und unwirsch brummen: »So sehe ich es.« Es sind gewöhnlich kräftige, stille Männer, die nicht viele Worte machen.

Aber Positano liegt an einem Südhang, und man darf damit rechnen, es im Sommer für sich allein zu haben. Das Hotel ist sauber und kühl und hat eine weinumrankte Terrasse, auf der man abends sitzen und auf das von matten Sternen erhellte Meer hinausblicken kann. Unten an der Marina, auf dem Kai, steht ein kleines Gasthaus, wo man unter einem Torbogen Anchovis, Schinken, Makkaroni und frisch gefangene Seebarben zu essen und dazu kühlen Wein zu trinken bekommt. Einmal am Tag kommt der Dampfer von Neapel mit der Post und erfüllt den Strand mit Leben (es gibt keinen Hafen, und die Passagiere werden in kleinen Booten an Land gesetzt).

Eines Sommers, im August, als ich mich auf Capri aufhielt und des Insellebens müde geworden war, beschloß ich, für ein paar Tage nach Positano zu gehen; ich mietete ein Fischerboot und ruderte hinüber. Unterwegs machte ich in einer schattigen Bucht Rast, wo ich badete, zu Mittag aß und schlief, und erst am Abend kam ich an. Ich schlenderte den Berg hinauf – meine beiden Koffer wurden mir auf den Köpfen zweier stämmiger Frauen ins Hotel nachgetragen – und erfuhr zu meinem Erstaunen, daß ich nicht der einzige Gast war. Der Kellner namens Giuseppe war ein alter Freund von mir und zu jener Jahreszeit Schuhputzer, Portier, Stubenmädchen und Koch in einem. Er erzählte mir, daß ein amerikanischer Signore seit drei Monaten im Hotel wohne.

»Ist er Maler oder Schriftsteller oder etwas Ähnliches?« fragte ich.

»*No signore,* er ist ein Herr.«

›Merkwürdig‹, dachte ich; um diese Zeit kommen sonst keine Fremden nach Positano, mit Ausnahme von staubig und verschwitzt aussehenden deutschen ›Wandervögeln‹ mit Rucksäcken auf dem Rücken, und diese bleiben nur über Nacht. Ich konnte mir nicht vorstellen, daß jemand aus freien Stücken drei volle Monate hier verlebte, es sei denn, er wollte sich verstecken. Und da zu Beginn des Jahres ganz London über die Flucht eines prominenten, aber unehrlichen Finanzmannes in Aufregung gewesen war, kam mir der spaßhafte Gedanke, daß am Ende er der geheimnisvolle Fremde sei. Ich kannte ihn bloß flüchtig und hoffte, meine plötzliche Ankunft würde ihn nicht aus der Fassung bringen.

»Sie werden den Signore an der Marina sehen«, sagte Giuseppe, als ich mich anschickte, wieder hinunterzugehen. »Er pflegt dort immer zu Abend zu essen.«

Aber als ich hinunterkam, war er nicht da. Ich fragte, was es zu essen gebe, und trank einen Americano, den ich für einen gar nicht zu verachtenden Ersatz für einen Cocktail halte. Nach ein paar Minuten jedoch trat ein Mann ein, der kein anderer als mein Hotelgenosse sein konnte. Einen Augenblick war ich enttäuscht, denn ich erkannte sofort, daß er nicht der flüchtige Financier war. Ein hochgewachsener, ältlicher Mann, gebräunt nach einem Sommer am Mittelmeer, mit einem schönen, schmalen Gesicht. Er hatte einen sehr hübschen, sogar eleganten cremefarbenen Seidenanzug an und trug keinen Hut. Sein graues Haar war sehr kurz geschnitten, aber immer noch dicht. In seinem Verhalten lag Ungezwungenheit und Eleganz. Er blickte sich unter dem halben Dutzend von Tischen um, an denen die Einheimischen Karten oder Domino spielten, und seine Augen blieben an mir haften. Sie lächelten freundlich, und er kam auf mich zu.

»Ich hörte im Hotel von Ihrer Ankunft; Giuseppe konnte nicht mit mir herunterkommen, um uns miteinander bekannt zu machen; er schlug mir vor, es selbst zu tun. Würde es Sie stören, mit einem wildfremden Menschen zu Abend zu essen?«

»Nicht im geringsten, nehmen Sie doch Platz.«

Er wandte sich an das Mädchen, das eben im Begriff war, ein Gedeck für mich aufzulegen, und teilte ihr in vollendetem Italienisch mit, daß ich mit ihm speisen würde. Dann erblickte er meinen Americano.

»Ich habe den Wirt veranlaßt, ein paar Flaschen Gin und französischen Wermut für mich auf Lager zu legen. Würden Sie mir gestatten, Ihnen einen sehr trockenen Martini zu mixen?«

»Mit Vergnügen.«

»Er bringt eine exotische Note in diese Umgebung und läßt das Lokalkolorit noch deutlicher hervortreten.«

Sein Cocktail war in der Tat vorzüglich, und mit geschärftem Appetit verzehrten wir den Schinken und die Anchovis, mit denen die Mahlzeit begann. Mein Gastgeber hatte einen liebenswürdigen Humor, und seine gewandte Ausdrucksweise war angenehm.

»Sie müssen mir verzeihen, wenn ich zuviel rede«, sagte er nach einer Weile. »Aber es ist das erste Mal seit drei Monaten, daß ich Gelegenheit habe, englisch zu sprechen. Sie werden wahrscheinlich nicht lange hierbleiben, und ich muß Ihre Anwesenheit ausnützen.«

»Drei Monate sind eine lange Zeit für Positano.«

»Ich habe ein Boot gemietet, und ich bade und fische. Ich lese. Ich habe eine Menge Bücher hier, und wenn ich Ihnen etwas leihen kann, wird es mir ein großes Vergnügen sein.«

»Ich habe selbst genug zum Lesen mit. Aber es würde mich interessieren, mir Ihre Bücher anzusehen. Ich finde es immer amüsant, in den Büchern anderer Leute zu stöbern.«

Er blickte mich scharf an, und seine Augen zwinkerten.

»Ja, es ist aufschlußreich«, murmelte er.

Als wir mit dem Essen fertig waren, setzten wir unsere Unterhaltung fort.

Der Fremde war belesen und an vielerlei Dingen interessiert. Er sprach mit so viel Sachkenntnis vom Malen, daß ich mich fragte, ob er vielleicht Kunstkritiker oder Kunsthändler sei. Aber dann stellte sich heraus, daß er Sueton gelesen hatte, und ich schloß daraus, er müsse Universitätsprofessor sein. Ich fragte ihn nach seinem Namen.

»Barnaby«, antwortete er.

»Das ist ein Name, der in letzter Zeit eine überraschende Berühmtheit erlangt hat.«

»Ach? Wieso?«

»Haben Sie nie von der gefeierten Mrs. Barnaby gehört? Sie ist eine Landsmännin von Ihnen.«

»Doch. Ich erinnere mich, ihren Namen in den Zeitungen gelesen zu haben. Kennen Sie sie?«

»Ja, ganz gut. Sie hat die ganze letzte Saison hindurch die großartigsten Gesellschaften gegeben, und ich habe ihre Einladungen stets mit Freude angenommen. Jeder tat das. Sie ist eine verblüffende Person. Sie kam nach London, um die ›Season‹ mitzumachen, und das hat sie, weiß Gott, gewissenhaft besorgt. Sie hat einfach über alles triumphiert.«

»Sie ist wohl sehr reich?«

»Enorm, glaube ich. Aber es war nicht ihr Reichtum, der ihren Erfolg ausmachte. Viele amerikanische Frauen haben Geld. Mrs. Barnaby hat ihre Triumphe einzig ihrer Persönlichkeit zu verdanken. Sie bemüht sich nie, etwas anderes vorzutäuschen, als sie ist, sie ist natürlich, sie ist amüsant. Sie kennen doch ihre Geschichte?«

Mein Freund lächelte.

»Mrs. Barnaby mag eine große Londoner Berühmtheit sein; in Amerika ist sie, soviel ich weiß, beinah unvorstellbar unbekannt.«

Ich lächelte ebenfalls, aber bloß innerlich; ich konnte mir denken, wie schockiert dieser feine und kultivierte Mann über den sprudelnden Humor, die naturhafte Ursprünglichkeit und die reiche, lebendige Erfahrenheit der erstaunlichen Mrs. Barnaby sein mußte.

»Nun, ich will Ihnen von ihr erzählen. Ihr Mann scheint ein sehr ungeschliffener Diamant zu sein; er ist ein Riese, sagt sie, der mit seiner Faust einen Stier zu Fall bringen kann. In Arizona wird er allgemein der Ein-Kugel-Mike genannt.«

»Um Gottes willen! Warum?«

»Ach, vor vielen Jahren, in der guten alten Zeit noch, tötete er einmal zwei Männer mit einem einzigen Schuß. Sie sagt, er verstehe besser, mit seinem Gewehr umzugehen, als irgendeiner westlich der Rocky Mountains. Er ist Bergwerksunternehmer, aber früher einmal war er Cowboy, Präriereiter und Gott weiß was noch alles.«

»Ein echter Wildwest-Typ also«, sagte mein Professor etwas säuerlich, wie mir schien.

»Eine Art Desperado, stelle ich mir vor. Mrs. Barnabys Geschichten über ihn sind unbezahlbar. Natürlich wird sie von allen Seiten bestürmt, ihn doch herüberkommen zu lassen, aber sie sagt, er werde sich nie von seinen Prärien und seinen weiten Steppen trennen. Vor ein, zwei Jahren ist er auf Petroleumquellen gestoßen, und seither hat er Geld wie Heu. Er muß ein großes Original sein. Mrs. Barnaby hält eine ganze Tafelrunde in Atem, wenn sie anfängt, von den Zeiten zu erzählen, da sie sich miteinander durchgeschlagen haben. Und es ist geradezu aufregend, sich vorzustellen, daß diese grauhaarige, gar nicht hübsche, aber exquisit gekleidete Dame mit den wunderbaren Perlen dem Goldsucher die Hemden gewaschen und für ein ganzes Camp gekocht hat. Diese amerikanischen Frauen haben eine Anpassungsfähigkeit, die wirklich erstaunlich ist. Wenn man Mrs. Barnaby an der Spitze ihres Tisches sitzen sieht, im ungezwungensten Umgang mit Prinzen aus königlichem Geblüt, Gesandten, Ministern und Herzögen, dann faßt man es einfach nicht, daß sie noch vor wenigen Jahren für siebzig Goldgräber Suppe gekocht hat.«

»Kann sie lesen und schreiben?«

»Ich glaube, sie läßt sich ihre Einladungen von ihrem Sekretär schreiben, aber sie ist keineswegs ungebildet. Sie hat mir erzählt, daß sie sich's zur Gewohnheit gemacht hatte, jeden Abend, nachdem alle anderen im Lager zu Bett gegangen waren, noch eine Stunde zu lesen.«

»Großartig!«

»Ein-Kugel-Mike hingegen hat erst dann seinen Namen schreiben gelernt, als er sich plötzlich der Notwendigkeit gegenübersah, Schecks zu unterzeichnen.«

Wir stiegen miteinander den Hang hinauf, zu unserem Hotel, und verabredeten, ehe wir uns trennten, am nächsten Morgen unseren Lunch mitzunehmen und zu einer Grotte hinüberzurudern, die mein Freund entdeckt hatte. Wir verbrachten einen wundervollen Tag miteinander, badeten, lasen, aßen, schliefen und unterhielten uns, und abends dinierten wir zusammen. Am nächsten Morgen, nach dem Frühstück auf der Terrasse, erinnerte ich Barnaby an sein Versprechen, mir seine Bücher zu zeigen.

»Kommen Sie doch gleich mit.«

Ich begleitete ihn in sein Zimmer, wo Giuseppe, der Kellner, eben das Bett machte. Das erste, was mir ins Auge fiel, war eine prunkvoll eingerahmte Fotografie der berühmten Mrs. Barnaby. Mein Freund erblickte sie ebenfalls und wurde blaß vor Wut.

»Sie Esel, Giuseppe, was fällt Ihnen ein, das Bild aus meinem Schrank herauszunehmen? Warum, zum Teufel, hätte ich es sonst weggeräumt?«

»Das weiß ich nicht, Signore. Und deshalb habe ich es wieder auf den Tisch zurückgestellt. Ich dachte, es müsse dem Signore Freude machen, das Bild seiner Signora vor sich zu sehen.«

Ich war fassungslos.

»Ist meine Mrs. Barnaby am Ende Ihre Frau?« rief ich.

»Jawohl.«

»Und Sie! Sind Sie Ein-Kugel-Mike?«

»Sehe ich so aus?«

Ich fing zu lachen an.

»Ehrlich gesagt, nein.«

Ich schaute auf seine Hände. Er lächelte grimmig und hielt sie mir ausgestreckt unter die Augen.

»Nein, Sir, ich habe nie mit der nackten Faust einen Stier gefällt.«

Einen Augenblick starrten wir einander schweigend an.

»Sie wird mir nie verzeihen«, stöhnte er, »sie wollte, daß ich mir einen falschen Namen zulege, und als ich mich dagegen sträubte, wurde sie ganz böse mit mir. Sie meinte, es sei nicht sicher. Darauf erklärte ich, es sei schlimm genug, sich drei Monate in Positano verstecken zu müssen – aber einen anderen Namen würde ich unter keiner Bedingung annehmen.« Er zögerte. »Sie haben mich in der Hand. Es bleibt mir nichts anderes übrig, als mich Ihrer Großmut anzuvertrauen.«

»Ich werde schweigen wie ein Grab; aber was hat das alles zu bedeuten? Ich verstehe Sie nicht.«

»Ich bin Arzt von Beruf, und die letzten dreißig Jahre habe ich mit meiner Frau in Pennsylvania gelebt. Ich weiß nicht, ob ich Ihnen den Eindruck eines Rauhbeines mache, aber Mrs. Barnaby ist sicher eine der kultiviertesten Frauen, die ich je gekannt habe. Eines Tages starb ein Vetter von ihr und hinterließ ihr ein sehr großes Vermögen. Meine Frau ist sehr, sehr reich – darüber besteht kein Zweifel. Sie hat viele englische Romane gelesen, und ihr großer Wunsch war, eine Londoner ›Season‹ mitzumachen, Gesellschaften zu geben und all das zu tun, was sie in Büchern so oft beschrieben fand. Mich persönlich lockte diese Sache nicht besonders, aber es freute mich doch, daß sie sich ihren Wunsch erfüllen konnte. Wir schifften uns im April ein, der Herzog und die Herzogin von Hereford, ein junges Paar, waren zufällig an Bord.«

»Das ist mir bekannt, die beiden waren es ja, die Mrs. Barnaby lanciert haben. Sie waren ganz närrisch. Sie haben Reklame für sie gemacht wie eine Armee von Presseagenten.«

»Ich war krank, als wir abfuhren. Ich hatte einen Karbunkel, der mich an die Kajüte fesselte, und meine Frau war sich selbst überlassen. Ihr Deckstuhl stand zufällig neben dem der Herzogin. Aus einigen Bemerkungen, die sie auffing, entnahm sie zu ihrem Erstaunen, daß unsere große Gesellschaft für die englische Aristokratie nichts Imposantes hat. Menschen, deren Ahnen die Magna Charta mit unterzeichnet haben, finden es nicht überwältigend, wenn man auf einen Großvater zurückblicken kann, der Skunks verkauft oder Fährboote besessen hat. Meine Frau hat sehr viel Humor; als sie einmal mit der Herzogin ins Gespräch kam, erzählte sie ihr eine kleine Anekdote aus dem Westen, und um sie interessanter zu gestalten, erzählte sie sie so, als hätte sie sie selbst erlebt. Der Erfolg war durchschlagend. Die Herzogin bat um mehr, und meine Frau wurde immer kühner. Vierundzwanzig Stunden später hatte sie den Herzog und die Herzogin so weit, daß sie ihr aus der Hand fraßen. Sie kam von Zeit zu Zeit in die Kajüte, um mir von ihren Fortschritten zu berichten. In der Unschuld meines Herzens amüsierte ich mich diebisch, und da ich nichts anderes zu tun hatte, schickte ich hinunter in die Bibliothek und ließ mir die Werke von Bret Harte kommen, um meine Frau mit effektvollen Einzelheiten zu versorgen.«

Ich schlug mir an die Stirn.

»Und wir fanden immer, sie wäre ein zweiter Bret Harte.«

»Es machte mir ungeheuren Spaß, mir die Verblüffung auszumalen, wenn ich am Ende der Reise an Deck auftauchte und die Wahrheit an den Tag kam. Aber ich hatte die Rechnung ohne meine Frau gemacht. Kurz bevor wir Southampton anliefen, eröffnete sie mir, daß die Herefords ihr zu Ehren Gesellschaften geben wollten. Die Herzogin brenne darauf, sie einer ganzen Reihe wundervoller Persönlichkeiten vorzustellen. Es war eine Chance, wie sie sich in tausend Jahren nicht ein zweites Mal bot. Aber mein Erscheinen würde natürlich alles verderben; meine Frau gestand mir, daß sie sich durch die Umstände gezwungen gesehen habe, einen ganz anderen Menschen aus mir zu machen. Ich wußte nicht, daß sie mich bereits in den Ein-Kugel-Mike verwandelt hatte, aber ich ahnte, daß meine Anwesenheit an Bord nicht erwähnt worden war. Nun, um es kurz zu machen, sie bat mich, für ein, zwei Wochen nach Paris zu gehen, bis sie ihre Stellung gefestigt hätte. Und da es mich weit mehr lockte, an der Sorbonne zu arbeiten, als in Mayfair von Gesellschaft zu Gesellschaft zu eilen, ging ich in Cherbourg an Land. Nach zehn Tagen kam sie nach Paris geflogen, um mich zu besuchen. Sie erzählte mir, ihr Erfolg übertreffe ihre kühnsten Träume; alles sei zehnmal wunderbarer als in sämtlichen Romanen; aber ich dürfe mich nicht zeigen. Schön, sagte ich, dann bleibe ich eben in Paris. Dies gefiel ihr nicht, sie meinte, sie werde keinen Augenblick Ruhe haben, solange ich in so bedrohlicher Nähe wäre; es könnte doch jeden Tag passieren, daß ich irgendeinem Bekannten über den Weg liefe. Ich schlug Wien oder Rom vor. Aber das genügte auch nicht, und so kam ich schließlich hierher, wo ich mich seit endlosen drei Monaten versteckt halten muß wie ein Verbrecher.«

»Und es ist nicht wahr, daß Sie die beiden Spieler erschossen haben. Den einen mit der rechten, den anderen mit der linken Hand?«

»Sir, ich habe nie im Leben eine Pistole abgefeuert.«

»Und der Angriff der mexikanischen Räuberbande auf Ihre Blockhütte, als Ihre Frau Ihnen die Gewehre lud und Sie drei Tage zu zweit der Belagerung standhielten, bis die Föderalisten kamen und Sie erlösten?«

Mr. Barnaby lächelte grimmig.

»Nie davon gehört. Scheint mir übrigens etwas plump erfunden, finden Sie nicht auch?«

»Plump? Großartig wie ein Westernfilm ist es!«

»Wenn ich mir die Bemerkung erlauben darf, hat meine Frau das aller Wahrscheinlichkeit nach genau dorther.«

»Aber nun der Waschtrog. Wie steht es mit dem? Sie wissen doch, der Waschtrog, in dem Ihre Frau die Kleider für die Bergleute wusch? Wir brüllten vor Lachen bei dieser Geschichte. Ihre Frau schwamm förmlich auf diesem Waschtrog in die Londoner Gesellschaft hinein.«

Ich fing zu lachen an.

»Was für Narren hat sie aus uns allen gemacht?« rief ich.

»Besonders aus mir, müssen Sie zugeben«, bemerkte Mr. Barnaby.

»Sie ist eine wunderbare Frau, und Sie haben recht, auf sie

stolz zu sein. Ich habe immer gesagt, sie sei unbezahlbar. Sie hat die Leidenschaft für Romantik erkannt, die in jedem britischen Herz lebt, und uns genau das gegeben, was wir brauchten. Ich werde sie um nichts in der Welt verraten.«

»Für Sie liegt der Fall einfach, Sir. London mag eine wundervolle Gastgeberin gewonnen haben; mir aber droht die Gefahr, eine vollkommene Gattin zu verlieren.«

»Der einzige Ort für den Ein-Kugel-Mike ist der weite Westen. Mein lieber Mr. Barnaby, für Sie gibt es nur einen Weg. Sie müssen weiter unsichtbar bleiben.«

»Ich bin Ihnen sehr verbunden.«

Ich fand, seine Antwort klang nicht wenig bissig.

Mayhew

Das Leben der meisten Männer ist durch ihre Umgebung bestimmt. Sie akzeptieren die Umstände, denen das Schicksal sie unterworfen hat, nicht nur resignierend, sondern sogar bereitwillig. Sie sind wie Straßenbahnen, die zufrieden in ihren Schienen laufen, und sie verachten das springlebendige kleine Auto, das im Verkehr hin und her flitzt und so ungebunden durch die Gegend fährt. Ich respektiere sie. Sie sind gute Bürger, gute Ehemänner und gute Väter, und natürlich muß jemand die Steuern zahlen; aber aufregend finde ich sie nicht. Ich bin von den Männern fasziniert – von denen es natürlich nicht allzu viele gibt –, die das Leben in ihre eigenen Hände nehmen und es nach ihrem eigenen Willen gestalten. Es mag sein, daß es so etwas wie einen freien Willen nicht gibt, aber auf jeden Fall bilden wir uns ein, daß wir ihn hätten. Es scheint uns, als könnten wir an einer Kreuzung entweder nach rechts oder nach links gehen, und wenn der Entschluß einmal gefaßt ist, ist es schwierig einzusehen, daß der gesamte Verlauf der Weltgeschichte uns die Richtung aufgezwungen hat.

Ich habe niemals einen interessanteren Mann als Mayhew getroffen. Er war ein fähiger und erfolgreicher Rechtsanwalt in Detroit. Mit fünfunddreißig besaß er eine große, lukrative Kanzlei, hatte ein Vermögen erworben und stand am Anfang einer vielversprechenden Karriere. Er war ein scharfsinniger, attraktiver und aufrechter Mann. Es gab keinen Grund, warum er nicht, finanziell oder politisch, Einfluß und Macht im Land gewinnen sollte. Eines Abends saß er mit ein paar Freunden in seinem Klub, und sie waren schon ziemlich angeheitert. Einer von ihnen war kürzlich aus Italien gekommen und erzählte von einem Haus, das er auf Capri gesehen hatte, einem Haus auf dem Hügel, von dem aus man die Bucht von Neapel überblickte, mit einem großen, schattigen Garten. Er beschrieb ihnen die Schönheit jener schönsten Insel im Mittelmeer.

»Das klingt gut«, sagte Mayhew. »Ist das Haus zu verkaufen?«

»Alles in Italien ist zu verkaufen.«

»Laßt uns denen ein Telegramm schicken mit einer Offerte.«

»Was um Himmels willen willst du mit einem Haus auf Capri?«

»Drin leben«, sagte Mayhew.

Er ließ sich ein Telegrammformular bringen, füllte es aus und ließ es aufgeben. Nach ein paar Stunden war die Antwort da. Die Offerte war angenommen.

Mayhew war kein Heuchler und gab zu, daß er eine so verrückte Sache nie gemacht hätte, wenn er nüchtern gewesen wäre, aber als er nüchtern war, bedauerte er es nicht. Er war weder ein impulsiver noch ein launischer, sondern ein ehrlicher und aufrichtiger Mann. Niemals würde er aus Wichtigtuerei einen unklugen Entschluß durchsetzen. Er beschloß, genau das zu tun, was er gesagt hatte. Reichtum bedeutete ihm nichts, und er hatte genug Geld, um in Italien zu leben. Er dachte, daß er mehr mit seinem Leben anfangen könnte, als triviale Streitereien unwichtiger Leute zu schlichten. Er hatte keinen festen Plan. Er wollte einfach fort aus einem Leben, das ihm alles gegeben hatte, was es zu bieten hatte. Ich vermute, seine Freunde hielten ihn für verrückt; einige müssen alles mögliche getan haben, ihn davon abzubringen. Er ordnete seine Angelegenheiten, packte seine Sachen und reiste ab.

Capri ist ein schroffer, scharf umrissener Fels in tiefblauem Meer; aber seine grünen, lächelnden Weingärten geben ihm eine sanfte und leichte Anmut. Es ist freundlich, einsam und heiter dort. Ich finde es seltsam, daß Mayhew sich auf dieser schönen Insel niederließ, denn niemals habe ich einen Mann gekannt, der sich so wenig aus Schönheit machte. Ich weiß nicht, was er dort suchte: Glück, Freiheit oder nur Muße; aber ich weiß, was er fand. An diesem Ort, der die Sinne so außergewöhnlich anspricht, lebte er ein völlig geistiges Leben. Denn die Insel ist voller Geschichte, die rätselvolle Erinnerung an den Kaiser Tiberius schwebt fortwährend über ihr. Von seinen Fenstern, aus denen man die ganze Bucht von Neapel mit dem vornehmen Umriß des Vesuvs überblickte, der je nach Tageslicht die Farben wechselte, sah Mayhew hundert Orte, die an die Römer und Griechen erinnerten. Die Vergangenheit begann ihn heimzusuchen. All das, was er hier zum erstenmal sah, denn er war nie zuvor im Ausland gewesen, weckte seine Phantasie und regte seine Kreativität an. Er war ein Mann voller Energie. Er entschloß sich, ein historisches Werk zu schreiben. Einige Zeit suchte er nach einem Thema und entschied sich endlich für das zweite Jahrhundert des Römischen Reiches. Es war wenig bekannt und schien ihm die gleichen Probleme zu bieten wie die Gegenwart.

Er begann, Bücher zu sammeln, und besaß bald eine ungeheure Bibliothek. Das Jurastudium hatte ihn gelehrt, schnell zu lesen. Er machte sich an die Arbeit. Anfänglich hatte er sich abends immer mit Malern, Schriftstellern und ähnlichen Leuten in einer kleinen Taverne in der Nähe der Piazza getroffen, aber jetzt zog er sich zurück, da er sich immer mehr in seine Studien vertiefte. Er hatte sich daran gewöhnt, in dem milden Meer zu baden und lange Spaziergänge durch die lieblichen Weingärten zu machen, aber nach und nach drängte die Zeit, und er hörte damit auf. Er arbeitete härter als jemals in Detroit. Er begann mittags und arbeitete die Nacht hindurch, bis die Sirene des Dampfers, der jeden Morgen von Capri nach Neapel fährt, ihm anzeigte, daß es fünf Uhr und Zeit zum Schlafen sei. Sein Thema öffnete sich ihm, wurde weiter und bedeutungsvoller, und er malte sich ein Werk aus, das ihn für immer an die Seite der großen Historiker der Vergangenheit stellen würde. Im Lauf der Jahre wurde er immer seltener unter Menschen gesehen. Nur ein Schachspiel oder eine Diskussion konnte ihn aus seinem Haus locken. Er maß die Fähigkeiten seines Gehirns gern an denen eines anderen. Er war jetzt sehr belesen, nicht nur in Geschichte, sondern auch in Philosophie und Naturwissenschaften; und er war ein gewandter Gesprächspartner, schnell, logisch und scharf; dabei zugleich freundlich und friedfertig. Obwohl er eine gesunde Freude am Siegen hatte, demütigte er den anderen nicht durch übertriebenes Triumphieren.

Als er auf die Insel kam, war er ein großer, stämmiger Kerl mit dichtem schwarzem Haar, schwarzem Bart und einem kräftigen Körper gewesen. Aber nach und nach wurde seine

Haut bleich und wächsern; er wurde dünn und zerbrechlich. Es bestand ein eigenartiger Widerspruch darin, daß dieser höchst logische Mensch, obwohl er ein überzeugter und hitziger Materialist war, seinen Körper verachtete. Er sah ihn als ein nichtswürdiges Instrument an, das er auf Befehl des Geistes beherrschen konnte. Weder Krankheit noch Müdigkeit hinderten ihn an seiner Tätigkeit.

Vierzehn Jahre lang arbeitete er unermüdlich. Er machte sich Tausende und Abertausende Notizen. Er sortierte und klassifizierte sie. Er kannte sein Thema durch und durch und konnte endlich anfangen. Er setzte sich hin, um zu schreiben. Da starb er.

Der Körper, den er, der Materialist, so verächtlich behandelt hatte, rächte sich an ihm.

Diese große Wissensfülle ist für immer verloren. Umsonst war sein Ehrgeiz – sicher kein unehrenhafter –, seinen Namen neben die von Gibbon und Mommsen zu setzen. Sein Andenken wird im Herzen von wenigen Freunden bewahrt, die im Laufe der Jahre immer weniger werden, und in seinem Tod ist er für die Welt so unbekannt, wie er es im Leben war.

Und doch war für mich sein Leben ein Erfolg. Ein gutes und vollständiges Dasein. Er wußte, was er wollte, und starb, als das Ziel in Sicht war, und er lernte nie die Bitternis eines erreichten Zieles kennen.

Ein glücklicher Mensch

Es ist sehr gefährlich, in das Leben anderer Leute einzugreifen, und ich habe mich immer über das Selbstvertrauen gewundert, mit dem Politiker, Reformer und sonstige Wohltäter ihre Mitmenschen zwingen, liebgewordene Gewohnheiten, Umgangsformen und Ansichten aufzugeben. Ich meinerseits erteile nur ungern Ratschläge. Wie soll ich jemandem raten, den ich nicht ebenso genau kenne wie mich selbst? Um die Wahrheit zu sagen: Ich kenne schon mich selbst nicht ganz genau, und meine Mitmenschen sind mir völlig fremd; das heißt, daß ich nur vermuten kann, was sie denken und fühlen. Jeder von uns ist ein Gefangener seines eigenen Ichs und verständigt sich mit den anderen Gefangenen, die die Menschheit bilden, über konventionelle Zeichen, die für sie nicht die gleiche Bedeutung besitzen wie für ihn selbst. Und sein Leben kann man leider nur einmal führen; Fehler sind oft nicht wiedergutzumachen, und wer bin ich, daß ich diesen oder jenen anweisen sollte, wie er es zu führen habe? Leben ist ein kniffliges Unterfangen, und ich finde es schon schwierig genug, aus meinem eigenen eine runde Sache zu machen. Ich war nie versucht, meinen Nachbarn über seines zu belehren.

Dennoch gibt es immer wieder Menschen, die sich an andere Menschen um Rat wenden, zum Beispiel an mich. Sie wollen von mir wissen, was sie mit ihrem Leben anfangen sollen, sie wünschen, daß ich ihnen aus einem Dilemma heraushelfe, in das sie geraten sind, sie machen mich zum Wegweiser ihres Schicksals. Einmal, das darf ich immerhin sagen, habe ich jemanden gut beraten. Ich war damals ein junger Mann und bewohnte in London ein bescheidenes Appartement nahe der Victoria Station. Eines späten Nachmittags, eben als ich beschloß, für heute genug gearbeitet zu haben, ging meine Türglocke. Draußen stand ein mir völlig Unbekannter, der mich nach meinem Namen fragte. Ich gab ihm die gewünschte Auskunft. Daraufhin fragte er, ob er eintreten dürfe.

»Gewiß.«

Ich führte ihn ins Wohnzimmer und bat ihn, Platz zu nehmen. Da er sich offenbar ein wenig unbehaglich fühlte, bot ich ihm eine Zigarette an. Er hatte Schwierigkeiten, sie anzuzünden, ohne seinen Hut aus der Hand zu geben. Nachdem er seine Bemühungen erfolgreich abgeschlossen hatte, schlug ich ihm vor, den Hut auf einen Stuhl zu legen. Er kam meinem Vorschlag so eilfertig nach, daß er dabei seinen Schirm fallenließ.

»Bitte seien Sie nicht ungehalten, daß ich Sie derart überfalle«, sagte er. »Mein Name ist Stephens. Ich bin Arzt. Wenn ich nicht irre, sind auch Sie Mediziner?«

»Ja. Aber ich praktiziere nicht.«

»Das weiß ich. Ich habe gerade Ihr Buch über Spanien gelesen. Darf ich Sie dazu etwas fragen?«

»Es ist kein sehr gutes Buch, fürchte ich.«

»Nun, jedenfalls wissen Sie etwas über Spanien, und ich kenne sonst niemanden, den ich fragen könnte. Würden Sie mir ein paar Informationen geben?«

»Mit Vergnügen.«

Er sprach nicht sofort weiter, sondern griff nach seinem Hut, hielt ihn mit der einen Hand fest und streichelte ihn gedankenverloren mit der anderen. Möglicherweise beruhigte ihn das.

»Ich hoffe, Sie halten es nicht für merkwürdig, daß ein vollkommen Fremder so zu Ihnen spricht«, sagte er und ließ ein verlegenes Lachen hören. »Aber seien Sie unbesorgt. Ich werde Ihnen jetzt nicht meine Lebensgeschichte erzählen.«

Wenn jemand so etwas sagt, dann weiß ich, daß er nichts anderes im Sinn hat als ebendies: mir seine Lebensgeschichte zu erzählen. Aber das stört mich nicht weiter. Manchmal höre ich sogar ganz gerne zu.

»Meine Erziehung wurde von zwei alten Tanten besorgt«, begann er. »Ich bin niemals irgendwo hingereist. Ich habe niemals irgend etwas geleistet. Seit sechs Jahren bin ich verheiratet. Ich habe keine Kinder. Ich bin am Camberwell-Spital beschäftigt. Ich halte es nicht mehr aus.«

Seine kurze, abgehackte Sprechweise wirkte sonderbar eindringlich, ja eindrucksvoll. Bisher hatte ich ihn nur flüchtig angesehen. Jetzt faßte ich ihn genauer ins Auge. Er war von kleiner, untersetzter Statur, vielleicht dreißig Jahre alt. In seinem rötlichen runden Gesicht leuchteten dunkle lebhafte Augen. Sein schwarzes Haar war kurzgeschoren, sein abgetragener blauer Anzug war an den Knien stark ausgebeult, und die offensichtlich vollgestopften Seitentaschen seines Rocks standen unordentlich ab.

»Sie wissen ungefähr, was ein Amtsarzt zu tun hat«, fuhr er fort. »Es ist jeden Tag das gleiche. Und dabei wird es mein Leben lang bleiben. Ich frage Sie: Ist das der Mühe wert?«

»Sie verdienen damit Ihren Lebensunterhalt.«

»Stimmt. Ich werde nicht schlecht bezahlt.«

»Würden Sie mir bitte erklären, weshalb Sie zu mir gekommen sind?«

»Ich wollte Sie fragen, ob Sie glauben, daß ein englischer Arzt in Spanien eine Chance hat?«

»Warum gerade Spanien?«

»Ich weiß nicht. Irgendwie zieht es mich dorthin.«

»Spanien ist ein wenig anders, als Sie es aus *Carmen* kennen.«

»Aber in Spanien scheint die Sonne, in Spanien gibt es guten Wein und bunte Farben und eine Luft, die man atmen kann. Kurzum: Ich habe durch Zufall gehört, daß in Sevilla ein englischer Arzt unterkommen könnte. Soll ich versuchen, mir dort eine Praxis aufzubauen? Oder bin ich verrückt, daß ich meinen sicheren Posten am Camberwell-Spital gegen etwas so Ungewisses eintauschen will?«

»Wie denkt Ihre Frau darüber?«

»Meine Frau ist einverstanden.«

»Sie würden ein großes Risiko eingehen.«

»Das weiß ich.« Er machte eine kurze Pause. »Wenn Sie mir sagen, daß ich gehen soll, dann gehe ich. Wenn Sie mir sagen, daß ich bleiben soll, dann bleibe ich.«

Seine dunklen glänzenden Augen waren erwartungsvoll auf mich gerichtet. Ich wußte, daß er es ernst meinte. Ich überlegte einen Moment.

»Ihre ganze Zukunft steht auf dem Spiel«, sagte ich. »Sie müssen die Entscheidung selbst treffen. Ich kann Ihnen nur eines sagen: Wenn Sie nicht am Geld hängen, wenn es Ihnen genügt, gerade so viel zu verdienen, wie Sie unbedingt brauchen, dann gehen Sie. Dann werden Sie ein herrliches Leben führen.«

Er nickte, stand auf und verabschiedete sich wortlos. Während der folgenden Tage dachte ich noch ein paarmal an ihn, aber bald verschwand die kleine Episode aus meiner Erinnerung.

Fünfzehn Jahre oder noch mehr mochten vergangen sein, als ich mich einmal vorübergehend in Sevilla aufhielt und von einem leichten Unwohlsein befallen wurde. Ich erkundigte mich beim Hotelportier, ob es einen englischen Arzt in der Stadt gebe. Er nannte mir die Adresse.

Als ich aus dem Taxi ausstieg, trat ein kleiner dicklicher Mann aus dem Haus hervor, der bei meinem Anblick stutzte und stehenblieb:

»Kommen Sie zu mir? Ich bin der englische Arzt.«

Ich erklärte ihm mein Anliegen und wurde von ihm ins Haus geführt. Es unterschied sich in nichts von anderen spanischen Häusern. Der Ordinationsraum, der auf den Innenhof hinausging, war mit Büchern, Zeitschriften, medizinischen Geräten und allerlei Krimskrams vollgestopft und hätte einem peniblen Patienten nicht eben Vertrauen eingeflößt.

Als die Konsultation vorbei war, fragte ich den Arzt, was ich schuldig sei. Er schüttelte lächelnd den Kopf:

»Nichts.«

»Ja aber – was heißt das?«

»Erinnern Sie sich nicht an mich? Ihnen habe ich doch zu verdanken, daß ich hier bin. Mein Name ist Stephens.«

Ich hatte nicht die leiseste Ahnung, wovon er sprach. Erst als er mir unsere lang zurückliegende Begegnung mit allen Details ins Gedächtnis zurückrief, besann ich mich auf ihn.

»Ich habe mich oft gefragt, ob ich Sie jemals wiedersehen würde«, sagte er. »Ob ich jemals Gelegenheit finden würde, Ihnen zu danken.«

»Dann sind Sie also mit meinem damaligen Ratschlag zufrieden?«

Ich sah ihn an. Er war in den Jahren seither um einiges beleibter geworden, sein kurzes Haar war einer Glatze gewichen, aber seine Augen zwinkerten immer noch lebhaft und fröhlich, und sein rötliches Gesicht machte den Eindruck außerordentlicher Wohlgelauntheit. Sein Anzug, offenbar von einem spanischen Schneider gefertigt, ließ, ebenso wie sein breitkrempiger Sombrero, jede Spur von Eleganz vermissen, aber er wirkte trotz all dieser Nachlässigkeit durchaus sympathisch. Vielleicht hätte man gezögert, sich von ihm den Blinddarm herausoperieren zu lassen, aber man konnte sich keinen liebenswerteren Trinkkumpan vorstellen.

»Waren Sie nicht verheiratet?« fragte ich.

»Meiner Frau hat es in Spanien nicht gefallen. Sie ist nach Camberwell zurückgegangen. Sie fühlte sich dort eher zu Hause.«

»Das tut mir leid.«

Seine schwarzen Augen blitzten in einem bacchantischen Lächeln auf. Er hatte tatsächlich etwas von einem jungen Silen. »Das Leben entschädigt einen für so manches«, murmelte er.

Kaum hatte er zu Ende gesprochen, als eine nicht mehr ganz junge, aber immer noch üppige und keineswegs reizlose Spanierin in der Tür erschien. Sie redete ihn auf spanisch an, er antwortete fließend, freundlich und respektvoll. Kein Zweifel, daß sie die Herrin im Haus war.

Beim Abschied, schon vor dem Haus, kam er nochmals auf die Vergangenheit zu sprechen:

»Wissen Sie noch, was Sie mir damals prophezeit haben? Wenn ich hierherkomme, würde ich gerade so viel verdienen, wie ich unbedingt brauche, und ein herrliches Leben führen. Sie hatten recht. Ich war immer arm und werde es immer bleiben. Aber seit ich hier bin, macht mir das Leben Spaß. Ich würde mit keinem König tauschen.«

Eine Frage der Ehre

Als ich vor einigen Jahren damit beschäftigt war, ein Buch über Spanien im Goldenen Zeitalter zu schreiben, hatte ich Gelegenheit, wieder einmal die Schauspiele von Calderón zu lesen. Unter anderem las ich eines mit dem Titel: *El médico de su honra,* was bedeutet: Der Arzt seiner Ehre. Es ist ein grausames Stück, und man kann es kaum ohne Schaudern lesen. Aber es erinnerte mich an eine Begegnung, die ich vor langer Zeit gehabt hatte und die mir immer als eine der sonderbarsten meines Lebens im Gedächtnis blieb. Ich war damals sehr jung, und ich war zu einem kurzen Aufenthalt nach Sevilla gefahren, um dem Fest des Corpus Christi beizuwohnen. Es war mitten in der schrecklichsten Sommerhitze. Große Segeltücher waren über die schmalen Straßen gespannt und gaben willkommenen Schatten, aber auf die freien Plätze brannte die Sonne erbarmungslos nieder. Am Vormittag sah ich mir die Prozession an. Sie war prächtig und eindrucksvoll. Die Menge kniete nieder, als die Hostie feierlich vorbeigetragen wurde, und die Bürgerwehr in voller Uniform salutierte, um dem himmlischen König ihre Huldigung darzubringen. Am Nachmittag schloß ich mich der dichten Menge an, die sich zur Stierkampfarena begab. Die Zigarettenarbeiterinnen und die Nähmädchen trugen Nelken im dunklen Haar, ihre jungen Freunde waren in ihren besten Staat gekleidet. Es war gerade nach dem spanisch-amerikanischen Krieg, und die kurze bestickte Jacke, die enganliegenden Hosen und der flache breitkrempige Hut wurden damals noch getragen. Manchmal wurde die Menge durch einen Picador auseinandergetrieben, dessen elender Klepper den Nachmittag kaum überleben würde, und der Reiter, in selbstbewußtem Stolz auf sein malerisches Kostüm, tauschte Scherzworte mit den Witzbolden aus. Eine lange Reihe von Wagen, abgenutzt und schäbig, mit *aficionados* überladen, fuhr lärmend die Straße entlang.

Ich war früh dort, weil es mich unterhielt, die Leute zu beobachten, die allmählich die riesige Arena füllten. Die billigeren Plätze in der Sonne waren schon gedrängt voll, und die unzähligen Fächer der Frauen und Männer riefen einen eigenartigen Effekt hervor, wie das Flattern eines Schwarms von Schmetterlingen. Im Schatten, wo ich saß, füllten sich die Reihen langsamer, aber selbst dort mußte man sich eine Stunde vor Beginn des Stierkampfs bemühen, noch einen Platz zu finden. Nach einer Weile blieb ein Mann vor mir stehen und fragte mich mit liebenswürdigem Lächeln, ob er sich auf den Platz neben mich setzen könne. Als er sich niedergelassen hatte, warf ich ihm von der Seite einen Blick zu und bemerkte, daß er einen guten englischen Anzug trug und wie ein gebildeter Mann aussah. Er hatte schöne Hände, klein, aber energisch, mit dünnen, langen Fingern. Da ich rauchen wollte, zog ich mein Etui heraus und hielt es für richtig, es ihm anzubieten. Er nahm sich eine Zigarette. Er hatte anscheinend bemerkt, daß ich Ausländer war, denn er dankte mir auf französisch.

»Sie sind Engländer?« fuhr er fort.

»Ja.«

»Wie kommt es, daß Sie nicht vor der Hitze geflohen sind?«

Ich erklärte, daß ich eigens gekommen sei, um das Fest des Corpus Christi zu sehen.

»Es lohnt sich tatsächlich, deshalb nach Sevilla zu kommen.«

Dann machte ich eine Bemerkung über den riesigen Andrang der Bevölkerung.

»Niemand würde denken, daß Spanien nach dem Verlust von allem, was von seinem Reich übriggeblieben ist, blutet und daß sein alter Ruhm jetzt nichts mehr bedeutet.«

»Es ist noch viel davon geblieben.«

»Der Sonnenschein, der blaue Himmel und die Zukunft.«

Er sprach leidenschaftslos, als ginge ihn das Unglück seines besiegten Landes nichts an. Da mir keine Antwort einfiel, schwieg ich. Wir warteten. Die Logen begannen sich zu füllen. Damen in schwarzen oder weißen Spitzenmantillas betraten sie und breiteten ihre Manila-Schals über die Brüstung, so daß sich eine heitere und vielfarbige Dekoration bildete. Hin und wieder, wenn eine von ihnen besonders schön war, wurde sie mit allgemeinem Beifall begrüßt, und dann dankte sie mit einem Lächeln und verneigte sich ohne Verlegenheit. Endlich erschien der Vorsitzende des Stierkampfes, die Musikkapelle ertönte, und die Toreros, in Seide, Gold und Silber glitzernd, stolzierten prahlerisch durch die Arena. Eine Minute darauf kam ein großer schwarzer Stier hereingerast. Obwohl ich von der schaurigen Erregung des Kampfes mitgerissen wurde, bemerkte ich doch, daß mein Nachbar kühl blieb. Als ein Mann stürzte und nur durch ein Wunder den Hörnern des wütenden Tieres entrann und Tausende keuchend auf die Füße sprangen, blieb er regungslos. Der Stier wurde getötet, und die Maultiere schleppten den riesigen Kadaver hinaus. Ich sank erschöpft zurück.

»Mögen Sie den Stierkampf?« fragte er mich. »Die meisten Engländer sehen gerne zu, obwohl ich bemerkt habe, daß sie sich in ihrem eigenen Land recht hart darüber äußern.«

»Kann man etwas mögen, das einen mit Grauen und Abscheu erfüllt? Jedesmal, wenn ich zu einem Kampf gehe, schwöre ich mir, es nie wieder zu tun. Und doch gehe ich wieder.«

»Es ist eine merkwürdige Leidenschaft, die uns die Gefahr anderer genießen läßt. Vielleicht gehört es zur Natur des Menschen. Die Römer hatten ihre Gladiatoren, und die Modernen haben ihre Melodramen. Mag sein, daß es ein menschlicher Instinkt ist, an Blutvergießen und Folter Vergnügen zu finden.«

Ich gab keine direkte Antwort.

»Glauben Sie nicht, daß der Stierkampf der Grund ist, weshalb das menschliche Leben in Spanien so wenig gilt?«

»Und finden Sie, daß das menschliche Leben von besonderer Bedeutung ist?« fragte er.

Ich warf ihm einen raschen Blick zu, denn es lag ein ironischer Ton in seiner Stimme, den man unmöglich überhören konnte, und ich sah, daß seine Augen voller Spott waren. Ich errötete ein wenig, denn ich kam mir plötzlich sehr jung vor. Ich war erstaunt über die Veränderung in seinem Ausdruck. Er war mir mit seinen großen, sanften, freundlichen Augen als ein recht liebenswürdiger Mann erschienen, aber jetzt lag ein Zug hämischen Hochmuts auf seinem Gesicht, der einigermaßen beunruhigend wirkte. Ich kroch in mein Gehäuse zurück. Wir sprachen für den Rest des Nachmittags nur noch wenig miteinander, aber als der letzte Stier getötet war und wir uns alle erhoben, drückte er mir die Hand und sprach die Hoffnung auf ein Wiedersehen aus. Es war eine reine Höflichkeitsfloskel, und vermutlich dachte keiner von uns auch nur im entferntesten an diese Möglichkeit.

Aber durch einen Zufall geschah es zwei oder drei Tage später doch. Ich befand mich in einem Teil von Sevilla, den ich nicht sehr gut kannte. Ich war am Nachmittag beim Palast des Herzogs von Alba gewesen, da ich wußte, daß ein schöner Garten dazugehörte und daß in einem der Räume eine prachtvolle Zimmerdecke war, die maurische Gefangene vor dem Fall von Granada angefertigt haben sollten. Es war nicht leicht, dort Eintritt zu erhalten, aber es lag mir sehr viel daran, und ich dachte, da es jetzt auf dem Höhepunkt des Sommers keine Touristen gab, könnte ich mit zwei oder drei Peseten die Erlaubnis bekommen. Ich wurde enttäuscht. Der Verwalter sagte mir, daß das Haus gerade renoviert werde und kein Fremder es ohne schriftliche Erlaubnis von dem Sprecher des Herzogs besichtigen könne. Da ich nichts anderes vorhatte, ging ich in den königlichen Garten des Alcázar, des alten Palastes von Don Pedro dem Grausamen, dessen Andenken im Volk von Sevilla noch lebendig ist. Es war sehr angenehm unter den Orangenbäumen und Zypressen. Ich hatte ein Buch bei mir, einen Band von Calderón, saß eine Weile dort und las. Dann schlenderte ich ein wenig umher. In den älteren Teilen von Sevilla sind die Straßen eng und krumm. Es ist bezaubernd, dort entlangzuwandeln unter den darübergespannten Sonnendächern, aber nicht leicht, sich zurechtzufinden. Ich verlief mich. Als ich gerade bemerkte, daß ich keine Ahnung hatte, welche Richtung ich einschlagen mußte, sah ich einen Mann mir entgegenkommen und erkannte in ihm meinen Bekannten vom Stierkampf. Ich sprach ihn an und bat ihn, mir die Richtung zu zeigen. Er erinnerte sich an mich.

»Sie können den Weg unmöglich finden«, sagte er lächelnd und drehte sich um. »Ich will Sie ein wenig begleiten, bis Sie sicher sein können.«

Ich protestierte, aber er achtete nicht darauf. Er versicherte mir, daß es keine Mühe für ihn bedeute.

»Sie sind also noch nicht abgereist?« sagte er.

»Ich fahre morgen. Ich bin gerade beim Palast des Herzogs von Alba gewesen. Ich wollte seine maurische Decke sehen, aber man hat mich nicht eingelassen.«

»Interessieren Sie sich für arabische Kunst?«

»O ja. Ich habe gehört, daß diese Decke zum Schönsten zählt, was es in Sevilla gibt.«

»Ich glaube, ich könnte Ihnen eine ebenso schöne zeigen.«

»Wo?«

Er betrachtete mich einen Augenblick prüfend, als überlege er, was für eine Art Mensch ich sei. Anscheinend kam er zu einem befriedigenden Ergebnis.

»Wenn Sie zehn Minuten Zeit haben, will ich Sie hinführen.«

Ich dankte ihm herzlich, und wir kehrten um und gingen den gleichen Weg zurück. Wir plauderten von belanglosen

Dingen, bis wir an ein großes, blaßgrün getünchtes Haus kamen, das mit den schweren Gittern, die so viele Häuser in Sevilla vor den Fenstern haben, wie ein arabisches Gefängnis aussah. Mein Führer klatschte vor dem Eingangstor in die Hände, und ein Diener schaute aus einem Fenster in den Patio hinaus und zog an einer Schnur.

»Wem gehört dieses Haus?«

»Mir.«

Ich war erstaunt, denn ich wußte, wie eifersüchtig die Spanier ihre Privatsphäre hüten und wie wenig geneigt sie sind, Fremde in ihre Häuser einzulassen. Das schwere eiserne Tor ging auf; wir durchquerten den Hof und gingen einen schmalen Gang entlang. Dann befand ich mich plötzlich in einem verzauberten Garten. Er war an drei Seiten von Mauern eingeschlossen, die so hoch wie Häuser waren, und ihre alten roten Backsteine, durch die Zeit sanft getönt, waren mit Rosen überwachsen. Sie bedeckten jeden Zoll in verschwenderischer, duftender Überfülle. In dem Garten standen wild wachsend, als hätten die Gärtner vergeblich den Überschwang der Natur zu bändigen versucht, Palmen, die hoch in die Luft hinaufragten in ihrem leidenschaftlichen Drang nach der Sonne, dunkle Orangenbäume und blühende Bäume, deren Namen ich nicht kannte, und dazwischen Rosen noch und noch. Die vierte Mauer war eine maurische Loggia mit Hufeisenbogen, die reich durchbrochen waren, und als wir dort eintraten, erblickte ich die herrliche Decke. Das Ganze war wie ein kleines Stück des Alcázar, aber es hatte nicht unter der Renovierung gelitten, die jenem Palast allen Reiz genommen hatte, und die Farben waren von bezaubernder Zartheit. Es war ein Juwel.

»Glauben Sie mir, Sie brauchen nicht zu bedauern, daß Sie den Palast des Herzogs nicht sehen durften. Außerdem können Sie jetzt sagen, daß Sie etwas gesehen haben, was noch kein Ausländer seit Menschengedenken gesehen hat.«

»Es ist sehr liebenswürdig von Ihnen, mir das zu zeigen. Ich bin Ihnen unendlich dankbar.«

Er blickte mit einem Stolz um sich, den ich durchaus nachfühlen konnte.

»Es wurde von einem meiner Vorfahren erbaut, zur Zeit Don Pedros des Grausamen. Es ist anzunehmen, daß der König selber mehr als einmal unter dieser Decke mit meinem Ahnherrn gezecht hat.«

Ich deutete auf das Buch, das ich bei mir trug.

»Ich habe eben ein Stück gelesen, in dem Don Pedro als eine der Hauptpersonen auftritt.«

»Was für ein Buch ist es?«

Ich gab es ihm, und er sah sich den Titel an. Ich schaute mich um.

»Was natürlich zu der Schönheit beiträgt, ist dieser wunderbare Garten«, sagte ich. »Der ganze Eindruck ist äußerst romantisch.«

Der Spanier war sichtlich erfreut über meine Begeisterung. Er lächelte. Ich hatte schon bemerkt, wie ernst sein Lächeln war. Es verbannte kaum die Melancholie aus seiner Miene.

»Möchten Sie sich setzen und eine Zigarette rauchen?«

»Sehr gern.«

Wir traten in den Garten und fanden dort eine Dame vor, die auf einer Bank aus maurischen Kacheln saß, wie sie auch in den Gärten des Alcázars standen. Sie arbeitete an einer

Stickerei. Sie blickte rasch auf, offenbar befremdet, einen Unbekannten zu sehen, und richtete dann ihre Augen fragend auf meinen Begleiter.

»Gestatten Sie, daß ich Sie meiner Frau vorstelle«, sagte er.

Die Dame verneigte sich ernst. Sie war sehr schön; sie hatte prachtvolle Augen, eine gerade Nase mit feinen Nasenlöchern und eine blasse, glatte Haut. Durch ihr schwarzes Haar, das wie bei den meisten spanischen Frauen üppig war, zog sich eine breite weiße Strähne. Ihr Gesicht war ganz faltenlos, sie konnte kaum mehr als dreißig Jahre alt sein.

»Sie haben einen sehr schönen Garten, Señora«, sagte ich, weil ich doch etwas sagen mußte.

Sie warf einen gleichgültigen Blick darauf.

»Ja, er ist hübsch.«

Ich wurde plötzlich verlegen. Ich erwartete nicht, daß sie mir irgendwelches Entgegenkommen zeigte, und konnte verstehen, wenn sie mein Eindringen nur als Störung empfand. Etwas Rätselhaftes ging von ihr aus. Es war keine aggressive Feindseligkeit. So abwegig es schien, da sie eine junge Frau und sehr schön war, so deutlich hatte ich doch das Gefühl, daß etwas in ihr tot sei.

»Wollt ihr hier sitzen?« fragte sie ihren Mann.

»Mit deiner Erlaubnis. Nur wenige Minuten.«

»Ich werde nicht stören.«

Sie nahm ihre Seidenfäden und den Stickereirahmen, an dem sie gearbeitet hatte, und erhob sich. Als sie stand, sah ich, daß sie größer war als die meisten spanischen Frauen. Sie verneigte sich ohne Lächeln. Sie trug eine fast königliche Haltung zur Schau, und ihr Gang war würdevoll. Ich war damals noch ein etwas leichtfertiger junger Mann, und ich erinnere mich, daß ich zu mir selber sagte, dies sei keine Frau, mit der man herumscherzen könne. Wir setzten uns auf die vielfarbige Bank, und ich reichte meinem Gastgeber eine Zigarette. Ich gab ihm Feuer. Er hatte noch immer meinen Band Calderón in den Händen, und jetzt blätterte er flüchtig darin.

»Welches Stück haben Sie gelesen?«

»El médico de su honra.«

Er warf mir einen Blick zu, und ich glaubte in seinen großen Augen ein hämisches Blitzen zu bemerken.

»Und was denken Sie darüber?«

»Ich finde es abstoßend. Natürlich ist die Vorstellung für unsere modernen Begriffe fremd.«

»Welche Vorstellung?«

»Die Sache mit der Ehre und so weiter.«

Ich muß hier erklären, daß der Ehrbegriff die Triebfeder von vielem im spanischen Drama ist. Es ist der Kodex des Adels, der einen Mann bewegt, seine Frau kalten Blutes umzubringen, nicht nur, wenn sie ihm untreu gewesen ist, sondern auch, wenn ihr Benehmen, so wenig es zu tadeln sein mochte, Anlaß zu übler Nachrede gegeben hat. Dieses spezielle Stück enthält ein besonders deutliches Beispiel, wie ich es sonst nirgends gelesen habe; der Arzt seiner Ehre rächt sich an seiner Gattin, obwohl er weiß, daß sie unschuldig ist, einfach nur aus dem Schicklichkeitsgefühl.

»Das liegt im spanischen Blut«, sagte mein Freund. »Der Ausländer muß es eben annehmen oder bleibenlassen.«

»Na, aber hören Sie, es ist doch viel Wasser den Guadalquivir hinuntergeflossen seit Calderóns Tagen. Sie wollen doch nicht behaupten, daß irgendein Mann heutzutage noch so handeln würde.«

»Im Gegenteil, ich behaupte, daß auch heute noch ein Mann, der sich in einer so demütigenden und lächerlichen Lage befindet, seine Selbstachtung nur durch den Tod des Beleidigers wiedererlangen kann.«

Ich antwortete nicht. Es schien mir nur eine romantische Geste zu sein, und innerlich brummte ich: ›Unsinn.‹ Er sah mich mit ironischem Lächeln an.

»Haben Sie jemals von Don Pedro Aguria gehört?«

»Nein, nie.«

»Der Name ist in der spanischen Geschichte nicht unbekannt. Ein Ahnherr von ihm war spanischer Admiral unter Philipp II., und ein anderer war ein Busenfreund von Philipp IV. Auf königlichen Befehl ließ er sich von Velázquez porträtieren.«

Mein Gastgeber zögerte einen Augenblick. Er starrte mich lange und nachdenklich an, bevor er fortfuhr.

»Unter den Philippen waren die Agurias reich, aber zur Zeit, da mein Freund Don Pedro seinem Vater nachfolgte, waren ihre Verhältnisse sehr viel schlechter. Immerhin war er nicht arm: Er besaß noch Güter zwischen Córdoba und Aguilar, und in Sevilla zeigte sein Haus wenigstens noch Spuren seines alten Glanzes. Die kleine Welt von Sevilla war erstaunt, als er seine Verlobung mit Soledad, der Tochter des ruinierten Grafen von Acaba, anzeigte, denn obwohl sie aus einer vornehmen Familie stammte, so war doch ihr Vater ein alter Taugenichts. Er steckte tief in Schulden, und die Schliche, die er anwandte, um sich über Wasser zu halten, waren wenig erfreulich. Aber Soledad war schön, und Don Pedro liebte sie. Sie heirateten. Er betete sie an, mit jener glühenden Leidenschaft, deren vielleicht nur ein Spanier fähig ist. Doch dann entdeckte er zu seiner Bestürzung, daß sie ihn nicht liebte. Sie war freundlich und sanft. Sie war eine gute Frau und führte das Haus vorzüglich. Sie war ihm dankbar. Aber das war alles. Er dachte, daß es sich ändern würde, wenn sie erst ein Kind hätte, aber das Kind kam, und es machte keinerlei Unterschied. Die Schranke zwischen ihnen, die er von Anfang an bemerkt hatte, war noch vorhanden. Er litt darunter. Schließlich sagte er sich, daß sie einen zu vornehmen Charakter, ein zu zartes Wesen habe, um sich zu irdischer Leidenschaft herabzulassen, und fand sich ab. Sie stand zu hoch über ihm für irdische Liebe.«

Ich bewegte mich ein wenig unbehaglich auf meinem Sitz. Ich fand, der Spanier redete allzu geschwollen. Er fuhr fort:

»Sie wissen, daß hier in Sevilla das Opernhaus nur während der sechs Monate nach Ostern geöffnet ist, und da sich die Sevillaner nicht viel aus europäischer Musik machen, gehen wir mehr dorthin, um unsere Freunde zu treffen, als den Sängern zuzuhören. Die Agurias besaßen wie jedermann eine Loge, und sie gingen am Eröffnungsabend der Saison hin. Es wurde *Tannhäuser* gegeben. Don Pedro und seine Frau, als echte Spanier, die den ganzen Tag nichts zu tun haben, aber doch immer zu spät kommen, erschienen erst, als der erste Akt fast zu Ende war. Während der Pause kam der Graf von Acaba, Soledads Vater, in die Loge, in Begleitung eines jungen Artillerieoffiziers, den Don Pedro nie zuvor gesehen hatte. Aber Soledad schien ihn gut zu kennen.

›Hier ist Pepe Alvarez‹, sagte der Graf. ›Er ist gerade aus

Kuba zurück, und ich bestand darauf, ihn zu euch zu bringen.‹

Soledad lächelte und streckte ihm die Hand hin; dann stellte sie den Neuankömmling ihrem Gatten vor.

›Pepe ist der Sohn des Anwalts in Carmona. Wir haben als Kinder zusammen gespielt.‹

Carmona ist eine kleine Stadt in der Nähe von Sevilla, und dahin hatte der Graf sich zurückgezogen, als seine Gläubiger in der Stadt zu unbequem wurden. Das Haus, das er dort besaß, war beinahe alles, was ihm von seinem vergeudeten Vermögen noch geblieben war. Er lebte jetzt durch Don Pedros Großmut in Sevilla. Aber Don Pedro mochte ihn nicht, und er verbeugte sich steif vor dem jungen Offizier. Er vermutete, daß sein Vater, der Anwalt, und der Graf in wenig ehrenvollen Händeln zusammengesteckt hatten. Nach kaum einer Minute verließ er die Loge, um sich mit seiner Cousine, der Herzogin von Santaguador, zu unterhalten, deren Loge gerade gegenüberlag. Einige Tage später traf er Pepe Alvarez in seinem Klub in der Calle Sierpes und plauderte ein wenig mit ihm. Zu seinem Erstaunen fand er, daß er ein sehr angenehmer junger Mensch war. Er steckte voll von seinen Erlebnissen auf Kuba und erzählte sehr witzig darüber.

Die sechs Wochen nach Ostern und die Zeit der großen Messe sind die vergnügtesten in Sevilla, und alle Welt trifft sich zum Tratschen und Lachen auf einem Fest nach dem anderen. Pepe Alvarez mit seinem angenehmen Wesen und seiner guten Laune war sehr beliebt, und die Agurias begegneten ihm beständig. Don Pedro bemerkte, daß er Soledad unterhielt. Sie war in seiner Gegenwart lebhafter, und ihr

Lachen, das er so selten vernommen hatte, beglückte ihn. Wie andere Mitglieder der Aristokratie mietete er ein Zelt auf dem Jahrmarkt, wo sie tanzten, zu Abend aßen und Champagner tranken bis zum Morgengrauen. Pepe Alvarez war immer die Seele dieser Zusammenkünfte.

Eines Abends tanzte Don Pedro mit der Herzogin von Santaguador, und sie kamen an Soledad und Pepe Alvarez vorbei.

›Soledad sieht heute abend sehr schön aus‹, bemerkte sie.

›Und glücklich‹, erwiderte er.

›Ist es wahr, daß sie einmal mit Pepe Alvarez verlobt war?‹

›Natürlich nicht.‹

Aber die Frage erschreckte ihn. Er wußte, daß Soledad und Pepe sich als Kinder gekannt hatten, doch war es ihm niemals in den Sinn gekommen, daß eine nähere Beziehung zwischen ihnen bestanden habe. Der Graf von Acaba, obschon ein Taugenichts, war von vornehmer Geburt, und es war unvorstellbar, daß er daran gedacht haben sollte, seine Tochter mit dem Sohn eines Anwaltes aus der Provinz zu verheiraten. Als sie nach Hause kamen, erzählte Don Pedro seiner Frau, was die Herzogin ihm gesagt und was er darauf erwidert hatte.

›Aber ich war wirklich mit Pepe verlobt‹, sagte sie.

›Warum hast du mir das nie gesagt?‹

›Es war aus und vorbei. Er war auf Kuba. Ich dachte nicht, daß ich ihn jemals wiedersehen würde.‹

›Es muß Leute geben, die wissen, daß du mit ihm verlobt warst.‹

›Das ist wohl möglich. Macht es etwas aus?‹

›Sehr viel. Du hättest deine Bekanntschaft mit ihm nach seiner Rückkehr nicht erneuern dürfen.‹

›Bedeutet das, daß du kein Vertrauen in mich hast?‹

›Natürlich nicht. Ich habe volles Vertrauen in dich. Trotzdem wünsche ich, daß du den Verkehr jetzt abbrichst.‹

›Und wenn ich mich weigere?‹

›Dann werde ich ihn töten.‹

Sie blickten einander lange in die Augen. Dann verneigte sie sich leicht und ging in ihr Zimmer. Don Pedro seufzte. Er fragte sich, ob sie Pepe Alvarez wohl noch liebe und ob dies der Grund sei, daß sie ihn niemals geliebt hatte. Aber er wollte sich nicht gestatten, dem unwürdigen Gefühl von Eifersucht nachzugeben. Er prüfte sein Herz und war überzeugt, daß er keinen Haß gegen den jungen Artilleristen empfand. Im Gegenteil, er hatte ihn gern. Dies war keine Angelegenheit von Liebe und Haß, sondern von Ehre. Auf einmal erinnerte er sich, daß ihm vor einigen Tagen, als er in seinen Klub kam, ein plötzliches Stocken des allgemeinen Gesprächs aufgefallen war, und bei näherer Überlegung schien er sich auch zu erinnern, daß einige aus der Gruppe, die dort saßen und plauderten, ihn neugierig betrachtet hatten. War es möglich, daß er der Gegenstand ihres Gespräches gewesen war? Er schauderte ein wenig bei diesem Gedanken.

Der Jahrmarkt näherte sich seinem Ende, und danach beabsichtigten die Agurias, nach Córdoba zu gehen, wo Don Pedro eine Besitzung hatte, die er von Zeit zu Zeit besuchen mußte. Er freute sich auf den Frieden des Landlebens nach dem Tumult von Sevilla. Am Tag nach ihrem Gespräch erklärte Soledad, daß sie sich nicht wohl fühle, und blieb zu Hause, ebenso am folgenden Tag. Don Pedro besuchte sie morgens und abends in ihrem Zimmer, und sie sprachen über gleichgültige Dinge. Aber am dritten Tag gab seine Cousine Conchita de Santaguador einen Ball. Er war der letzte der Saison, und alle aus ihrem exklusiven Kreis sollten anwesend sein. Soledad erklärte, daß sie sich noch nicht wohl fühle und zu Hause bleiben werde.

›Willst du deshalb nicht hingehen, weil wir neulich abends das Gespräch hatten?‹ fragte Don Pedro.

›Ich habe über das, was du sagtest, nachgedacht. Ich halte dein Verlangen für übertrieben, aber ich werde es erfüllen. Die einzige Art, meine Freundschaft mit Pepe abzubrechen, ist die, nicht dorthin zu gehen, wo ich ihn vermutlich treffen würde.‹ Ein schmerzliches Zittern glitt über ihr reizendes Gesicht. ›Vielleicht ist es so am besten.‹

›Liebst du ihn noch?‹

›Ja.‹

Don Pedro fühlte, wie er vor Qual kalt wurde.

›Warum hast du mich dann geheiratet?‹

›Pepe war fort, auf Kuba, kein Mensch wußte, wann er zurückkehren würde. Vielleicht nie mehr. Mein Vater sagte, daß ich dich heiraten müßte.‹

›Um ihn vor dem Ruin zu bewahren?‹

›Vor Schlimmerem als dem Ruin.‹

›Du tust mir sehr leid.‹

›Du bist gut zu mir gewesen. Ich habe alles getan, was in meiner Macht stand, um dir meine Dankbarkeit zu beweisen.‹

›Und liebt Pepe dich noch?‹

Sie schüttelte den Kopf und lächelte traurig.

›Männer sind anders. Er ist jung. Er ist zu leichtlebig, um jemanden lange zu lieben. Nein, für ihn bin ich nur die

Freundin, mit der er als Kind gespielt und später geflirtet hat. Er kann jetzt über seine frühere Liebe zu mir scherzen.‹

Er nahm ihre Hand, drückte und küßte sie, dann verließ er sie. Er ging allein auf den Ball. Seine Freunde waren betrübt, von Soledads Unpäßlichkeit zu hören, aber nachdem sie ihre Teilnahme ausgedrückt hatten, gaben sie sich der Unterhaltung des Abends hin. Don Pedro schlenderte in das Spielzimmer. An einem Tisch war ein Platz frei, und er setzte sich, um *chemin de fer zu* spielen. Er spielte mit ungewöhnlichem Glück und gewann eine ganze Menge Geld. Einer der Spieler fragte lachend, wo Soledad an diesem Abend sei. Don Pedro bemerkte, wie ein anderer ihm einen erschrockenen Blick zuwarf, aber er erwiderte lachend, daß sie wohlgeborgen zu Bett liege und schlafe. Dann ereignete sich ein unglücklicher Vorfall. Irgendein junger Mann kam in das Zimmer und wandte sich an einen Artillerieoffizier, der auch spielte, um ihn zu fragen, wo Pepe Alvarez sei.

›Ist er nicht hier?‹ fragte der Offizier.

›Nein.‹

Ein merkwürdiges Schweigen trat ein. Don Pedro bot seine ganze Selbstbeherrschung auf, damit sein Gesicht nicht verriet, was er plötzlich empfand. Der Gedanke schoß ihm durch den Kopf, daß diese Männer am Tisch den Verdacht hegten, Pepe sei bei Soledad, seiner Frau. Oh, diese Schande! Die Schmach! Er zwang sich, eine weitere Stunde zu spielen, und gewann noch immer. Er konnte nicht verlieren. Das Spiel wurde endlich abgebrochen, und er kehrte in den Ballsaal zurück. Er ging auf seine Cousine zu.

›Ich habe noch kaum ein Wort mit dir sprechen können‹,

sagte er. ›Komm, wir wollen uns in ein anderes Zimmer setzen.‹

›Wenn du willst.‹

Das Zimmer, Conchitas Boudoir, war leer.

›Wo ist Pepe Alvarez heute abend?‹ fragte er unbeteiligt.

›Ich habe keine Ahnung.‹

›Du hattest ihn erwartet?‹

›Natürlich.‹

Sie lächelte, wie er selber auch, aber er bemerkte, daß sie ihn scharf ansah. Er ließ die Maske der Gleichgültigkeit fallen und sagte halblaut, obwohl sie alleine waren:

›Conchita, ich flehe dich an, mir die Wahrheit zu sagen. Wird darüber geredet, daß er Soledads Liebhaber sei?‹

›Pedrito, was für eine unmögliche Frage richtest du an mich!‹

Aber er hatte das Entsetzen in ihren Augen gelesen und die plötzliche, unwillkürliche Bewegung ihrer Hand zu ihrem Gesicht bemerkt.

›Du hast sie beantwortet.‹

Er erhob sich und verließ sie. Er ging nach Hause, und als er vom Patio aus hochblickte, sah er Licht im Zimmer seiner Frau. Er ging hinauf und klopfte an die Tür. Keine Antwort erfolgte, aber er ging hinein. Zu seinem Erstaunen, denn es war spät, war sie noch auf und arbeitete an der Stikkerei, mit der sie viel Zeit zubrachte.

›Warum arbeitest du noch so spät?‹

›Ich konnte nicht schlafen, ich konnte nicht lesen. Ich dachte, die Arbeit könnte meine Gedanken ablenken.‹

Er setzte sich nicht.

›Soledad, ich muß dir etwas sagen, das dir Schmerz verursachen wird. Ich muß dich bitten, tapfer zu sein. Pepe Alvarez war heute abend nicht bei Conchita.‹

›Was geht das mich an?‹

›Es traf sich unglücklich, daß du auch nicht dort warst. Alle auf dem Ball glaubten, daß ihr zusammen wäret.‹

›Das ist empörend.‹

›Ich weiß, aber das macht die Sache nicht besser. Du hättest ihm das Tor aufmachen und ihn selber hinauslassen können, oder du hättest selbst hinausgehen können, ohne daß dich jemand beim Gehen und Kommen beobachtet hätte.‹

›Aber glaubst du das?‹

›Nein. Ich stimme dir zu, daß der Verdacht empörend ist. Wo war Pepe Alvarez?‹

›Wie soll ich das wissen? Woher könnte ich das wissen?‹

›Es ist sehr sonderbar, daß er nicht zu dieser glänzendsten Gesellschaft, zu der letzten dieser Saison, gekommen ist.‹

Sie schwieg einen Augenblick.

›An dem Abend, als du mit mir gesprochen hattest, schrieb ich ihm, daß ich angesichts der Lage es für besser hielte, wenn wir uns künftig nicht mehr als unbedingt nötig sehen würden. Es ist möglich, daß er aus dem gleichen Grund wie ich nicht auf den Ball gegangen ist.‹

Sie schwiegen eine Weile. Er blickte zu Boden, aber er fühlte, daß ihre Augen auf ihm ruhten. Ich hätte Ihnen schon früher sagen sollen, daß Don Pedro eine Fähigkeit besaß, die ihn vor seiner Umgebung auszeichnete, gleichzeitig aber auch eine Schattenseite hatte. Er war der beste Schütze in ganz Andalusien. Jedermann wußte das, und es erforderte viel Mut, ihn zu beleidigen. Einige Tage vorher hatte ein

Taubenschießen in Tablada stattgefunden, auf dem großen freien Platz außerhalb von Sevilla am Guadalquivir, und Don Pedro war der unbestrittene Sieger gewesen. Pepe Alvarez dagegen hatte sich als so schlechter Schütze gezeigt, daß alle über ihn gelacht hatten. Der junge Artillerist hatte den Spott gutmütig aufgenommen. Seine Waffen seien die Kanonen, hatte er gesagt.

›Was wirst du tun?‹ fragte ihn Soledad.

›Du weißt, daß es nur eins gibt, was ich tun kann.‹

Sie begriff. Aber sie versuchte, seine Bemerkung scherzhaft aufzufassen.

›Du bist kindisch. Wir leben nicht mehr im sechzehnten Jahrhundert.‹

›Das weiß ich. Darum spreche ich jetzt mit dir. Wenn ich Pepe fordern muß, werde ich ihn töten. Aber das will ich nicht. Wenn er seinen Dienst quittieren und Spanien verlassen will, werde ich nichts unternehmen.‹

›Wie kann er das? Wohin soll er gehen?‹

›Nach Südamerika. Er könnte dort sein Glück machen.‹

›Erwartest du von mir, daß ich ihm das sage?‹

›Wenn du ihn liebst.‹

›Ich liebe ihn zu sehr, um ihn zu bitten, wie ein Feigling davonzulaufen. Wie könnte er ohne Ehre weiterleben?‹

Don Pedro lachte.

›Was hat Pepe Alvarez, der Sohn eines Anwalts in Carmona, mit Ehre zu tun?‹

Sie gab darauf keine Antwort, aber in ihren Augen las er den wilden Haß, den sie für ihn empfand. Dieser Blick durchbohrte ihm das Herz, denn er liebte sie, liebte sie so leidenschaftlich wie je zuvor.

Am nächsten Tag begab er sich in seinen Klub, gesellte sich zu einer am Fenster sitzenden Gruppe und schaute mit den anderen dem Volk zu, das sich draußen in der Calle Sierpes auf und ab bewegte. Pepe Alvarez war dabei. Sie sprachen über die Gesellschaft des vergangenen Abends.

›Wo warst du, Pepe?‹ fragte jemand.

›Meine Mutter war krank. Ich mußte nach Carmona fahren‹, erwiderte er. ›Ich war schrecklich enttäuscht, aber vielleicht war es das beste.‹ Er wandte sich lachend an Don Pedro. ›Ich höre, daß Sie großes Glück hatten und allen Leuten Geld abgenommen haben!‹

›Wann gibst du uns Revanche, Pedrito?‹ fragte ein anderer.

›Ich fürchte, daß ihr darauf noch warten müßt‹, antwortete er. ›Ich muß nach Córdoba gehen. Ich habe entdeckt, daß mein Anwalt mich betrogen hat. Ich weiß, daß alle Anwälte Diebe sind, aber ich hielt doch dummerweise diesen für ehrlich.‹

Er schien leichthin zu sprechen, und mit der gleichen Leichtigkeit griff Pepe Alvarez in das Gespräch ein.

›Ich glaube, Sie übertreiben, Pedrito. Vergessen Sie nicht, daß mein Vater Anwalt ist, und er wenigstens ist ehrlich.‹

›Das glaube ich keinen Augenblick‹, sagte Don Pedro lachend. ›Ich zweifle nicht daran, daß Ihr Vater ein ebensolcher Gauner ist wie die anderen.‹

Diese Beleidigung kam so unerwartet und so ohne jede Herausforderung, daß Pepe Alvarez einen Augenblick ganz benommen war. Die anderen waren vor Schrecken plötzlich ernst geworden.

›Was meinen Sie damit, Pedrito?‹

›Genau das, was ich sage.‹

›Das ist eine Lüge, und Sie wissen es. Sie müssen sie sofort zurücknehmen.‹

Don Pedro lachte.

›Das werde ich natürlich nicht tun. Ihr Vater ist ein Dieb und ein Gauner.‹

Pepe tat das einzige, was er tun konnte. Er sprang von seinem Stuhl auf und schlug Don Pedro mit der flachen Hand ins Gesicht. Das Ergebnis war unvermeidlich. Am folgenden Tag trafen sich die beiden Männer an der portugiesischen Grenze. Pepe Alvarez, der Sohn des Anwalts, starb auf ritterliche Art, mit einer Kugel im Herzen.«

Der Spanier schloß seine Geschichte in so gleichgültigem Ton, daß ich das Ende im Augenblick gar nicht richtig erfaßte. Aber als mir die Sache klarwurde, war ich tief bestürzt.

»Barbarisch«, sagte ich. »Das war einfach kaltblütiger Mord.«

Mein Gastgeber erhob sich.

»Da reden Sie Unsinn, mein junger Freund. Don Pedro tat das einzige, was er unter den Umständen tun konnte.«

Ich verließ Sevilla am nächsten Tag, und bis heute ist es mir nicht gelungen, den Namen jenes Mannes ausfindig zu machen, der mir diese sonderbare Geschichte erzählt hatte. Ich habe mich oft gefragt, ob die Dame, die ich sah, die Dame mit dem blassen Gesicht und der weißen Haarsträhne, die unglückliche Soledad gewesen ist.

Die Mutter

Zwei oder drei Leute, die den Lärm eines Streites im Patio hörten, kamen aus ihren Zimmern und horchten.

»Es ist die neue Mieterin«, sagte eine Frau. »Sie hat Krach mit dem Träger, der ihre Sachen gebracht hat.«

Es war ein zweistöckiges, einen Patio umschließendes Mietshaus in einer Seitenstraße von La Macarena, dem übelsten Stadtteil von Sevilla. Die Zimmer wurden an Arbeiter und kleine Angestellte vermietet, von denen es in Spanien so viele gibt, an Briefträger, Polizisten oder Straßenbahnschaffner, und es wimmelte von Kindern. Zwanzig Familien lebten dort. Sie zankten miteinander und versöhnten sich wieder; sie schwatzten den lieben langen Tag, und sie halfen einander, wenn Hilfe nötig war, denn die Andalusier sind gutmütige Leute und kommen im allgemeinen gut miteinander aus. Ein Zimmer hatte eine Zeitlang leer gestanden. Eine Frau hatte es an diesem Morgen genommen und war eine Stunde später mit ihrem Hab und Gut eingezogen. Sie hatte, so viel sie konnte, selber getragen; ein *gallego* – in Spanien sind die Träger gewöhnlich Galicier – war mit dem Rest beladen.

Aber der Streit wurde heftiger, und die beiden Frauen oben im ersten Stock lehnten sich über das Balkongeländer, damit ihnen ja kein Wort entging.

Sie hörten die schrille Stimme der neuen Mieterin, die sich

in einem Schwall von Schimpfworten ergoß, und die mürrischen Zwischenrufe des Mannes. Die Frauen stießen einander an.

»Ich gehe nicht, bevor Sie mich nicht bezahlt haben«, sagte er immer wieder.

»Aber ich habe Sie schon bezahlt. Sie haben gesagt, Sie wollten es für drei Reales machen.«

»Niemals. Sie haben mir vier versprochen.«

Sie feilschten um ein paar kleine Münzen.

»Vier Reales für das Herbringen von ein paar Sachen? Sie sind verrückt.«

Sie versuchte, ihn zur Seite zu schieben.

»Ich gehe nicht, bevor Sie mich nicht bezahlt haben«, wiederholte er.

»Ich gebe Ihnen einen Zehner mehr.«

»Den nehme ich nicht.«

Der Streit wurde lauter und lauter. Die Frau schrie den Träger an und verfluchte ihn. Sie schüttelte die Faust vor seinem Gesicht. Endlich verlor er die Geduld.

»Gut, geben Sie mir den Zehner, dann geh ich. Ich will keine Zeit mehr verlieren mit einem solchen Weibsbild wie Ihnen.«

Sie bezahlte ihn, und der Mann warf ihre Matratze auf den Boden. Dann ging er. Sie rief ihm ein derbes Wort nach. Dann zog sie die Sachen in ihr Zimmer, und die beiden Frauen auf dem Balkon erblickten ihr Gesicht.

»*Carai*, was für ein böses Gesicht! Sie sieht aus wie eine Mörderin.«

In diesem Augenblick kam ein Mädchen die Treppe herauf, und ihre Mutter rief ihr zu: »Hast du sie gesehen, Rosalia?«

»Ich habe den *gallego* gefragt, wo sie herkommt. Er sagt, daß er die Sachen in Triana geholt hat. Sie hätte ihm vier Reales versprochen und wollte dann nicht zahlen.«

»Hat er dir gesagt, wie sie heißt?«

»Nein, aber in Triana nannte man sie La Cachirra.«

Die Furie erschien wieder, um ein vergessenes Bündel zu holen. Sie warf den Frauen auf dem Balkon einen Blick zu, der gleichgültig erwidert wurde, sagte aber nichts. Rosalia schauderte.

»Sie macht mir angst.«

La Cachirra war vierzig, abgezehrt und sehr mager, mit knochigen Händen und Fingern, wie die Fänge eines Geiers. Ihre Wangen waren eingefallen, ihre Haut runzlig und gelb. Wenn sie den Mund mit den blassen, schweren Lippen öffnete, zeigte sie spitze Raubtierzähne. Ihr Haar war schwarz und derb; sie trug es in einem plumpen Knoten, der im Begriff schien, ihr auf die Schultern zu fallen, und vor jedem Ohr hing eine glatte Strähne. Die Augen, die tief in ihren Höhlen lagen, waren groß und schwarz und funkelten böse. Ihr Gesicht hatte einen Ausdruck von solcher Wildheit, daß sich niemand in ihre Nähe wagte, um mit ihr zu sprechen. Sie blieb ganz für sich. Die Neugierde der Nachbarn wuchs. Sie wußten, daß sie sehr arm war, denn ihre Kleidungsstücke waren schäbig. Sie ging jeden Morgen um sechs Uhr fort und kam nicht vor dem Abend zurück, aber sie konnten nicht einmal herausbringen, womit sie ihren Unterhalt verdiente. Sie bedrängten einen Polizisten, der im Hause wohnte, daß er sich erkundigen solle.

»Solange sie keinen Unfrieden stiftet, habe ich nichts mit ihr zu schaffen«, sagte er.

Aber in Sevilla verbreitet sich üble Nachrede rasch, und nach wenigen Tagen brachte ein Maurer, der ein oberes Zimmer bewohnte, die Neuigkeit, daß ein Freund von ihm in Triana ihre Geschichte kenne. La Cachirra sei erst vor einem Monat aus dem Gefängnis gekommen, wo sie sieben Jahre zugebracht habe – wegen Mord. Sie hatte in einem Haus in Triana zur Miete gewohnt, aber als die Kinder entdeckten, was geschehen war, warfen sie Steine nach ihr und riefen ihr Schimpfnamen zu, und sie antwortete mit Schlägen und häßlichen Reden und verursachte einen solchen Tumult, daß der Hausbesitzer ihr kündigte. Mit Flüchen gegen ihn und alle, die sie hinausgedrängt hatten, sei dann La Cachirra eines Morgens plötzlich verschwunden.

»Und wen hat sie ermordet?« fragte Rosalia.

»Sie sagen, es sei ihr Liebhaber gewesen«, antwortete der Maurer.

»Sie kann niemals einen gehabt haben«, sagte Rosalia mit verächtlichem Lachen.

»*Santa Maria!*« rief Pilar, ihre Mutter. »Ich hoffe, sie wird niemanden von uns umbringen. Ich habe es ja gleich gesagt, daß sie wie eine Mörderin aussieht!«

Rosalia bekreuzigte sich schaudernd. In diesem Augenblick kehrte La Cachirra von ihrer Arbeit zurück, und eine plötzliche Beklemmung erfaßte die Sprechenden. Sie machten eine Bewegung, als wollten sie sich zusammendrängen, und schauten die wild um sich blickende Frau ängstlich an. Sie schien etwas Verdächtiges in dem Schweigen zu wittern und warf ihnen einen raschen, mißtrauischen Blick zu. Der Polizist, um etwas zu sagen, wünschte ihr einen guten Abend.

»*Buenas noches*«, erwiderte sie mit einem Stirnrunzeln, ging rasch in ihr Zimmer und warf die Türe hinter sich zu.

Sie hörten, wie sie abschloß. Die bösen, düsteren Augen hatten einen Schatten über sie geworfen, und sie sprachen im Flüsterton, wie unter einem unheilvollen Zauber.

»Sie hat den Teufel im Leib«, sagte Rosalia.

»Ich bin froh, daß Sie da sind, um uns zu beschützen, Manuel«, sagte ihre Mutter zu dem Polizisten.

Aber La Cachirra schien nicht geneigt, Unruhe zu stiften. Sie ging ihres Weges, aufrecht, ohne je ein Wort an irgend jemanden zu richten, und schnitt jeden Annäherungsversuch barsch ab. Sie fühlte, daß die Nachbarn ihr Geheimnis entdeckt hatten, den Mord und die langen Jahre im Gefängnis; und die Furchen in ihrem Gesicht wurden härter, der Ausdruck ihrer tiefliegenden Augen schien noch unmenschlicher. Aber allmählich verging die Angst, die sie erweckt hatte. Sogar die geschwätzige Pilar hörte auf, die schweigsame, hagere Gestalt zu beachten, die zuweilen durch die im Patio sitzende Gruppe schritt.

»Ich glaube, das Gefängnis hat sie verrückt gemacht; sie sagen, das käme oft vor.«

Aber eines Tages ereignete sich etwas, das den Klatsch wieder aufleben ließ. Ein junger Mann kam an die *reja* – das schmiedeeiserne Tor, das an den Häusern von Sevilla als Hauseingang dient – und fragte nach Antonia Sánchez. Pilar, die im Patio einen Rock ausbesserte, schaute zu ihrer Tochter auf und zuckte mit den Schultern.

»Niemand, der so heißt, wohnt hier«, sagte sie.

»Doch, sie muß hier wohnen«, erwiderte der junge Mann; dann, nach einer Pause: »Man nennt sie La Cachirra.«

»Ah!« Rosalia öffnete das Tor und deutete auf die Türe. »Sie wohnt dort.«

»Danke.«

Der junge Mann lächelte sie an. Sie war ein hübsches junges Mädchen mit einem rosigen Gesicht und schönen kecken Augen. Eine rote Nelke brachte das glänzende Schwarz ihres Haares zur Geltung. Ihre volle Brust zeichnete sich unter der Bluse deutlich ab.

»Gesegnet sei die Mutter, die Sie geboren hat«, sagte er, eine abgedroschene Redensart gebrauchend.

»*Vaya Usted con Dios*«, antwortete Pilar.

Er ging weiter und klopfte an die Tür. Die beiden Frauen blickten ihm neugierig nach.

»Wer kann das sein?« fragte Pilar. »La Cachirra hat noch nie vorher Besuch bekommen.«

Es kam keine Antwort auf sein Klopfen, und er versuchte es nochmals. Sie hörten La Cachirras rauhe Stimme fragen, wer da sei.

»*Madre!*« rief er.

Ein Schrei ertönte. Die Tür wurde aufgerissen.

»Currito!«

Die Frau warf die Arme um seinen Hals und küßte ihn leidenschaftlich. Sie liebkoste ihn und streichelte mit einer zärtlichen Gebärde sein Gesicht mit beiden Händen. Rosalia und ihre Mutter, die die Szene beobachteten, hätten sie niemals solcher Zärtlichkeit für fähig gehalten. Schließlich zog sie ihn mit kleinen schluchzenden Freudenlauten in ihr Zimmer.

»Er ist ihr Sohn«, sagte Rosalia mit Staunen. »Wer hätte das gedacht! Und so ein prächtiger Bursche.«

Currito hatte ein schmales Gesicht und weiße, gleichmäßige Zähne; seine Haare waren kurzgeschnitten, an den Schläfen rasiert und auf dem Schädel in echt andalusischer Vollkommenheit geordnet. Der Schatten eines Bartes zeigte sich bläulich über der braunen Haut. Und natürlich war er ein Stutzer. Er hatte die nationale Vorliebe für schöne Kleider, und seine Hosen saßen wie angegossen; seine kurze Jacke und sein plissiertes Hemd waren nagelneu. Dazu trug er einen breitrandigen Hut.

Endlich wurde die Tür von La Cachirras Zimmer aufgemacht, und sie erschien, am Arm ihres Sohnes hängend.

»Wirst du nächsten Sonntag wiederkommen?« fragte sie.

»Wenn mich nichts abhält.«

Er schaute zu Rosalia hinüber, und nachdem er seiner Mutter gute Nacht gewünscht hatte, nickte er auch ihr zu.

»*Vaya Usted con Dios!*« sagte sie.

Sie lächelte ihn an, ihre dunklen Augen blitzten. La Cachirra bemerkte den Blick, und ein mürrischer Ausdruck verdunkelte ihr Gesicht plötzlich wieder wie eine Gewitterwolke. Sie sah das hübsche Mädchen finster an.

»Ist das Ihr Sohn?« fragte Pilar, als der junge Mann fortgegangen war.

»Ja, er ist mein Sohn«, antwortete La Cachirra barsch und ging in ihr Zimmer zurück.

Nichts konnte sie erweichen, und selbst wenn ihr Herz vor Freude überströmte, wies sie jede Annäherung zurück.

»Er ist ein hübscher Bursche«, sagte Rosalia, und sie dachte während der folgenden Tage mehr als einmal an ihn.

Es war eine furchterregende Liebe, die La Cachirra für ihren Sohn empfand. Er war das einzige, was sie in der Welt besaß, und sie betete ihn an, mit einer feurigen, eifersüchtigen Leidenschaft, die als Gegenleistung eine unmögliche Hingabe verlangte. Sie wollte ihm alles bedeuten. Seiner Arbeit wegen konnten sie nicht zusammen wohnen, und es quälte sie, sich vorzustellen, was er tat, wenn er nicht bei ihr war. Sie konnte es nicht ertragen, daß er eine Frau anschaute, und sie wand sich bei dem bloßen Gedanken, er könne einem Mädchen den Hof machen. Kein anderes Vergnügen ist in Sevilla so verbreitet wie das lange Flirten, bei dem das Mädchen die halbe Nacht an ihrem Fenster sitzt, das durch ein eisernes Gitter geschützt ist, oder am Tor steht, während ihr Liebhaber auf der Straße sein Entzücken in ihr williges Ohr ausschüttet. La Cachirra fragte ihren Sohn, ob er eine *novia* habe, eine Liebste, da sie sich sagen mußte, daß einem so anziehenden jungen Mann die Frauen wohl zulächelten, und sie wußte, daß er log, als er schwor, er verbringe seine Abende mit Arbeit. Aber sein Leugnen bereitete ihr eine wilde Freude.

Als sie Rosalias herausfordernden Blick sah und Curritos empfängliches Lächeln, packte sie die Wut. Sie hatte ihre Nachbarn schon vorher gehaßt, weil sie glücklich waren, und es bedrückte sie, daß man ihr furchtbares Geheimnis kannte; aber jetzt steigerte sich ihr Haß, da sie sich, halb im Wahn, schon einbildete, sie hätten sich verschworen, ihr ihren Sohn zu stehlen. Am folgenden Sonntag kam La Cachirra am Nachmittag aus ihrem Zimmer, durchschritt den Patio und stellte sich ans Tor. Dies war ein so ungewöhnlicher Vorgang, daß die Nachbarn ihre Bemerkungen darüber machten.

»Wißt ihr nicht, warum sie da steht?« sagte Rosalia mit

einem unterdrückten Lachen. »Ihr kostbarer Sohn kommt, und sie will nicht, daß wir ihn sehen.«

»Meint sie, wir wollten ihn fressen?«

Currito erschien, und seine Mutter zog ihn in ihr Zimmer.

»Sie ist so eifersüchtig auf ihn, als wäre er ihr Liebhaber«, sagte Pilar.

Rosalia blickte auf die geschlossene Tür und lachte wieder. Ihre leuchtenden Augen waren voller Schalk. Es kam ihr in den Sinn, daß es sehr unterhaltend wäre, mit Currito ein paar Worte zu wechseln. Rosalias weiße Zähne blitzten bei dem Gedanken an La Cachirras Ärger. Sie hielt sich am Tor auf, damit das Paar beim Hinausgehen an ihr vorbeikommen mußte; aber als La Cachirra das Mädchen erblickte, trat sie auf die andere Seite ihres Sohnes, so daß sie nicht einmal einen Blick wechseln konnten. Rosalia zuckte die Achseln.

›So leicht wirst du mich nicht besiegen‹, dachte sie.

Am nächsten Sonntag, als La Cachirra ihren Posten am Tor bezog, ging Rosalia auf die Straße hinaus und schlenderte in die Richtung, aus der er vermutlich kommen würde. Gleich darauf sah sie Currito und ging weiter, ohne ihn zu beachten.

»*Hola!*« sagte er und blieb stehen.

»Sie sind es? Ich dachte, Sie hätten Angst, mit mir zu reden.«

»Ich habe vor nichts Angst«, sagte er prahlerisch.

»Außer vor der Mama!«

Sie ging weiter, als wollte sie ihn los sein, aber sie wußte natürlich, daß ihn das nicht abhalten würde.

»Wohin gehen Sie?« fragte er.

»Was geht Sie das an, Currito? Gehen Sie zu Ihrer Mutter, mein Sohn, oder sie wird Sie durchhauen. Sie haben Angst, mich anzusehen, wenn sie dabei ist.«

»Was für ein Unsinn.«

»Nun, *vaya Usted con Dios!* Ich habe Besorgungen zu machen.«

Er entfernte sich ziemlich verlegen, und Rosalia lachte vor sich hin. Sie war wieder im Hof, als er mit La Cachirra hinausging, und diesmal, vor Beschämung mutig geworden, blieb er stehen und sagte gute Nacht. La Cachirra wurde rot vor Zorn.

»Komm, Currito«, rief sie mit rauher Stimme, »worauf wartest du?«

Er ging, und die Frau blieb einen Augenblick vor Rosalia stehen, als wollte sie etwas sagen, aber sie beherrschte sich mit sichtlicher Anstrengung und kehrte in ihr dunkles, stilles Zimmer zurück.

Einige Tage später war das Fest des heiligen Isidor, des Schutzheiligen von Sevilla, und zur Feier dieses Tages hatte der Maurer mit ein oder zwei anderen Leuten eine Reihe von Papierlaternen im Patio aufgehängt. Sie leuchteten warm in der klaren Sommernacht. Am sanften Himmel funkelten die Sterne.

Die Bewohner des Hauses hatten sich in der Mitte des Patios versammelt und saßen dort auf Stühlen; und die Frauen, einige mit Säuglingen an der Brust, fächelten sich mit Papierfächern und unterbrachen zuweilen ihr endloses Geplauder, um ein älteres Kind, das Unfug trieb, zu schelten. Die kühle Luft war sehr angenehm nach der drückenden

Hitze des Tages. Diejenigen, die beim Stierkampf gewesen waren, berichteten den weniger Begünstigten alles, was vor sich gegangen war. Sie beschrieben ausführlich ein wunderbares Bravourstück von Belmonte, dem berühmten Matador. Bei ihrer lebhaften Einbildungskraft gewannen die Einzelheiten von Minute zu Minute Abwechslung und Farbe, so daß es schien, als hätte noch nie in der Geschichte von Sevilla eine so hervorragende Corrida stattgefunden. Alle waren zugegen, außer La Cachirra. In ihrem Zimmer bemerkten sie das Licht einer einzigen Kerze.

»Und ihr Sohn?«

»Er ist bei ihr«, antwortete Pilar. »Ich habe ihn vor einer Stunde vorbeigehen sehen.«

»Er muß sich gut unterhalten«, sagte Rosalia lachend.

»Ach, kümmere dich nicht um La Cachirra«, sagte eine andere. »Tanze lieber für uns, Rosalia.«

»Ja, ja«, riefen sie. »Komm, Mädchen, du mußt tanzen!«

In Spanien lieben sie das Tanzen, und sie lieben es, dabei zuzuschauen. Schon von altersher heißt es, daß es noch nie eine spanische Frau gegeben habe, die nicht zum Tanzen geboren sei.

Die Stühle wurden schnell im Kreis aufgestellt. Der Maurer und der Straßenbahnschaffner holten ihre Gitarren. Rosalia brachte ihre Kastagnetten, trat mit einem anderen Mädchen vor und begann den Tanz.

Currito in dem dumpfen Zimmer spitzte die Ohren, als er die Musik vernahm.

»Sie tanzen«, sagte er; es zuckte ihm in den Gliedern.

Er schaute durch den Vorhang und sah die Gruppe in dem milden Licht der Papierlaternen. Er sah die beiden tanzenden Mädchen. Rosalia trug ihre Sonntagskleider und war, der Sitte gemäß, stark gepudert. Eine prachtvolle Nelke leuchtete in ihrem Haar. Curritos Herz klopfte. In Spanien wächst die Liebe schnell, und er hatte oft an das schöne Mädchen gedacht, seit er an jenem ersten Tag mit ihr gesprochen hatte. Er bewegte sich zur Tür hin.

»Was hast du vor?« fragte La Cachirra.

»Ich will nur zuschauen, wie sie tanzen. Du willst nie, daß ich mich vergnüge.«

»Du willst nur Rosalia sehen.«

Er schob sie zur Seite, als sie ihn festzuhalten versuchte, und begab sich zu der Gruppe, die den Tänzerinnen zusah. La Cachirra folgte ihm ein paar Schritte und blieb dann stehen, vom Dunkel halb versteckt, während Wut ihr am Herzen nagte. Rosalia bemerkte ihn.

»Haben Sie keine Angst, mich anzuschauen?« flüsterte sie, als sie an ihm vorbeikam.

Das Tanzen hatte sie leichtsinnig gemacht, und sie empfand keine Furcht vor La Cachirra. Als die Weise zu Ende war und ihre Partnerin auf einen Stuhl sank, ging Rosalia auf Currito zu und stellte sich vor ihn hin, hochaufgerichtet, den Kopf zurückgeworfen, und ihre Brust hob sich nach der raschen Bewegung.

»Sie können natürlich nicht tanzen«, sagte sie.

»Doch, das kann ich.«

»Also, dann kommen Sie.«

Sie lächelte herausfordernd, aber er zögerte. Er blickte über die Schulter zu seiner Mutter, die er im Dunkeln mehr erriet als sah. Rosalia bemerkte den Blick und seine Bedeutung.

»Fürchten Sie sich?«

»Wovor sollte ich mich fürchten?« fragte er achselzukkend.

Er trat in den Kreis. Die Gitarren zirpten, die Zuschauer klatschten rhythmisch in die Hände und markierten den Takt mit einem gelegentlichen *Olé*. Ein Mädchen gab Currito ein Paar Kastagnetten, und die beiden begannen zu tanzen. Sie hörten ein leises Zischen, wie von einer Schlange im Dunkeln, und Rosalia, jetzt ganz unbekümmert, schaute lachend auf das geisterhafte weiße Gesicht, das aus dem Schatten hervorleuchtete. La Cachirra rührte sich nicht. Sie beobachtete die Bewegungen des Tanzes, das Schwingen der Körper, die kunstvollen Schritte; sie sah, wie Rosalia sich mit einer anmutigen Gebärde zurücklehnte und Currito zulächelte, während er sich mit klappernden Kastagnetten um sie herum drehte. La Cachirras Augen brannten wie glühende Kohlen, und sie fühlte das Brennen in den Augenhöhlen; aber niemand achtete auf sie, und sie stöhnte vor Wut. Der Tanz ging zu Ende, und Rosalia, die vor Freude über den Beifall lächelte, sagte zu Currito, sie habe nicht gewußt, daß er so gut tanzen könne.

La Cachirra stürzte in ihr Zimmer und verriegelte die Tür. Sie gab keine Antwort, als Currito kam und sie bat aufzumachen.

»Nun, dann gehe ich nach Hause«, sagte er.

Ihr Herz blutete vor Kummer, aber sie schwieg. Er war alles, was sie besaß, alles, was sie auf der Welt liebte; und doch haßte sie ihn. In dieser Nacht konnte sie nicht schlafen, sondern lag da und dachte halb irr, man wolle sie ihres Sohnes berauben. Am Morgen ging sie nicht zur Arbeit; sie lauerte auf Rosalia. Endlich kam das Mädchen herunter, ein wenig mitgenommen von dem nächtlichen Fest, und sie erschrak, als La Cachirra plötzlich vor ihr stand.

»Was wollen Sie von meinem Sohn?«

»Was meinen Sie?« sagte Rosalia und stellte sich erstaunt.

La Cachirra zitterte vor Wut, und sie biß sich in die Hand, um die Ruhe zu bewahren.

»Ach, Sie wissen, was ich meine. Sie nehmen ihn mir weg.«

»Glauben Sie, ich wollte Ihren Sohn haben? Halten Sie ihn von mir ab. Ich kann es nicht ändern, wenn er mir überallhin nachläuft.«

»Das ist eine Lüge!«

»Fragen Sie ihn doch!« Und jetzt war Rosalias Stimme so spöttisch, daß La Cachirra sich kaum beherrschen konnte. »Er wartet eine Stunde auf der Straße, um mich zu sehen. Warum behalten Sie ihn nicht bei sich?«

»Sie lügen, Sie lügen! Sie werfen sich ihm in den Weg.«

»Wenn ich Liebhaber haben wollte, könnte ich sie haben, ohne darum zu bitten. Ich will von dem Sohn einer Mörderin nichts wissen!«

Dann verwirrte sich alles für La Cachirra, das Blut schoß ihr in den Kopf und umnebelte ihr die Augen. Sie stürzte sich auf Rosalia und packte sie an den Haaren. Das Mädchen stieß einen schrillen Schrei aus und versuchte, sich zu verteidigen, aber unmittelbar darauf riß ein Vorübergehender sie auseinander.

»Wenn Sie Currito nicht in Ruhe lassen, bringe ich Sie um!« rief La Cachirra.

»Glauben Sie, daß ich mich fürchte? Halten Sie ihn von

mir fern, wenn Sie können. Sie Närrin, sehen Sie nicht, daß er mich über alles liebt?«

»Jetzt aber fort«, sagte der Mann. »Geh nicht auf sie ein, Rosalia.«

La Cachirra heulte wütend auf, wie ein wildes Tier, das um seine Beute betrogen wird, und drückte sich auf die Straße hinaus.

Aber seit dem Tanz war Currito heftig in Rosalia verliebt, und den ganzen folgenden Tag dachte er an ihre roten Lippen; der Glanz ihrer Augen schien in sein Herz und erfüllte es mit Entzücken. Er begehrte sie leidenschaftlich. Bei Einbruch der Dunkelheit wanderte er Richtung Macarena und war bald vor ihrem Haus. Er wartete in der Dunkelheit des Toreingangs, bis er sie im Patio entdeckte. Am anderen Ende brannte das einsame Licht seiner Mutter.

»Rosalia«, rief er leise.

Sie drehte sich um und unterdrückte einen Ausruf des Erstaunens.

»Warum sind Sie heute hier?« flüsterte sie und ging auf ihn zu.

»Ich konnte nicht fortbleiben.«

»Warum?« fragte sie lächelnd.

»Weil ich Sie liebe.«

»Wissen Sie, daß Ihre Mutter mich heute früh fast umgebracht hat?«

Und mit den für das andalusische Temperament typischen Ausschmückungen berichtete sie von dem Vorgefallenen, erwähnte aber nicht ihre letzte aufreizende Bemerkung, die La Cachirras Wut ins Unerträgliche gesteigert hatte.

»Sie kann so zornig sein wie der Teufel«, sagte Currito

und fügte großtuerisch hinzu: »Ich werde ihr sagen, daß Sie meine Liebste sind.«

»Das wird sie freuen«, sagte Rosalia ironisch.

»Wollen Sie morgen an die *reja* kommen?«

»Vielleicht«, antwortete sie.

Er lachte leise vor sich hin, denn am Ton ihrer Stimme merkte er, daß sie kommen würde. Er stolzierte auf seinem Heimweg durch die Calle Sierpes noch selbstbewußter als sonst dahin. Sie wartete auf ihn, als er am nächsten Tag erschien, und wie es bei Liebesleuten in Sevilla üblich ist, plauderten sie stundenlang halblaut, das eiserne Tor zwischen sich, und es kam selbst Currito nicht in den Sinn, daß es ein überflüssiges Hindernis sei. Als er Rosalia fragte, ob sie ihn liebe, antwortete sie mit einem kleinen, schmachtenden Seufzer. Jeder der beiden suchte in den Augen des anderen die heiße Leidenschaft. Von da an kam er jeden Abend.

Da er aber befürchtete, daß seine Mutter von diesen Besuchen wisse, suchte Currito sie am folgenden Sonntag nicht auf. Das unglückliche Weib wartete sehnsüchtig auf ihn. Sie war bereit, vor ihm auf die Knie zu sinken und ihn um Verzeihung zu bitten, als er aber dann nicht kam, haßte sie ihn; sie hätte ihn gerne tot zu ihren Füßen gesehen. Sie war verzweifelt bei dem Gedanken, daß eine weitere Woche vergehen würde, bis sie hoffen konnte, ihn wiederzusehen.

Die Woche verging, und noch immer kam er nicht. Sie konnte es nicht ertragen. Welcher Schmerz! Sie liebte ihn, wie keine Geliebte ihn jemals lieben könnte. Sie sagte sich, daß dies Rosalias Schuld sei, und wenn sie an das Mädchen dachte, war ihr Herz von Wut erfüllt. Endlich raffte Currito seinen Mut zusammen und ging zu seiner Mutter; aber sie hatte zu lange gewartet. Es war, als sei ihre Liebe nun tot. Sie stieß ihn zurück, als er sie küssen wollte.

»Warum bist du nicht früher gekommen?«

»Du hast die Tür vor mir verschlossen. Ich dachte, du wolltest nichts mehr von mir wissen!«

»War es nur das? Hattest du keinen anderen Grund?«

»Ich war beschäftigt«, sagte er und zuckte die Achseln.

»Beschäftigt? Ein Faulenzer wie du? Was hast du getan? Du wärest nicht zu beschäftigt gewesen, um Rosalia zu besuchen.«

»Warum hast du sie geschlagen?«

»Woher weißt du, daß ich sie geschlagen habe? Hast du sie gesehen?« La Cachirra ging auf ihren Sohn zu; ihre Augen funkelten. »Sie hat mich eine Mörderin genannt.«

»Und, was ist dabei?«

»Was dabei ist?« schrie sie, so daß man sie im Hof hörte. »Und wenn ich eine Mörderin bin – so war ich es nur deinetwegen. Ja, ich habe Pepe Santi umgebracht! Nur weil er dich prügelte. Deinetwegen bin ich sieben Jahre im Gefängnis gewesen – sieben Jahre. Oh, du Narr, du bildest dir ein, daß sie dich liebt, und jeden Abend verbringt sie Stunden am Tor.«

»Das weiß ich«, sagte Currito lachend.

La Cachirra zuckte zusammen. Sie warf ihm einen fragenden Blick zu, und dann verstand sie. Sie keuchte vor Schmerz und Zorn; sie griff nach ihrem Herzen, als könnte sie die Qual nicht ertragen.

»Du bist jeden Abend an der *reja* gewesen und bist nie zu mir gekommen? Oh, wie grausam! Ich habe alles nur mögliche für dich getan. Glaubst du, ich hätte Pepe Santi geliebt?

Ich habe seine Schläge ertragen, um dir Brot geben zu können; und ich habe ihn umgebracht, als er dich prügelte. Mein Gott, ich habe nur für dich gelebt. Wäre nicht der Gedanke an dich gewesen, so wäre ich lieber gestorben, als diese Jahre im Gefängnis zu erdulden.«

»Höre, Frau, sei vernünftig. Ich bin zwanzig. Was erwartest du? Wenn es nicht Rosalia wäre, so wäre es eine andere.«

»Du Unmensch. Ich hasse dich. Geh fort.«

Sie stieß ihn heftig zur Tür hin. Currito zuckte die Achseln.

»Du brauchst nicht zu denken, daß ich bleiben möchte.«

Er ging schwungvoll durch den Hof und schlug das eiserne Tor hinter sich zu. La Cachirra schritt in ihrem winzigen Zimmer auf und ab. Die Stunden vergingen langsam. Eine ganze Weile blieb sie am Fenster stehen und lauerte, mit der furchtbaren Beharrlichkeit eines sprungbereiten wilden Tieres. Sie verharrte regungslos und unterdrückte die krampfartige Unruhe, die ihr am Herzen nagte. Vor dem Tor wurde in die Hände geklatscht, zum Zeichen, daß jemand draußen war, und sie starrte keuchend hinaus, während ihr die Augen fast aus dem Kopf traten. Aber es war nur der Maurer. Sie wartete weiter, und Pilar, Rosalias Mutter, kam herein und ging langsam die Treppe hinauf in ihr Zimmer. La Cachirra griff sich an die Kehle, um den unerträglichen Druck ihres Atems zu erleichtern. Noch immer wartete sie. Von Zeit zu Zeit lief ihr ein heftiger Schauer durch alle Glieder.

Endlich! Ein leichtes Händeklatschen ertönte vor dem Tor, und eine Stimme von oben rief: »Wer ist da?«

»Frieden!«

La Cachirra erkannte Rosalias Stimme. Sie atmete triumphierend auf. Die Tür wurde oben aufgedrückt, und Rosalia durchquerte den Hof mit heiteren, leichten Schritten. Die Lebensfreude lag in jeder ihrer Bewegungen. Sie wollte eben den Fuß auf die Treppe setzen, als La Cachirra vorsprang und sie daran hinderte. Sie packte Rosalia am Arm, und das Mädchen konnte sie nicht abschütteln.

»Was wollen Sie?« sagte Rosalia. »Lassen Sie mich vorbei.«

»Was haben Sie mit meinem Sohn angestellt?«

»Lassen Sie mich vorbei oder ich schreie.«

»Ist es wahr, daß Sie ihn jeden Abend an der *reja* treffen?«

»Mutter, Hilfe! Antonio!« schrie Rosalia mit schriller Stimme.

»Antworten Sie mir!«

»Nun, wenn Sie die Wahrheit wissen wollen, können Sie sie hören. Er wird mich heiraten. Er liebt mich und ich – ich liebe ihn von ganzem Herzen.« Sie sah La Cachirra an und versuchte, sich von dem harten Griff zu befreien. »Glauben Sie, daß Sie uns daran hindern können? Glauben Sie, daß er vor Ihnen Angst hat? Er haßt Sie, das hat er mir gesagt. Er wollte, Sie wären nie aus dem Gefängnis herausgekommen!«

»Das hat er Ihnen gesagt?«

La Cachirra wich zurück. Rosalia nützte ihren Vorteil aus.

»Ja, das hat er mir gesagt, und noch viel mehr. Er hat mir gesagt, daß Sie Pepe Santi ermordet haben und daß Sie sieben Jahre im Gefängnis waren und daß er wollte, Sie wären tot.«

Rosalia sagte dies mit giftigem Zischen und lachte laut, als sie sah, wie das elende Weib zurückwich, als träfen sie wirkliche Schläge.

»Und Sie sollten froh sein, daß ich mich nicht weigere, den Sohn einer Mörderin zu heiraten.«

Dann versetzte sie La Cachirra einen Stoß und sprang auf die Treppe. Diese Bewegung belebte die Frau, die von den schrecklichen Schmähungen ganz betäubt war, und mit einem wilden Wutschrei stürzte sie sich auf Rosalia, packte sie an den Schultern und riß sie herunter. Rosalia drehte sich um und schlug ihr ins Gesicht. La Cachirra zog ein Messer aus dem Busen und stieß es mit einem Fluch in Rosalias Hals. Das Mädchen schrie gellend auf.

»Mutter, sie hat mich umgebracht!«

Sie fiel die Stufen hinunter und blieb zusammengesunken auf den Steinplatten liegen, auf denen das Blut eine kleine Lache bildete.

Ein halbes Dutzend Türen wurde bei dem verzweifelten Schrei aufgerissen, und Leute stürzten heraus, um La Cachirra zu packen; aber sie wich gegen die Wand zurück und sah sie mit einem Ausdruck von solcher Wildheit an, daß niemand wagte, sich ihr zu nähern. Das Zögern dauerte nur einen Augenblick, aber Pilar rannte schreiend vom Balkon herunter, und die allgemeine Aufmerksamkeit war vorübergehend abgelenkt. La Cachirra nahm die Gelegenheit wahr und lief. Sie erreichte ihr Zimmer und verriegelte die Tür hinter sich.

Plötzlich war der Hof voller Menschen. Pilar warf sich mit lautem, furchtbarem Schreien auf ihre Tochter und ließ sich nicht wegziehen. Jemand lief zum Arzt, ein anderer zur Polizei. Die Menge strömte von der Straße herein und sammelte sich um das Tor. Der Arzt eilte herbei, ein schwarzes Köfferchen in der Hand. Als die Polizei erschien, erklärten die Leute, was geschehen war. Sie deuteten auf die Tür von La Cachirras Zimmer, und die Polizei brach die Tür auf und drang ein. Es entstand ein Handgemenge, und dann kamen sie mit der gefesselten La Cachirra heraus. Die Menge drängte nach vorne, aber die Gendarmen wehrten die Leute mit den Degenscheiden ab. Sie konnten nur die Fäuste ballen und sie mit Flüchen überschütten.

La Cachirra sah sie verächtlich an. Sie ließ sich zu keiner Antwort herab. Ihre Augen leuchteten triumphierend. Die Polizisten führten sie durch den Patio, an der Leiche Rosalias vorüber.

»Ist sie tot?« fragte La Cachirra.

»Ja«, antwortete der Arzt ernst.

»Gott sei gedankt!« sagte sie.

Die romantische junge Dame

Eine der vielen Unvollkommenheiten des wirklichen Lebens besteht darin, daß es selten eine abgeschlossene Geschichte liefert. Irgendein Vorfall hat unser Interesse wachgerufen, die Leute, die darin verwickelt sind, stecken in Teufels Küche, und wir fragen uns, was in aller Welt weiter geschehen wird. Und dann geschieht meistens gar nichts. Die unvermeidliche Katastrophe, die man voraussah, war doch nicht unvermeidlich, und die große Tragödie verblaßt schließlich, ohne jede Rücksicht auf künstlerische Ansprüche, zu einer bloßen Gesellschaftskomödie. Nun hat das Altwerden viele Nachteile, aber es hat auch jene gute Seite (neben einer ganzen Reihe von anderen, wie wir zugeben wollen), daß es uns zuweilen den Ausgang gewisser Ereignisse miterleben läßt, deren Zeuge wir vor langen Jahren gewesen sind. Wenn man schon längst die Hoffnung aufgegeben hatte, das Ende der Geschichte je zu erfahren, und es am wenigsten erwartet, wird es uns auf dem Tablett serviert.

Diese Überlegungen kamen mir, nachdem ich die Marquesa de San Esteban zu ihrem Wagen geleitet hatte und in die Hotelhalle zurückkehrte, um mich dort wieder niederzulassen. Ich bestellte einen Cocktail, zündete mir eine Zigarette an und versuchte meine Erinnerungen zu ordnen. Das Hotel war neu und prächtig, es unterschied sich nicht von anderen erstklassigen Hotels in Europa, und ich hatte schon bedauert, daß ich wegen seiner modernen Wasserleitungen dem altmodischen, malerischen Hotel de Madrid untreu geworden war, in dem ich in Sevilla sonst meistens wohnte. Zwar hatte ich von meinem Hotel aus den Blick auf den stolzen Strom, den Guadalquivir, aber das war kein Ausgleich für die Tanztees, die zwei- oder dreimal in der Woche den Barraum mit einem eleganten Publikum füllten, dessen unausgesetzte Unterhaltung den schrillen Lärm eines Jazz-Orchesters fast übertönte.

Ich war den ganzen Nachmittag aus gewesen und fand mich bei der Rückkehr in einem lärmenden Menschengewimmel wieder. Ich ging zum Empfangspult und verlangte meinen Schlüssel, um in mein Zimmer hinaufzugehen. Aber während der Portier ihn mir aushändigte, sagte er, daß eine Dame nach mir gefragt habe.

»Nach mir?«

»Sie möchte Sie unbedingt sprechen. Es ist die Marquesa de San Esteban.«

Ich kannte niemanden dieses Namens.

»Das muß ein Irrtum sein.«

Während ich dabei flüchtig umherblickte, kam eine Dame mit ausgestreckten Händen und einem strahlenden Lächeln auf mich zu. Soviel ich wußte, hatte ich sie noch nie im Leben gesehen. Sie ergriff meine beiden Hände und schüttelte sie herzlich. Sie sagte in fließendem Französisch:

»Wie schön, Sie nach so langer Zeit wiederzusehen. Ich habe in der Zeitung gelesen, daß Sie hier wohnen, und da sagte ich mir: Ich muß ihn aufsuchen. Wie viele Jahre sind es her, seit wir zusammen tanzten? Ich wage nicht, es nachzurechnen. Tanzen Sie noch? Ich tanze gerne, obwohl ich

Großmutter bin. Dick bin ich natürlich auch, aber das ist mir gleichgültig, und die Bewegung verhindert, daß ich noch dicker werde.«

Sie redete in einem solchen Schwall, daß mir beim Zuhören der Atem stockte. Sie war eine behäbige Dame, über die mittleren Jahre hinaus, stark geschminkt; ihr dunkelrot gefärbtes Haar war kurzgeschnitten, und sie kleidete sich nach der allerletzten Pariser Mode, die den spanischen Frauen nie besonders gut steht. Aber sie hatte ein so heiteres, herzhaftes Lachen, daß man unwillkürlich angesteckt wurde. Es war ganz deutlich zu erkennen, daß sie das Leben gründlich genoß. Sie war eine anziehende Frau, und ich konnte mir gut vorstellen, daß sie in ihrer Jugend schön gewesen war. Aber ich konnte sie nirgends unterbringen.

»Kommen Sie, trinken Sie ein Glas Champagner mit mir, und dabei wollen wir von alten Zeiten plaudern. Oder wollen Sie lieber einen Cocktail? Unser liebes altes Sevilla hat sich verändert, wie Sie sehen. Tanztees und Cocktails. Es ist jetzt genauso wie Paris oder London. Wir haben aufgeholt. Wir sind ein zivilisiertes Volk.«

Sie führte mich an einen Tisch in der Nähe der Tanzfläche, und wir setzten uns. Ich konnte mich nicht länger verstellen; ich würde dadurch nur in ein schreckliches Dilemma geraten.

»Es ist sehr dumm von mir, fürchte ich«, sagte ich, »aber ich kann mich einfach nicht daran erinnern, jemanden Ihres Namens in den alten Tagen in Sevilla gekannt zu haben.«

»San Esteban?« unterbrach sie mich, bevor ich weiterreden konnte. »Natürlich. Mein Mann stammte aus Salamanca. Er war im diplomatischen Dienst. Ich bin Witwe. Sie kannten mich als Pilar Carreon. Natürlich sehe ich durch die roten Haare etwas anders aus, aber sonst habe ich mich, glaube ich, nicht sehr verändert.«

»Überhaupt nicht«, sagte ich rasch. »Es war nur der Name, der mich so verwirrte.«

Natürlich erinnerte ich mich jetzt an sie, aber im Augenblick war ich nur bemüht, meine Bestürzung und Belustigung vor ihr zu verbergen, als ich erkannte, daß aus der Pilar Carreon, mit der ich auf Gesellschaften der Gräfin de Marbella getanzt hatte, diese imposante, rundliche Matrone geworden war. Ich konnte es kaum fassen. Aber ich mußte vorsichtig sein. Ich fragte mich, ob sie wisse, wieweit ich mich an die Geschichte erinnern konnte, die damals Sevilla bis in die Grundfesten erschüttert hatte, und ich war froh, nachdem sie sich in überschwenglicher Weise von mir verabschiedet hatte, daß ich mir alles in Ruhe ins Gedächtnis zurückrufen konnte.

In jenen Tagen, vor vierzig Jahren, war Sevilla noch keine blühende Handelsstadt gewesen. Es gab dort noch stille weiße Straßen mit Kopfsteinpflaster und eine große Anzahl von Kirchen, auf deren Türmen die Störche ihre Nester bauten. Stierkämpfer, Studenten und Müßiggänger schlenderten den ganzen Tag auf der Calle Sierpes umher. Das Leben war leicht. Dies war natürlich vor der Zeit der Autos, und jeder Sevillaner war bereit, sich alles zu versagen, um sich einen Pferdewagen leisten zu können. Für diesen Luxus opferte er willig das Lebensnotwendige. Jeder, der auch nur etwas Vornehmheit für sich beanspruchen konnte, fuhr nachmittags in den Delicias, den parkartigen Anlagen am Guadalquivir, zwischen fünf und sieben auf und ab. Man sah dort Wagen jeder Sorte, von den modischen Londoner Victoria-Kutschen bis zu alten, abgetakelten Chaisen, die jeden Augenblick auseinanderzufallen drohten, prachtvolle Pferde und elende Mähren, deren tragisches Ende in der Stierkampf-Arena nahe bevorstand. Aber es gab eine Equipage, die unfehlbar die Aufmerksamkeit der Fremden auf sich ziehen mußte. Es war eine sehr elegante und neue Victoria-Kutsche, die von zwei schönen Maultieren gezogen wurde, und Kutscher und Lakai trugen die andalusische Nationaltracht in Hellgrau.

Es war das großartigste Gefährt, das Sevilla jemals gekannt hatte, und es gehörte der Gräfin de Marbella. Sie war eine Französin, die mit einem Spanier verheiratet war und mit Begeisterung die Sitten und Bräuche im Lande ihres Mannes angenommen hatte, aber mit einer pariserischen Eleganz, die ihnen eine ganz besondere Note gab. Alle anderen Wagen fuhren im Schneckentempo, so daß ihre Insassen sehen und gesehen werden konnten, die Gräfin jedoch ließ ihre Maultiere in flottem Trab zwischen den beiden kriechenden Reihen hindurcheilen, fuhr zweimal bis ans Ende der Delicias und zurück und entfernte sich dann. Dieser Vorgang hatte etwas von königlichem Gebaren an sich. Wenn man sie so anmutig in ihrer schnellen Kutsche sitzen sah, mit ihrer schönen Kopfhaltung, dem Haar, das allzu golden glänzte, um echt sein zu können, wunderte man sich nicht, daß ihre französische Lebhaftigkeit und Entschiedenheit ihr zu der Stellung verholfen hatte, die sie einnahm. Sie diktierte die Mode. Ihr Vorbild war Gesetz. Aber die Gräfin hatte zu viele Verehrer, um nicht ebenso viele Feinde zu haben, und die entschlossenste unter diesen war die verwitwete Herzogin de Dos Palos, die aufgrund ihrer Geburt und ihrer gesellschaftlichen Bedeutung ihr Recht auf den ersten Platz in der Gesellschaft geltend machte, den die Französin durch Anmut, Witz und Charakter erobert hatte.

Die Herzogin besaß eine einzige Tochter, und das war Doña Pilar. Sie war zwanzig, als ich sie kennenlernte, und sie war sehr schön. Sie hatte prachtvolle Augen und eine Haut, die ich bei aller Mühe, einen weniger abgedroschenen Ausdruck dafür zu finden, nur als pfirsichartig bezeichnen kann. Sie war sehr schlank, ziemlich groß für ein spanisches Mädchen, mit roten Lippen und blendendweißen Zähnen. Sie trug das üppige, glänzendschwarze Haar nach der damaligen spanischen Mode sehr sorgfältig frisiert. Sie war äußerst verführerisch. Das Feuer ihrer schwarzen Augen, die Wärme ihres Lächelns, der Reiz ihrer Bewegungen verrieten ein überwältigendes Temperament. Als echte Vertreterin ihrer Generation strebte sie danach, die alten Konventionen zu durchbrechen, die bis dahin das spanische junge Mädchen aus guter Familie bis zum Zeitpunkt ihrer Verheiratung verborgen gehalten hatten. Ich spielte oft mit ihr Tennis und tanzte auch mit ihr bei den Gesellschaften der Gräfin de Marbella. Die Herzogin fand diese Einladungen der Französin, auf denen es Champagner und ein richtiges Abendessen gab, aufdringlich, und wenn sie die Pforten ihres eigenen großen Hauses für die Gesellschaft öffnete, was nur zweimal im Jahr geschah, bestand die Bewirtung aus Limonade und Keksen. Aber sie züchtete Kampfstiere, wie ihr Mann es getan hatte, und wenn die jungen Bullen ausprobiert wurden, lud sie ihre Freunde zum Picknick im Freien ein, wo es heiter und zwanglos zuging, aber doch mit einer gewissen feudalen Würde, die meine romantische Einbildungskraft erregte. Einmal, als die Stiere der Herzogin in einer Corrida in Sevilla kämpfen sollten, war ich einer der Begleiter, der zusammen mit Doña Pilar nachts hereinritt, die in einem Kostüm, das an ein Bild von Goya erinnerte, die Kavalkade anführte. Es war ein reizvolles Erlebnis, auf den tänzelnden andalusischen Pferden durch die Nacht zu reiten, hinter uns die stampfenden Hufe der sechs Bullen, die von Ochsen begleitet wurden.

Viele Männer, reich oder vornehm, mitunter auch beides zugleich, hatten Doña Pilar um ihre Hand gebeten, aber trotz der Vorhaltungen ihrer Mutter hatte sie alle abgewiesen. Die Herzogin hatte mit fünfzehn geheiratet, und es erschien ihr höchst ungehörig, daß ihre Tochter mit zwanzig noch ledig war. Die Herzogin fragte sie, auf was sie noch warte; es sei töricht, zu wählerisch zu sein. Heiraten sei ihre Pflicht. Aber Pilar blieb hartnäckig. Sie fand immer einen Grund, den jeweiligen Bewerber abzuweisen.

Dann kam die Wahrheit ans Licht.

Bei den täglichen Ausfahrten in den Delicias, die von der Herzogin und ihrer Tochter in einem großen, altmodischen Landauer unternommen wurden, kamen sie an der Gräfin vorbei, die gerade zweimal rasch die Promenade auf und ab gefahren wurde. Die Damen standen auf so schlechtem Fuß miteinander, daß sie vorgaben, einander nicht zu sehen, aber Pilar konnte es nicht lassen, die Augen auf den eleganten Wagen und die beiden schönen grauen Maultiere zu richten, und da sie es vermeiden wollte, dem leicht ironischen Blick der Gräfin zu begegnen, schaute sie schnell auf den Kutscher, der sie fuhr. Er war der schönste Mann in Sevilla, und in seiner prächtigen Livree war er wirklich eine Augenweide. Natürlich wußte niemand genau, was damals vorging, aber anscheinend gefiel ihr der Kutscher immer besser, je länger sie ihn anschaute, und auf irgendeine Weise – denn dieser ganze Teil der Geschichte blieb in Dunkel gehüllt – trafen die beiden zusammen. In Spanien sind die Klassen eigenartig vermischt, und ein Diener hat womöglich edleres Blut in den Adern als sein Herr. Pilar erfuhr, vermutlich nicht ohne Genugtuung, daß der Kutscher der alten Familie León angehörte, die von keiner anderen in Andalusien an Vornehmheit übertroffen wird. Tatsächlich waren sie der Herkunft nach durchaus ebenbürtig. Nur hatte sie ihr Leben in einem herzoglichen Hause zugebracht, während das Schicksal ihn gezwungen hatte, seinen Unterhalt auf einem Kutschbock zu verdienen. Keiner von ihnen bedauerte dies, denn nur von diesem hohen Sitz aus konnte er die Aufmerksamkeit der anspruchsvollsten jungen Dame in Sevilla erregen. Sie verliebten sich rasend ineinander. Doch gerade zu dieser Zeit schrieb ein junger Mann, der Marqués de San Esteban, den sie im vergangenen Sommer in San Sebastián kennengelernt hatten, der Herzogin einen Brief und hielt um Pilars Hand an. Er besaß alle Vorzüge, und die beiden Familien waren seit der Regierung Philipps II. von Zeit zu Zeit Bündnisse eingegangen. Die Herzogin war entschlossen, keinen weiteren Unfug mehr zu dulden, und als sie Pilar den Antrag übermittelte, fügte sie hinzu, daß sie nun lange genug gezögert habe. Sie müsse entweder ihn heiraten oder sie würde in ein Kloster geschickt.

»Ich werde weder das eine noch das andere tun«, erklärte Pilar.

»Was willst du dann tun? Ich habe dir lange genug ein Heim geboten.«

»Ich werde José León heiraten.«

»Wer ist das?«

Pilar zögerte einen Augenblick, und es ist möglich, ja es ist zu hoffen, daß sie ein wenig errötete.

»Er ist der Kutscher der Gräfin.«

»Welcher Gräfin?«

»Der Gräfin de Marbella.«

Ich erinnere mich gut an die Herzogin, und ich bin überzeugt, daß sie, wenn sie gereizt wurde, vor wenig zurückschreckte. Sie tobte, sie flehte, sie weinte, sie argumentierte. Es gab eine schreckliche Szene. Man erzählte sich, sie habe ihre Tochter geohrfeigt und an den Haaren gerissen, aber ich habe den Eindruck, daß Pilar in solchem Fall durchaus fähig gewesen wäre, sich zu wehren. Sie wiederholte, daß sie José León liebe und daß er sie liebe. Sie war fest entschlossen, ihn zu heiraten. Die Herzogin berief einen Familienrat ein. Es wurde der Beschluß gefaßt, daß Pilar, um sie alle vor Schande zu bewahren, aufs Land gebracht werden solle und dort bleiben müsse, bis sie von ihrer Verblendung geheilt sei. Pilar bekam Wind von diesem Vorhaben und bereitete ihm ein Ende, indem sie eines Nachts, als alle schliefen, aus dem Fenster ihres Zimmers schlüpfte und zu den Eltern ihres Auserwählten zog. Das waren ehrenwerte Leute, die eine kleine Etage auf der weniger eleganten Seite des Guadalquivir, im Stadtteil Triana, bewohnten.

Daraufhin war keine Verheimlichung mehr möglich. Die Katze war aus dem Sack, und in allen Klubs summte es von dem Skandal. Die Kellner liefen hin und her, um den Mitgliedern Tabletts mit kleinen Gläsern von Manzanilla aus den benachbarten Weinläden zu bringen. Sie klatschten und lachten über den Skandal, und Pilars abgeblitzte Verehrer empfingen zahlreiche Glückwünsche. Welch eine Flucht! Die Herzogin war verzweifelt. Es fiel ihr nichts Besseres ein, als zum Erzbischof, ihrem vertrauten Freund und früheren Beichtvater, zu gehen und ihn zu bitten, dem verliebten Mädchen persönlich Vernunft beizubringen. Pilar wurde in das erzbischöfliche Palais gebeten, und der gute alte Mann, gewohnt, bei Familienzwisten zu vermitteln, tat sein möglichstes, ihr die Torheit ihres Vorhabens klarzumachen. Aber sie ließ sich nicht überzeugen. Nichts, was irgend jemand sagen konnte, vermochte sie zu bewegen, den Mann, den sie liebte, aufzugeben. Die Herzogin, die im Nebenraum wartete, wurde gerufen und richtete einen letzten Appell an ihre Tochter. Umsonst. Pilar kehrte in ihre bescheidene Wohnung zurück, und die Herzogin blieb in Tränen mit dem Erzbischof allein. Der Erzbischof war ebenso klug wie fromm, und als er bemerkte, daß die verstörte Frau bereit war, auf ihn zu hören, gab er ihr als letzte Rettung den Rat, die Gräfin de Marbella aufzusuchen. Sie war die gescheiteste Frau in Sevilla, und es konnte sein, daß sie einen Ausweg fände.

Zuerst lehnte die Herzogin dies entrüstet ab. Sie werde sich niemals so weit demütigen, daß sie ihre größte Feindin um etwas bäte. Eher möge das alte Haus der Dos Palos in Schutt verfallen. Der Erzbischof war darin erfahren, mit schwierigen Frauen umzugehen. Er bemühte sich mit sanfter List, und schließlich willigte sie ein, sich der Großmut der Französin auszuliefern. Mit Wut im Herzen sandte sie ihr eine Botschaft mit der Anfrage, ob sie zu ihr kommen könne, und am gleichen Nachmittag wurde sie in den Salon der Gräfin geführt. Diese hatte natürlich als eine der ersten die Geschichte vernommen, aber sie hörte der unglücklichen Mutter zu, als habe sie keine Ahnung von der Sache. Sie genoß die Situation außerordentlich. Es bedeutete die Krönung ihrer Triumphe, die feindselige Herzogin zu ihren Füßen zu sehen. Aber im Grunde ihres Herzens war sie eine gutmütige Frau und hatte Sinn für Humor.

»Es ist eine sehr unglückselige Lage«, sagte sie. »Und ich bedaure sehr, daß jemand aus meiner Dienerschaft die Ursache davon ist. Aber ich weiß nicht recht, was ich dabei tun kann.«

Die Herzogin hätte gern in das geschminkte Gesicht geschlagen, und ihre Stimme zitterte ein wenig im Bemühen, ihren Ärger zu unterdrücken.

»Es ist nicht meinetwegen, daß ich Sie um Hilfe bitte. Es ist wegen Pilar. Ich weiß, wir alle wissen, daß Sie die klügste Frau der ganzen Stadt sind. Es schien mir und schien dem Erzbischof, wenn es einen Ausweg gäbe, so würde Ihr scharfer Verstand ihn finden.«

Die Gräfin wußte, daß dies eine plumpe Schmeichelei war. Sie hatte nichts dagegen. Es gefiel ihr.

»Lassen Sie mich überlegen.«

»Wenn er zur vornehmen Gesellschaft gehörte, hätte ich natürlich meinen Sohn herkommen lassen, und er hätte ihn getötet, aber der Herzog de Dos Palos kann sich nicht mit dem Kutscher der Gräfin de Marbella duellieren.«

»Vielleicht nicht.«

»In der alten Zeit wäre es ganz einfach gewesen. Da hätte ich nur ein paar Burschen geheuert, die den Kerl eines Nachts erstochen hätten. Aber mit all den Gesetzen, die sie heutzutage haben, gibt es für anständige Menschen keine Möglichkeit, sich vor Beleidigung zu schützen.«

»Ich würde jedes Vorgehen bedauern, das mich der Dienste eines so ausgezeichneten Kutschers berauben würde«, murmelte die Gräfin.

»Aber wenn er meine Tochter heiratet, kann er nicht länger Ihr Kutscher bleiben«, rief die Herzogin entrüstet aus.

»Werden Sie Pilar ein Einkommen sichern, von dem die beiden leben können?«

»Ich? Nicht eine Pesete. Ich habe Pilar sofort gesagt, daß sie von mir nichts bekommt. Sie können meinetwegen verhungern.«

»Nun, ich glaube, dann wird er es vorziehen, weiterhin als mein Kutscher in Diensten zu bleiben. Über den Stallungen sind recht hübsche Zimmer.«

Die Herzogin wurde blaß. Die Herzogin wurde rot.

»Vergessen Sie alles, was zwischen uns gewesen ist. Lassen Sie uns Freundinnen sein. Sie können mich einer solchen Demütigung nicht aussetzen. Wenn ich jemals etwas getan habe, was Sie beleidigen konnte, so bitte ich Sie deswegen auf den Knien um Verzeihung.«

Die Herzogin weinte.

»Trocknen Sie Ihre Tränen, Herzogin«, sagte die Französin schließlich. »Ich werde tun, was ich kann.«

»Gibt es etwas, was Sie tun können?«

»Vielleicht. Ist es wahr, daß Pilar kein eigenes Vermögen besitzt und auch keines zu erwarten hat?«

»Keines, wenn sie ohne meine Einwilligung heiratet.«

Die Gräfin zeigte ihr strahlendstes Lächeln.

»Es heißt gemeinhin, die Menschen im Süden seien romantisch und die Nordländer praktisch. Das Gegenteil ist wahr. Es sind die Nordländer, die unheilbar romantisch sind. Und ich habe lange genug unter den Spaniern gelebt, um zu wissen, daß sie in erster Linie praktisch sind.«

Die Herzogin war zu gebrochen, um diesen unangenehmen Bemerkungen offen entgegenzutreten, aber oh, wie sie diese Frau haßte! Die Gräfin de Marbella erhob sich.

»Sie werden im Laufe des Tages von mir hören.«

Damit entließ sie ihre Besucherin.

Der Wagen war auf fünf Uhr bestellt, und zehn Minuten vorher ließ die Gräfin, die schon für die Ausfahrt angezogen war, José zu sich kommen. Als er den Salon betrat, in seiner hellgrauen Livree, die er mit solcher Anmut trug, konnte sie nicht leugnen, daß sein Anblick eine Freude war. Wenn er nicht ihr eigener Kutscher gewesen wäre ... nun, es war nicht die passende Zeit für solche Gedanken. Er stand ungezwungen, aber mit ritterlichem Stolz vor ihr. Er hatte nichts Lakaienhaftes an sich.

›Ein griechischer Gott‹, sagte die Gräfin zu sich selber. ›Nur Andalusien bringt solche Typen hervor.‹ Und dann laut: »Ich höre, daß Sie die Tochter der Herzogin de Dos Palos heiraten werden.«

»Wenn die Frau Gräfin nichts dagegen hat.«

Sie zuckte die Achseln.

»Wen Sie heiraten, ist mir absolut gleichgültig. Sie wissen natürlich, daß Doña Pilar kein Vermögen haben wird.«

»Ja, Frau Gräfin. Ich habe eine gute Stellung und kann für meine Frau sorgen. Ich liebe sie.«

»Ich kann Sie dafür nicht tadeln. Sie ist ein sehr schönes Mädchen. Aber ich halte es doch für richtig, Ihnen zu sagen, daß ich eine tief verwurzelte Abneigung gegen verheiratete Kutscher habe. An Ihrem Hochzeitstag verlassen Sie meine Dienste. Das ist alles, was ich Ihnen zu sagen habe. Sie können gehen.«

Sie begann, in der Tageszeitung zu lesen, die eben aus Paris eingetroffen war, aber wie sie erwartet hatte, rührte sich José nicht. Er starrte auf den Boden. Endlich blickte die Gräfin auf.

»Worauf warten Sie noch?«

»Ich hatte nicht gedacht, daß die Frau Gräfin mich entlassen würde«, erwiderte er in bekümmertem Ton.

»Ich bezweifle nicht, daß Sie eine andere Stellung finden werden.«

»Ja, aber ...«

»Nun, was gibt es?« fragte sie scharf.

Er seufzte jämmerlich.

»In ganz Spanien gibt es kein Paar Maultiere, das mit unseren verglichen werden könnte. Sie sind beinahe menschliche Wesen. Sie verstehen jedes Wort, das ich zu ihnen sage.«

Die Gräfin sah ihn mit einem Lächeln an, das jedem, der nicht schon toll verliebt war, den Kopf verdreht hätte.

»Ich fürchte, Sie müssen zwischen mir und Ihrer Verlobten wählen.«

Er trat von einem Fuß auf den anderen. Er steckte die Hand in die Tasche, um eine Zigarette herauszuholen, unterdrückte die Bewegung aber, als ihm einfiel, wo er sich befand. Er warf der Gräfin einen Blick zu, und dann breitete sich über seinem Gesicht jenes eigenartige, schlaue Lächeln aus, das alle, die in Andalusien gelebt haben, so gut kennen.

»In diesem Fall kann ich nicht zögern. Pilar muß einsehen, daß dies meine ganze Lage verändert hat. Eine Frau kann man jeden Tag bekommen, aber eine solche Stellung wie diese findet man nur einmal im Leben. Ich wäre ein Narr, wenn ich sie einer Frau wegen aufgäbe.«

Das war das Ende dieses Abenteuers. José León fuhr die Gräfin auch weiterhin, aber sie bemerkte, wenn sie in den Delicias auf und ab trabten, daß von jetzt an ebenso viele Augen auf ihren hübschen Kutscher wie auf ihren neuesten Hut gerichtet waren; und ein Jahr später heiratete Pilar den Marqués de San Esteban.

Der Dichter

Ich interessiere mich nicht sonderlich für Berühmtheiten und hatte niemals Verständnis für die so weit verbreitete Sucht, mit den Großen dieser Erde in Beziehung zu treten. Wenn mir der Vorschlag gemacht wird, eine Persönlichkeit kennenzulernen, die ihre Mitmenschen an Rang oder Verdienst überragt, so suche ich gewöhnlich nach einer höflichen Entschuldigung, um dieser Ehre auszuweichen; und als mein Freund Diego Torre sich erbot, mich bei Santa Aña zu empfehlen, lehnte ich ab. Aber in diesem speziellen Fall war meine Entschuldigung aufrichtig; Santa Aña war nicht nur ein großer Dichter, sondern auch eine romantische Figur, und es hätte mich interessiert, einem Mann zu begegnen, dessen Abenteuer (zumindest in Spanien) legendär waren; aber ich wußte, daß er alt und krank war, und nahm an, daß er es bloß als lästige Störung empfinden würde, einen Fremden und Ausländer bei sich zu empfangen. Calisto de Santa Aña war der letzte Nachkomme der ›Großen Schule‹; in einer Welt, die vom Byronismus nichts mehr wissen wollte, hatte er eine byronsche Existenz geführt und sein gefahrenreiches Leben in einer Reihe von Gedichten beschrieben, die ihm einen Ruhm eingetragen hatten, wie ihn keiner seiner Zeitgenossen erlebte. Ich kann ihren Wert nicht beurteilen, denn als ich sie zum erstenmal las, war ich dreiundzwanzig Jahre alt, und damals begeisterten sie mich; sie besaßen eine Leidenschaft, eine heroische Kühnheit und eine in allen Farben schillernde Vitalität, die mich völlig mitriß; und bis zum heutigen Tag sind diese tönenden Zeilen und eindringlichen Rhythmen dermaßen mit den charmanten Erinnerungen meiner Jugend verknüpft, daß ich sie nicht ohne Herzklopfen lesen kann. Aber ich möchte annehmen, daß Calisto de Santa Aña den Ruf verdient, den er unter den spanischsprechenden Völkern genießt. In jenen Tagen lagen seine Verse auf den Lippen aller jungen Männer, und meine Freunde erzählten mir endlos von seinem Ungestüm, seinen feurigen Reden (denn er war Politiker und Dichter zugleich), seinem beißenden Witz und seinen Liebschaften. Er war ein Rebell und zeitweilig ein Geächteter, waghalsig und verwegen; aber vor allen Dingen war er ein Liebhaber. Wir wußten alles über seine Leidenschaft für diese berühmte Schauspielerin oder jene große Sängerin – denn hatten wir nicht, bis wir sie auswendig wußten, die glühenden Sonette gelesen, in denen er seine Liebe, seine Qual und seinen Zorn beschrieb? –, und es war uns bekannt, daß eine Infantin von Spanien, die stolzeste Nachkommin der Bourbonen, den Schleier genommen hatte, als er aufhörte, sie zu lieben. Wenn die Philippe, ihre königlichen Ahnen, einer Geliebten müde wurden, trat diese in ein Kloster ein, denn es ging nicht an, daß eine Frau, die die Liebe des Königs besessen hatte, nach ihm von einem anderen geliebt wurde; und war nicht Calisto de Santa Aña größer als irgendein irdischer König? Wir bewunderten die romantische Geste der Dame; sie ehrte sie und war schmeichelhaft für den Dichter.

Aber all dies hatte sich vor vielen Jahren abgespielt, und seit einem Vierteljahrhundert lebte Don Calisto nun schon in seiner Heimatstadt Ecija, einer Welt, die ihm nichts mehr zu bieten hatte, verächtlich den Rücken kehrend. Und als ich die Absicht äußerte, Ecija einen Besuch abzustatten (ich hatte ein paar Wochen in Sevilla zugebracht), nicht seinetwegen, sondern weil es eine entzückende kleine andalusische Stadt ist, an die sich für mich teure Erinnerungen knüpfen, bot mir Diego Torre seine Vermittlung an. Er erzählte mir, daß Don Calisto hie und da einigen jüngeren Schriftstellern gestatte, ihn zu besuchen, und dann in seinem Gespräch das gleiche Feuer entwickle, das in den Tagen seines Glanzes seine Zuhörer elektrisiert hatte.

»Wie sieht er denn jetzt aus?« fragte ich.

»Großartig.«

»Haben Sie eine Fotografie von ihm?«

»Leider nicht. Seit seinem fünfunddreißigsten Jahr hat er sich keiner Kamera mehr gestellt. Er sagt, die Nachwelt solle ihn nur jung kennen.«

Ich gestehe, daß ich diesen Zug von Eitelkeit rührend fand. Ich wußte, daß er im frühen Mannesalter ungewöhnlich schön gewesen war, und das ergreifende Sonett, das er geschrieben hatte, als ihm bewußt wurde, daß seine Jugend für immer dahin war, zeigt, mit welch bitterem und höhnischem Schmerz er das Welken jener Züge beobachtete, die so phantastisch bewundert worden waren.

Aber ich lehnte das Angebot meines Freundes ab; es genügte mir vollkommen, noch einmal die Gedichte zu lesen, die mir so vertraut gewesen waren, und im übrigen zog ich es vor, frei in den stillen, sonnendurchglühten Straßen von Ecija umherzustreifen. Es versetzte mich darum in einige Bestürzung, als ich am Abend meiner Ankunft ein Billet von dem großen Manne selbst erhielt. Diego Torre habe ihn von meinem Kommen verständigt, schrieb er, und es würde ihm großes Vergnügen bereiten, wenn ich ihn am nächsten Vormittag um elf Uhr besuchen wollte. Unter diesen Umständen blieb mir nichts anderes übrig, als mich zur angegebenen Stunde in seinem Haus einzufinden.

Mein Hotel lag an der Plaza, die an jenem Frühlingsmorgen recht belebt war, aber sobald ich sie verließ, ging ich wie durch eine ausgestorbene Stadt. Die Straßen, die gewundenen weißen Gassen, waren leer bis auf ein paar vereinzelte Frauengestalten in Schwarz, die gemessenen Schritts von ihrer Andacht heimkehrten. Ecija ist eine Stadt der Kirchen, und alle paar Schritte sieht man eine zerfallende Fassade oder einen Turm, in den die Störche ihre Nester bauen. Einmal blieb ich stehen, um einen Zug kleiner Esel vorüberzulassen. Ihre roten Schabracken waren verblaßt, und sie trugen ich weiß nicht was für Lasten in ihren Körben. Aber einst war Ecija eine bedeutende Stadt gewesen, und viele dieser weißen Häuser haben Steintore, über denen imposante Wappen prangen, denn in diesen weltentlegenen Ort strömten die Reichtümer der Neuen Welt, und Abenteurer, die in Amerika große Vermögen angesammelt hatten, verbrachten hier ihre alten Tage. In einem dieser Häuser nun wohnte Don Calisto, und als ich auf Einlaß wartend an der *reja* stand, gefiel mir die Vorstellung, daß er in einem so angemessenen Stil lebte. Das massive Eingangstor hatte etwas von verfallener Größe, das vortrefflich zu dem Bild paßte, das ich mir von der flammenden Persönlichkeit des Dichters gemacht hatte.

Obgleich ich die Glocke durch das Haus schellen hörte,

rührte sich niemand, und ich läutete ein zweites und dann ein drittes Mal. Endlich erschien ein altes Weib mit einem schwarzen Schnurrbart.

»Was wollen Sie?« fragte sie.

Sie hatte schöne schwarze Augen, aber einen mürrischen Blick, und ich nahm an, daß sie es war, die für den alten Mann sorgte. Ich gab ihr meine Karte.

»Ich werde von Ihrem Herrn erwartet.«

Sie öffnete das Tor und forderte mich auf einzutreten. Dann bat sie mich zu warten und ging hinauf. Der Patio war angenehm kühl nach der Hitze der Straße. Er war von edlen Proportionen, und man konnte annehmen, daß er von einem Nachfolger der *conquistadores* erbaut worden war; aber die Wände waren verblichen, die Kacheln des Fußbodens zerbrochen, und da und dort hatten sich große Putzstücke von den Mauern abgelöst. Über dem Ganzen lag eine Atmosphäre von Armut, aber nicht von Elend. Ich wußte, daß Don Calisto arm war. Zeitweise war ihm das Geld zugeströmt, aber er hatte ihm niemals große Wichtigkeit beigemessen und es mit vollen Händen ausgegeben. Es war klar, daß er jetzt in einer Armut lebte, von der er keine Notiz zu nehmen geruhte. In der Mitte des Hofes stand ein Tisch mit zwei Schaukelstühlen, und auf dem Tisch lagen zwei Wochen alte Zeitungen. Ich versuchte mir vorzustellen, was für Träume seine Phantasie beschäftigten, wenn er an warmen Sommerabenden da saß und Zigaretten rauchte. An den Wänden unter dem Säulengang hingen spanische Bilder, nachgedunkelt und in schlechtem Zustand, und da und dort stand ein altes verstaubtes *bargueño* und darauf ein geflickter Metallteller. Neben einer Tür hing ein Paar alter Pistolen, und ich malte mir aus, daß es die gleichen waren, deren er sich in dem berühmtesten seiner vielen Duelle, dem um Pepa Montañez, die Tänzerin (heute wahrscheinlich eine zahnlose, aufgetakelte Hexe), bedient hatte, bei dem er den Herzog de Dos Hermanos getötet hatte.

Dieser Hof mit all seinen Assoziationen, die er vage in mir weckte, paßte so gut zu dem romantischen Dichter, daß ich mich von dem Geist des Ortes überwältigt fühlte. Seine edle Ärmlichkeit umgab den Greis mit einem Glanz, der sich mit der Großartigkeit seiner Jugend vergleichen konnte; auch in ihm lebte der Geist der Konquistadoren, und es war nur angemessen, daß er sein berühmtes Leben in diesem verfallenen und prächtigen Haus beenden würde. ›So sollte ein Dichter leben und sterben‹, dachte ich. Ich war recht gleichgültig und vielleicht sogar etwas gelangweilt hergekommen, aber nun fing ich an, nervös zu werden. Ich zündete mir eine Zigarette an. Ich war zu der angegebenen Zeit erschienen und fragte mich, was den alten Mann aufhalten konnte. Die Stille war seltsam verstörend. Geister der Vergangenheit erfüllten den leeren Patio, und eine längst begrabene Zeit nahm eine Art schattenhaftes Leben vor mir an. Seinerzeit besaßen die Menschen eine Leidenschaft, ein Ungestüm, das für immer aus der Welt verschwunden ist. Wir sind ihrer tollkühnen Handlungen und ihrer theatralischen Heldenhaftigkeit nicht mehr fähig.

Ich hörte ein Geräusch, und mein Herz schlug schnell. Ich war inzwischen sehr aufgeregt, und als ich ihn endlich langsam die Treppe herunterkommen sah, hielt ich den Atem an. Er hielt meine Karte in der Hand. Er war ein hochgewachsener alter Mann, außerordentlich mager, und seine

Haut hatte die Farbe von altem Elfenbein; er besaß dichtes weißes Haar, aber seine buschigen Augenbrauen waren noch schwarz; sie verliehen seinen großen Augen ein düsteres Feuer. Es war erstaunlich, daß diese schwarzen Augen noch ihren Glanz bewahrt hatten. Er hatte eine Adlernase und einen streng verschlossenen Mund. Er richtete, während er näherkam, seinen kühl prüfenden Blick auf mich, ohne zu lächeln. Er war schwarz gekleidet und hielt in einer Hand einen breitrandigen Hut. Seine Haltung strahlte Sicherheit und Würde aus. Er war, wie ich mir ihn gewünscht hatte, und während ich ihn betrachtete, wurde mir begreiflich, daß er die Seelen der Menschen bewegt und ihre Herzen erschüttert hatte. Er war jeder Zoll ein Dichter.

Er erreichte den Hof und kam langsam auf mich zu. Er hatte wirklich Adleraugen. Es schien mir ein bedeutender Moment zu sein, denn hier stand er, der Erbe der großen alten spanischen Dichter. Des sprühenden Herrera, des sehnsüchtigen und bewegenden Fray Luis, Juan de la Cruz, des Mystikers, und des herben und dunklen Góngora. Er war der letzte dieser langen Reihe und wandelte nicht unwürdig in ihren Fußstapfen. Seltsam klang in meinem Herzen der liebliche und zärtliche Gesang, der der berühmteste von Don Calistos Gedichten ist.

Ich war befangen. Es war ein Glück, daß ich mir schon vorher die Phrase zurechtgelegt hatte, mit der ich ihn zu begrüßen beabsichtigte.

»Es ist eine wunderbare Ehre, Maestro, für einen Fremden, wie ich es bin, die Bekanntschaft eines so großen Dichters zu machen.«

Ein belustigtes Schmunzeln blitzte in den durchdringenden Augen auf und krümmte für einen Augenblick die Linien jenes strengen Mundes.

»Ich bin kein Dichter, Señor, sondern bloß ein nüchterner Geschäftsmann. Sie haben sich geirrt, Don Calisto wohnt nebenan.«

Ich war in das falsche Haus geraten.

Der Mann aus Glasgow

Nicht jeder hat das Glück, bei seiner Ankunft in einer großen fremden Stadt zum Zeugen eines so aufregenden Zwischenfalls zu werden, wie es meinem Freund Shelley bei seiner Ankunft in Neapel beschieden war: Ein Junge stürzte aus einem Laden hervor, ein Mann mit einem großen Messer in der Hand verfolgte ihn, holte ihn ein und streckte ihn mit einem einzigen wohlgezielten Stich in den Nacken zu Boden. Shelley, der ein überaus weiches Herz besaß, sah sich außerstande, den Vorfall als ein Stück Lokalkolorit anzusehen; er fand ihn abscheulich und empörend. Aber als er das seinem Reisegefährten bekanntgab, einem kalabrischen Priester von gewaltigem Wuchs, wurde ihm keinerlei Verständnis zuteil. Der Priester schüttelte sich vor Lachen und klopfte ihm beruhigend auf die Schulter. Nie im Leben, sagte mir Shelley später einmal, nie im Leben hatte er solche Lust verspürt, einen Priester zu ohrfeigen.

Ich selbst habe nie etwas so Aufregendes erlebt. Immerhin stieß auch mir, als ich zum erstenmal nach Algeciras kam, etwas nicht ganz Alltägliches zu. Algeciras war damals eine verwahrloste, verdreckte Stadt. Ich kam spät in der Nacht an und bezog Quartier in einem eher schäbigen Gasthof am Kai, von dem man jedoch einen hervorragenden Fernblick über die vollmondbeschienene Bucht nach Gibraltar genoß. Das Büro befand sich im ersten Stock. Ein mißmutiges Stubenmädchen schlurfte mir voran. Auch der Herbergsvater schien über meinen Wunsch nach einem Zimmer nicht sonderlich erfreut. Er blickte kurz von seiner Kartenpartie auf, musterte mich, reichte mir wortlos einen Zimmerschlüssel und wandte sich wieder dem Spiel zu.

Im Zimmer angelangt, fragte ich das Mädchen, ob ich noch etwas zu essen haben könne.

»Was Sie wollen«, antwortete sie.

Ich wußte aus Erfahrung, daß es sich hier um eine irreale Höflichkeitsfloskel handelte.

»Was haben Sie im Haus?« fragte ich.

»Sie können Eier und Schinken haben.«

Das entsprach ungefähr meinen Erwartungen.

Das Mädchen führte mich in einen engen, niedrigen Speiseraum, dessen Tische bereits für das Frühstück am nächsten Morgen gedeckt waren. Mit dem Rücken zur Tür saß ein hochgewachsener Mann am *brasero*, einer runden Messingschale mit heißer Asche, die fälschlicherweise als ausreichender Wärmespender für die milden andalusischen Winter angesehen wird. Während ich auf mein kärgliches Mahl wartete, versuchte ich einen Blick des Fremden zu erhaschen. Das gelang mir, aber er wandte sich gleich wieder der wärmenden Flamme zu. Erst als das Mädchen meine Eier brachte, blickte er wieder auf.

»Wecken Sie mich bitte morgen rechtzeitig fürs erste Schiff«, sagte er.

»*Si, Señor.*«

Selbst aus seinen wenigen Worten hatte ich klar herausgehört, daß Englisch seine Muttersprache sein mußte. Sein breiter Körperbau und die kräftigen Züge seines Gesichts ließen mich vermuten, daß er aus dem Norden stammte, wahrscheinlich aus Schottland. Die unerschrockenen Schotten trifft man in Spanien weit öfter an als Engländer. Ob man die Kupferminen von Rio Tinto besucht oder die Bodegas von Jerez, ob man nach Sevilla oder nach Cadiz fährt – man wird sie an ihrer gemächlichen Sprechweise erkennen. Man trifft Schotten in den Olivenhainen von Carmona, in den Eisenbahnzügen zwischen Algeciras und Bobadilla und selbst in den abgelegenen Korkwäldern von Merida.

Ich hatte mein Mahl beendet und trat an den *brasero* heran, um nach der stürmischen und kalten Überfahrt über die Bucht meine Knochen ein wenig zu wärmen. Als ich einen Stuhl heranzog, rückte der Mann den seinen zur Seite.

»Nicht nötig«, sagte ich. »Es ist genug Platz für zwei.«

Ich steckte mir eine Zigarre an und bot auch ihm eine an. Die Havanna aus Gibraltar ist in Spanien immer willkommen.

»Da sage ich nicht nein«, antwortete er und nahm sie entgegen.

Der leichte Singsang seines Tonfalls ließ auf Glasgow schließen. Aber meine Bemühungen, ein Gespräch zu beginnen, scheiterten an seiner Einsilbigkeit. Wir pafften schweigend. Er war noch größer, als ich gedacht hatte, mit ungewöhnlich breiten Schultern und plumpen Gliedmaßen. Sein hartes, sonnenverbranntes Gesicht wies um die blaßblauen Augen reichliche Falten auf, sein Haar war von grauen Strähnen durchzogen, und die Art, wie er immer wieder die Enden seines grauen Schnurrbarts zwirbelte, ging mir allmählich auf die Nerven.

Nach einer Weile spürte ich, daß er mich ansah, und die Intensität seines Blicks wurde mir so lästig, daß ich aufschaute, in der Erwartung, daß er seinen Blick, wie zuvor, wieder senken würde. Das tat er auch, jedoch nur, um gleich wieder aufzuschauen. Er betrachtete mich unter seinen buschigen Augenbrauen hervor.

»Von Gibraltar herübergekommen?« fragte er.

»Ja.«

»Morgen bin ich drüben. Auf dem Heimweg. Gott sei Dank.«

Die letzten Worte klangen so erlöst, daß ich aufhorchte.

»Sie mögen Spanien nicht?«

»Doch. Spanien ist in Ordnung.«

»Waren Sie lange hier?«

»Zu lange. Viel zu lange.«

Er sprach mit einem leichten Ächzen. Ich war überrascht, daß meine harmlose Nachfrage ihn offenbar in Aufregung versetzt hatte. Er sprang auf die Füße und begann, in dem kleinen Raum auf und ab zu stapfen, trat gegen einen Stuhl, der ihm im Weg stand, und stieß von Zeit zu Zeit stöhnend die Worte: »Zu lange, zu lange!« hervor. Ich betrachtete ihn schweigend und einigermaßen verlegen. Um mir nichts anmerken zu lassen, schaufelte ich in dem *brasero* die heißere Asche nach oben. Endlich hielt er inne und blieb dicht neben mir stehen, als hätte meine Bewegung ihm meine Anwesenheit in Erinnerung gebracht. Dann ließ er sich wieder auf seinen Sitz fallen.

»Glauben Sie, daß ich verrückt bin?« fragte er.

»Nicht mehr als die meisten Menschen«, antwortete ich lächelnd.

»Sie finden nichts Merkwürdiges an mir?« Er beugte sich näher, damit ich ihn deutlich sehen konnte.

»Nein.«

»Wenn Ihnen etwas auffiele, würden Sie es doch sagen, nicht wahr?«

»Gewiß.«

Ich wußte nicht, was dies alles bedeuten sollte. War er betrunken? Einige Minuten lang schwieg er, und ich hatte keinen Wunsch, sein Schweigen zu unterbrechen.

»Wie heißen Sie?« fragte er plötzlich.

Ich sagte es ihm.

»Mein Name ist Robert Morrison.«

»Sie sind Schotte?«

»Aus Glasgow. Ich bin schon seit Jahren in diesem verdammten Land hier. Haben Sie Tabak bei sich?«

Ich reichte ihm meinen Tabakbeutel. Er stopfte seine Pfeife und zündete sie an.

»Ich kann nicht länger hierbleiben. Ich bin schon zu lange geblieben. Zu lange.«

Er hatte sichtlich Lust, wieder aufzuspringen und mit dem Hin- und Herstapfen zu beginnen, aber er beherrschte sich, er hielt sich an seinem Stuhl fest, und ich sah ihm die Anstrengung an, die ihn das kostete. Es schien mir immer wahrscheinlicher, daß ich einen chronischen Alkoholiker vor mir hatte. Und da mich Betrunkene langweilen, nahm ich mir vor, mich bei der ersten Gelegenheit zu empfehlen und in mein Zimmer zu verschwinden.

»Ich verwalte einige Olivenhaine«, sagte er. »Für die *Glasgow and South of Spain Olive Oil Company.*«

»Aha.«

»Wir haben jetzt eine neue Methode in unserer Raffinerie. Wenn das spanische Öl richtig behandelt wird, ist es genauso gut wie das italienische. Und wir können es billiger verkaufen.«

Seine trockene, sachliche Ausdrucksweise ließ keinen Zweifel daran, daß er vollkommen nüchtern war.

»Sie müssen wissen, daß Ecija mehr oder weniger das Zentrum des Olivenhandels ist. Wir hatten dort einen Spanier als Geschäftsführer. Ich mußte ihn entlassen, weil er uns, wo er nur konnte, übers Ohr haute. Ich habe vorher in Sevilla gewohnt. Praktischer fürs Versandgeschäft, wissen Sie. Aber da wir für Ecija keinen vertrauenswürdigen Mann fanden, mußte ich voriges Jahr selbst hingehen. Kennen Sie's?«

»Nein.«

»Die Firma besitzt dort ein großes Gut, etwa zwei Meilen außerhalb der Stadt, schon nahe zu San Lorenzo. Sehr schönes Haus auf einem Hügel. Ganz weiß und verschachtelt, mit einem Storchenpaar auf dem Dach. Es war unbewohnt und sofort beziehbar. Dadurch ersparte ich mir die Miete, die ich in der Stadt zu zahlen hatte.«

»Muß ein wenig einsam gewesen sein, nicht?«

»Allerdings.«

Er verfiel in ein längeres Schweigen und sog an seiner Pfeife. Ich konnte nicht verhehlen, daß seine Geschichte mich nur mäßig interessierte, und sah auf die Uhr.

»Haben Sie's eilig?« fragte er scharf.

»Nicht besonders. Aber es wird spät.«

»Na und?«

Ich nahm das Gespräch wieder auf. »Sie haben dort vermutlich nicht viele Menschen zu sehen bekommen?«

»Nein. Ein altes spanisches Ehepaar kümmerte sich ums Haus, und manchmal ging ich ins Dorf hinunter, für eine Partie Tresillo mit Fernández, dem Apotheker, und ein paar Männern, die immer in seinem Laden herumlungerten. Oder ich ritt durch die Gegend. Oder ich ging auf die Jagd.«

»Klingt alles zusammen nicht so schlecht«, warf ich ein.

»Im vergangenen Frühling waren es zwei Jahre. Eine solche Hitze wie in diesem Mai habe ich noch nicht erlebt. Man konnte überhaupt nichts tun. Die Arbeiter legten sich in den Schatten, wo sie ihn fanden, und schliefen sofort ein. Schafe krepierten, das Vieh wurde verrückt. Selbst die Ochsen konnten nicht arbeiten, sie standen nur mit ihren höckerigen Rücken herum und schnappten nach Luft. Die verdammte Sonne brannte so scharf, daß man die Augen schließen mußte. Die Erde bekam Sprünge und begann zu bröckeln, die ganze Olivenernte vertrocknete. Es war die reinste Hölle. Nicht einmal in der Nacht ließ die Hitze nach. An Schlaf war nicht zu denken. Ich wanderte durchs Haus und versuchte einen Winkel zu finden, in dem man atmen könnte. Natürlich hielt ich die Fenster geschlossen und befeuchtete die Flure, aber es brachte nichts. Die Nächte waren genauso heiß wie die Tage. Es war wie in einem Backofen.

Schließlich ließ ich mir an der Nordseite des Hauses, in der untersten Etage, ein Bett hinstellen. Das Zimmer wurde sonst nie verwendet, weil es bei normalem Wetter feucht und muffig war. Aber ich bildete mir ein, daß ich dort vielleicht ein paar Stunden Schlaf finden würde. Natürlich ein Irrtum. Ich warf mich hin und her, bis das Bettzeug so heiß war, daß ich's nicht mehr aushielt. Dann stand ich auf und torkelte auf die Veranda hinaus. Es war eine wunderschöne Nacht, hol mich der Teufel. Sternenhimmel und Vollmond, hell genug zum Lesen. Habe ich Ihnen schon gesagt, daß das Haus auf einem Hügel liegt? Ich stützte mich auf das Geländer. Der Olivenhain sah aus wie das Meer. Vielleicht dachte ich deshalb an zu Hause. Ich dachte an die kühle Brise am Strand und an das gemächliche Treiben in den Straßen von Glasgow. Ob Sie es glauben oder nicht, ich spürte ihren Geruch, und ich spürte die salzige Luft vom Meer. Ich hätte mein ganzes Geld gegeben, um eine Stunde lang diese Luft zu atmen. Da sagt man immer, daß Glasgow ein schlechtes Klima hat. Ist ja gar nicht wahr. Der Regen und der graue Himmel und die gelbe See und die Brandung – es ist etwas Herrliches. Ich vergaß vollkommen, daß ich mich in Spanien, mitten im Olivenland, befand. Ich riß den Mund auf und holte tief Luft, als würde ich den Seenebel atmen.

Und da, plötzlich, hörte ich ein merkwürdiges Geräusch. Es war eine männliche Stimme, kein Zweifel. Nicht sehr laut. Ein dumpfer Ton, der durch die Stille geschlichen kam – ich kann's nicht anders ausdrücken. Es überraschte mich. Ich wußte nicht, wer um diese Zeit, lange nach Mitternacht, sich noch im Olivenhain aufhalten mochte.

Es war ein Mann, der lachte. Er lachte auf eine höchst sonderbare Art, irgendwie glucksend. Was da den Hügel heraufgekrochen kam, war – ich kann's nicht anders sagen – ein unzusammenhängendes Gelächter.«

Morrison sah mich an, wie um zu erforschen, ob ich seine merkwürdige Ausdrucksweise akzeptierte.

»Es kam in kleinen Stößen, dieses Gelächter«, fuhr er fort. »Ich beugte mich vor und starrte in die Oliven hinunter. Der Vollmond gab beinahe taghelles Licht, aber ich konnte nichts sehen. Dann brach das Gelächter ab. Nach einer Minute begann es von neuem, diesmal lauter. Es war auch kein Glucksen mehr, es klang beinahe dröhnend und wurde so laut, daß ich mich wunderte, wieso mein altes Dienerehepaar nicht aufwachte. Es klang, als sei da jemand sturzbesoffen.

›Wer ist da?‹ rief ich.

Die einzige Antwort, die ich bekam, war ein grölendes Lachen. Ich kann Ihnen sagen, daß es mir allmählich zuviel wurde. Ich war schon drauf und dran, hinunterzugehen und nachzuschauen, was da eigentlich los war. Ich konnte doch nicht zulassen, daß irgendein betrunkener Kerl mitten in der Nacht vor meinem Haus einen derartigen Radau schlug.

Mit einemmal kippte das Gelächter in einen schrillen Schrei um, dem noch ein paar Schreie folgten. Der Mann hatte in tiefem Baß gelacht, aber seine Schreie klangen hoch und scharf. So schreien Schweine, wenn man sie absticht.

›Mein Gott!‹ rief ich.

Mit einem Satz war ich unten und rannte in die Richtung, aus der die Schreie kamen. Ich war sicher, daß da jemand getötet wurde. Wieder kam ein langer, durchdringender Schrei, gefolgt von Schluchzen und Stöhnen. Dann noch ein kurzes Röcheln, und dann nichts mehr. Stille. Ich rannte hin und her, aber ich konnte niemanden finden. Schließlich blieb mir nichts anderes übrig, als ins Haus zurückzugehen.

Sie können sich denken, daß ich jetzt erst recht keinen Schlaf mehr fand. Als der Tag anbrach, ging ich wieder auf die Veranda und sah in die Richtung, aus der in der Nacht die Schreie gekommen waren. Zu meiner Überraschung entdeckte ich mitten in den Olivenbäumen ein kleines weißes Haus, das ich noch nie gesehen hatte. Ich war ja auch noch nie auf diese Seite meines Wohnhauses gekommen.

Ich fragte den alten José, wer in diesem Haus lebe, und erfuhr, daß es von einem Verrückten, dessen Bruder und einem Diener bewohnt worden war.«

Er verstummte.

»Ach, das war die Erklärung?« sagte ich. »Keine sehr angenehme Nachbarschaft.«

Morrison schob sich nahe an mich heran und packte mich am Handgelenk. Seine Augen brannten mir entgegen:

»Der Verrückte war seit zwanzig Jahren tot«, flüsterte er. Dann ließ er mich los und lehnte sich keuchend zurück. Eine volle Minute verging, ehe er weitersprach:

»Ich ging zu dem Haus hinunter und nahm es von allen Seiten in Augenschein. Die Fensterläden waren geschlossen, und die Tür war versperrt. Ich klopfte, ich rüttelte am Türgriff, ich riß am Glockenzug, es gab einen dünnen Ton, aber niemand kam. Auch im zweiten Stock waren alle Fensterläden verschlossen. Nirgends ein Zeichen von Leben.«

»In welchem Zustand war das Haus?« fragte ich.

»Vollkommen verwahrlost. Der Maueranstrich war abgeblättert und die Farben an Tür und Fensterläden verblichen. Auf dem Boden lagen ein paar Dachziegel, die irgendwann hinuntergefallen sein mußten.«

»Sonderbar«, sagte ich.

»Ich ging zu meinem Freund Fernández, dem Apotheker, und bekam von ihm die gleiche Geschichte zu hören wie von José. Niemand, so sagte er, habe den Verrückten je zu Gesicht bekommen. Er war gewöhnlich sehr apathisch. Man konnte ihn nur hören, wenn er einen seiner manischen Anfälle bekam. Dann drangen sein wildes Gelächter und sein Stöhnen weithin. Die verschreckten Dorfbewohner wagten sich nicht in die Nähe. Nach einem dieser Anfälle starb er. Seine Pfleger verließen sofort das Haus, und seither stand es leer.

Ich behielt mein nächtliches Erlebnis für mich. Fernández hätte mich nur ausgelacht. In der folgenden Nacht blieb ich wach und bezog meinen Horchposten auf der Veranda. Es regte sich nichts. Ich hörte nicht den leisesten Ton.«

»Auch später nicht mehr?«

»Etwa einen Monat lang blieb es ruhig. Die Hitze hielt an, aber jetzt konnte ich ihr ab und zu doch schon ein paar Stunden Schlaf abringen. Eines Nachts geschah etwas Unheimliches. Ich hatte das Gefühl, als versetzte mir jemand einen kleinen Stoß, wie um mich vor etwas zu warnen. Gleich darauf war ich hellwach. Und da hörte ich auch schon dieses fürchterliche Gelächter, wie wenn jemand über einen alten Witz lacht. Es kam aus derselben Richtung wie beim erstenmal und wurde immer lauter. Ich sprang aus dem Bett und rannte zum Fenster. Meine Knie zitterten. Es war schrecklich, dort zu stehen und dieses Lachen zu hören, das durch die Nacht klang. Dann kam wieder eine Pause, darauf die Todesschreie und das gräßliche Stöhnen. Man konnte meinen, da würde ein Tier mißhandelt. Ich brauche Ihnen nicht zu sagen, wie entsetzt ich war. Ich war unfähig, mich zu bewegen. Dann wurde es nach und nach stiller, bis kein Laut mehr zu hören war. Ich schleppte mich ins Bett zurück und verbarg mein Gesicht in den Händen.

Dann fiel mir ein, daß Fernández erzählt hatte, die Anfälle des Verrückten träten in großen Intervallen auf. Zwischendurch war er vollkommen ruhig. Apathisch, sagte Fernández. Ich versuchte zu berechnen, wieviel Zeit seit dem ersten Anfall vergangen war. Achtundzwanzig Tage. Genau achtundzwanzig Tage. Es war also klar, daß die Anfälle durch den Vollmond hervorgerufen wurden.

Eigentlich bin ich kein ängstlicher Mensch, und so nahm ich mir vor, der Sache beim nächsten Vollmond nachzugehen.

Als es soweit war, rüstete ich mich mit einer Laterne und einem geladenen Revolver aus und wartete an der Rückseite meines Hauses auf den ersten verdächtigen Ton. Mit einiger Befriedigung stellte ich fest, daß ich vollkommen ruhig war. Es ging ein leichter Wind, der über das Dach schwirrte. Er rauschte in den Blättern der Olivenbäume, wie Wellen über die Kiesel an einem Strand gehen. Der Mond schien auf die weißen Mauern des Hauses dort unten. Ich war richtig heiter gestimmt.

Im nächsten Augenblick drang der erste wohlvertraute Laut durch die Stille. Tatsächlich: der Anfall erfolgte unter der Einwirkung des Vollmonds und mit der Präzision eines Uhrwerks. Ich sprang über die Mauer in den Olivenhain hinunter und rannte los. Noch während ich mich dem Haus näherte, schwoll das Gelächter an. Das Haus war völlig verdunkelt. Nirgends auch nur die Spur eines Lichtscheins von innen. Ich drückte mein Ohr an die Tür und lauschte. Ich hörte nur, wie sich der Verrückte kaputtlachte. Ich trommelte mit den Fäusten gegen die Tür und zog die Glocke. Das schien ihn zu amüsieren. Er grölte vor Lachen und grölte um so lauter, je lauter ich mich bemerkbar machte.

»Öffnen Sie – oder ich renne die Tür ein!« brüllte ich aus voller Lunge.

Als keine Antwort kam, trat ich zurück und begann, mit aller Kraft gegen die Holzfüllung zu treten. Dann warf ich mich mit meinem vollen Gewicht gegen die Tür. Es knackte. Ich nahm noch einmal all meine Kraft zusammen, und die verdammte Tür brach ein.

Ich nahm mit der einen Hand die Laterne auf, in der andern hielt ich den Revolver. Als ich eintrat, verstärkte sich das Gelächter. Im Innern des Hauses stank es erbärmlich. Die Fenster waren ja seit zwanzig Jahren nicht geöffnet worden. Zunächst wußte ich nicht, wohin ich mich wenden sollte. Das Lachen schien von überall her zu kommen, die Wände fingen es auf und warfen es zurück. Ich öffnete die nächste Tür und betrat ein Zimmer, das vollkommen leer war. Weiße Wände, kein einziges Möbelstück, nichts. Ich folgte dem immer lauter werdenden Lachen in ein anderes Zimmer, wo sich mir der gleiche Anblick bot. Durch eine weitere Tür gelangte ich an einen Treppenabsatz. Jetzt lachte der Verrückte gerade über meinem Kopf. Vorsichtig stieg ich die Treppe hinauf und fand mich in einem schmalen Korridor wieder. Ich hielt die Laterne vor mich und tappte den Korridor entlang, bis ich an eine Zimmertür kam. Dort blieb ich stehen. Aus diesem Zimmer kam das Gelächter. In diesem Zimmer war der Verrückte. Nur eine dünne Tür trennte mich von ihm.

Ich zitterte am ganzen Körper und verfluchte meine Feigheit, aber das Gelächter, das aus dem Zimmer drang, war wirklich grauenhaft. Es hatte nichts Menschliches an sich. Ich mußte die Zähne zusammenbeißen, um nicht davonzurennen. Ich brachte es nicht über mich, die Tür zu öffnen.

Plötzlich hörte das Lachen auf, wie abgeschnitten. Wie mit einem Messer abgeschnitten. Ich hörte einen zischenden Schmerzenslaut, den ich zuvor nie gehört hatte. Er war zu leise, um bis an mein Haus zu dringen. Ein Röcheln folgte. Dann hörte ich ganz deutlich eine Männerstimme. Sie sprach auf spanisch.

›Du tötest mich!‹ stieß die Stimme hervor. ›Nimm das Ding weg. Du tötest mich. Herr im Himmel, hilf mir!‹

Der Mann begann zu brüllen. Kein Zweifel, daß er fürchterlich gequält wurde. Ich riß die Tür auf und stürzte in das Zimmer. Durch den plötzlichen Luftzug öffneten sich die Fensterläden. Das Mondlicht strömte mit solcher Helligkeit in den Raum, daß es die Laterne zu überblenden schien. Dicht neben mir hörte ich das Stöhnen, hörte es so klar und deutlich, wie Sie mich jetzt sprechen hören. Es war entsetzlich. Es war das Wimmern und Röcheln eines Menschen, der im nächsten Augenblick tot sein mußte. Aber das Zimmer war leer.«

Robert Morrison sank erschöpft in seinen Stuhl zurück und regte sich nicht.

Der große, kräftige Mann machte plötzlich den Eindruck einer Gliederpuppe in einem Atelier. Ich hatte das Gefühl, daß ich ihn nur anzustoßen brauchte – und er würde auf den Boden sacken.

»Wie ist es dann weitergegangen?« fragte ich.

Er zog ein nicht sehr sauberes Taschentuch hervor und wischte sich den Schweiß von der Stirn.

»Sie können sich denken, daß ich nicht länger in dem Zimmer an der Nordseite schlafen wollte, obwohl es dort verhältnismäßig kühl war. Ich kehrte wieder in mein eigenes

Zimmer zurück. Aber auch dort wurde ich vier Wochen später mitten in der Nacht durch das Gelächter des Verrückten geweckt. Es war fast bei meinem Ellbogen.

Meine Nerven gerieten in einen erbärmlichen Zustand. Als der nächste Anfall fällig war, also beim nächsten Vollmond, bat ich Fernández, die Nacht in meinem Haus zu verbringen. Ich sagte ihm nicht, warum. Wir spielten Karten, bis ungefähr zwei Uhr früh, als es losging. Ich fragte ihn, ob er etwas hörte. ›Nein, nichts‹, sagte er. ›Da lacht doch jemand‹, sagte ich. ›Sie sind betrunken, Mann‹, sagte er. Und nun begann auch er zu lachen. Das war zuviel. ›Halten Sie's Maul, Sie Idiot!‹ brüllte ich. Das Gelächter wurde immer stärker. Nicht seines, das andere. Ich versuchte, es zu überschreien, ich hielt mir die Hände an die Ohren, aber es half nichts. Ich hörte das Lachen und hörte die Schmerzensschreie, die ich so entsetzlich gut kannte. Fernández hielt mich für verrückt. Er wagte es nicht zu sagen, weil er Angst vor mir hatte. Er sagte nur, er wolle schlafen gehen, und verschwand. Aber er ging nicht schlafen. Er machte sich davon. Ich fand sein Bett am nächsten Morgen unberührt.

Ich hielt es nicht länger in Ecija aus, sorgte für einen Ersatzmann und ging nach Sevilla zurück. Dort fühlte ich mich sicher. Aber vor der nächsten Vollmondnacht überkam mich aufs neue die Angst. Ich versuchte, sie mir auszureden. ›Verdammter Narr‹, sagte ich mir, ›mach dich doch nicht selbst verrückt.‹ Aber es half nichts. Tatsächlich fürchtete ich, die Geräusche würden mir auch nach Sevilla nachkommen. Und dann würde ich sie mein ganzes Leben lang hören müssen. Ich besitze soviel Mut wie jeder Mann, aber verflixt, alles hat seine Grenzen. Man kann es einfach nicht aushalten. Ich wußte, daß ich auf dem besten Wege war, verrückt zu werden. Mein Zustand war derart, daß ich anfing zu trinken, denn die Anspannung war unerträglich, ich lag dauernd wach und zählte die Tage. Und plötzlich wußte ich, daß das Gelächter kommen würde. Und es kam. Ich hörte es auch in Sevilla. Sechzig Meilen von Ecija entfernt.«

Ich wußte nicht, was ich sagen sollte, und schwieg eine Weile.

»Wann haben Sie's zum letztenmal gehört?« fragte ich dann.

»Vor vier Wochen.«

Verblüfft sah ich ihn an.

»Was heißt das? Ist heute Vollmond?«

Er warf mir einen dunklen, wütenden Blick zu. Er öffnete den Mund, aber er brachte keine Antwort hervor, als wären seine Stimmbänder plötzlich gelähmt. Endlich entrangen sich ihm ein paar Worte, und sie klangen sonderbar krächzend:

»Ja. Es ist Vollmond.«

Er drehte mir sein Gesicht zu, ein von Angst und Schrekken verzerrtes Gesicht. Dann stand er auf, verließ mit raschen, torkelnden Schritten den Raum und warf die Tür hinter sich zu.

Ich muß gestehen, daß auch ich in dieser Nacht nicht sehr gut geschlafen habe.

So handelt ein Gentleman

Viele Leute erschütterte die Nachricht, daß Hauptmann Forestier während eines Waldbrands, als er den versehentlich im Haus eingeschlossenen Hund seiner Frau retten wollte, ums Leben gekommen war. Einige sagten, das hätten sie ihm nie zugetraut, andere behaupteten, genau das hätten sie von ihm erwartet, wobei offenblieb, wie sie das meinten. Mrs. Forestier fand nach diesem tragischen Ereignis Unterschlupf bei einer Familie Hardy, die sie und ihr Mann kurz zuvor kennengelernt hatten. Hauptmann Forestier war diesen Leuten nicht wohlgesonnen gewesen, auf jeden Fall nicht Fred Hardy, aber sie glaubte fest, daß er nach dieser fürchterlichen Nacht seine Einstellung geändert hätte. Ihm wäre nicht entgangen, wieviel Gutes in Hardy ungeachtet seines Rufs steckte, und als echter Gentleman hätte er seinen Irrtum eingestanden. Mrs. Forestier konnte sich nicht vorstellen, wie sie ohne die wunderbare Hilfsbereitschaft der Hardys den Verlust des Mannes überlebt hätte, der ihr alles bedeutete. Das unerschöpfliche Mitgefühl dieser Menschen war der einzige Trost in ihrem Jammer gewesen. Sie, gewissermaßen Augenzeugen seines Opfergangs, wußten am besten, welches Format er besessen hatte. Nie würde sie Fred Hardys Worte vergessen, als er die schlimme Nachricht eröffnete. Diese Worte halfen ihr nicht nur, das schreckliche Unglück zu ertragen, sie gaben ihr auch die Kraft, sich mutig einer trostlosen Zukunft zu stellen. Sie spürte, daß ihr so geliebter tapferer Mann, dieser echte Gentleman, ihr diesen Mut gerade jetzt von Herzen gewünscht hätte. Mrs. Forestier war sehr nett. Das sagt man oft als Freundlichkeit von einer Frau, wenn man sonst nichts über sie zu sagen hat, und ›nett‹ gilt als schwaches Kompliment. Ich meine es aber nicht so. Mrs. Forestier war weder charmant noch schön noch geistreich; im Gegenteil, sie war ein törichtes, häusliches Dummerchen. Dennoch mochte man sie desto mehr, je näher man sie kannte, und, nach dem Grund gefragt, fiel einem nur diese Antwort ein: Sie ist eben eine nette Frau. So groß wie ein Mann, besaß sie einen breiten Mund und eine mächtige, gebogene Nase, blaßblaue, kurzsichtige Augen und schwere, häßliche Hände. Ihre faltige, wettergegerbte Haut überdeckte sie mit starkem Make-up, und ihre langen Haare waren goldblond gefärbt, reich gelockt und kunstvoll frisiert. Sie ließ nichts unversucht, was der aufdringlichen Männlichkeit ihrer Erscheinung entgegenwirken konnte, und glich dennoch bloß einem Schmierenkomödianten in einer Frauenrolle. Sie hatte zwar eine weibliche Stimme, aber man wartete immer darauf, daß sie nach Schluß der Vorstellung mit einem tiefen Baß losorgele und daß sich, sobald sie die goldene Perücke herunterriß, ein kahles Männerhaupt zeige. Sie gab große Summen für ihre Kleider aus, die sie von den berühmtesten Pariser Salons bezog, aber obgleich eine Frau von fünfzig Jahren, wählte sie mit unfehlbar schlechtem Geschmack solche Kreationen, die nur an zierlichen, blutjungen und hübschen Mannequins bezaubernd aussahen. Immer behängte sie sich mit wertvollem Schmuck. Mit ihrem plumpen Schritt und den linkischen Bewegungen brauchte sie nur ein Wohnzimmer zu betreten, wo eine kostbare Vase aus Jade stand – schon hatte sie sie zu Boden gefegt; und wenn man sie zum Essen einlud und jene Gläser deckte, an denen man besonders hing, zerschmetterte sie beinahe unweigerlich eines davon.

Aber hinter diesem ungeschickten Äußeren verbarg sich eine zärtliche, romantische und idealistische Seele. Das vermutete man nicht sogleich, denn auf den ersten Blick war sie eine Figur aus dem Witzblatt; kannte man sie ein wenig näher und litt unter ihrer Tapsigkeit, verzweifelte man an ihr; drang man jedoch zum Kern vor, dann fragte man sich, wie man so verbohrt gewesen sein konnte, diese Seele nicht wahrzunehmen, die einen aus den blaßblauen, kurzsichtigen Augen scheu, aber mit unmißverständlicher Aufrichtigkeit entgegenblickte. Der verspielte Musselinstoff, der frühlingsfrohe Organdy, die jungfräuliche Seide kleideten nicht einen schwerfälligen Körper, sondern einen taufrischen, mädchenhaften Geist. Man vergaß, daß sie geliebtes Porzellan zerschmiß und wie ein als Frau verkleideter Mann daherkam, man sah sie, wie sie sich selbst sah und wie sie in Wirklichkeit war (ließe sich Wirklichkeit mit Händen greifen), als liebes Dingelchen mit einem Herzen aus Gold. Bei inniger Vertrautheit fand man sie so einfach wie ein Kind: Sie war rührend dankbar für jede Aufmerksamkeit, ihre Hilfsbereitschaft kannte kein Maß, sie tat alles für einen, es mochte noch so beschwerlich sein, und gab einem dabei das Gefühl, durch einen Appell an ihre Fürsorge erweise man ihr einen Dienst. Sie war ein Genie uneigennütziger Liebe. Es steht fest, daß ihr nie ein unfreundlicher oder boshafter Gedanke durch den Kopf gegangen ist. Dies alles vor Augen kann man nur wiederholen: Mrs. Forestier war eine nette Frau.

Leider war sie zugleich fürchterlich beschränkt. Das ging einem auf, wenn man ihrem Mann begegnete. Sie war Amerikanerin, Hauptmann Forestier Engländer. Geboren in Portland, Oregon, kam sie während des Weltkriegs zum erstenmal nach Europa, als sie sich 1917, bald nach dem Tod ihres ersten Mannes, zu einer Rot-Kreuz-Einheit in Frankreich meldete. Nach amerikanischen Maßstäben war sie nicht reich, nach europäischen konnte man sie wohlhabend nennen. Ich schätze nach dem Lebensstil der Forestiers ihre Jahreseinkünfte auf ungefähr dreißigtausend Dollar. Abgesehen davon, daß sie zweifellos den falschen Patienten die falsche Medizin verabreichte, ihre Verbände nur Schaden anrichteten und sie jeden zerbrechlichen Gegenstand fallen ließ, war sie gewiß eine wunderbare Schwester. Auch die widerwärtigste Arbeit wird sie ohne Zögern angepackt haben, nie schonte sie sich, nie verlor sie die Nerven. Ich bin überzeugt, daß mancher arme Kerl Grund hatte, ihre Güte zu rühmen, und nicht wenige taten sicherlich den herben Schritt ins Unbekannte mit größerem Mut dank der liebenden Fürsorge ihrer goldenen Seele. Im letzten Kriegsjahr pflegte sie Hauptmann Forestier, bald nach Friedensschluß heirateten sie. Sie ließen sich oberhalb von Cannes in einer hübschen, auf einem Hügelzug gelegenen Villa nieder, und binnen kurzem waren sie ein wichtiger Faktor im gesellschaftlichen Leben an der Riviera. Hauptmann Forestier spielte gut Bridge und begeistert Golf. Auch im Tennis war er nicht schlecht. Er besaß ein Segelboot, und im Sommer gaben die Forestiers darauf bezaubernde Feste.

Nach siebzehn Ehejahren bewunderte Mrs. Forestier noch immer ihren schmucken Gatten; jedem, der sie näher kannte, erzählte sie in ihrem schleppenden Tonfall der Westküste ausführlich, wie sie zueinandergefunden hatten.

»Es war Liebe auf den ersten Blick«, begann sie. »Er wurde eingeliefert, als ich gerade dienstfrei hatte. Als ich zurückkam und ihn in einem meiner Betten liegen sah, du meine Güte, da blieb mir das Herz stehen, und eine Sekunde lang dachte ich, ich hätte es durch zuviel Arbeit überanstrengt. Er war der schönste Mann, dem ich je begegnet war.«

»War er schwer verwundet?«

»Nun, er war nicht eigentlich verwundet. Es ist kaum zu glauben: Er machte den ganzen Krieg mit, lag monatelang unter Beschuß, riskierte zwanzigmal am Tag sein Leben, denn er weiß gar nicht, was Angst ist, und kriegte keine einzige Schramme. Er hatte Furunkel.« Das gehört nun nicht eben zu den romantischen Leiden, an denen sich eine große Leidenschaft entzündet. Da Mrs. Forestier ein wenig prüde war, rang sie mit der Schwierigkeit, Hauptmann Forestiers Furunkel zu lokalisieren, obschon sie sie lebhaft beschäftigten.

»Sie waren am unteren Ende seines Rückens, ja eigentlich noch tiefer, und er ließ sie nur ungern von mir behandeln. Engländer sind so merkwürdig sittsam, das fiel mir immer wieder auf, und es demütigte ihn gräßlich. Bei diesem vertrauten Umgang – Sie verstehen, was ich meine? – hätten wir uns eigentlich näherkommen müssen, aber irgendwie geschah nichts dergleichen. Er war die Zurückhaltung selbst. Wenn ich bei meiner Runde an sein Bett trat, stockte mir der Atem, und mein Herz schlug bis zum Halse. Ich bin wirklich nicht ungeschickt und lasse sonst nichts fallen, aber, Sie werden es mir nicht glauben, sooft ich Robert seine Medizin gab, warf ich den Löffel hinunter und zerbrach das Wasserglas. Was mußte er von mir denken!«

An diesem Punkt von Mrs. Forestiers Erzählung konnte man sich das Lachen kaum verkneifen, aber sie lächelte so süß.

»Das klingt wahrscheinlich absurd für Sie, aber ich habe tatsächlich früher nie etwas Ähnliches empfunden. Als ich meinen ersten Mann heiratete, einen Witwer mit erwachsenen Kindern – ein feiner Mensch und einer der angesehensten Bürger –, da war es ganz anders.«

»Und wie entdeckten Sie dann, daß Sie in Hauptmann Forestier verliebt waren?«

»Das glauben Sie mir natürlich nicht, so verrückt klingt es, aber eine Schwester sagte mir's auf den Kopf zu, und von da an hatte ich keinen Zweifel mehr, daß es stimmte. Zuerst war ich furchtbar aufgeregt, ich wußte ja gar nichts von ihm. Wie alle Engländer war er sehr zurückhaltend, und ich vermutete, er hätte eine Frau und ein halbes Dutzend Kinder.«

»Und wie erfuhren Sie die Wahrheit?«

»Ich fragte ihn. Sobald er sich als Junggeselle zu erkennen gab, entschloß ich mich, ihn zu heiraten, koste es, was es wolle. Er litt entsetzlich, der Arme; fast die ganze Zeit mußte er auf dem Bauch liegen, auf dem Rücken zu liegen tat qualvoll weh, an Sitzen war gar nicht zu denken. Aber er litt wohl nicht mehr als ich. Verstehen Sie, Männer mögen enganliegende Seidenstoffe und weite, bauschige Kleider, und meine Schwesterntracht war so unvorteilhaft. Die Oberin, eine dieser Jungfern aus New England, konnte Make-up nicht leiden, und ich schminkte mich damals überhaupt nicht. Mein erster Mann mochte es auch nicht, und mein Haar war nicht so gepflegt wie jetzt. Er schaute mich mit seinen wunderbaren blauen Augen an, und ich spürte, was er von meinem trostlosen Anblick hielt. Er war sehr niedergeschlagen, und um ihn aufzuheitern, besuchte ich ihn in jeder freien Minute zu einem kleinen Plausch. Er ertrug den Gedanken nicht, daß er, ein starker, strammer Kerl, wochenlang im Bett lag, während seine Kameraden in den Schützengräben kämpften. Dieser Mann genoß doch des Lebens Reichtum am innigsten, wenn rings um ihn die Kugeln pfiffen und jede Sekunde die letzte sein konnte. Gefahr peitschte ihn auf. Ich verhehle nicht, daß ich bei seiner Fieberkurve einige Zehntelgrade hinzufügte, damit die Ärzte ihn für kränker hielten, als er in Wirklichkeit war. Ich wußte, er setzte Himmel und Hölle in Bewegung, um entlassen zu werden; da mußte ich ja etwas dagegen unternehmen. Er betrachtete mich nachdenklich, wenn ich so dahinplapperte, aber er freute sich auf unsere Gespräche. Ich sagte ihm, ich sei verwitwet und unabhängig und wolle mich nach dem Krieg in Europa niederlassen. Langsam taute er ein wenig auf. Er sprach wenig von sich, doch zog er mich auf – Sie wissen, er ist ja sehr witzig –, und manchmal dachte ich in der Tat, er habe mich gern.

Schließlich schrieb man ihn diensttauglich. Zu meiner Überraschung lud er mich an seinem letzten Abend zum Essen ein. Ich erhielt von der Oberin frei, und wir fuhren nach Paris hinein. Er sah phantastisch aus in seiner Uniform! So vornehm! Ein Herr bis in die Fingerspitzen. Aber irgendwie war er nicht in der erwarteten frohen Stimmung; dabei wollte er doch so dringend an die Front zurück.

›Warum sind Sie heute abend so gedämpft?‹ fragte ich ihn. ›Ihr Wunsch geht doch jetzt ganz bald in Erfüllung.‹

›Sicher‹, antwortete er. ›Und wenn ich trotzdem ein bißchen trübsinnig bin, ahnen Sie den Grund wirklich nicht?‹

Ich wagte nicht, mir vorzustellen, was er damit meinte, und machte lieber einen Scherz.

›Ich verstehe mich gar nicht auf Ahnungen‹, versetzte ich lachend. ›Wenn Sie mir den Grund verraten wollen, müssen Sie ihn mir schon nennen.‹

Er senkte den Blick, unverkennbar nervös.

›Sie waren so ungeheuer nett zu mir‹, brachte er hervor. ›Ich kann Ihnen gar nicht danken für all Ihre Güte. Sie sind die großartigste Frau, die ich je getroffen habe.‹

Diese Worte wühlten mich schrecklich auf. Sie kennen ja diese komischen Engländer; nie zuvor hatte er mir ein Kompliment gemacht.

›Jede gute Schwester hätte das gleiche getan‹, sagte ich.

›Werde ich Sie wiedersehen?‹ fragte er.

›Das hängt von Ihnen ab‹, gab ich zurück.

Hoffentlich entging ihm das Zittern in meiner Stimme.

›Ich scheide ungern von Ihnen.‹

Ich brachte kaum ein Wort heraus.

›Müssen Sie?‹

›Solange König und Vaterland mich rufen, stehe ich in ihrem Dienst.‹«

Bei dieser Stelle füllten sich Mrs. Forestiers blaßblaue Augen mit Tränen.

»›Aber der Krieg wird nicht ewig dauern‹, meinte ich.

›Wenn der Krieg zu Ende ist und keine Kugel mein Leben ausgelöscht hat, werde ich ohne einen Penny dastehen. Ich weiß nicht einmal, wie ich dann meinen Unterhalt verdienen soll. Sie sind reich, ich bin ein armer Schlucker.‹

›Sie sind ein englischer Gentleman.‹

›Zählt das, wenn die Welt auf die Demokratie zusteuert?‹ bemerkte er bitter.

Jetzt hätte ich mir die Augen ausweinen mögen. Es war so schön, was er sagte. Ich verstand ihn so gut. Er fand es unehrenhaft, um meine Hand anzuhalten; lieber wollte er sterben, als mich vermuten lassen, er sei hinter meinem Geld her. Ein nobler Mensch. Ich wußte, ich war seiner nicht würdig, aber wenn ich ihn haben wollte, mußte ich die Sache selbst in die Hand nehmen.

›Ich will nicht so tun, als sei ich nicht in Sie verliebt‹, sagte ich. ›Ich bin's nämlich.‹

›Machen Sie es mir nicht noch schwerer‹, gab er heiser zurück.

Ich hätte vor Liebe vergehen können bei diesen Worten. Ich streckte meine Hand aus.

›Willst du mich heiraten, Robert?‹ fragte ich ganz schlicht.

›Eleanor‹, sagte er.

Und jetzt gestand er mir, daß er mich vom ersten Tag an geliebt hatte. Anfangs war es ihm nicht ernst gewesen damit, er hielt mich eben für eine Schwester, mit der er sich vielleicht einlassen würde, aber als er erkannte, daß ich nicht zu dieser Sorte gehörte und einiges Geld besaß, beschloß er, seiner Liebe Einhalt zu gebieten. Verstehen Sie, für ihn stand diese Heirat gar nicht zur Debatte.«

Nichts schmeichelte wahrscheinlich Mrs. Forestier mehr als die Idee, Hauptmann Forestier habe ein Verhältnis mit ihr anfangen wollen. Sicher hatte niemand ihr je unsittliche

Anträge gemacht – so wenig wie Forestier –, aber die Überzeugung, daß so etwas ihn gelockt haben könnte, befriedigte sie noch heute. Als sie heirateten, hatten Eleanors Verwandte, hartgesottene Amerikaner, angeregt, er solle lieber etwas arbeiten, als sich von ihr aushalten lassen, und Hauptmann Forestier war Feuer und Flamme. Nur diese Einschränkung machte er geltend:

»Einige Berufe darf ein Gentleman einfach nicht ausüben, Eleanor. Alles andere tue ich gern. Mir ist das weiß Gott nicht wichtig, aber man kann nichts dafür, wenn man als Sahib auf die Welt kommt, und besonders in dieser Zeit, verflixt noch mal, schuldet man seinem Stand etwas Respekt.«

Eleanor fand zwar, es reiche, daß er während vier langer Jahre in blutigen Schlachten pausenlos sein Leben riskiert hatte, aber aus Stolz auf ihn wollte sie ihn nicht in den Ruf eines Mitgiftjägers bringen, und sie nahm sich vor, einer befriedigenden Arbeit nichts entgegenzusetzen. Leider war keines der Angebote sehr üppig, doch lehnte er sie nicht in eigener Verantwortung ab.

»Ich überlasse es dir, Eleanor«, sagte er, »ein Wort, und ich greife zu. Mein alter Herr wird sich im Grab umdrehen, aber das ist nicht zu ändern. Du kommst an erster Stelle.«

Eleanor wollte nichts davon wissen, und allmählich wurden die beruflichen Pläne für ihn fallengelassen. Die Forestiers verbrachten den größten Teil des Jahres in ihrer Villa an der Riviera. England besuchten sie selten; Robert erklärte, seit dem Krieg sei dort für einen Gentleman kein Platz mehr, und alle Kameraden, lauter tolle Burschen, mit denen er früher als ›einer von der Clique‹ verkehrt hatte, seien gefallen.

Während des Winters in England zu sein, drei Tage pro Woche mit der Meute unterwegs, dieses harte Männerleben hätte ihm behagt, aber die arme Eleanor wäre in einer Jagdgesellschaft so verloren, daß er ihr ein solches Opfer nicht zumuten konnte. Eleanor hätte dieses Opfer wohl gebracht, aber Hauptmann Forestier schüttelte den Kopf: er war auch nicht mehr der Jüngste, die Zeit der Treibjagden hatte er hinter sich. Ihm genügte es, Terrier und Geflügel aufzuziehen. Den Forestiers gehörte eine Menge Land; das Haus stand auf dem Plateau einer Hügelkuppe, auf drei Seiten von Wald umgeben, vor der Hauptfront breitete sich ein Garten aus. Nie war ihr Mann so glücklich, sagte Eleanor, als wenn er in einem alten Tweedanzug zusammen mit dem Hundepfleger, der auch für die Hühner sorgte, durch seinen Besitz schritt. Da spürte man hinter ihm die lange Ahnenreihe von Landedelleuten. Gerührt und belustigt beobachtete Eleanor seine ausführlichen Diskussionen mit dem Hundepfleger über die Hühner – man hätte glauben können, er berate sich mit dem Oberförster über die Aufzucht von Fasanen –, und wegen der Terrier ereiferte er sich, als handelte es sich um eine edle, ihm seit Kindesbeinen vertraute Rasse. Hauptmann Forestiers Urgroßvater, ein wilder Draufgänger, hatte anfangs des letzten Jahrhunderts die Familie ruiniert, so daß die Güter verkauft werden mußten. Jahrhundertelang hatten sie auf einem wunderbaren alten Sitz in Shropshire gelebt, und Eleanor wollte ihn gern aufsuchen, auch wenn er ihnen nicht mehr gehörte, aber Hauptmann Forestier litt zu sehr unter dem Verlust und lehnte es ab, sie hinzuführen.

Die Forestiers gaben große und zahlreiche Einladungen; er verstand etwas von Wein und pflegte seinen Keller.

»Seinem Vater rühmte man die feinste Zunge Englands nach«, erzählte Eleanor, »und er hat sie geerbt.«

Meistens verkehrten sie mit Amerikanern, Franzosen und Russen. Robert fand sie im ganzen interessanter als die Engländer, und Eleanor mochte, wen er mochte. Die Engländer entsprachen einfach nicht dem Rang der Forestiers. Die Freunde von früher, die ihre Tage mit Fischen und Jagen zugebracht hatten, waren pleite, und wenngleich er sich, bei Gott, nicht zu den Snobs zählte, wollte er nicht, daß seine Frau mit der Horde der *nouveaux riches* in einen Topf geworfen würde, von denen kein Mensch etwas wußte. Mrs. Forestier war nicht halb so empfindlich, aber sie respektierte seine Vorurteile und bewunderte seine Exklusivität sehr.

»Gewiß, er hat seine Launen und Eigenheiten«, fuhr sie fort, »aber ich finde, ich sollte ihm nachgeben. Wenn man die Kreise kennt, aus denen er stammt, hält man das für ganz natürlich. Ein einziges Mal während unserer ganzen Ehe sah ich ihn die Fassung verlieren: als mich im Casino ein Gigolo zum Tanzen aufforderte. Robert schlug ihn fast zu Boden. Ich erklärte ihm, der arme Kerl tue nur seine Pflicht, aber er brummte, er dulde nicht, daß so ein Schwein seine Frau auch bloß anspreche.«

Hauptmann Forestier hatte strenge moralische Maßstäbe. Gott sei's gedankt, er war nicht engherzig, aber es gab Grenzen; und gerade weil er an der Riviera lebte, wollte er sich nicht mit Säufern, Schmarotzern und Perversen einlassen. Er kannte keine Nachsicht mit sexuellen Ausschweifungen und verbot Eleanor den Umgang mit Damen von zweifelhaftem Ruf.

»Er ist die Rechtschaffenheit selbst«, sagte sie, »so blitzsauber, und wenn er manchmal intolerant scheint, muß man sich vor Augen halten, daß er nie von anderen verlangt, was er nicht selber leistet. Man muß einen Mann verehren, der so hohe Grundsätze hat und unter allen Umständen an ihnen festhält.«

Wenn Hauptmann Forestier zu Eleanor bemerkte, der und der Mann, den man überall traf und sehr nett fand, sei kein richtiger Herr, war Widerspruch zwecklos. Für ihren Gatten war der Betreffende erledigt, und sie stimmte ihm zu. Nach zwanzigjähriger Ehe wußte sie zumindest eines gewiß: Robert Forestier war der vollkommene englische Gentleman.

»Und ich glaube nicht, daß Gott je etwas Feineres geschaffen hat«, fügte sie hinzu.

Leider verkörperte Hauptmann Forestier diesen Typ fast zu vollendet. Mit fünfundvierzig – er zählte zwei oder drei Jahre weniger als Eleanor – war er immer noch sehr stattlich; er besaß reiches, lockiges graues Haar, einen hübschen Schnurrbart und die wettergegerbte, gesunde braune Haut eines Mannes, der sich viel im Freien aufhält. Er war groß, schlank, mit breiten Schultern – jeder Zoll ein Soldat –, gab sich derb und jovial und lachte laut und ungezwungen. In Gesprächen, im Auftreten und in der Garderobe war er geradezu unglaubwürdig echt, ja, es ging so weit, daß er wie ein Schauspieler wirkte, der aufs vorzüglichste die Rolle des rustikalen Gentlemans spielt. Wenn er, die Pfeife im Mund, in Knickerbockern und der Art von Tweedmantel, die man auch im Hochmoor tragen würde, über die Croisette von Cannes marschierte, war er so sehr der englische Ehrenmann, daß es erschütternd war. Und seine Unterhaltung, die

Rechthaberei, die platte Banalität seiner Ansichten, seine freundliche, wohlerzogene Dummheit, das alles roch derart nach pensioniertem Offizier, daß man unwillkürlich eine Imitation vermutete.

Eleanor freute sich, als sie hörte, daß ein Sir Frederick Hardy samt Frau das Haus am Fuß ihres Hügels erworben hatte. Robert würde einen Standesgenossen sicher gern zum Nachbarn haben. Bei ihren Freunden in Cannes erkundigte sie sich über die Neuankömmlinge und erfuhr, daß Sir Frederick erst unlängst durch den Tod seines Onkels zu dem Titel gekommen war und daß sie zwei oder drei Jahre an der Riviera bleiben wollten, bis er die Erbschaftssteuer abgezahlt hatte. In seiner Jugend mußte er es recht toll getrieben haben, jetzt stand er in den Fünfzigern, war gut verheiratet mit einer reizenden Frau und hatte zwei Söhne. Schade, daß Lady Hardy Schauspielerin gewesen war, denn Robert konnte sich an diesem Beruf stoßen, aber alle priesen ihre damenhaften Umgangsformen, die nichts von ihrer Bühnenvergangenheit verrieten. Die Forestiers lernten sie bei einem Tee kennen, an dem Sir Frederick nicht teilnahm, und Robert gab zu, daß sie sehr nett sei, worauf Eleanor voll nachbarlichen guten Willens beide zum Mittagessen einlud. Die Forestiers hatten viele andere Gäste dazu gebeten, und die Hardys kamen ziemlich spät. Mrs. Forestier begeisterte sich auf Anhieb für Sir Frederick: Er sah, ohne ein einziges graues Haar auf dem kurzgeschorenen Kopf, viel jünger aus, als sie erwartet hatte, ja überhaupt war an ihm etwas Jungenhaftes, das sie anzog. Er war zart gebaut, nicht so groß wie sie, mit hellen, freundlichen Augen und einem raschen Lächeln. Ihr fiel auf, daß er eine Krawatte derselben Garde umgebunden hatte, wie Robert sie besaß, aber er war nicht halb so gut angezogen wie ihr Mann, der stets einem Schaufenster entsprungen schien. Dafür trug Sir Frederick seine alten Sachen mit einer Lässigkeit, als zähle überhaupt nicht, was man trug. Eleanor glaubte gerne, daß er sich als junger Mann etwas ausgetobt hatte, und verzieh es ihm.

»Ich muß Ihnen meinen Mann vorstellen«, sagte sie und rief ihn herbei. Robert sprach mit einigen anderen Gästen auf der Terrasse und hatte die Hardys bisher nicht bemerkt. Er trat näher und gab Lady Hardy leutselig, herzlich und mit einer Anmut, die Eleanor immer bezauberte, die Hand. Dann drehte er sich zu Sir Frederick. Dieser musterte ihn erstaunt.

»Haben wir uns nicht irgendwo schon einmal gesehen?« fragte er.

Robert betrachtete ihn kühl.

»Ich glaube nicht.«

»Ich könnte schwören, daß mir Ihr Gesicht bekannt vorkommt.«

Eleanor spürte, wie ihr Mann erstarrte. Irgend etwas ging schief. Robert lachte.

»Es klingt hart, aber ich erinnere mich beim besten Willen nicht, daß Sie mir je in meinem Leben begegnet sind. Vielleicht kreuzten sich unsere Wege im Krieg; da traf man ja massenhaft junge Kerle, nicht wahr? Darf ich Ihnen einen Cocktail anbieten, Lady Hardy?«

Während des Essens beobachtete Eleanor, wie Hardy den Blick auf Robert gerichtet hielt. Er versuchte ganz deutlich, ihn einzuordnen. Robert kümmerte sich um seine Damen zur Rechten und Linken und merkte nichts davon. Er bemühte sich, die Gäste zu unterhalten; sein helles, lautes Lachen klang durch das Zimmer. Er war ein prächtiger Gastgeber, und sein Sinn für gesellschaftliche Pflichten entzückte Eleanor immer wieder: Die Damen an seinem Tisch konnten noch so einfältig sein, er gab sein Bestes. Sobald jedoch die Gäste gegangen waren, fiel Roberts Fröhlichkeit von ihm ab wie ein Mantel von seiner Schulter. Er war richtig verstört.

»Hat dich die Prinzessin wieder gelangweilt?« fragte sie sanft.

»Eine heimtückische alte Katze, aber sonst war sie schon in Ordnung.«

»Komisch, daß Sir Frederick dich zu kennen glaubt.«

»Ich habe ihn in meinem Leben nicht gesehen, aber ich weiß gut über ihn Bescheid. An deiner Stelle, Eleanor, würde ich den Verkehr mit ihm auf das Allernotwendigste beschränken. Er gehört nicht zu uns.«

»Aber er stammt aus einem der ältesten Adelsgeschlechter Englands, ich habe nämlich im Who's Who nachgeschaut.«

»Er ist ein ehrloser Schuft. Ich hätte mir nicht träumen lassen, daß Hauptmann Hardy, daß Fred Hardy«, verbesserte er sich, »über den ich früher einiges gehört habe, jetzt Sir Frederick ist. Er wäre mir nicht ins Haus gekommen.«

»Aber warum bloß, Robert? Ich fand ihn sehr anziehend.«

Dieses Mal hielt Eleanor ihren Mann doch für sehr unvernünftig.

»Viele andere Frauen auch, die ganz nett dafür bezahlen mußten.«

»Laß doch die Leute reden; man darf nicht alles glauben, was man hört.«

Er ergriff ihre Hand und sah ihr tief in die Augen.

»Eleanor, ich bin keiner von denen, die jemanden hinter seinem Rücken anschwärzen, und ich will dir deshalb gar nicht erzählen, was ich über Hardy weiß; ich bitte dich nur, mir zu glauben, daß er für dich kein passender Umgang ist.«

Diesem Appell konnte sich Eleanor nicht verschließen. Sie genoß es, daß Robert solches Vertrauen in sie setzte; in einer schwierigen Lage brauchte er bloß an ihre Loyalität zu appellieren, und seine Frau würde ihn nicht enttäuschen.

»Niemand achtet deine untadelige Haltung mehr als ich, Robert«, antwortete sie ernst. »Wenn es möglich wäre, würdest du mir alles sagen, gewiß, aber jetzt möchte ich es nicht einmal mehr. Es soll nicht aussehen, als hätte ich weniger Zutrauen zu dir als du zu mir. Ich unterwerfe mich deinem Urteil und verspreche dir, daß die Hardys nie wieder dieses Haus betreten werden.«

Da aber Eleanor häufig auswärts aß, wenn Robert Golf spielte, traf sie die Hardys mehrfach. Sir Frederick gegenüber verhielt sie sich, da Robert ihn ablehnte, sehr reserviert, doch entweder merkte er es nicht, oder es war ihm gleichgültig. Er war ausgesprochen ritterlich zu ihr, und sie kam ausgezeichnet mit ihm aus. Wie sollte man einen Mann nicht schätzen, der jede Frau akzeptierte, so wie sie war, und sie entzückend fand? Dazu besaß er die feinsten Manieren. Vielleicht ziemte es sich wirklich nicht, diesen Mann zu kennen, aber ihr gefiel einfach der Ausdruck seiner braunen Augen, dieser spöttische Blick, der einen auf der Hut sein ließ und der doch so liebevoll sein konnte, daß man ihm nichts Böses zutraute. Doch je mehr Eleanor von ihm hörte, desto mehr gab sie Robert recht. Er war ein gewissenloser Casanova. Man sprach von Frauen, die alles für ihn geopfert hatten und die er ohne mit der Wimper zu zucken fallenließ, sobald er ihrer überdrüssig war. Jetzt schien er sich die Hörner abgestoßen zu haben und sich Frau und Kindern zu widmen, aber ließ die Katze je das Mausen? Lady Hardy mußte wohl mehr durchstehen, als man allgemein annahm.

Fred Hardy war ein übler Kumpan. Hübsche Frauen, das Kartenspiel und ein unglücklicher Hang, bei Rennen aufs falsche Pferd zu setzen, hatten ihn mit fünfundzwanzig wegen Bankrotts vor Gericht gebracht, und er wurde degradiert. Dann ließ er sich schamlos von älteren Frauen aushalten, die seinem Charme erlagen. Bei Kriegsausbruch wurde er wieder zu seinem Regiment eingezogen und bald mit einem hohen Orden ausgezeichnet. Später wanderte er nach Kenia aus, wo er in einen aufsehenerregenden Scheidungsprozeß verwickelt war, und verließ das Land alsbald nach einigen Aufregungen um einen Scheck. Mit der Ehrbarkeit nahm er es nicht so genau. Es empfahl sich nicht, ihm ein Pferd oder ein Auto abzukaufen oder den Champagner zu trinken, den er feurig anpries. Wenn er einem Freund mit seinem gewinnenden Charme ein Geschäft vorschlug, mit dem beide Teile ein Vermögen machen könnten, ging man garantiert leer aus, gleichgültig was für ihn dabei heraussprang. Hintereinander war er Autohändler, Grundstücksmakler, Vertreter und Schauspieler. Würde Gerechtigkeit herrschen auf dieser Welt, hätte er in der Gosse, wenn nicht hinter Gittern enden müssen. Aber durch eine ungeheuerliche Wendung des Schicksals bot ihm die Zukunft Reichtum,

Sicherheit und Ansehen. In letzter Sekunde hatte er den Adelstitel mit entsprechenden Einnahmen geerbt und, weit über vierzig, eine hübsche, geschickte Frau geheiratet, die ihm zur rechten Zeit zwei gesunde, hübsche Kinder gebar. Er hatte das Leben nie ernster genommen als die Frauen, und das Leben verwöhnte ihn, wie ihn die Frauen verwöhnt hatten. Selbstgefällig betrachtete er seine Vergangenheit: Er hatte die Zeit genutzt, die Höhe- und die Tiefpunkte genossen; jetzt wollte er sich, im Besitz einer guten Gesundheit und eines guten Gewissens, als Landedelmann zur Ruhe setzen und die Jungen erziehen, wie sich's gehörte. Und wenn der alte Trottel, der seinen Wahlkreis vertrat, abkratzte, würde er, bei Gott, auch noch ins Parlament einziehen.

»Ich könnte denen dort einiges beibringen, wovon sie keine Ahnung haben«, sagte er.

Das stimmte wohl, aber er bedachte nicht, daß sie an seinen besonderen Kenntnissen vielleicht doch kein Interesse hätten.

Spät am Nachmittag, als es schon dämmerte, betrat Fred Hardy einmal eine Bar an der Croisette. Da er, eine gesellige Natur, nicht gern allein trank, schaute er sich nach Bekannten um, und sein Blick fiel auf Robert, der Golf gespielt hatte und hier auf Eleanor wartete.

»Hallo, Bob, zwitschern wir einen?«

Robert fuhr auf. Kein Mensch an der Riviera nannte ihn Bob. Als er Hardy erkannte, antwortete er gemessen:

»Ich hatte bereits einen Drink, danke.«

»Dann trinken Sie noch einen. Meine liebe Gattin mag es ja nicht, wenn ich zwischen den Mahlzeiten einen kippe, aber nach Möglichkeit reiße ich aus und genehmige mir ein

Glas um diese Zeit. Ich weiß nicht, was Sie davon halten, aber für mein Gefühl hat Gott die sechste Stunde dem Mann zum Trinken bestimmt.«

Er warf sich neben Robert in einen Lehnsessel aus Leder, rief den Kellner und lächelte Robert gutmütig zu.

»Eine Menge Wasser ist die Themse hinuntergeflossen, seitdem wir uns zum erstenmal gesehen haben, nicht wahr, alter Freund?«

Robert schoß ihm stirnrunzelnd einen Blick zu, den ein Beobachter mit wachsam bezeichnet hätte.

»Ich verstehe nicht recht, was Sie meinen. Soviel ich mich erinnere, sind wir uns zum erstenmal vor drei oder vier Wochen begegnet, als Sie und Ihre Frau uns zum Lunch beehrten.«

»Jetzt machen Sie einen Punkt, Bob. Ich wußte, daß ich Sie schon einmal gesehen hatte. Zuerst tappte ich im dunkeln, dann ging mir ein Licht auf: Sie waren Wagenwäscher in der Bruton Garage, wo ich mein Auto abzustellen pflegte.«

Hauptmann Forestier lachte aus vollem Herzen.

»Tut mir leid, aber da irren Sie sich. Das ist wirklich zum Lachen.«

»Ich habe ein verflixt gutes Gedächtnis und vergesse kein Gesicht. Einen schönen Batzen Trinkgeld spendierte ich Ihnen, damit Sie den Wagen holten, wenn es mir lästig war, ihn selbst zur Garage zu fahren.«

»Dummes Zeug. Ich habe Sie nie getroffen, ehe Sie in mein Haus kamen.«

Hardy grinste vergnügt.

»Ich habe ja immer wahnsinnig gern fotografiert und besitze viele Alben mit Schnappschüssen. Überrascht es Sie, daß ich eine Aufnahme auskramte, auf der Sie neben einem gerade von mir gekauften Sportwagen stehen? Sie sahen damals verdammt gut aus, auch im Monteuranzug und mit ölverschmiertem Gesicht. Natürlich sind Sie jetzt etwas stärker geworden, Ihr Haar ist grau, und Sie haben sich einen Schnurrbart zugelegt, aber sie sind noch ganz der alte. Unverkennbar.«

Hauptmann Forestier musterte ihn kalt.

»Eine zufällige Ähnlichkeit muß Sie getäuscht haben. Sie gaben einem anderen Ihr Trinkgeld.«

»Gut, wo waren Sie dann 1913 und 1914, wenn Sie nicht in der Bruton Garage Autos geputzt haben?«

»In Indien.«

»Mit Ihrem Regiment?« fragte Fred Hardy und grinste wieder.

»Auf Jagd.«

»Sie lügen.«

Robert lief tiefrot an.

»Hier ist zwar nicht der rechte Ort für eine Schlägerei, aber wenn Sie glauben, ein besoffenes Schwein wie Sie dürfe mich beleidigen, dann sind Sie im Irrtum.«

»Wollen Sie denn nicht hören, was ich sonst noch über Sie weiß? Ich kann mich an eine Menge erinnern. Sie wissen, wie einem die Dinge plötzlich wieder einfallen.«

»Es interessiert mich nicht im geringsten. Ich wiederhole, Sie sind auf völlig falscher Spur, Sie müssen mich mit irgend jemandem verwechseln.«

Aber er unternahm keinen Versuch zu gehen.

»Sie waren schon damals ein Drückeberger. Ich erinnere mich, ich wollte einmal frühmorgens einen Ausflug machen und sagte Ihnen, der Wagen solle um neun gewaschen sein, aber er war nicht fertig. Ich schlug Krach, und der alte Thompson sagte mir, Ihr Vater sei sein Schulkamerad gewesen, und er habe Sie aus Gnade und Barmherzigkeit eingestellt, weil Sie aus dem letzten Loch pfiffen. Ihr Vater arbeitete als Getränkekellner in einem der Klubs, ich weiß nicht mehr in welchem, White's oder Brooks's, und Sie waren dort Page. Dann dienten Sie bei den Coldstream Guards, wenn ich mich recht erinnere, und irgend so ein Bursche kaufte Sie los und engagierte Sie als Diener.«

»Phantastereien«, sagte Robert verächtlich.

»Und dann fällt mir ein, daß ich einmal während meines Urlaubs zur Garage ging und der alte Thompson mir erzählte, Sie seien in das Heeresersatzbataillon eingetreten. Nicht wahr, Sie gingen kein größeres Risiko ein als unbedingt notwendig? Aber ist das nicht ein bißchen starker Tobak, diese Erzählungen von Ihren Heldentaten in den Schützengräben? Vermutlich wurden Sie Offizier, oder ist das auch erlogen?«

»Natürlich war ich Offizier.«

»Wer war das damals nicht; aber an Ihrer Stelle würde ich als Angehöriger des Ersatzbataillons nicht die Krawatte der königlichen Garde tragen.«

Instinktiv langte Hauptmann Forestier nach seinem Binder, und Fred Hardy, der ihn spöttisch beobachtete, zweifelte nicht, daß er unter seiner Sonnenbräune erbleichte.

»Es geht Sie überhaupt nichts an, was für eine Krawatte ich anziehe.«

»Werden Sie bloß nicht frech, alter Freund. Sie brauchen sich gar nicht auf die Hinterbeine zu stellen. Ich bin Ihnen gegenüber im Vorteil, aber ich werde Sie nicht verraten – also gestehen Sie den Schwindel.«

»Ich habe nichts zu gestehen, und ich sage Ihnen, wenn Sie diese Schauermärchen über mich verbreiten, werde ich Sie sofort wegen übler Nachrede anzeigen.«

»Hören Sie auf, Bob! Ich verbreite überhaupt keine Märchen. Glauben Sie, mich stört so etwas? Ich halte das Ganze mehr für einen Jux und bin Ihnen nicht böse. Ich war ja selbst so etwas wie ein Abenteurer, und ich kann bloß bewundern, wie Sie diesen phänomenalen Bluff durchhalten. Zuerst Page, dann Kavallerist, Kammerdiener und Wagenwäscher – und jetzt der feine Herr mit Villa, der die Größen der Riviera zu sich einlädt, Sieger in Golfturnieren, Vizepräsident des Yachtclubs und was weiß ich noch. Unbestreitbar, Sie sind das As von Cannes. Es ist enorm. Ich habe mir ja früher auch einiges geleistet, aber Nerven müssen Sie haben, alter Knabe – Respekt, Respekt.«

»Leider verdiene ich Ihre Komplimente nicht. Mein Vater diente bei der indischen Kavallerie, und ich bin zumindest als Gentleman geboren. Vielleicht habe ich keine sehr glanzvolle Karriere vorzuweisen, aber ich brauche mich mit Sicherheit wegen nichts zu schämen.«

»Ach, hören Sie auf, Bob. Ich werde doch nichts verraten, nicht einmal meiner werten Gattin. Ich erzähle den Frauen nie etwas, was sie nicht schon wissen. Glauben Sie mir, wenn ich mich nicht an diese Regel gehalten hätte, wäre ich noch in ganz andere Händel geraten. Und ich dachte, Sie freuten sich über einen Kameraden, vor dem Sie sich nicht verstellen müssen. Ist es denn nicht anstrengend, niemals aus der Rolle zu fallen? Wie blöd, so eine Distanz zu mir zu halten; ich habe doch nichts gegen Sie. Sicher, ich bin jetzt von Adel und Grundbesitzer, aber ich habe auch schon in der Tinte gesessen; eigentlich wundert's mich, daß ich nie im Kittchen gelandet bin.«

»Da sind Sie nicht der einzige.«

Fred Hardy brach in schallendes Gelächter aus.

»Eins zu null für Sie. Aber entschuldigen Sie, das finde ich ein starkes Stück, daß Sie zu Ihrer Frau sagen, ich sei kein rechter Umgang für sie.«

»Ich habe nie etwas Derartiges gesagt.«

»Doch, doch. Sie ist ein liebes Mädchen, aber ein bißchen schwatzhaft. Stimmt's?«

»Ich beabsichtige nicht, mit einem Mann wie Sie über meine Frau zu sprechen«, entgegnete Hauptmann Forestier von oben herab.

»O Bob, hängen Sie nicht dauernd den Gentleman heraus. Wir sind zwei Hochstapler, damit hat sich's. Wenn Sie ein wenig Vernunft annähmen, könnten wir vergnügt miteinander auskommen. Sie sind zwar ein Lügner, ein Aufschneider und Betrüger, aber Sie behandeln Ihre Frau gut, und das spricht für Sie. Nicht wahr, sie ist vernarrt in Sie? Frauen sind schon komisch. Aber die Ihre ist wirklich nett.«

Robert lief rot an, er ballte die Fäuste und erhob sich halb von seinem Stuhl.

»Verdammt noch mal, hören Sie auf, von meiner Frau zu reden. Noch ein einziges Wort, und ich schlage Sie nieder, das schwöre ich Ihnen.«

»Aber nein, wie könnten Sie. Sie sind zu sehr Gentleman, um einen Schwächeren zu überfallen.«

Hardy, der Robert im Auge behielt, um dem ersten Stoß

dieser großen Faust auszuweichen, hatte es spöttisch gesagt; die Wirkung war verblüffend. Robert ließ sich wieder in den Sessel fallen und lockerte die Hände.

»Sie haben recht. Doch nur ein gemeiner Schuft würde darauf spekulieren.«

Diese Antwort klang so theatralisch, daß Fred Hardy losprustete, aber dann bemerkte er, daß es der Mann ernst meinte. Fred Hardy war nicht dumm; nur ein heller Kopf konnte fünfundzwanzig Jahre behaglich herumzigeunern. Als er jetzt mit Erstaunen den schweren, mächtigen Mann, diesen täuschend echten Typ des ehrbaren Engländers, in die Polster sinken sah, fiel es ihm wie Schuppen von den Augen. Das war kein gewöhnlicher Schwindler, der sich eine törichte Frau geangelt hatte, um in faulem Luxus sein Leben zu verbringen; sie diente nur als Mittel zu einem höheren Zweck. Ihn hatte ein Ideal bezaubert, und er schreckte vor nichts zurück, um ihm nachzueifern. Vielleicht wurde der Samen gelegt, als er Page in einem vornehmen Klub gewesen war; die Mitglieder, lauter Müßiggänger mit lässigen Manieren, mochten ihm wie Halbgötter erschienen sein, und später, als Soldat, Diener und Autowäscher, bewunderte und beneidete er wohl die vielen feinen Herren, die er, zur Heldenverehrung bereit, einer anderen Welt zuzählte. Er wollte sein wie sie. Er wollte zu ihnen gehören. Dieses Ideal verfolgte ihn bis in seine Träume. Er wollte – es war so grotesk wie tragisch – ein Gentleman sein. Der Krieg und mit ihm das Offizierspatent gaben dem jungen Mann die große Chance. Eleanors Vermögen sorgte für den finanziellen Hintergrund. Dieser gerissene Bursche hatte zwanzig Jahre lang einen Schein aufrechterhalten, der nur Wert besaß, wenn er kein Schein war. Das war grotesk und tragisch zugleich. Absichtslos sagte Fred, was ihm durch den Kopf ging.

»Armer Kerl.«

Forestier schaute zu ihm hinüber. Er verstand weder Sinn noch Ton dieser Bemerkung und wurde rot.

»Was soll das heißen?«

»Nichts, nichts.«

»Unsere Unterhaltung ist wohl zu Ende. Offenbar kann ich Sie nicht davon überzeugen, daß Sie sich irren. Kein Körnchen Wahrheit ist in Ihren Behauptungen. Ich bin nicht der, für den Sie mich halten.«

»Gut, wie Sie wollen.«

Forestier rief den Kellner.

»Soll ich Ihren Drink bezahlen?« fragte er eisig.

»Ja, lieber Freund.«

Etwas großspurig gab Forestier dem Kellner einen Schein und hieß ihn das Wechselgeld behalten, dann stolzierte er, ohne Fred Hardy eines Worts oder Blicks zu würdigen, aus der Bar.

Sie trafen sich erst wieder in jener Nacht, als Robert Forestier ums Leben kam.

Der Winter ging in den Frühling über, und die Gärten an der Riviera loderten in leuchtenden Farben. An den Hügeln entfalteten wilde Blumen eine gemäßigtere Fröhlichkeit. Der Frühling ging in den Sommer über. In den Städten der Riviera kochten die Straßen vor heller, heftiger Hitze, die das Blut schneller pulsieren ließ; die Frauen trugen große Strohhüte und Shorts, der Strand war übervoll, Männer in Badehosen und fast nackte Frauen sonnten sich reglos. Abends drängte sich in den Bars an der Croisette eine aufgeregte, schwatzende Menge, farbenfroh wie die Frühlingsblumen. Seit Wochen hatte es nicht mehr geregnet. Schon waren längs der Küste einige Waldbrände ausgebrochen, und Robert Forestier hatte mehrmals in seiner herzlichen, scherzhaften Art erklärt, wenn ihre eigenen Wälder Feuer fingen, kämen sie wohl kaum davon. Zwar hatte man ihm geraten, einige Bäume an der Rückseite des Hauses zu fällen, doch er hörte nicht darauf. Sie waren bei Übernahme des Grundstücks durch die Forestiers in kläglichem Zustand gewesen, doch nun, da man ihnen Luft verschafft und sie Jahr für Jahr ausgeholzt und von Schädlingen gesäubert hatte, standen sie prächtig da.

»Wenn ich einen von ihnen fällen ließe, wäre es, als ob man mir ein Bein abschlüge. Sie müssen an die hundert Jahre alt sein.«

Am 14. Juli fuhren die Forestiers zu einem Galadiner nach Monte Carlo und gaben den Dienstboten frei, damit sie nach Cannes gehen konnten, wo man am Nationalfeiertag im Freien unter den Platanen tanzte, Feuerwerk abbrannte und sich mit den Leuten aus der engeren und weiteren Umgebung amüsierte. Auch die Hardys hatten ihre Angestellten beurlaubt, blieben aber zu Hause; die beiden Jungen waren im Bett. Fred legte eine Patience, Lady Hardy arbeitete an einem Gobelinbezug für einen Stuhl. Plötzlich läutete die Glocke, und man klopfte heftig am Tor.

»Was soll das, zum Kuckuck?«

Hardy ging zur Haustür. Dort stand ein Junge und berichtete, in Forestiers Wald sei ein Brand ausgebrochen, einige Männer aus dem Dorf versuchten, ihn zu bekämpfen, dringende Hilfe sei nötig und ob er komme.

»Natürlich.« Er rannte mit der Nachricht zu seiner Frau. »Weck die Kinder, und bring sie mit, sie sollen sich den Spaß anschauen. Das wird ein Feuerchen geben nach dieser Dürre.«

Er stürzte wieder hinaus. Der Junge sagte, sie hätten die Polizei angerufen und die wolle Soldaten einsetzen; irgend jemand versuche, Monte Carlo zu erreichen und Hauptmann Forestier zu verständigen.

»Es wird eine Stunde dauern, bis er hier ist«, meinte Hardy.

Während sie hinaufliefen, sahen sie den Feuerschein am Himmel, oben auf dem Hügel loderten ihnen die Flammen entgegen. Da kein Wasser vorhanden war, konnte man sie nur ausschlagen, wie es mehrere Männer bereits taten. Hardy schloß sich ihnen an. Aber sobald man die Flammen in einem Busch ausgeschlagen hatte, knisterte es in einem anderen, der sich im Handumdrehen in eine feurige Fackel verwandelte. Die unerträgliche Hitze trieb die Männer langsam zurück. Eine leichte Brise wehte, und die Funken rieselten von den Bäumen auf die Büsche. Nach wochenlanger Dürre war alles trocken wie Zunder; streifte ein Funken einen Baum oder einen Busch, gingen sie gleich in Flammen auf. Wäre es nicht so entsetzlich gewesen, hätte der Anblick einer zwanzig Meter hohen Kiefer, die wie ein Streichholz loderte, Ehrfurcht wecken können. Und das Feuer brauste wie in einem Hochofen. Man hätte Bäume und Unterholz umlegen müssen, um den Brand einzudämmen, aber dazu reichte die Zahl der Männer nicht aus, auch hatten nur zwei oder drei eine Axt bei sich. So setzte man alle Hoffnung auf die Soldaten, die sich mit Waldbränden auskannten, doch die Soldaten ließen auf sich warten.

»Entweder sind sie bald da, oder wir können das Haus nicht mehr retten«, sagte Hardy.

Er sah seine Frau, die mit den beiden Jungen heraufgekommen war, und winkte ihnen. Der Schweiß rann ihm über das rußgeschwärzte Gesicht. Lady Hardy eilte zu ihm.

»Fred, die Hunde und die Hühner!«

»Mensch, natürlich.«

Die Zwinger und Geflügelställe befanden sich hinter dem Haus in einer in den Wald geschlagenen Lichtung, und die armen Tiere waren außer sich vor Angst. Hardy öffnete die Türen, und sie rasten heraus und brachten sich in Sicherheit. Man mußte sie sich selbst überlassen, zusammentreiben konnte man sie später. Obwohl die Feuersbrunst jetzt weithin sichtbar war, fehlte von den Soldaten jede Spur. Das Häuflein der freiwilligen Helfer stand machtlos den rasenden Flammen gegenüber.

»Wenn diese verdammten Soldaten nicht bald hier sind, geht das Haus drauf«, sagte Hardy. »Wir holen besser heraus, was nicht niet- und nagelfest ist.«

Die Villa war zwar aus Stein, aber die außen herumlaufenden hölzernen Veranden würden wie Reisig brennen. Inzwischen waren die Diener der Forestiers herbeigelaufen. Hardy rief die Leute zusammen, seine Frau und die Söhne legten Hand an, und sie schleppten alle beweglichen Gegenstände auf den Rasen vor der Hauptfront: Wäsche und Silber, Kleider, Porzellan, Bilder, Möbel. Endlich trafen zwei Lastwagen Soldaten ein, die systematisch Gräben aushoben und Bäume fällten. Hardy verwies den mit der Leitung beauftragten Offizier auf das unmittelbar gefährdete Haus und bat ihn, als erstes die umstehenden Bäume zu schlagen.

»Das Haus soll für sich selbst sorgen«, sagte der Mann. »Ich habe Befehl, die Ausbreitung des Feuers über den Hügel hinaus zu verhindern.«

Auf der gewundenen Straße sah man zuckendes Scheinwerferlicht, ein paar Minuten darauf sprangen Forestier und seine Frau aus dem Wagen.

»Wo sind die Hunde?« rief er.

»Ich habe sie herausgelassen«, antwortete Hardy.

»Ach, Sie sind's.«

Er hatte in dem verdreckten Kerl mit dem ruß- und schweißverschmierten Gesicht nicht gleich Fred Hardy erkannt. Ärgerlich runzelte er die Stirn.

»Ich fürchtete, das Haus fange Feuer, und ich habe herausgeholt, was herauszuholen war.«

Forestier starrte auf den brennenden Wald.

»Jetzt ist es mit meinen Bäumen zu Ende.«

»Die Soldaten arbeiten drüben am Hügel. Sie wollen das angrenzende Grundstück schützen. Wir sollten hinüber, vielleicht ist noch etwas zu retten.«

»Ich gehe schon. Sie brauchen nicht mitzukommen«, entgegnete Forestier gereizt.

Plötzlich stieß Eleanor einen angstvollen Schrei aus.

»Schau bloß, das Haus!«

Aus der rückwärtigen Veranda schossen mit einemmal die Flammen.

»Macht nichts, Eleanor, das Haus brennt nicht, nur die Holzteile. Nimm mein Dinnerjackett, ich will den Soldaten helfen.«

Er zog es aus und reichte es seiner Frau.

»Ich begleite Sie«, sagte Hardy. »Und Sie, Mrs. Forestier,

gehen am besten zu Ihren Sachen. Alles Wertvolle haben wir wohl hinausgeschafft.«

»Gott sei Dank trage ich heute fast meinen ganzen Schmuck.«

Lady Hardy bewies ihren Sinn für das Praktische.

»Mrs. Forestier, wir sollten die Dienstboten herholen, damit sie möglichst viel in unser Haus hinübertragen.«

Die beiden Männer strebten der Stelle zu, wo die Soldaten arbeiteten.

»Es war sehr freundlich von Ihnen, das ganze Zeug aus meinem Haus zu holen«, sagte Robert steif.

»Nicht der Rede wert«, antwortete Hardy.

Sie waren noch nicht weit gekommen, als sie jemanden rufen hörten. Sie drehten sich um und sahen undeutlich eine Frau auf sie zueilen.

»Monsieur, Monsieur!«

Sie warteten, bis die Frau, die Arme ausgestreckt, sie erreicht hatte. Es war Eleanors völlig aufgelöste Zofe.

»*La petite Judy*. Judy. Ich habe sie vor dem Weggehen eingeschlossen, sie ist läufig. Ich habe sie in das Badezimmer des Personals gesperrt.«

»Mein Gott!« schrie Forestier.

»Wer ist Judy?«

»Eleanors Hund. Ich muß sie retten, koste es, was es wolle.«

Er machte kehrt und wollte zurück zum Haus. Hardy packte ihn am Arm.

»Ist doch Quatsch, Bob. Das Haus brennt, Sie können nicht hinein.«

Forestier wehrte sich, um freizukommen.

»Hände weg, zum Donnerwetter. Glauben Sie, ich lasse einen Hund bei lebendigem Leibe verbrennen?«

»Hören Sie auf, das ist jetzt nicht der Zeitpunkt für Schauspielerei!«

Forestier schüttelte Hardy ab, aber der sprang ihn an und umklammerte ihn. Forestier boxte Hardy mit aller Kraft ins Gesicht, Hardy stolperte und lockerte seinen Griff. Forestier schlug nochmals zu, und Hardy fiel zu Boden.

»Du trauriger Prolet. Ich werde dir zeigen, wie ein Gentleman handelt.«

Fred Hardy richtete sich langsam auf und betastete sein Gesicht. Es schmerzte.

»Meine Güte, wie werde ich morgen aussehen.« Er war angeschlagen und schwankte ein bißchen benommen.

Die Zofe schluchzte plötzlich hysterisch auf.

»Halt die Klappe, du dumme Kuh«, schrie er zornig. »Und sag bloß deiner Herrin nichts.«

Forestier war verschwunden. Erst nach einer Stunde drang man zu ihm durch. Er lag tot auf dem Treppenabsatz vor dem Badezimmer, den toten Terrier im Arm. Lange Zeit betrachtete ihn Hardy stumm.

»Idiot«, stieß er ärgerlich zwischen den Zähnen hervor, »du elender Idiot!«

Sein Betrug hatte schließlich seinen Preis gefordert. Wie man ein Laster pflegt, bis es einen zum willenlosen Sklavendienst zwingt, hatte er so lange gelogen, daß er seinen eigenen Lügen glaubte. Bob Forestier hatte so viele Jahre die Rolle des Gentlemans gespielt, daß er am Schluß den Schwindel vergaß und so handelte, wie nach seiner beschränkten, angelernten Vorstellung ein Gentleman handeln mußte. Da sich für ihn der Unterschied zwischen Trug und Wirklichkeit verwischt hatte, opferte er sein Leben einem falschen Heroismus.

Fred Hardy mußte Mrs. Forestier die Nachricht überbringen.

Sie wartete, zusammen mit seiner Frau, in der Villa am Fuß des Hügels und glaubte immer noch, Robert fälle mit den Soldaten Bäume und lichte das Unterholz. Er sagte es ihr möglichst schonend, aber er mußte es ihr sagen. Zuerst schien sie den Sinn seiner Worte gar nicht zu begreifen.

»Tot?« rief sie. »Mein Robert tot?«

Und dann nahm der liederliche, zynische, skrupellose Schuft ihre Hände in seine und sprach jene Worte, die allein ihren Schmerz erträglich machten:

»Mrs. Forestier, er war ein echter Gentleman.«

Die drei dicken Damen von Antibes

Die erste war Witwe und hieß Mrs. Richman; die zweite, eine zweifach geschiedene Amerikanerin, hieß Mrs. Sutcliffe, und die dritte – unverheiratet – Miss Hickson. Sie alle waren in die behaglichen Vierziger vorgerückt und besaßen viel Geld. Mrs. Sutcliffe hörte auf den ausgefallenen Vornamen Arrow. Als sie noch schlank und knusprig war, mochte sie den ›Pfeil‹ gut leiden, das paßte zu ihr, verlockte zu etwas allzu häufigen, doch sehr schmeichelhaften Scherzen und entsprach, wie sie sich einredete, auch ihrem geradlinigen, schnellen und zielbewußten Naturell. Jetzt schätzte sie Arrow weniger, seit ihre zarten Züge auseinanderliefen, Arme und Brüste sich mächtig rundeten und ebenso die gewichtigen Hüften. Es wurde zunehmend schwierig, ein Kleid zu finden, in dem sie so aussah, wie sie aussehen wollte, die Witzeleien über ihren Namen machte man nun hinter ihrem Rücken, und sie wußte genau, wie wenig schmeichelhaft sie waren. Aber sie fühlte sich durchaus noch in den besten Jahren. Sie trug unverdrossen Blau, um die Farbe ihrer Augen zu betonen, und ihr blondes Haar behielt dank aufwendiger Pflege seinen leuchtenden Glanz. An Beatrice Richman und Frances Hickson gefiel ihr vor allem der bedeutend größere Umfang der beiden, neben ihnen wirkte sie doch sehr schlank; auch waren beide älter und behandelten Mrs. Sutcliffe gern wie ein junges Dingelchen, was ihr nicht unangenehm war. Gutmütig neckten sie sie mit ihren Verehrern, beide verschwendeten nämlich keinen Gedanken an diesen Unfug, ja, Miss Hickson hatte ihn nie in Betracht gezogen; doch Arrows Flirts verfolgten sie mit Wohlwollen und glaubten fest daran, daß sie in allernächster Zeit einen dritten Mann beglücken würde.

»Du darfst aber nicht zunehmen, Schatz«, sagte Mrs. Richman.

»Und prüfe um Himmels willen sein Bridge!« mahnte Miss Hickson.

Sie sahen sie mit einem guterhaltenen, distinguierten Fünfziger, einem Admiral a. D., der blendend Golf spielte, oder einem Witwer ohne Anhang, aber ein solides Einkommen wurde in jedem Fall vorausgesetzt. Liebenswürdig hörte Arrow ihnen zu und erwähnte mit keinem Wort, daß sie sich alles ganz anders vorstellte. Gewiß, sie wollte gerne wieder heiraten, doch ihre Phantasie wandte sich einem schlanken Italiener mit blitzenden Augen und klingendem Titel zu oder einem spanischen Aristokraten, keinen Tag älter als dreißig. Ein Blick in den Spiegel überzeugte sie von Zeit zu Zeit, auch sie sehe keinen Tag älter aus.

Miss Hickson, Mrs. Richman und Arrow Sutcliffe waren gute Freundinnen; ihr Gewicht hatte sie zusammengeführt und Bridge ihre Verbindung gefestigt. In Karlsbad hatten sie sich kennengelernt, wo sie im gleichen Hotel wohnten und vom gleichen Arzt mit der gleichen Herzlosigkeit behandelt wurden. Beatrice Richman, eine überwältigend dicke, doch hübsche Frau mit großen Augen, geschminkten Wangen und nachgezogenen Lippen, war mit ihrem Witwenstand und einem ansehnlichen Vermögen vollauf zufrieden.

Sie aß furchtbar gern und liebte Butterbrot, Sahne, Kartoffeln und Pudding. Elf Monate im Jahr gönnte sie sich einfach alles, worauf sie Lust hatte, dann ging sie vier Wochen nach Karlsbad, um abzumagern. Doch sie nahm Jahr für Jahr zu. Sie beschimpfte ihren Arzt, der kein Mitgefühl zeigte, sondern sie auf ein paar augenfällige und simple Tatsachen hinwies.

»Wenn mir alles verboten wird, was ich mag, ist das Leben nicht lebenswert«, widersprach sie ihm.

Mißbilligend zuckte er die Achseln. Nachher vertraute sie Miss Hickson an, sie schöpfe langsam den Verdacht, der Arzt sei doch nicht so tüchtig, wie sie gemeint habe. Miss Hickson brach in ein donnerndes Gelächter aus – das war so ihre Art. Sie besaß einen Baß und ein bleiches Vollmondgesicht, in dem zwei muntere Äuglein blitzten, lief lässig, die Hände in den Taschen, herum und rauchte eine dicke Zigarre, wenn es sich ohne Aufsehen machen ließ. Soweit wie möglich zog sie sich wie ein Mann an.

»Zum Teufel, was soll ich in Rüschen und Volants?« dröhnte sie. »Bei meinem Umfang kann man es ebensogut bequem haben.«

Sie trug Tweed und schwere Stiefel und verzichtete auf eine Kopfbedeckung. Außerdem war sie stark wie ein Pferd und behauptete, nur wenige Männer überträfen beim Golf ihren langen Schlag. Sie sagte, was sie dachte, und sie fluchte besser als ein Stallknecht. Obwohl sie eigentlich Frances hieß, ließ sie sich lieber Frank nennen. Mit fester Hand, doch nicht ohne Feingefühl, hielt sie durch ihren starken und geselligen Charakter das Grüppchen zusammen: Sie tranken gemeinsam ihr Wasser, badeten zur selben Zeit, wanderten energisch zusammen los, stapften zu dritt auf dem Tennisplatz herum mit einem Lehrer, der sie in Bewegung setzen mußte, und verzehrten am gleichen Tisch ihre kärgliche Diät. Nichts trübte ihre Heiterkeit außer dem Zeiger der Waage, und wenn eine der drei von einem Tag zum andern kein Gramm abgenommen hatte, vermochten weder Franks deftige Witze noch Beatrices Gutmütigkeit oder Arrows neckische Verspieltheiten die schwarzen Wolken zu vertreiben. Dann wurden drastische Maßnahmen ergriffen: Die Schuldige legte sich für vierundzwanzig Stunden ins Bett, und keine Nahrung kam über ihre Lippen mit Ausnahme der berühmten Gemüsesuppe ihres Arztes – sie schmeckte wie heißes Wasser, in dem man gründlich Kohl gewaschen hatte.

Die drei waren die dicksten Freunde und von niemandem abhängig, allein zum Bridge benötigten sie einen vierten ›Mann‹. Sobald sie jeden Tag ihre Kur überstanden hatten, setzten sie sich leidenschaftlich und begeistert an den Bridgetisch. Arrow, ganz Frau, spielte am besten von ihnen: brillant und grausam. Rücksichtslos nutzte sie jeden Fehler aus und gab keinen einzigen Punkt preis. Beatrice war solid und zuverlässig, Frank ein Draufgänger. Als große Theoretikerin schüttelte sie alle maßgebenden Lehrmeinungen nur so aus dem Ärmel. Zu dritt erhitzten sie sich über die verschiedenen Systeme und warfen mit Culbertson und Sims um sich. Selbstverständlich spielte keine von ihnen je eine Karte ohne fünfzehn triftige Gründe, und ebenso selbstverständlich ergab sich aus der folgenden Diskussion, daß fünfzehn gleich triftige Gründe gegen diese Karte sprachen. Obwohl vierundzwanzig Stunden mit der grauenvollen Suppe drohten, sobald die ›abscheuliche‹ (Beatrice), ›verdammte‹ (Frank),

›dumme‹ (Arrow) Waage beim Arzt einen Tag lang keinen Gewichtsverlust anzeigte, hätten sie herrlich und in Freuden gelebt, wäre nur nicht dieses ewige Problem gewesen, einen ebenbürtigen vierten Bridgespieler aufzutreiben.

Darum lud Frank Lena Finch ein, zu ihnen zu kommen, und von diesem Besuch handelt unsere Geschichte. Es war Franks Idee gewesen, zu dritt ein paar Wochen in Antibes zu verbringen. Als eine verständige Person fand sie es nämlich absurd, wenn Beatrice, die während ihrer Abmagerungskur stets zwanzig Pfund verlor, mit ihrem unbezähmbaren Heißhunger sofort alles wieder aufholte, weil sie allein allen Gelüsten erlag. Sie brauchte eben jemanden mit einem starken Willen, der ihre Diät überwachte. Nach ihrem Karlsbader Aufenthalt, meinte Frank, sollten sie also ein Haus in Antibes mieten, wo sich reichlich Gelegenheit zu Sport biete – nichts macht bekanntlich so schlank wie Schwimmen – und sie ihre Kur fortsetzen könnten. Mit einer eigenen Köchin ließen sich zumindest alle eindeutig zu schweren Gerichte vermeiden. Und warum sollten sie nicht ein paar zusätzliche Pfunde verlieren? Den beiden anderen leuchtete das ein. Beatrice wußte, was ihr guttat, und widerstand einer Versuchung, wenn sie nicht gerade vor ihrer Nase lag. Auch liebte sie Roulette – zwei- bis dreimal die Woche ein Spielchen im Casino würde den Aufenthalt recht vergnüglich gestalten. Und Arrow schwärmte für Antibes. Nach vier Wochen Karlsbad sah sie äußerst vorteilhaft aus und erwartete nur die Qual der Wahl unter all den jungen Italienern, leidenschaftlichen Spaniern, ritterlichen Franzosen und langgliedrigen Engländern, die sich den ganzen Tag in Badehosen und bunten Bademänteln tummelten. Franks Plan verwirklichte sich aufs schönste: Sie amüsierten sich großartig, aßen zweimal in der Woche bloß harte Eier und rohe Tomaten und stiegen jeden Morgen leichten Herzens auf die Waage. Arrow wog nur hundertfünfzig Pfund und fühlte sich wie ein junges Mädchen, während Beatrice und Frank gerade unter hundertachtzig blieben, wenn sie auf eine bestimmte Stelle traten. Sie hatten sich eine Waage gekauft, die Kilogramm anzeigte, und entwickelten eine außerordentliche Geschicklichkeit, ihr Gewicht blitzschnell in englische Pfund und Unzen umzurechnen.

Nur der fehlende Bridgepartner bildete immer noch das ungelöste Problem. Der eine spielte wie ein Anfänger, der zweite trödelte zum Verzweifeln, der dritte suchte Händel, der vierte konnte nicht verlieren, und der fünfte schwindelte sozusagen. Es war merkwürdig schwierig, den richtigen Mitspieler zu finden.

Als sie eines Morgens auf der Terrasse mit Blick aufs Meer frühstückten – Tee (ohne Milch und Zucker) und Dr. Hudeberts Zwieback, der garantiert nicht dick machte –, schaute Frank von ihrer Post auf.

»Lena Finch fährt an die Riviera«, teilte sie mit.

»Wer ist das?« erkundigte sich Arrow.

»Eine angeheiratete Kusine von mir. Mein Vetter ist vor ein paar Monaten gestorben, und sie erholt sich soeben von einem Nervenzusammenbruch. Sollen wir sie für vierzehn Tage einladen?«

»Spielt sie Bridge?« fragte Beatrice.

»Und wie«, polterte Frank, »verdammt gut sogar. Wir wären ganz unabhängig von Außenstehenden.«

»Wie alt ist sie?« wollte Arrow wissen.

»So alt wie ich.«

»Gut.«

Der Vorschlag wurde angenommen. Gleich nach dem Frühstück zog Frank mit gewohnter Entschlossenheit los, um ein Telegramm aufzugeben, und drei Tage später traf Lena Finch ein. Frank holte sie am Bahnhof ab. Sie war in tiefer, doch nicht aufdringlicher Trauer. Frank, die sie zwei Jahre lang nicht gesehen hatte, küßte ihre Kusine herzlich und schaute sie forschend an.

»Du bist sehr schmal geworden«, sagte sie.

Lena lächelte tapfer.

»Ich habe in der letzten Zeit einiges durchgemacht.«

Frank seufzte, ob aus Mitgefühl über den betrüblichen Verlust, den ihre Kusine erlitten hatte, oder aus Neid, bleibe dahingestellt.

Lena war glücklicherweise nicht über Gebühr bedrückt, und nach einem kurzen Bad zeigte sie sich gerne bereit, Frank ins Hotel Eden Roc zu begleiten. Dort stellte Frank den Neuankömmling ihren beiden Freundinnen vor, und sie setzten sich in den ›Affenkäfig‹, die glasüberdachte Terrasse, die aufs Meer hinausging und im Hintergrund eine Bar besaß. Schwatzend drängten sich die Leute in Badeanzügen, Strandkleidern oder Bademänteln und tranken an kleinen Tischchen ihren Aperitif. Beatrices weiches Herz schlug mitfühlend der einsamen Witwe entgegen, und Arrow, im Bewußtsein, daß die andere bleich und recht durchschnittlich aussah und höchstwahrscheinlich achtundvierzig Jahre alt war, wollte sie sehr gern haben.

Ein Ober steuerte auf sie zu.

»Was möchtest du trinken, Lena?« fragte Frank.

»Ich weiß nicht recht, das gleiche wie ihr, einen Martini Dry oder eine White Lady.«

Arrow und Beatrice warfen ihr einen schnellen Blick zu.

Man weiß doch, wie dick Cocktails machen!

»Du bist sicher abgespannt von der Reise«, sagte Frank freundlich und bestellte einen Martini Dry für Lena, für sich und ihre beiden Freundinnen aber Orangensaft mit Zitrone. »Bei dieser Hitze halten wir Alkohol nicht für sehr zuträglich«, erklärte sie.

»Mir bekommt er«, entgegnete Lena munter. »Ich mag Cocktails.«

Arrow erbleichte leicht unter ihrem Rouge (weder sie noch Beatrice benetzten beim Baden je ihr Gesicht, und die beiden fanden es albern, daß Frank bei ihrem Umfang sich als Taucherin gebärdete), doch sie schwieg. Leicht und lebhaft plätscherte das Gespräch dahin, sie unterhielten sich angeregt über naheliegende Dinge und bummelten dann gemütlich in ihre Villa zum Mittagessen.

In jeder Serviette steckten zwei kleine Stücke Diätzwieback. Mit strahlendem Lächeln legte Lena sie beiseite.

»Kann ich eine Scheibe Brot haben?« fragte sie.

Eine handfeste Unanständigkeit hätte die Ohren der drei Damen nicht so schockiert wie dieses Ansinnen. Seit zehn Jahren hatten sie keinen Bissen Brot zwischen den Zähnen gehabt, sogar die anfällige Beatrice machte hier einen Punkt. Frank, als gute Gastgeberin, faßte sich zuerst.

»Natürlich«, antwortete sie, wandte sich zum Butler und bestellte Brot.

»Und bitte etwas Butter«, rief Lena mit der ihr eigenen charmanten Unbefangenheit.

Einen Augenblick herrschte verlegenes Schweigen.

»Ich weiß nicht, ob überhaupt Butter im Haus ist«, sagte Frank, »vielleicht in der Küche, ich werde mal fragen.«

»Ein Butterbrot ist etwas Herrliches, finden Sie nicht auch?« wandte Lena sich an Beatrice.

Mit mattem Lächeln murmelte diese ein paar ausweichende Worte. Der Butler brachte ein großes Stück knuspriges Baguette, das Lena zerteilte und fingerdick mit der wie durch ein Wunder aufgetauchten Butter bestrich. Gegrillte Seezunge wurde serviert.

»Wir essen sehr einfach«, erklärte Frank, »hoffentlich stört es dich nicht.«

»Nicht im geringsten, ich bin sehr für eine solide bürgerliche Küche«, sagte Lena, während sie ein Stück Butter auf ihrem Fisch zergehen ließ. »Mit Brot und Butter, Kartoffeln und Sahne bin ich völlig zufrieden.«

Die drei Freundinnen tauschten einen Blick. Franks Mondgesicht erschlaffte, als sie voll Widerwillen die trokkene, fade Seezunge auf ihrem Teller betrachtete. Beatrice sprang in die Bresche.

»Leider gibt es hier keine Sahne, darauf muß man an der Riviera eben verzichten.«

»Wie schade«, meinte Lena bedauernd.

Der nächste Gang bestand aus Lammkoteletts, deren Fett man sorgfältig entfernt hatte, um Beatrice nicht auf die Probe zu stellen, und in Wasser gedämpften Spinat. Zum Nachtisch gab es Birnenkompott. Lena kostete einen Löffel und blickte fragend zum Butler hinüber. Der hilfreiche Mann verstand sofort und reichte ihr ohne Zögern eine volle Zuckerschale, obwohl sie an diesem Tisch noch nie verlangt worden war. Lena bestreute ihr Kompott großzügig – die drei anderen schienen es nicht zu bemerken. Als der Kaffee serviert wurde, versenkte sie drei Stück Zucker in ihre Tasse.

»Sie sind aber eine Süße.« Arrow bemühte sich angestrengt um einen freundlichen Tonfall.

»Unserer Meinung nach ist Sacharin viel wirkungsvoller«, belehrte Frank Lena, während sie eine winzige Tablette in ihren Kaffee warf.

»Scheußliches Zeug.«

Beatrice ließ die Mundwinkel hängen, sehnsüchtig schielte sie nach der Zuckerdose.

»Beatrice!« warnte Frank.

Da unterdrückte Beatrice einen Seufzer und griff nach dem Sacharin.

Frank atmete auf, als sie sich an den Bridgetisch setzten. Der erste Rubber brachte Arrow und den neuen Gast zusammen.

»Nach welchem System spielen Sie, Vanderbilt oder Culbertson?« fragte Arrow.

»Nach keinem«, antwortete Lena unbeschwert, »ich folge der Stimme der Natur.«

»Ich halte mich genau an Culbertson«, bemerkte Arrow säuerlich.

Die drei dicken Damen wappneten sich zum Kampf. Kein System! Wahrlich, sie würden ihr's schon zeigen. Beim Bridge erkannte sogar Frank keine Familienbande mehr an, und sie rüstete sich mit der gleichen Entschlossenheit wie die beiden anderen, um den Fremdling in ihrer Mitte zu ducken. Doch die Stimme der Natur ließ Lena nicht im Stich. Sie besaß ein angeborenes Talent für Bridge und große Erfahrung, sie spielte schnell und kühn, sicher und phantasievoll, und die drei Freundinnen waren viel zu routiniert, um das nicht sehr bald zu erfassen. Großmütig und edel, wurden sie nach und nach milder gestimmt. Das nannte man Bridge! Alle genossen es in vollen Zügen. Arrow und Beatrice begannen sich für Lena zu erwärmen, was Frank einen dicken Seufzer der Erleichterung entlockte. Der Besuch würde doch ein Erfolg!

Nach ein paar Stunden trennte man sich: Frank und Beatrice planten eine Runde Golf, Arrow einen anregenden Spaziergang mit einem Fürsten Roccamare, den sie erst kürzlich kennengelernt hatte. Er war sehr jung, ganz reizend und sah blendend aus. Lena wollte sich etwas hinlegen.

Vor dem Abendessen trafen sie wieder zusammen.

»Hoffentlich hast du dich nicht gelangweilt«, wandte sich Frank an Lena, »ich hatte ein furchtbar schlechtes Gewissen, daß ich dich so lange allein ließ.«

»Du brauchst dich nicht zu entschuldigen. Ich habe wundervoll geschlafen und dann im Juan unten einen Cocktail getrunken. Und weißt du, was ich entdeckt habe? Das freut dich bestimmt! Einen süßen kleinen Laden, wo es ganz frisch die schönste dicke Sahne gibt. Ich habe für jeden Tag einen Viertelliter bestellt. Das soll mein bescheidener Beitrag zum Haushalt sein.«

Lena strahlte. Offensichtlich dachte sie, die anderen würden entzückt sein.

»Wie lieb von dir«, dankte Frank mit einem Blick, der die Entrüstung auf dem Gesicht der Freundinnen zu beschwichtigen suchte, »aber wir verzichten auf Sahne. In diesem Klima hier schlägt sie einem auf die Galle.«

»Dann muß ich die Sahne ja ganz allein essen«, meinte Lena vergnügt.

»Denken Sie nie an Ihre Figur?« fragte Arrow voll eiskalter Berechnung.

»Der Arzt riet mir, ich müsse essen.«

»Brot und Butter, Kartoffeln und Sahne?«

»Ja. Ich dachte, das meinten Sie, als Sie von einfachem Essen sprachen.«

»Da werden Sie ja zur Kugel«, sagte Beatrice.

Lena lachte fröhlich.

»Keineswegs. Sehen Sie, ich werde einfach nicht dick. Ich habe immer gegessen, was mir Spaß machte, und kein einziges Gramm zugenommen.«

Die Grabesstille, die diesen Worten folgte, wurde erst durch das Eintreten des Butlers unterbrochen.

»*Mademoiselle est servie*«, verkündete er.

Sie besprachen den Fall in Franks Zimmer, nachdem Lena zu Bett gegangen war. Den ganzen Abend hatten sie sich verbissen von der heitersten Seite gezeigt und sich so herzlich geneckt, daß auch der schärfste Beobachter darauf hereingefallen wäre. Aber jetzt ließen sie die Maske fallen: Beatrice schmollte, Arrow war gehässig und Frank mutlos.

»Es ist nicht angenehm, bei Tisch zusehen zu müssen, wie sie all das in sich hineinstopft, was ich besonders gerne mag«, sagte Beatrice.

»Es ist für uns alle nicht angenehm«, fuhr Frank auf.

»Du hättest sie eben nicht einladen sollen«, warf Arrow ein.

»Das konnte ich ja nicht wissen.«

»Ich bin der Meinung, wenn sie ihren Mann wirklich geliebt hätte, würde sie jetzt kaum so viel essen«, sagte Beatrice, »er ist doch erst vor zwei Monaten gestorben. Man sollte vor den Toten ein bißchen Respekt haben.«

»Warum kann sie nicht das gleiche essen wie wir?« fragte Arrow giftig. »Sie ist unser Gast.«

»Du hast doch gehört, was sie erzählte. Der Arzt hat ihr verordnet, sie müsse essen.«

»Dann soll sie in ein Sanatorium.«

»Frank, das hält kein Mensch aus«, jammerte Beatrice.

»Wenn ich es aushalte, kannst du es auch.«

»Sie ist deine Kusine, nicht unsere«, bemerkte Arrow. »Und ich will nicht vierzehn Tage dieser Frau gegenübersitzen, die sich mästet wie ein Schwein.«

»Ich finde es schrecklich ordinär, das Essen so wichtig zu nehmen«, donnerte Frank mit ihrem allertiefsten Baß, »der Mensch ist doch vor allem ein geistiges Wesen.«

»Frank, findest du mich ordinär?« fragte Arrow mit blitzenden Augen.

»Natürlich nicht«, begütigte Beatrice.

»Ich halte es durchaus für möglich, daß du in die Küche schleichst und dich heimlich vollfutterst, wenn wir im Bett sind.«

Frank sprang auf.

»Arrow, wie kannst du nur! Ich verlange nichts, was ich nicht selber auch leiste. Nach all den Jahren, die wir uns jetzt kennen, traust du mir eine solche Gemeinheit zu?«

»Und warum nimmst du nie ab?«

Frank schnaufte schwer und brach in Tränen aus.

»Wie grausam von dir. Ich bin doch zahllose Pfunde losgeworden!«

Sie heulte wie ein Kind, ihr gewaltiger Körper bebte, und große Tränen kullerten auf ihr Busengebirge.

»Liebes, ich hab's nicht so gemeint«, rief Arrow.

Sie warf sich auf die Knie und umfing mit ihren mächtigen Armen, was sie von Frank halten konnte. Auch ihr liefen Tränen, mit Mascara vermischt, die Wangen hinab.

»Glaubst du, ich sei nicht schlanker geworden?« schluchzte Frank. »Nachdem ich so viel durchgestanden habe?«

»Doch, Frank, ganz bestimmt«, gab Arrow schniefend zu. »Das fällt doch jedem auf.«

Sogar die sonst recht phlegmatische Beatrice begann leise vor sich hinzuwimmern. Es war alles so schrecklich traurig, und nur ein Herz aus Stein hätte ungerührt bleiben können, wenn Frank, diese Löwin, sich die Augen ausweinte. Aber bald trockneten die drei ihre Tränen und stärkten sich mit einem Cognac-Soda, dem für ihre Linie unschädlichsten Mix-Getränk, wie ihnen jeder Arzt versichert hatte, und fühlten sich danach viel munterer. Sie beschlossen, Lena das gute Essen zu gönnen, und gelobten einander feierlich, mit ungetrübtem Seelenfrieden dabeizusitzen. Schließlich war sie unbestreitbar eine erstklassige Bridgespielerin, und vierzehn Tage gingen auch vorbei, und sie wollten alles tun, um Lena die Ferien so angenehm wie möglich zu gestalten. Nach einem herzlichen Gutenachtkuß trennten sich die drei seltsam beschwingt: Nichts sollte ihre schöne Freundschaft stören, die ihr Leben mit soviel Glück erhellt hatte.

Aber der Mensch ist schwach, und man darf nicht zuviel von ihm verlangen. Sie aßen gegrillten Fisch, während sich vor Lena brutzelnde Makkaroni mit Butter und Käse auftürmten; sie aßen gegrillte Kalbsschnitzel, während Lena sich ihrer Gänseleber widmete; zweimal wöchentlich aßen sie harte Eier mit rohen Tomaten, während Lena sich an Erbsen in Sahnesauce und vielen delikaten Kartoffelspezialitäten verlustierte. Die Köchin war eine gute Köchin und nützte die Gelegenheit, ein Gericht schmackhafter, würziger und üppiger zuzubereiten als das andere.

»Armer Jim«, seufzte Lena, wenn sie an ihren Mann dachte, »er hat die französische Küche so geliebt.«

Der Butler verriet, er beherrsche ein halbes Dutzend Cocktails, und Lena verhehlte nicht, daß ihr Arzt zum Mittagessen Burgunder und zum Diner Champagner empfohlen habe. Die drei dicken Damen blieben standhaft. Sie plapperten lebhaft, ja vergnügt (so hat die Natur den Frauen die Gabe der Täuschung verliehen), doch Beatrice wurde schlaff und elend, Arrows sanfte Augen glitzerten jetzt wie Stahl, und Franks Baß grollte immer heiserer. Beim Bridge schlug die Spannung Funken. Stets hatten sie ihre Partien mit Genuß diskutiert, aber in aller Freundschaft; nun schwang ein bitterer Unterton mit, und manchmal wies die eine mit unnötiger Offenheit auf einen Fehler hin. Ihre Manöverkritik wandelte sich in Rechthaberei, die Rechthaberei in Zank. Nicht selten beendeten sie ihre Runde in zornigem Schweigen. Frank warf Arrow vor, sie habe sie absichtlich im Stich gelassen, die weichherzige Beatrice brach zwei- oder dreimal in Tränen aus, während Arrow eines Tages ihre Karten auf den Tisch schmiß und erbost aus dem Zimmer rauschte. Die drei waren mit ihren Nerven am Ende, Lena stiftete jeweils Frieden.

»Wie dumm, beim Bridge zu streiten«, begütigte sie, »es ist doch bloß ein Spiel.«

Sie hatte gut reden nach einem reichlichen Essen mit einer halben Flasche Champagner. Dazu hatte sie noch sagenhaftes Glück und knöpfte den anderen alles Geld ab. Die Ergebnisse wurden allabendlich in einem Heft festgehalten, und Lenas Konto stieg mit unfehlbarer Regelmäßigkeit von Tag zu Tag. Gab es denn keine Gerechtigkeit mehr auf dieser Welt? Sie fingen an, einander zu hassen. Und obwohl sie auch Lena haßten, konnten sie dem Drang, ihr das Herz auszuschütten, nicht widerstehen. Eine nach der anderen suchte sie auf und erzählte ihr, wie sie die übrigen beiden verabscheue. Arrow meinte, es tue ihr nicht gut, dauernd mit so viel älteren Frauen zusammenzusitzen, sie habe gute Lust, ihren Anteil an der Miete in den Wind zu schreiben und für den Rest des Sommers nach Venedig zu fahren. Frank gestand, ihr männlicher Intellekt sei mit der Gesellschaft einer so frivolen Person wie Arrow und einem so offenkundigen Dummerchen wie Beatrice nicht ausgefüllt.

»Ich muß mich mit jemand gescheit unterhalten können«, posaunte sie, »bei meinem Verstand brauche ich den Umgang mit geistig Ebenbürtigen.«

Beatrice sehnte sich nur nach Ruhe und Frieden.

»Ich kann Frauen nicht ausstehen«, sagte sie zu Lena, »sie sind so unzuverlässig, so heimtückisch.«

Als sich Lenas zweiwöchiger Aufenthalt dem Ende zuneigte, sprachen die drei dicken Damen kaum noch miteinander. Vor Lena wahrten sie den Schein, unter sich verzichteten sie jedoch darauf. Übers Streiten waren sie weit hinaus: Sie ignorierten einander, und wenn dies nicht möglich war, befleißigten sie sich eines eisig-höflichen Tons.

Lena wollte noch Freunde an der italienischen Riviera besuchen, und Frank brachte sie zu dem Zug, mit dem sie gekommen war. Sie nahm eine Menge Geld von den drei Freundinnen mit.

»Ich weiß nicht, wie ich dir danken soll«, sagte Lena, als sie in ihr Abteil stieg, »für mich waren es zauberhafte Ferien.«

Zwar erfüllte es Frank Hickson mit tiefem Stolz, daß sie es mit jedem Mann aufnahm, aber mit noch größerem Stolz zählte sie sich zu den weiblichen Kavalieren, und ihre Antwort verband vollendet Anmut mit Würde.

»Wir fanden es alle reizend, dich bei uns zu haben, Lena«, erwiderte sie, »es war uns eine große Freude.«

Doch als sie dem abfahrenden Zug den Rücken kehrte, seufzte sie vor Erleichterung so tief auf, daß der Bahnsteig unter ihr bebte. Dann straffte sie ihre gewaltigen Schultern und marschierte heim zur Villa.

»Uff!« stieß sie von Zeit zu Zeit hervor, »uff!«

Sie zog ihren einteiligen Badeanzug und Espadrilles an, warf einen Männerbademantel – warum schließlich nicht? – um und wanderte zum Eden Roc. Es reichte noch zu einem Bad vor dem Mittagessen. Im Affenkäfig schaute sie sich um, ob sie Bekannte träfe, denn ihr war plötzlich so menschenfreundlich zumute – als sie zur Salzsäule erstarrte. Sie traute ihren Augen nicht: Ganz allein saß Beatrice an einem Tischchen in dem eleganten, ein oder zwei Tage zuvor bei Molyneux erstandenen Strandanzug; dazu trug sie ihre Perlen, und Franks scharfem Blick entging auch nicht, daß ihr der Friseur soeben kunstvoll die Haare gerichtet und daß sie sich ein neues Make-up zugelegt hatte. Trotz ihres gewaltigen, ja überwältigenden Umfangs war Beatrice zweifellos eine auffallend hübsche Frau. Doch was tat sie bloß? In ihrem typischen Neandertalerschritt latschte Frank zu ihr hin; sie glich in ihrem schwarzen Badeanzug einem der riesigen Walfische, welche die Japaner in der Torres-Straße zu jagen pflegen und die im Volksmund Seekuh heißen.

»Beatrice, was machst du da?« rief sie. Es klang wie Donnergrollen in den fernen Bergen. Beatrice blickte kühl auf.

»Essen«, antwortete sie.

»Verdammt noch mal, das sieht doch ein Blinder.«

Vor Beatrice stand ein Körbchen voll Croissants, Butter, Erdbeermarmelade, Kaffee und ein Kännchen mit Sahne. Hingegeben schmierte sie Butter auf das leckere warme Gebäck, klatschte Marmelade darauf und übergoß das Ganze mit dicker Sahne.

»Du bringst dich um«, bemerkte Frank spitz.

»Das ist mir egal«, muffelte Beatrice mit vollem Mund.

»Du wirst kiloweise zunehmen!«

»Scher dich zum Teufel!«

Sie lachte Frank glatt ins Gesicht. Meine Güte, wie verführerisch diese Croissants rochen.

»Beatrice, du enttäuschst mich, ich hätte mehr Charakterstärke von dir erwartet.«

»Du bist schuld, du hast dieses abscheuliche Frauenzimmer eingeladen. Vierzehn Tage lang habe ich mit angesehen, wie sie sich den Bauch vollschlagen konnte. Das hält kein Mensch aus. Ich will einmal anständig essen, und wenn ich platze!«

Frank traten Tränen in die Augen. Plötzlich war sie nur noch ein ganz schwaches Weib und sehnte sich nach einem starken Mann, der sie auf den Schoß nahm und streichelte und wie ein Kind mit zärtlichen Kosenamen tröstete. Stumm sank sie neben Beatrice auf einen Stuhl. Ein Ober eilte herzu. Mit tragischer Gebärde deutete sie auf den Kaffee und die Croissants.

»Bringen Sie mir das gleiche«, seufzte sie. Als sie matt nach einem Hörnchen langte, riß ihr Beatrice das Körbchen weg. »Laß das«, sagte sie, »und warte, bis deine Sachen kommen.« Frank titulierte sie mit einem Ausdruck, den Damen selten aus Zuneigung unter sich verwenden. Einen Augenblick später stellte der Ober Croissants, Butter, Marmelade und Kaffee vor sie hin.

»Idiot, wo bleibt die Sahne?« brüllte Frank wie eine gereizte Löwin.

Sie stürzte sich gierig auf das Essen.

Allmählich füllte sich der Affenkäfig mit Feriengästen, die sich einen oder zwei Cocktails gönnten, nachdem sie die Sonne und das Meer pflichtschuldigst absolviert hatten. Auch Arrow schlenderte herein mit Fürst Roccamare. Sie trug eine wundervolle Seidenstola, die sie mit einer Hand eng zusammenraffte, um möglichst schlank zu erscheinen, und reckte den Kopf hoch, damit ihrem Begleiter das Doppelkinn nicht auffalle. Sie lachte fröhlich und kam sich wie ein junges Mädchen vor, er hatte ihr eben – auf italienisch – zugeflüstert, im Vergleich zu ihren blauen Augen sei das Mittelmeer bloß eine Erbsensuppe. Dann entschwand er in den Herrenwaschraum, um sein öliges schwarzes Haar zu kämmen, sie hatten sich in fünf Minuten zu einem Drink verabredet. Arrow steuerte auf die Damengarderobe zu, um etwas Rouge aufzulegen und ihre Lippen nachzuziehen, als sie Frank und Beatrice erblickte. Wie vom Blitz getroffen blieb sie stehen. Sie traute ihren Augen nicht.

»Großer Gott!« rief sie. »Ihr widerlichen Fresser!« Sie griff nach einem Stuhl. »Ober!«

Ihr Rendezvous hatte sie schlankweg vergessen. Schon stand der Ober bereit.

»Bringen Sie mir das gleiche wie diesen beiden Damen.«

Frank hob ihr schweres Haupt und schaute vom Teller auf: »Und mir eine Portion Gänseleber.«

»Frank!« schrie Beatrice.

»Halt den Mund.«

»Bitte. Mir auch eine Portion.«

Der Ober schleppte Kaffee, warme Hörnchen, Sahne und Gänseleber an, und die drei fielen darüber her. Sie tunkten die Gänseleber in Sahne, schaufelten die Marmelade mit dem Löffel, zermalmten krachend das knusprige Gebäck. Was bedeutete Arrow noch die Liebe? Der Fürst mit seinem Palast in Rom und dem Schloß im Apennin konnte ihr gestohlen bleiben. Keine sagte ein Wort, dafür war ihre Beschäftigung viel zu ernst: In feierlicher, inbrünstiger Verzückung widmeten sie sich dem Essen.

»Ich habe seit fünfundzwanzig Jahren keine Kartoffeln gegessen«, bemerkte Frank träumerisch.

»Ober!« rief Beatrice, »drei Portionen Pommes frites.«

»Très bien, Madame.«

Die Pommes frites standen auf dem Tisch und dufteten verlockender als alle Wohlgerüche Arabiens. Sie langten mit den Fingern zu.

»Einen Martini Dry!« schmetterte Arrow.

»Aber Arrow, mitten im Essen einen Martini? Das geht doch nicht«, sagte Frank.

»Warum nicht? Wart nur ab.«

»Wie du willst. Mir einen doppelten.«

»Bringen Sie drei doppelte Martini Dry«, entschied Beatrice.

Sie leerten ihr Glas in einem Zug und blickten sich aufseufzend an. Die Mißverständnisse der letzten vierzehn Tage schmolzen dahin, und die aufrichtige Zuneigung, die sie miteinander verband, füllte wieder ihr Herz. Sie konnten es kaum glauben, daß sie je eine Freundschaft hatten aufkündigen wollen, die ihnen so viel handfeste Zufriedenheit schenkte. Sie verzehrten die letzten Pommes frites.

»Ob es hier Schokoladen-Eclairs gibt?« fragte Beatrice.

»Natürlich!«

Es gab sie. Frank stopfte ein ganzes Eclair in ihren riesigen Schlund, schluckte es hinunter und griff nach dem nächsten. Bevor sie es verschlang, stieß sie mit einem Blick auf ihre beiden Gefährtinnen den rächenden Dolch in die Brust dieser gräßlichen Lena.

»Ihr könnt sagen, was ihr wollt, aber ihr Bridge war wirklich miserabel.«

»Ganz schäbig«, stimmte Arrow zu.

Doch Beatrice fiel plötzlich ein, sie könnte eine Meringe essen.

Das glückliche Paar

Ich kann nicht behaupten, daß ich Landon besonders sympathisch fand. Er war Mitglied eines Klubs, dem auch ich angehörte, und ich hatte oft beim Lunch neben ihm gesessen. Er war Richter am Old Bailey, und durch ihn konnte ich einen bevorzugten Platz im Gerichtssaal erhalten, wenn ich dort einen interessanten Prozeß verfolgen wollte. Er war eine imponierende Erscheinung auf der Richterbank, mit seiner großen Allongeperücke, seiner roten Robe und dem Hermelinkragen, und zugleich etwas furchteinflößend mit seinem langen weißen Gesicht, den schmalen Lippen und den blaßblauen Augen. Er war gerecht, aber hart, und zuweilen wurde mir unbehaglich zumute, wenn er einem überführten Angeklagten eine bittere Moralpredigt hielt, bevor er ihn zu einer langen Gefängnisstrafe verurteilte. Aber sein bissiger Humor beim Lunch und seine Bereitschaft, über seine Prozesse zu reden, machten ihn zu einem guten Gesellschafter für mich, so daß ich das leise Unbehagen, das mich in seiner Gegenwart befiel, beiseite schob. Ich fragte ihn einmal, nachdem er einen Mann an den Galgen gebracht hatte, ob er nie gewisse Bedenken hätte. Er lächelte, während er an seinem Portwein nippte.

»Durchaus nicht. Dem Mann ist ein gerechtes Verfahren zuteil geworden; ich habe alles möglichst unparteiisch zusammengefaßt, und die Geschworenen haben ihn für schuldig erklärt. Wenn ich ihn zum Tode verurteile, so verhänge ich eine Strafe über ihn, die er absolut verdient, und wenn die Sitzung aufgehoben wird, schlage ich mir den Fall aus dem Kopf. Nur sentimentale Narren würde etwas anderes tun.«

Ich wußte, daß er sich gerne mit mir unterhielt, aber ich hatte niemals angenommen, daß er mich für etwas anderes als eine bloße Klubbekanntschaft hielt. Darum war ich nicht wenig erstaunt, als ich eines Tages ein Telegramm von ihm erhielt, daß er seine Ferien an der Riviera verbringe und gerne zwei oder drei Tage auf dem Weg nach Italien bei mir wohnen würde. Ich telegrafierte zurück, daß ich mich freuen würde, wenn er käme. Aber mir war doch etwas beklommen zumute, als ich ihn an der Bahn abholte.

Am Tag seiner Ankunft lud ich zu meiner Unterstützung Miss Gray, eine Nachbarin und alte Freundin von mir, zum Abendessen ein. Sie war nicht mehr ganz jung, besaß aber Charme und wußte lebhaft zu unterhalten, ohne sich so schnell aus der Ruhe bringen zu lassen. Ich ließ ihnen ein sehr gutes Abendessen servieren, und wenn ich dem Richter auch keinen Portwein anbieten konnte, war es mir doch möglich, ihm eine Flasche Montrachet aufzutischen und eine noch bessere Mouton Rothschild. Er trank beide mit Genuß, und das freute mich, denn als ich ihm einen Cocktail angeboten hatte, hatte er ihn ganz entrüstet abgelehnt.

»Ich habe nie verstanden«, sagte er, »wie anscheinend zivilisierte Leute so einer Gewohnheit frönen können, die nicht nur barbarisch, sondern abstoßend ist.«

Ich darf bemerken, daß dies Miss Gray und mich nicht daran hinderte, ein paar Martinis zu uns zu nehmen, obwohl er uns ungeduldig und mißbilligend dabei zusah.

Aber die Mahlzeit war ein Erfolg. Der gute Wein und Miss Grays lebhaftes Geplauder riefen bei Landon eine Fröhlichkeit hervor, die ich nie zuvor an ihm erlebt hatte. Mir wurde klar, daß er trotz seines strengen Wesens an weiblicher Gesellschaft Gefallen fand, und die vorteilhaft gekleidete Miss Gray mit ihrem nur ganz leicht ergrauten, gut frisierten Haar, den feinen Zügen und den strahlenden Augen war noch immer sehr anziehend. Nach dem Essen hielt uns der Richter, durch etwas alten Cognac noch milder gestimmt, einige Stunden wie gebannt, während er uns von berühmten Fällen aus seiner Laufbahn erzählte. Ich war daher nicht überrascht, daß Landon, als Miss Gray uns am folgenden Tag zum Lunch einlud, bereitwillig zusagte, noch bevor ich antworten konnte.

»Eine sehr nette Frau«, sagte er, nachdem sie uns verlassen hatte. »Und sie hat Köpfchen. Sie muß als junges Mädchen sehr hübsch gewesen sein. Sie ist jetzt nicht übel. Warum ist sie nicht verheiratet?«

»Sie sagt immer, daß nie jemand um sie angehalten hätte.«

»So ein Unsinn! Frauen sollten heiraten. Es gibt viel zu viele, die ihre Unabhängigkeit bewahren wollen. Das kann ich nicht ausstehen.«

Miss Gray bewohnte ein kleines Haus mit Blick aufs Meer, in St. Jean, ein paar Meilen von meinem eigenen Haus am Cap Ferrat entfernt. Wir fuhren am nächsten Tag um ein Uhr dorthin und wurden in ihr Wohnzimmer geführt.

»Ich habe eine Überraschung für Sie«, verkündete sie bei der Begrüßung. »Die Craigs kommen.«

»Sie haben sie also endlich kennengelernt.«

»Ja, ich dachte, es sei zu lächerlich, so nebeneinander zu

wohnen und täglich am gleichen Strand zu baden und nie ein Wort miteinander zu wechseln. So habe ich mich ihnen aufgedrängt, und sie haben versprochen, heute zum Lunch zu kommen. Ich wollte so gerne, daß Sie sie kennenlernen und mir sagen, was Sie von ihnen halten.« Dann wandte sie sich zu Landon: »Ich hoffe, es ist Ihnen nicht unangenehm.«

Aber er trug sein bestes Benehmen zur Schau.

»Ich werde mich natürlich freuen, jegliche Freunde von Ihnen kennenzulernen, Miss Gray«, sagte er.

»Aber es sind keine Freunde von mir. Ich habe sie viel gesehen, aber bis gestern habe ich nie mit ihnen gesprochen. Es wird ihnen ein Vergnügen sein, einen Autor und einen berühmten Richter zu treffen.«

Ich hatte von Miss Gray im Laufe der letzten drei Wochen viel über die Craigs gehört. Sie hatten das Landhaus neben ihrem gemietet, und zunächst hatte sie befürchtet, dadurch gestört zu werden. Ihre eigene Gesellschaft genügte ihr im allgemeinen, und sie hatte keine Lust auf belanglosen gesellschaftlichen Austausch. Aber sehr bald entdeckte sie, daß die Craigs ebensowenig geneigt waren, ihre Bekanntschaft zu machen wie sie die ihre. Obwohl sie sich an diesem kleinen Ort zwangsläufig zwei- oder dreimal täglich begegneten, ließen die Craigs nie auch nur durch einen Blick erkennen, daß sie Miss Gray je zuvor gesehen hatten. Sie erklärte mir, daß sie es sehr taktvoll von ihnen fände, ihre Zurückgezogenheit so zu achten, aber es kam mir vor, als ob sie doch etwas erstaunt sei, daß sie so wenig Wert darauf legten, sie kennenzulernen. Ich hatte schon vor einiger Zeit vermutet, daß sie nicht würde widerstehen können, die ersten Annäherungsversuche zu machen. Einmal, als wir zusammen spazierengingen, kamen wir an ihnen vorbei, und ich hatte Gelegenheit, sie mir genauer anzusehen.

Craig war ein gutaussehender Mann mit einem roten, offenen Gesicht, einem grauen Schnurrbart und dichtem grauem Haar.

Seine Haltung war gut, und seine unbekümmerte, herzhafte Art erinnerte etwa an die eines Maklers, der sich mit einem schönen Vermögen zur Ruhe gesetzt hat. Seine Frau hatte ein hartes Gesicht, sie war groß und von etwas männlichem Aussehen, mit stumpfem blondem Haar, das zu extravagant frisiert war, einer großen Nase, einem großen Mund und wettergegerbter Haut. Sie war nicht nur wenig schön, sondern sah finster aus. Ihr hübsches, anmutiges Kleid wirkte seltsam an ihr, denn es hätte besser zu einem achtzehnjährigen Mädchen gepaßt, und Mrs. Craig mußte mindestens vierzig sein. Miss Gray sagte mir, das Kleid sei von einem guten und teuren Schneider. Ich fand, daß er gewöhnlich und sie unliebenswürdig aussah, und ich beglückwünschte Miss Gray dazu, daß sie sich anscheinend ganz zurückhalten wollten.

»Es ist eigentlich etwas Reizendes an ihnen«, erwiderte sie.

»Was denn?«

»Sie lieben einander. Und sie beten das Baby an.«

Denn sie hatten ein noch kaum einjähriges Kind, und daraus schloß Miss Gray, daß sie noch nicht lange verheiratet seien. Sie beobachtete sie gerne mit ihrem Baby. Ein Kindermädchen führte es jeden Morgen im Kinderwagen aus, aber vorher brachten Vater und Mutter eine selige Viertelstunde damit zu, ihm das Gehen beizubringen. Sie stellten sich in einer kurzen Entfernung voneinander auf und spornten das Kind an, von einem zum andern zu tappen, und jedesmal, wenn es in die elterlichen Arme stolperte, wurde es in die Höhe gehoben und voller Entzücken geküßt. Und wenn es endlich in seinen eleganten Wagen gebettet war, blieben sie noch mit reizendem Kindergeplapper darübergebeugt stehen und sahen ihm dann nach, bis es außer Sicht war, als könnten sie sich kaum von ihm trennen.

Miss Gray pflegte sie oft Arm in Arm im Garten auf dem Rasen auf und ab gehen zu sehen; sie sprachen nicht, als wären sie so glücklich zusammenzusein, daß jede Konversation überflüssig schien, und Miss Gray bemerkte mit Wohlgefallen, welche Zuneigung diese harte, unsympathische Frau ihrem großen, stattlichen Mann offenbar entgegenbrachte. Es war nett zu sehen, wie Mrs. Craig ein unsichtbares Stäubchen von seinem Jackett wischte, und Miss Gray war überzeugt, daß sie absichtlich Löcher in seine Socken machte, um die Freude zu haben, sie zu stopfen. Und es sah aus, als liebe er sie genausosehr wie sie ihn. Von Zeit zu Zeit warf er ihr einen Blick zu, und dann schaute sie zu ihm auf und lächelte, und er klopfte ihr ein wenig auf die Wange. Da sie nicht mehr jung waren, hatte ihre gegenseitige Hingabe etwas eigentümlich Rührendes.

Ich wußte nicht, warum Miss Gray nicht geheiratet hatte; ich war genauso überzeugt wie der Richter, daß sie reichlich Gelegenheit dazu gehabt hatte, und ich fragte mich, wenn sie mit mir über die Craigs sprach, ob der Anblick dieses Eheglücks ihr nicht einen kleinen Stich versetzte. Ich glaube, daß vollkommenes Glück in dieser Welt sehr selten ist, aber diese beiden Menschen schienen es zu besitzen, und vielleicht interessierte sich Miss Gray so auffallend für sie, weil sie im Innersten das Gefühl nicht ganz unterdrücken konnte, durch ihr Ledigbleiben etwas versäumt zu haben.

Da sie ihre Vornamen nicht kannte, nannte sie sie Edwin und Angelina. Sie erfand eine Geschichte um sie herum. Eines Tages erzählte sie sie mir, und als ich mich darüber lustig machte, war sie ganz ärgerlich. Wenn ich mich recht erinnere, lautete sie ungefähr so: Sie hatten sich vor langen Jahren ineinander verliebt – vielleicht vor zwanzig Jahren –, als Angelina, damals ein junges Mädchen, die frische Anmut ihrer Jahre besaß und Edwin ein tapferer junger Mann war, der sich frohgemut auf den Weg ins Leben begab. Und da die Götter, von denen es heißt, daß sie mit Wohlwollen auf junge Liebe blicken, sich trotzdem den Kopf nicht mit praktischen Dingen zerbrechen, so hatten weder Edwin noch Angelina die nötigen Mittel. Sie konnten sich unmöglich heiraten, aber sie hatten Mut, Hoffnung und Vertrauen. Edwin beschloß, nach Südamerika oder Malaya oder wohin auch immer zu gehen, dort sein Glück zu machen und dann zurückzukehren, um das Mädchen zu heiraten, das geduldig auf ihn gewartet hatte. Das konnte nicht mehr als zwei oder drei Jahre dauern, höchstens fünf, und was bedeutet das, wenn man zwanzig ist und das ganze Leben vor einem liegt? Inzwischen sollte Angelina natürlich bei ihrer verwitweten Mutter bleiben.

Aber die Dinge entwickelten sich nicht ganz plangemäß. Edwin fand es schwieriger als erwartet, zu einem Vermögen zu kommen; es war schwer genug, so viel Geld zu verdienen, um Leib und Seele zusammenzuhalten, und nur Angelinas Liebe und ihre zärtlichen Briefe gaben ihm die Kraft, seinen

Kampf fortzusetzen. Am Ende von fünf Jahren besaß er kaum mehr als zu Beginn seines Unternehmens. Angelina wäre bereitwillig zu ihm gekommen und hätte seine Armut geteilt, aber sie konnte unmöglich ihre arme bettlägerige Mutter verlassen, und so blieb ihnen nichts übrig, als sich weiterhin in Geduld zu üben. Die Jahre vergingen, Edwins Haar wurde grau und Angelina finster und hager. Ihr Los war das härtere, denn sie konnte nichts tun als warten. Der grausame Spiegel zeigte ihr, wie ihre Reize allmählich verschwanden, und schließlich entdeckte sie, daß die Jugend sie mit einem spöttischen Lachen und einer Pirouette für immer verlassen hatte. Ihr Wesen wurde durch die lange Pflege einer nörgelnden Patientin säuerlich, ihr geistiger Horizont verengte sich in der kleinstädtischen Umgebung, in der sie lebte. Ihre Freundinnen heirateten und bekamen Kinder, aber sie blieb die Gefangene ihrer Pflicht.

Sie fragte sich, ob Edwin sie noch liebte. Sie fragte sich, ob er jemals zurückkehren würde. Oft war sie verzweifelt. So vergingen zehn Jahre, fünfzehn, zwanzig. Dann schrieb Edwin, daß er seine Geschäfte abgewickelt und genug Geld verdient habe, damit sie bequem leben könnten, und falls sie noch bereit sei, ihn zu heiraten, so würde er sofort zurückkehren. Durch einen freundlichen Eingriff des Schicksals wählte Angelinas Mutter gerade diesen Augenblick, um eine Welt zu verlassen, in der sie nichts als eine Plage gewesen war. Aber als sie sich nach so langer Trennung wieder begegneten, sah Angelina zu ihrer Bestürzung, daß Edwin so jung wie je geblieben war. Sein Haar war zwar ergraut, aber das stand ihm vorzüglich. Er hatte immer gut ausgesehen, aber jetzt war er ein richtig schöner Mann im allerbesten Alter.

Sie kam sich uralt vor. Sie war sich ihrer Begrenztheit, ihres schrecklich kleinstädtischen Wesens bewußt, im Vergleich zu der Weite, die er sich durch seinen langen Aufenthalt in fremden Ländern erworben hatte. Er war heiter und frisch wie früher, aber ihre Spannkraft war zerstört. Die Bitterkeit des Lebens hatte ihre Seele verkümmern lassen. Es erschien ihr ungeheuerlich, diesen lebhaften, tatkräftigen Mann durch sein vor zwanzig Jahren gegebenes Versprechen an sich zu binden, und so bot sie ihm an, ihn freizulassen. Er wurde totenblaß.

»Hast du mich nicht mehr gern?« rief er niedergeschmettert.

Und ihr wurde plötzlich klar – ach, was für ein Entzücken, ach, welche Erleichterung! –, daß auch sie für ihn noch dieselbe war, die sie immer gewesen. Er hatte immer an sie gedacht, wie sie damals gewesen war; ihr Bild war ihm sozusagen ins Herz gebrannt, so daß die wirkliche Frau, die jetzt vor ihm stand, für ihn noch immer achtzehn war.

Und so heirateten sie.

»Ich glaube kein Wort davon«, erklärte ich Miss Gray, als sie ihre Geschichte zu diesem glücklichen Abschluß gebracht hatte.

»Sie sollten es aber glauben«, sagte sie. »Ich bin überzeugt, daß es so war, und ich habe nicht den geringsten Zweifel, daß sie glücklich bis ins hohe Alter miteinander leben werden.« Dann machte sie eine Bemerkung, die ich recht klug fand: »Ihre Liebe ist vielleicht auf einer Illusion begründet; da sie ihnen aber durchaus der Wirklichkeit zu entsprechen scheint, ist das doch ganz bedeutungslos.«

Während ich diese von Miss Gray erfundene idyllische

Geschichte erzählt habe, warteten wir drei, unsere Gastgeberin, Landon und ich, auf das Eintreffen der Craigs.

»Haben Sie schon beobachtet, daß Leute, die gleich nebenan wohnen, garantiert zu spät kommen?« fragte Miss Gray den Richter.

»Nein«, sagte er bissig. »Ich selber bin immer pünktlich und erwarte von anderen Leuten auch Pünktlichkeit.«

»Es hat wohl keinen Sinn, Ihnen einen Cocktail anzubieten?«

»Absolut keinen.«

»Aber ich habe einen Sherry, der nicht übel sein soll.«

Der Richter nahm ihr die Flasche aus der Hand und betrachtete die Etikette. Ein schwaches Lächeln trat auf seine schmalen Lippen.

»Das ist ein zivilisiertes Getränk, Miss Gray. Mit Ihrer Erlaubnis werde ich mich selbst bedienen. Ich habe noch keine Frau kennengelernt, die es verstanden hätte, Wein einzuschenken. Eine Frau soll man um die Taille halten, aber eine Flasche am Hals.«

Während er mit sichtlicher Befriedigung an dem alten Sherry nippte, blickte Miss Gray aus dem Fenster.

»Ach, darum sind die Craigs verspätet. Sie haben auf die Rückkehr des Babys gewartet.«

Ich folgte ihren Blicken und sah, daß das Kindermädchen auf dem Heimweg gerade den Wagen an Miss Grays Haus vorbeigeschoben hatte. Craig hob das Baby aus seinem Wagen und hielt es hoch in die Luft. Das Kind versuchte, ihn am Schnurrbart zu ziehen, und krähte vor Vergnügen. Mrs. Craig stand daneben und schaute zu, und das Lächeln auf ihrem Gesicht ließ die harten Züge beinahe angenehm erscheinen. Das Fenster war offen, und wir hörten sie sprechen.

»Komm jetzt, Liebling«, sagte sie, »wir sind verspätet.«

Er legte das Kind in den Wagen zurück, und sie kamen zu Miss Grays Haustür herüber und klingelten. Das Mädchen führte sie herein. Sie drückten Miss Gray die Hand, und da ich in der Nähe stand, stellte sie mich ihnen vor. Dann wandte sie sich zu dem Richter.

»Und dies ist Sir Edward Landon – Mr. und Mrs. Craig.«

Man hätte erwartet, daß der Richter ihnen mit ausgestreckter Hand entgegengehen würde, aber er blieb stocksteif stehen. Er klemmte sein Monokel ins Auge, jenes Monokel, das ich ihn bei mehr als einer Gelegenheit mit verheerender Wirkung im Gerichtssaal hatte benützen sehen, und starrte die Neuankömmlinge an.

›Mein Gott, was für ein garstiger Geselle‹, sagte ich zu mir selber.

Er ließ das Monokel aus seinem Auge fallen.

»Guten Tag«, sagte er. »Täusche ich mich, wenn ich glaube, daß wir uns schon einmal begegnet sind?«

Auf seine Frage blickte ich zu den Craigs hinüber. Sie standen dicht nebeneinander, als hätten sie sich zum gegenseitigen Schutz zusammengeschlossen. Sie sagten nichts. Mrs. Craig sah entsetzt aus. Craigs rotes Gesicht wurde durch starkes Erröten noch dunkler, und die Augen schienen ihm aus dem Kopf zu treten. Aber das dauerte nur eine Sekunde.

»Ich glaube nicht«, sagte er mit voller, tiefer Stimme. »Natürlich habe ich von Ihnen gehört, Sir Edward.«

»Ein bunter Hund ist bekannter, als er denkt«, antwortete er.

Miss Gray hatte inzwischen den Mixbecher geschüttelt und bot ihren beiden Gästen jetzt Cocktails an. Sie hatte nichts bemerkt. Ich verstand nicht, was das Ganze bedeuten sollte; ich wußte nicht einmal, ob es überhaupt etwas bedeutete. Der Zwischenfall, wenn es einer war, ging so rasch vorüber, daß ich fast geneigt war zu denken, ich hätte die kurze Verwirrung der Craigs, als sie einem berühmten Mann vorgestellt wurden, überinterpretiert. Ich raffte mich auf, liebenswürdig zu sein. Ich fragte sie, wie ihnen die Riviera gefalle und ob sie sich in ihrem Haus wohl fühlten. Miss Gray beteiligte sich an dem Gespräch, und wir plauderten, wie man es mit Fremden tut, über alltägliche Dinge. Die beiden sprachen ungezwungen und auf angenehme Weise. Mrs. Craig sagte, wieviel Freude ihnen das Baden mache, und beklagte sich über die Schwierigkeit, am Meer Fische zu bekommen. Ich bemerkte, daß der Richter an dem Gespräch nicht teilnahm, sondern auf seine Füße schaute, als sei er sich der Gesellschaft gar nicht bewußt.

Lunch wurde gemeldet. Wir gingen ins Eßzimmer. Wir waren nur fünf Personen, und es war ein kleiner runder Tisch, so daß das Gespräch nur allgemein sein konnte. Ich muß gestehen, daß es größtenteils von Miss Gray und mir bestritten wurde. Der Richter war schweigsam, aber das war er oft, denn er hatte Launen, und ich achtete nicht weiter darauf. Ich stellte fest, daß er sein Omelett mit gutem Appetit verzehrte und, als es ein zweites Mal herumgereicht wurde, sich nochmals bediente. Die Craigs kamen mir ein wenig schüchtern vor, aber das wunderte mich nicht, und als der zweite Gang serviert wurde, begannen sie unbefangener zu reden. Ich hatte nicht den Eindruck, als wären sie sehr anregende Leute; sie schienen sich neben ihrem Baby, den Unzulänglichkeiten ihrer beiden italienischen Dienstmädchen und einem gelegentlichen Abstecher nach Monte Carlo nur für wenige Dinge zu interessieren, und ich mußte unwillkürlich denken, daß es ein Fehler von Miss Gray gewesen war, ihre Bekanntschaft zu suchen. Dann ereignete sich plötzlich etwas: Craig stand mit einem Ruck von seinem Stuhl auf und fiel der Länge nach auf den Boden. Wir sprangen auf. Mrs. Craig warf sich über ihren Mann und nahm seinen Kopf in ihre Hände.

»Es ist alles in Ordnung, George«, rief sie mit gequälter Stimme. »Es ist alles gut!«

»Legen Sie seinen Kopf hin«, sagte ich. »Er ist nur ohnmächtig.«

Ich tastete nach seinem Puls und konnte nichts fühlen. Ich hatte gesagt, er sei ohnmächtig geworden, aber ich war nicht sicher, ob es nicht ein Schlaganfall war. Dieser schwere, vollblütige Typ Mann neigte dazu. Miss Gray tauchte ihre Serviette in Wasser und betupfte ihm damit die Stirn. Mrs. Craig schien verstört. Dann bemerkte ich, daß Landon ganz ruhig auf seinem Stuhl sitzen geblieben war.

»Wenn er ohnmächtig ist, helfen Sie ihm nicht gerade dadurch, daß Sie sich um ihn herumdrängen«, sagte er eisig.

Mrs. Craig wandte den Kopf und warf ihm einen bitteren, haßerfüllten Blick zu.

»Ich werde den Arzt anrufen«, sagte Miss Gray.

»Nein, ich glaube nicht, daß das nötig ist«, sagte ich. »Er kommt wieder zu sich.«

Ich konnte fühlen, daß sein Puls stärker wurde, und nach ein, zwei Minuten öffnete er die Augen. Er atmete keuchend, als ihm klar wurde, was geschehen war, und versuchte, auf die Füße zu kommen.

»Rühren Sie sich nicht«, sagte ich. »Bleiben Sie noch ein wenig liegen.«

Ich brachte ihn dazu, ein Glas Branntwein zu trinken, und die Farbe kehrte in sein Gesicht zurück.

»Ich fühle mich jetzt wieder ganz wohl«, sagte er.

»Wir bringen Sie in das Zimmer nebenan, dort können Sie eine Weile auf dem Sofa liegen.«

»Nein, ich möchte lieber nach Hause. Es sind ja nur ein paar Schritte.«

Er erhob sich vom Boden.

»Ja, laß uns nach Hause gehen«, sagte Mrs. Craig. Sie wandte sich zu Miss Gray. »Es tut mir so leid; so etwas ist ihm noch nie passiert.«

Sie waren entschlossen zu gehen, und ich hielt es selber für das beste.

»Stecken Sie ihn ordentlich ins Bett, morgen wird er wieder munter sein wie ein Fisch im Wasser.«

Mrs. Craig nahm ihn an einem Arm und ich am anderen. Miss Gray öffnete die Tür, und obwohl er noch ein wenig zittrig war, konnte er doch gehen. Als wir an dem Craigschen Haus ankamen, schlug ich vor, mit hineinzukommen und ihm beim Ausziehen zu helfen, aber davon wollten beide nichts hören. Ich kehrte in Miss Grays Haus zurück und fand die beiden beim Nachtisch.

»Ich möchte wissen, warum er ohnmächtig wurde«, sagte Miss Gray. »Alle Fenster sind offen, und es ist heute nicht besonders heiß.«

»Das möchte ich auch wissen«, sagte der Richter.

Ich bemerkte auf seinem mageren, blassen Gesicht einen selbstgefälligen Ausdruck. Wir tranken unseren Kaffee, und anschließend, da der Richter und ich Golf spielen wollten, stiegen wir in den Wagen und fuhren den Hügel hinauf zu meinem Haus.

»Wie hat Miss Gray diese Leute kennengelernt?« fragte mich Landon. »Sie schienen mir ziemlich zweitrangig zu sein. Ich hätte nicht gedacht, daß sie ihr Stil wären.«

»Sie kennen doch die Frauen. Sie liebt ihre Zurückgezogenheit, und als sie nebenan einzogen, war sie fest entschlossen, nichts mit ihnen zu tun zu haben. Als sie aber entdeckte, daß sie auch nichts mit ihr zu tun haben wollten, ruhte sie nicht, bis sie ihre Bekanntschaft gemacht hatte.«

Ich erzählte ihm die Geschichte, die sie sich über ihre Nachbarn ausgedacht hatte. Er hörte mit ausdruckslosem Gesicht zu.

»Ich fürchte, Ihre Freundin Miss Gray ist eine sentimentale Gans, mein Lieber«, sagte er, als ich zu Ende war. »Ich sagte Ihnen schon, Frauen sollten heiraten. Der ganze Unsinn wäre ihr bald ausgetrieben worden, wenn sie ein halbes Dutzend Bengel geboren hätte.«

»Was wissen Sie über die Craigs?« fragte ich.

Er warf mir einen eisigen Blick zu.

»Ich? Warum sollte ich etwas über sie wissen? Ich hielt sie für ganz alltägliche Leute.«

Ich wollte, ich könnte beschreiben, was für einen starken Eindruck er auf mich machte, als er so eisig streng dreinblickte und mit seinem scharfen Ton zu verstehen gab, daß er nicht bereit war, noch irgend etwas zu äußern. Wir beendeten die Fahrt schweigend.

Landon war gegen Ende Sechzig, und er gehörte zu der Sorte von Golfspielern, die einen Ball nicht weit treiben, aber nie von der Richtung abweichen, und seine Bälle saßen so tödlich genau, daß er mich, obwohl er mir Schläge vorausgab, doch glatt besiegte. Nach dem Abendessen nahm ich ihn nach Monte Carlo mit, wo er den Abend damit beendete, daß er beim Roulette ein paar tausend Francs gewann. Diese verschiedenen Ereignisse versetzten ihn in auffallend gute Stimmung.

»Das war ein sehr angenehmer Tag«, sagte er, als wir uns für die Nacht trennten. »Ich habe ihn richtig genossen.«

Ich verbrachte den nächsten Morgen bei der Arbeit, und wir trafen uns erst wieder beim Lunch. Wir waren fast damit fertig, als ich ans Telefon gerufen wurde.

Als ich zurückkam, saß mein Gast bei einer zweiten Tasse Kaffee.

»Das war Miss Gray«, sagte ich.

»Ach? Was hat sie erzählt?«

»Die Craigs sind auf und davon. Sie sind gestern abend verschwunden. Die Dienstmädchen schlafen im Dorf, und als sie heute früh kamen, fanden sie das Haus leer. Sie waren fort – die Craigs, das Kindermädchen und das Baby – und hatten ihr Gepäck mitgenommen. Auf dem Tisch hatten sie Geld für den Lohn der Mädchen, die Miete bis zum Ablauf ihres Vertrages und für die Lieferantenrechnungen zurückgelassen.«

Der Richter sagte nichts. Er nahm eine Zigarre aus der Kiste, untersuchte sie sorgfältig und zündete sie gelassen an.

»Was haben Sie dazu zu sagen?« fragte ich. »Sie werden mich doch nicht für so dumm halten, nicht zu merken, daß

Sie und die Craigs sich schon früher begegnet sind, und wenn die beiden sich jetzt wie Phantasiegebilde verflüchtigt haben, kann man wohl vernünftigerweise daraus schließen, daß die Umstände Ihrer früheren Begegnung nicht ganz angenehm waren.«

Der Richter kicherte ein wenig, und in seinen kalten blauen Augen glitzerte es.

»Das war ein sehr guter Cognac, den Sie mir gestern abend serviert haben«, sagte er. »Es ist gegen meine Grundsätze, nach dem Lunch Schnaps zu trinken, aber nur ein bornierter Mensch läßt sich von seinen Grundsätzen zum Sklaven machen, und ausnahmsweise würde mir jetzt einer schmecken.«

Ich ließ den Cognac kommen und sah zu, wie sich der Richter eine ordentliche Menge eingoß. Er nippte mit sichtlicher Befriedigung daran.

»Erinnern Sie sich an den Wingford-Mord?« fragte er dann.

»Nein.«

»Vielleicht waren Sie damals nicht in England. Schade – Sie hätten sonst zu der Verhandlung kommen können. Das hätte Ihnen Freude gemacht. Die Sache hat viel Aufregung hervorgerufen, die Zeitungen waren voll davon.

Miss Wingford war eine reiche alte Jungfer, die mit einer Gesellschafterin auf dem Lande lebte. Für ihr Alter war sie eine gesunde Frau, und ihr plötzlicher Tod überraschte ihre Freunde. Ihr Arzt, ein Mann mit Namen Brandon, unterschrieb den Totenschein, und daraufhin wurde sie beerdigt. Ihr Testament wurde eröffnet, und es stellte sich heraus, daß sie alles, was sie besaß, zwischen sechzig- und siebzigtausend Pfund, ihrer Gesellschafterin hinterlassen hatte. Die Verwandten waren sehr verstimmt darüber, aber sie konnten nichts dagegen tun. Der Letzte Wille war durch ihren Anwalt aufgesetzt und durch einen Gehilfen und Dr. Brandon als Zeugen unterzeichnet worden.

Aber Miss Wingford hatte ein Dienstmädchen, das dreißig Jahre bei ihr gewesen war und angenommen hatte, daß sie im Testament bedacht werden würde. Sie erklärte, Miss Wingford habe ihr versprochen, gut für sie zu sorgen, und als sie entdeckte, daß sie nicht einmal erwähnt wurde, bekam sie einen Wutanfall. Sie sagte dem Neffen und den beiden Nichten, die zu der Beerdigung gekommen waren, sie sei davon überzeugt, daß man Miss Wingford vergiftet habe, und sie fügte hinzu, wenn die Verwandten nicht zur Polizei gehen wollten, so werde sie es tun. Nun, das taten sie zwar nicht, aber sie suchten Dr. Brandon auf. Er lachte. Er sagte, Miss Wingford habe ein schwaches Herz gehabt, und er habe sie seit Jahren behandelt. Sie sei genauso gestorben, wie er es bei ihr immer erwartet habe: ganz friedlich im Schlaf, und er riet ihnen, den Bemerkungen des Dienstmädchens keine Beachtung zu schenken. Sie habe die Gesellschafterin, eine Miss Starling, immer gehaßt und sei eifersüchtig auf sie gewesen. Dr. Brandon genoß einen ausgezeichneten Ruf; er war lange Zeit Miss Wingfords Arzt gewesen, und die Nichten, die sie oft besucht hatten, kannten ihn gut. Er hatte keinen Vorteil durch das Testament, und es gab offenbar keinen Grund, seiner Aussage zu mißtrauen. Deshalb dachte die Familie, es sei weiter nichts zu tun, als gute Miene zum bösen Spiel zu machen, und kehrte nach London zurück.

Aber das Mädchen hörte nicht auf zu reden; sie redete so

lange, bis die Polizei schließlich, wenn auch wider Willen, davon Notiz nehmen mußte und der Befehl zur Exhumierung der Leiche gegeben wurde. Eine gerichtliche Untersuchung fand statt, und es erwies sich, daß Miss Wingford an einer Überdosis Veronal gestorben war. Die Totenschaukommission konnte feststellen, daß Miss Starling ihr das Mittel gereicht hatte, und sie wurde verhaftet. Scotland Yard schickte einen Detektiv, der einige unerwartete Beweise zusammentrug. Es war anscheinend viel über Miss Starling und Dr. Brandon geklatscht worden. Sie waren oft zusammen an Orten gesehen worden, an denen sie keinen anderen Grund hatten sich aufzuhalten, als den, sich zu treffen, und im Dorf nahm man allgemein an, daß sie nur auf Miss Wingfords Tod warteten, um zu heiraten. Das ließ den Fall in völlig anderem Licht erscheinen. Um es kurz zu sagen: die Polizei hatte jetzt ihrer Meinung nach genug Beweise, um Dr. Brandon zu verhaften und ihn und Miss Starling des Mordes an der alten Dame anzuklagen.«

Der Richter trank einen weiteren Schluck Cognac.

»Der Fall wurde mir zur Verhandlung übertragen. Die Anklage lautete, daß die Angeklagten rasend ineinander verliebt waren und die arme alte Dame umgebracht hatten, um heiraten zu können – aufgrund des Vermögens, das Miss Starling von ihrer Arbeitgeberin als Hinterlassenschaft erschmeichelt hatte. Miss Wingford nahm vor dem Schlafengehen immer eine heiße Schokolade zu sich, die Miss Starling ihr zubereitete, und der klägerische Anwalt behauptete, daß Miss Starling darin die Tabletten aufgelöst habe, die Miss Wingfords Tod verursachten. Die Angeklagten beschlossen, selbst Zeugnis abzulegen, und sie machten im

Zeugenstand einen jämmerlichen Eindruck. Sie logen wie gedruckt. Obwohl von Zeugen beschworen wurde, daß man sie nachts gesehen hatte, wie sie engumschlungen miteinander spazierengingen, obwohl Brandons Dienstmädchen aussagte, daß sie gesehen habe, wie sie sich im Haus des Doktors küßten, schworen sie trotzdem, daß sie nur Freunde seien. Und merkwürdigerweise bestätigte ein medizinisches Gutachten, daß Miss Starling *virgo intacta* sei.

Brandon gab zu, daß er Miss Wingford eine Packung Veronaltabletten gegeben habe, weil sie sich über Schlaflosigkeit beklagte, aber er erklärte, daß er sie davor gewarnt habe, mehr als eine zu nehmen, und auch das nur, wenn es unumgänglich sei. Die Verteidigung versuchte den Beweis dafür zu erbringen, daß sie die Tabletten entweder versehentlich genommen habe oder mit der Absicht, Selbstmord zu begehen. Aber das konnte unmöglich als stichhaltig gelten. Miss Wingford war eine vergnügte, normale alte Dame, die noch sehr gern lebte, und ihr Tod trat zwei Tage vor dem Besuch einer alten Freundin ein, die sie für eine Woche erwartete. Sie hatte dem Dienstmädchen gegenüber nie über Schlaflosigkeit geklagt – vielmehr hatte das Mädchen immer den Eindruck gehabt, daß sie sehr gut schlief. Es war unmöglich zu glauben, daß sie aus Versehen eine genügende Anzahl der Tabletten genommen hatte, um daran zu sterben. Persönlich hatte ich nicht den geringsten Zweifel, daß es sich um eine abgekartete Sache zwischen dem Arzt und der Gesellschafterin handelte. Das Motiv lag auf der Hand und genügte. Ich faßte in meinem Schlußwort alles zusammen und glaube es auf gerechte Weise getan zu haben; aber es war meine Pflicht, den Geschworenen die Tatsachen darzulegen, und meiner

Meinung nach waren diese vernichtend. Die Geschworenen verließen den Saal. Vermutlich wissen Sie nicht, daß man dort auf der Richterbank unwillkürlich die im Saal herrschende Stimmung fühlt. Man muß sich dagegen wappnen, um sich auf keinen Fall beeinflussen zu lassen. An diesem Tag empfand ich stärker denn je, daß es im ganzen Saal keinen Menschen gab, der nicht davon überzeugt war, daß die beiden das Verbrechen begangen hatten, dessen sie angeklagt waren. Ich hatte nicht den leisesten Zweifel, daß das Urteil der Geschworenen auf ›schuldig‹ lauten würde. Geschworene sind unberechenbar. Sie berieten drei Stunden, und bei ihrem Wiedererscheinen wußte ich sofort, daß ich mich getäuscht hatte. Wenn bei einem Mordfall die Geschworenen den Angeklagten schuldig sprechen wollen, blicken sie ihn nicht an; sie schauen zur Seite. Ich bemerkte, daß drei oder vier der Geschworenen den beiden Angeklagten einen Blick zuwarfen. Ihr Urteil lautete auf ›nicht schuldig‹. Die wirklichen Namen von Mr. und Mrs. Craig sind Dr. und Mrs. Brandon. Ich bin so sicher, wie ich hier sitze, daß sie miteinander einen grausamen und herzlosen Mord begangen haben und es reichlich verdient hätten, dafür gehängt zu werden.«

»Was halten Sie für den Grund des Freispruchs durch die Geschworenen?«

»Das habe ich mich auch gefragt; und wissen Sie, was mir die einzige Erklärung dafür erscheint? Der unumstößliche Beweis, daß sie kein intimes Verhältnis miteinander gehabt hatten. Und bei näherer Überlegung ist dies einer der merkwürdigsten Züge des ganzen Falles. Diese Frau war bereit, einen Mord zu begehen, um den Mann, den sie liebte, zu gewinnen, aber sie war nicht bereit, ein uneheliches Verhältnis mit ihm zu haben.«

»Die menschliche Natur ist höchst sonderbar, nicht wahr?«

»Ja«, sagte Landon und goß sich noch ein Glas Cognac ein.

Das Gurren der Turteltaube

Ich schwankte lange Zeit, ob ich Peter Melrose mochte oder nicht. Er hatte einen Roman geschrieben und einiges Aufsehen damit erregt bei den kreuzlangweiligen, aber gleichwohl verdienstvollen Leuten, die ständig auf Talentsuche sind. Ältere Herren, deren einzige Beschäftigung darin besteht, an Partys teilzunehmen, priesen das Buch mit backfischhaftem Enthusiasmus, und drahtige kleine Damen, die mit ihren Ehemännern nicht auskamen, fanden es vielversprechend. Ich las ein paar Rezensionen – sie widersprachen sich ungeniert. Einige Kritiker verstiegen sich zu der Behauptung, mit diesem ersten Roman habe sich der Autor seinen Platz in der vordersten Reihe der englischen Erzähler erobert, andere verrissen das Werk. Ich las es nicht, denn die Erfahrung hat mich gelehrt, bei einem ›sensationellen‹ Buch ein Jahr zu warten. Es ist erstaunlich, wie viele Bücher man dann überhaupt nicht zu lesen braucht.

Zufällig traf ich eines Tages Peter Melrose persönlich. Ich hatte mit einem unguten Gefühl eine Einladung zu einer Sherry-Party angenommen. Sie fand in der Dachwohnung eines umgebauten Hauses in Bloomsbury statt, und ich geriet etwas außer Atem, als ich die vier Stockwerke hinaufkletterte. Die Gastgeberinnen waren zwei überlebensgroße, mittelalte Damen von jenem Schlag, der Motoren auseinandernimmt und freudig durch den Regen stapft, dennoch durchaus weibliche Züge besitzt und begeistert Frankfurter von Papptellern ißt. Ihr Wohnzimmer, das sie ›Studio‹ nannten, obwohl beide, reich und unabhängig, nie etwas studiert oder gearbeitet hatten, war groß und kahl, möbliert mit rostfreien Stahlrohrstühlen, die kaum dem Gewicht ihrer Besitzerinnen gewachsen schienen, mehreren Tischen mit gläserner Platte und einem riesigen, mit Zebrafell bezogenen Sofa. An den Wänden reihten sich Bücherregale, die Bilder stammten von renommierten englischen Cézanne-, Braque- und Picassonachahmern. Außer vier oder fünf ›aparten‹ Bändchen aus dem achtzehnten Jahrhundert (Pornographie altert nicht) waren nur lebende Autoren, zumeist in Erstausgaben, vertreten. Auch mich hatte man bloß eingeladen, damit ich ein paar meiner Bücher signierte.

Es waren nur wenig Gäste da: noch eine Frau, die eine jüngere Schwester der Gastgeberinnen hätte sein können – mächtig, aber nicht ganz so mächtig, groß, aber nicht ganz so groß, herzlich, aber nicht ganz so herzlich. Ihren Namen verstand ich nicht, aber sie reagierte auf Boofuls. Und ein Mann, nämlich Peter Melrose. Er war blutjung, zwei- oder dreiundzwanzig, mittelgroß, doch so plump, daß er untersetzt wirkte. Die rote Haut spannte sich über seine Backenknochen, er besaß eine recht große semitische Nase, obwohl er kein Jude war, und flinke grüne Augen unter buschigen Brauen. An seinem braunen, sehr kurz geschnittenen Haar klebten Schuppen. Er trug ein braunes Samtjackett und graue Flanellhosen wie die Kunststudenten, die barhäuptig in Chelsea auf der King's Road flanieren – ein ungeschlachter Typ. Auch seine Manieren machten ihn nicht anziehender. Er war anmaßend, streitsüchtig und intolerant. Mit eifriger und genußvoller Verachtung verbreitete er sich über seine Schriftstellerkollegen. Meine Genugtuung über seine feurigen Attacken gegen Berühmtheiten, die ich genauso hochgespielt fand, ohne mir deswegen je den Mund zu verbrennen, trübte nur die Gewißheit, daß er mich nicht weniger zerfetzen würde, sobald ich ihm den Rücken kehrte. Er sprach ausgezeichnet, geistreich und gelegentlich witzig, nur hätten mich seine Einfälle mehr amüsiert, wären nicht die drei Damen vor Lachen schier geplatzt. Sie schüttelten sich prustend, ob er Komisches oder Törichtes von sich gab. Da er pausenlos schwatzte, sagte er viel dummes Zeug, vermischt mit ganz gescheiten Bemerkungen. Sein Urteil war derb und nicht so originell, wie er dachte, jedoch ehrlich. Am meisten beeindruckte seine begierige, ungestüme Vitalität: Sie war wie eine heiße Flamme, die ihn mit unbarmherziger Glut verzehrte und dabei auch noch die Menschen in seiner Umgebung beleuchtete. Das mußte man ihm zugute halten, und ich ging mit leiser Neugier nach Hause, was von ihm zu erwarten sei. Ich konnte nicht sagen, ob er Talent besaß – so viel junges Volk schreibt *einen* gut gemachten Roman, das bedeutet noch gar nichts; aber Melrose selber schien mir von unverwechselbarer Prägung. Er gehörte zu den Stürmern und Drängern, die mit dreißig, wenn Erfahrung sie die Grenzen ihrer jugendlich überschätzten Intelligenz sehen läßt, sich zu anregenden und angenehmen Leuten mausern. Doch ich erwartete nicht, ihn je wiederzusehen.

Zu meiner Überraschung erhielt ich zwei oder drei Tage darauf ein Exemplar seines Romans mit einer hoch schmeichelhaften Widmung. Ich las das deutlich autobiographisch gefärbte Werk. Es spielte in einer kleinen Stadt in Sussex, wo gehobene Bürgerkreise dem äußeren Schein zuliebe über ihre Verhältnisse leben. Der Humor war ziemlich grob und gewöhnlich und verletzte mich, da er hauptsächlich darin bestand, arme und alte Menschen zu verspotten. Peter Melrose wußte nicht, wie schwer solch ein Schicksal zu ertragen ist und daß alle Bemühungen, damit fertig zu werden, eher Anteilnahme als Hohn verdienen. Daneben fanden sich ausgezeichnete Milieubeschreibungen, kleine Momentaufnahmen eines Zimmers oder Impressionen einer Landschaft, die Zärtlichkeit bewiesen und einen Sinn für die den Dingen innewohnende Schönheit. Das Buch war flüssig geschrieben, ohne Künstelei und mit erfreulichem Gefühl für Sprachmelodie. Aber das eigentlich Bemerkenswerte, das zu Recht Aufsehen erregt hatte, lag in der Leidenschaft, die die Liebesgeschichte, die Haupthandlung, durchglühte. Auf typisch moderne Weise war diese Liebesgeschichte nicht wenig hart, und wiederum auf typisch moderne Weise schleppte sie sich ohne Sinn und Ziel dahin, so daß zum Schluß alles gleich blieb wie am Anfang; dennoch überwog der Eindruck eines jungen, idealistischen und dabei wild erotischen Gefühls. Das war so lebendig und so tief empfunden, daß es mir den Atem verschlug. Der Puls des Lebens schien einem auf jeder gedruckten Seite entgegenzupochen. Eine Liebe ohne Scham, absurd, anstößig und herrlich, ein Naturereignis. Da war echte Leidenschaft. Nichts kann uns mehr erschüttern und ehrfürchtiger stimmen.

Ich schrieb Peter Melrose diese Gedanken und schlug ihm vor, mit mir zu essen. Am nächsten Tag rief er mich an, und wir verabredeten einen Termin.

Er war unerklärlich scheu, als wir uns in einem Restaurant gegenübersaßen. Ich bestellte für ihn einen Cocktail. Wohl sprach er wie ein Wasserfall, aber er fühlte sich augenscheinlich nicht wohl in seiner Haut, und ich vermutete, daß die Pose seiner Selbstsicherheit eine quälende Schüchternheit verbergen sollte – vielleicht vor sich selbst. Er benahm sich wie ein tapsiger Bär. Er konnte irgend etwas Gewagtes sagen und gleich danach nervös auflachen, um seine Verlegenheit zu vertuschen. Trotz seines scheinbaren Selbstbewußtseins brauchte er dauernd die Zustimmung der anderen. Indem er sein Gegenüber durch absichtlich schnoddrige Bemerkungen verdroß, hoffte er, eine gewisse, möglicherweise stillschweigende Bestätigung zu erzwingen, daß er ein so fabelhafter Kerl sei, wie er gern sein wollte. Die Meinung der Leute suchte er zu verachten, dabei war sie das einzige, was für ihn zählte. So fand ich ihn im Grunde unausstehlich, was mich aber nicht weiter störte. Es liegt in der Natur der Dinge, daß begabte junge Männer unausstehlich sind: Sie wissen sich im Besitz von Gaben, die sie nicht anwenden können, und verzweifeln an einer Welt, die ihre Verdienste ignoriert. Sie haben etwas zu verschenken, und keine Hand streckt sich ihnen entgegen. Ungeduldig erwarten sie den Ruhm, auf den sie Anspruch zu haben glauben. Nein, unausstehliche junge Männer stören mich nicht; aber bei den Charmeuren geize ich mit Anteilnahme.

Was sein Buch betraf, war Peter Melrose sehr bescheiden. Er errötete trotz seiner blühenden Gesichtsfarbe, als ich das Gelungene pries, und steckte meine Kritik mit einem, wie mir schien, demütigen Respekt ein, der mich geradezu in Verlegenheit brachte. Das angefallene Honorar war nicht groß gewesen, jetzt zahlte ihm sein Verleger monatlich einen

Vorschuß auf das nächste Buch. Er hatte damit angefangen, wollte aber weg, um es in Ruhe zu beenden; da er wußte, daß ich an der Riviera lebte, fragte er mich nach einem stillen Plätzchen, wo er billig unterkommen und auch schwimmen könnte. Ich lud ihn für ein paar Tage zu mir ein, damit er sich an Ort und Stelle etwas Passendes suche. Seine grünen Augen glänzten, und das Blut schoß ihm in die Wangen bei meinem Vorschlag.

»Würde ich Sie nicht gräßlich stören?«

»Nein, ich werde arbeiten. Ich biete Ihnen drei Mahlzeiten am Tag und ein Bett; es wird Ihnen sehr langweilig werden, aber Sie können tun und lassen, was Sie wollen.«

»Toll! Darf ich Ihnen schreiben, wenn ich mir's überlegt habe?«

»Gewiß.«

Wir verabschiedeten uns, und ein oder zwei Wochen darauf – das war im Mai – fuhr ich zurück. Anfang Juni erhielt ich einen Brief von Peter Melrose, der fragte, ob ich meine Einladung ernst gemeint habe und ob er dann und dann kommen dürfe. Ja, damals hatte ich es ernst gemeint, aber jetzt, einen Monat später, fiel mir ein, daß er ein schlecht erzogener Schnösel war, den ich nur zweimal gesehen hatte und der mich gar nichts anging, und ich meinte es nicht mehr so. Höchstwahrscheinlich würde er sich zu Tode langweilen; ich führte ein zurückgezogenes Leben und verkehrte mit wenig Leuten. Ich malte mir aus, wie er mir auf die Nerven fallen würde, wenn er sich wieder so ungehobelt benahm, und wie ich als Gastgeber meinen Groll hinunterschlucken müßte. Schon sah ich mich explodieren und nach dem Hausmeister klingeln, damit er dem Gast die Koffer packe, das

Auto hole und ihn binnen einer halben Stunde wegschaffe. Aber es ließ sich nicht mehr ändern. Peter Melrose würde Essen und Unterkunft sparen, wenn er bei mir wohnte, und da er erschöpft und niedergeschlagen war, wie er schrieb, könnte ihn das etwas aufrichten. Ich schickte ihm ein Telegramm, und kurz darauf traf er ein.

In seinen grauen Flanellhosen und dem braunen Tweedjackett sah er recht verschwitzt und schmuddelig aus, als ich ihn am Bahnhof abholte, aber nachdem er sich im Swimming-pool erfrischt hatte, erschien er in weißen Shorts und einem Freizeithemd. Er wirkte aberwitzig jung. Er war noch nie im Ausland gewesen und fand alles aufregend. Seine Begeisterung rührte mich. In einer derart ungewohnten Umgebung schien er seine Selbstüberschätzung zu verlieren, er gab sich einfach, jungenhaft und bescheiden. Ich war angenehm überrascht. Als wir abends nach dem Dinner im Garten saßen und nur das Quaken der Frösche die Stille durchbrach, erzählte er mir von seinem Roman, einer romantischen Story um einen jungen Schriftsteller und eine berühmte Primadonna. Ein solches Thema, das an Ouida erinnerte, hätte ich diesem abgebrühten jungen Mann zuallerletzt zugetraut; es erheiterte mich. War es nicht merkwürdig, wie die Mode im Kreis lief und in jeder Generation den gleichen Stoff wieder aufnahm? Natürlich würde Peter Melrose ihn sehr modern behandeln, aber es blieb die gleiche alte Geschichte, die in den achtziger Jahren gefühlvolle Leser in dreibändigen Romanen entzückt hatte. Er wollte sie in der Zeit der Jahrhundertwende ansiedeln, die für die Jugend ja schon die phantastische Aura einer weit zurückliegenden Vergangenheit hat. Er redete und redete, aber ich hörte gerne zu. Es entging ihm völlig, daß er seine eigenen Tagträume dichtete, die lächerlichen und liebenswerten Tagträume eines wenig anziehenden, unbekannten jungen Mannes, der sich, zur staunenden Bewunderung der ganzen Welt, von einer unglaublich schönen, gefeierten, großartigen Frau geliebt sieht. Da ich Ouidas Romane stets genossen hatte, mißfiel mir Peters Idee keineswegs. Mit seinem reizenden Talent, Dinge zu beschreiben, mit seiner lebendigen, eigenwilligen Art, ein Gebäude, ein Möbelstück, Wände, Bäume und Blumen zu sehen, mit seiner Kraft, die Glut des Lebens, die Glut der Liebe zu vergegenwärtigen – eine Kraft, die jede Fiber seines bäurischen Körpers spannte –, konnte er meiner Meinung nach sehr wohl etwas Grandioses, Extraordinäres und Poetisches zuwege bringen. Doch ich stellte eine Frage.

»Haben Sie je eine Primadonna kennengelernt?«

»Nein, aber ich las alle Memoiren, die ich auftreiben konnte. Ich habe den Stoff richtig durchgearbeitet, nicht bloß die Oberfläche erforscht; ich bin auf hundert Nebenwegen hinter dem aufschlußreichen Detail oder der bezeichnenden Anekdote hergejagt.«

»Mit Erfolg?«

»Ich glaube schon.«

Er schilderte mir seine Heldin. Sie war jung und schön, zwar eigensinnig und jähzornig, aber großmütig. Eine Frau mit Klasse. Sie lebte allein für die Musik, Musik war nicht nur in ihrer Stimme, sondern in ihren Bewegungen und in ihren innersten Gedanken. Neid kannte sie nicht, und in ihrer Begeisterung für die Kunst verzieh sie die Beleidigung einer Konkurrentin, wenn sie diese auf der Bühne wunderschön singen hörte. Ihre Freigebigkeit ließ sie das letzte herschenken, wenn die Kunde eines Unglücksfalles ihr Herz rührte. Als große Liebende konnte sie dem Mann, den sie liebte, alles opfern. Sie war gescheit und belesen, zärtlich, uneigennützig und hilfsbereit. Mit einem Wort, sie war viel zu gut, um wahr zu sein.

»Ich glaube, Sie sollten einmal einer Primadonna begegnen«, sagte ich schließlich.

»Wie denn?«

»Haben Sie von La Falterona gehört?«

»Natürlich. Ich las ihre Memoiren.«

»Sie lebt hier an der Küste. Ich werde sie anrufen und zum Dinner einladen.«

»Wirklich? Das wäre phantastisch.«

»Aber schieben Sie nicht mir die Schuld zu, wenn sie Ihren Erwartungen nicht entspricht.«

»Ich suche die Wahrheit.«

Jedermann hat von La Falterona gehört; nicht einmal die Melba erfreute sich größeren Ruhms. Sie trat jetzt nicht mehr in Opern auf, aber sie füllte jeden Konzertsaal, denn ihre Stimme bezauberte noch immer. Jeden Winter unternahm sie eine lange Tournee, den Sommer verbrachte sie in ihrer Villa am Meer. An der Riviera ist man sich nachbarlich verbunden, auch wenn man vierzig Kilometer voneinander entfernt wohnt; so sah ich La Falterona seit einigen Jahren recht häufig. Sie besaß ein überschäumendes Temperament, und so berühmt wie ihre Stimme waren ihre Liebesaffären. Sie erzählte gerne davon, und oft hörte ich stundenlang gebannt zu, wenn sie mich mit einem Humor, der mir ihr erstaunlichster Charakterzug schien, mit bunten Schilderungen königlicher oder steinreicher Anbeter ergötzte. Zu meiner Beruhigung enthielten sie immerhin ein gewisses Maß Wahrheit. Drei- oder viermal war sie kurz verheiratet gewesen; einmal hatte sie sogar einen neapolitanischen Prinzen an Land gezogen. Da sie ihren Künstlernamen La Falterona über jeden Titel stellte, machte sie von seinem Rang keinen Gebrauch – wozu sie auch gar nicht berechtigt war, da sie nach der Scheidung von dem Prinzen wieder geheiratet hatte –, aber ihr Silber und ihr Tafelservice zierte ein Wappen mit Schwertern und einer Krone, und das Personal redete sie stets mit *madame la princesse* an. Angeblich stammte sie aus Ungarn, doch ihr Englisch war einwandfrei; sie sprach es mit leichtem Akzent – das heißt, wenn sie daran dachte –, aber mit einem Tonfall, der, wie man mir sagte, nach Kansas City wies. Sie erklärte das damit, daß ihr Vater aus politischen Gründen nach Amerika ins Exil gegangen sei, als sie noch ein Kind war. Sie konnte sich jedoch nie festlegen, ob er als ausgezeichneter Wissenschaftler wegen seiner liberalen Anschauungen in Schwierigkeiten geraten war oder ob er sich als ungarischer Magnat durch eine Affäre mit einer Erzherzogin den kaiserlichen Unwillen zugezogen hatte. Als Künstlerin unter Künstlern entschied sich La Falterona für die eine, als große Dame unter Leuten von Stand für die andere Version.

Mir gegenüber gab sie sich zwar nicht natürlich, das konnte sie gar nicht mehr, selbst wenn sie's versucht hätte, aber offener als vor anderen. Für die schönen Künste hatte sie nur echte, ungeschminkte Verachtung übrig; sie betrachtete sie als ungeheuren Bluff und empfand tief im Herzen eine belustigte Sympathie für alle, die dem Publikum diesen Bären aufbinden konnten. Mit genießerischer Vorfreude sah ich – das sei zugegeben – der Begegnung von Peter Melrose und La Falterona entgegen.

Sie kam gerne zu mir zum Dinner, sie wußte nämlich mein gutes Essen zu schätzen. Da sie sehr auf ihre Figur achtete, genehmigte sie sich nur eine einzige, dafür exquisite und üppige Mahlzeit am Tag. Ich hatte sie auf neun Uhr gebeten, weil sie sich früher schon gar nicht zu Tisch zu setzen gedachte, und bestellte das Dinner für halb zehn. Viertel vor zehn trat sie auf. Sie trug ein rückenfreies apfelgrünes Seidenkleid mit tiefem Dekolleté, eine Kette erbsengroßer Perlen, mehrere kostbare Ringe und am linken Arm vom Handgelenk bis zum Ellbogen ein Brillanten- und Smaragdarmband neben dem anderen, von denen sicher zwei oder drei echt waren. In ihrem rabenschwarzen Haar funkelte ein dünner Reif aus Diamanten. Zu einem Ball im Waldorf hätte sie sich nicht aufwendiger herrichten können. Wir Männer hatten weiße Dinnerjacketts an.

»Du siehst imposant aus«, begrüßte ich sie, »aber ich sagte dir, es sei keine Party.«

Sie schoß einen Blitz aus ihren wunderbaren schwarzen Augen auf Peter ab.

»Natürlich ist es eine Party. Du schildertest mir deinen Freund als begabten Schriftsteller. Ich bin ja nur eine Interpretin.« Sie ließ einen Finger über ihre glitzernden Armbänder laufen. »Das ist der Respekt, den ich dem schöpferischen Künstler zolle.«

Ich unterdrückte einen ordinären zweisilbigen Kommentar, der mir fast über die Lippen schlüpfte, und bot ihr stattdessen ihren Lieblingscocktail an. Ich genoß den Vorzug, sie Maria nennen zu dürfen; sie sagte stets Meister zu mir. Diese

Anrede ließ mich zum einen als rechten Narren vor mir selber dastehen, zum anderen machte sie deutlich, daß wir zwei verschiedenen Generationen angehörten, obwohl La Falterona in Wirklichkeit nur zwei oder drei Jahre jünger war als ich. Gelegentlich hieß sie mich aber auch »du altes Schwein«. An diesem Abend konnte sie für fünfunddreißig gelten. Sie hatte jene Art von großflächigem Gesicht, das dem Alter zu widerstehen scheint. Auf der Bühne war sie eine schöne Frau, und auch im Privatleben sah sie trotz ihrer mächtigen Nase, ihres breiten Munds und ihrer vollen Wangen gut aus. Sie hatte einen braunen Fond de teint gewählt und dazu ein dunkles Rouge, die Lippen waren scharlachrot geschminkt, und das Ganze wirkte äußerst spanisch. Vermutlich fühlte sie sich auch so, zumindest legte sie sich zu Beginn des Essens einen Sevilla-Akzent zu. Ich wollte sie zum Reden bringen, damit Peter auf seine Kosten käme, und ich wußte, daß sie sich nur über ein einziges Thema verbreiten konnte. Sie war nämlich strohdumm, auch wenn sie eine flüssige Konversation beherrschte, die die Leute beim ersten Zusammentreffen glauben machte, sie sei so geistreich wie schön. Dabei gab sie nur eine Vorstellung, und es blieb niemandem lange verborgen, daß sie nicht bloß nicht verstand, was sie sagte, sondern daß es sie auch gar nicht interessierte. Ich glaube, sie hat in ihrem ganzen Leben kein Buch gelesen; ihre Kenntnisse des Weltgeschehens bezog sie aus dem flüchtigen Anschauen von Illustrierten. Ihre leidenschaftliche Liebe zur Musik war reiner Humbug. Als ich einmal mit ihr in ein Konzert ging, verschlief sie die ganze Fünfte Symphonie, um in der Pause zu meinem Entzücken anderen Zuhörern zu erklären, Beethoven wühle sie derart auf, daß sie sich ihm nur ungern aussetze; diese machtvollen Themen dröhnten ihr ständig im Kopf, und sie könne die ganze Nacht kein Auge schließen. Das wunderte mich nicht, denn sie hatte während des Konzerts so fest geschlummert, daß ihre Nachtruhe gestört sein mußte.

Aber ein Thema rief unfehlbar ihr Interesse wach, und sie ging ihm mit unermüdlicher Energie nach. Nichts konnte sie hindern, zu ihm zurückzukehren; keine Bemerkung war so entlegen, daß sie nicht als Hinleitung diente, und auf diesen kunstvollen Umwegen entwickelte sie eine Geschicklichkeit, die man ihr nie zugetraut hätte. Bei diesem Thema war sie witzig, lebhaft, philosophisch, tragisch und voll Phantasie, hier sprudelte sie über vor Einfällen, denn das Thema ließ sich unabsehbar weit ausbauen und unendlich variieren. Das Thema hieß: sie selbst. Ich spielte es ihr gleich zu und konnte mich dann auf passende Ausrufe beschränken. Sie war in Hochform. Wir aßen auf der Terrasse, und der Vollmond schien gefällig auf das Meer zu unseren Füßen. Die Natur stellte die ideale Kulisse, als wüßte sie, was sich bei diesem Anlaß gehörte. Die Aussicht begrenzten auf beiden Seiten hohe schwarze Zypressen, auf der Terrasse verströmten um uns herum die blühenden Orangenbäume ihren schweren Duft. Kein Lüftchen regte sich, die Kerzen auf dem Tisch brannten stetig und sanft. Dieses Licht stand La Falterona besonders gut. Sie saß zwischen uns, aß mit Appetit, sprach herzhaft dem Champagner zu und fühlte sich pudelwohl. Sie schaute kurz zum Mond empor. Auf dem Meer lag ein breiter Silberstreifen.

»Wie herrlich ist die Natur«, sagte sie. »Mein Gott, in welchen Dekorationen man doch spielen muß. Und dort soll man singen? Die Bühnenbilder in Covent Garden sind einfach eine Schande. Als ich das letztemal die Julia sang, machte ich mein weiteres Auftreten davon abhängig, daß sie den Mond verbesserten.«

Peter, ein stummer Zuhörer, verschlang ihre Worte. Sie bot noch mehr, als ich zu hoffen gewagt hatte; der Champagner und ihr eigener Redestrom stiegen ihr langsam zu Kopf. Sie machte uns glauben, die ganze Welt habe sich gegen eine schwache, fügsame Frau verschworen, und sie habe ihr Leben lang verzweifelt gegen widrigste Umstände angekämpft. Direktoren demütigten sie, Agenten betrogen sie, Intrigen der Kollegen sabotierten sie, gekaufte Kritiker verleumdeten sie, Liebhaber, denen sie das Letzte geopfert hatte, betrogen sie voll schwarzen Undanks; und doch besiegte sie alle mit ihrem begnadeten Talent und ihrem schlagfertigen Witz. Blitzenden Auges erzählte sie mit fröhlicher Begeisterung, wie sie alle Machenschaften durchkreuzte und wie elend alle jene Schufte zugrunde gingen, die sich ihr in den Weg stellten. Ich fragte mich, woher sie den Mut nahm, solche greulichen Geschichten zu erzählen, aber es war ihr überhaupt nicht bewußt, daß sie sich von der schlechtesten Seite zeigte: nachträgerisch und neidisch, stahlhart, unglaublich eitel, grausam, selbstsüchtig, ränkevoll und geldgierig. Gelegentlich warf ich Peter einen Blick zu, amüsiert über die Verwirrung, die er empfinden mußte, wenn er sein Ideal einer Primadonna mit der rüden Wirklichkeit verglich. La Falterona war herzlos. Als sie endlich ging, sagte ich lachend zu ihm: »Auf jeden Fall haben Sie brauchbares Material bekommen.«

»Sicher, und alles paßt so wunderbar zusammen«, antwortete er überschwenglich.

»Wirklich?« fragte ich verblüfft.

»Sie gleicht aufs Haar meiner Heldin. Sie wird mir nie glauben, daß ich die Figur schon so angelegt hatte, bevor ich sie kennenlernte.«

Ich starrte ihn erstaunt an.

»Diese Liebe zur Kunst! Diese Uneigennützigkeit! Sie besitzt den Seelenadel, den ich vor Augen hatte. Der kleinkarierte, schnüffelnde Plebs stellt ihr lauter Hindernisse in den Weg, aber sie fegt sie alle beiseite durch die Größe ihres Willens und die Reinheit ihrer Ziele.« Er lachte glücklich. »Ist es nicht großartig, wie Natur die Kunst nachahmt? Ich schwöre Ihnen, ich habe sie lebensecht getroffen.«

Ich wollte etwas erwidern, hielt mich aber zurück; irgendwie rührte er mich. Peter sah in ihr, was er sehen wollte, und etwas, das Schönheit nahekam, lebte in seinen Illusionen. Auf seine Art war er ein Dichter. Wir gingen zu Bett, und drei Tage darauf, als er eine Pension nach seinem Geschmack gefunden hatte, zog er aus.

Im Lauf der Zeit erschien sein Buch, das wie viele zweite Romane junger Autoren nur ein mäßiger Erfolg war. Die Kritik hatte seinen ersten Versuch überbewertet und zeigte sich nun unbillig streng. Natürlich macht es einen gewaltigen Unterschied, ob man einen Roman über sich und die von Kindesbeinen an vertraute Umwelt schreibt oder über der eigenen Phantasie entsprungene Figuren. Peters Buch war zu lang, seine hochbegabten Beschreibungen wucherten zu ungezügelt, der Humor war immer noch recht ordinär, aber die Epoche hatte er geschickt getroffen, und die Liebesgeschichte besaß jenes Feuer echter Leidenschaft, das mich an seinem Erstling so beeindruckt hatte.

Nach jenem Abendessen in meinem Haus sah ich La Falterona über ein Jahr lang nicht mehr. Sie machte eine lange Konzertreise durch Südamerika und kehrte erst Ende des Sommers an die Riviera zurück. Dann lud sie mich einmal zum Abendessen ein. Außer mir war nur noch ihre Sekretärin und Reisebegleiterin da, eine Engländerin namens Miss Glaser, die, obschon unentbehrlich, von La Falterona tyrannisiert und unterjocht, getreten und beleidigt wurde. Miss Glaser, eine verhärmte Fünfzigerin mit grauen Haaren und einem bleichen, runzligen Gesicht, war ein seltsames Geschöpf. Sie wußte schlechterdings alles über La Falterona und liebte und haßte sie zugleich. Hinter ihrem Rücken konnte sie sich herrlich über sie lustig machen, ich habe nie etwas Komischeres gehört als ihre Parodie ›Die große Sängerin und ihre Anbeter‹, aber sie sorgte für ihre Herrin wie eine Mutter. Sie brachte es, teils durch Schmeichelei, teils durch grobe Aufrichtigkeit, fertig, daß sich La Falterona gelegentlich wie ein Mensch aufführte. Und sie hatte die außerordentlich zurechtfrisierten Memoiren des Stars geschrieben.

La Falterona trug einen blaßblauen seidenen Hausanzug – sie liebte Seide – und, wohl um ihrem Haar eine Erholung zu gönnen, eine grüne Seidenperücke; außer ein paar Ringen, einer Perlenkette, einigen Armbändern und einer Diamantenbrosche an der Taille hatte sie auf Schmuck verzichtet. Ausführlich erzählte sie mir von ihren Triumphen in Südamerika; es nahm kein Ende. Noch nie war sie so gut bei Stimme gewesen, nie hatte sie solche Ovationen erlebt. Alle Konzerte waren ausverkauft, sie hatte ungeheuer verdient.

»Stimmt's oder stimmt's nicht, Glaser?« rief Maria mit starkem südamerikanischem Akzent.

»Im großen ganzen«, sagte Miss Glaser.

La Falterona hatte die fürchterliche Gewohnheit, ihre Vertraute mit dem Nachnamen anzureden, aber da sich das arme Wesen schon lange nicht mehr darüber aufregte, spielte es keine Rolle.

»Wie hieß doch der Mann, den wir in Buenos Aires trafen?«

»Welcher Mann?«

»Idiotin! Glaser, du weißt genau, wovon ich rede. Der Mann, mit dem ich einmal verheiratet war.«

»Pepe Zapata«, antwortete Glaser todernst.

»Er war pleite und besaß die Unverschämtheit, ein Diamantenhalsband von mir zurückzuverlangen, das er mir einmal geschenkt hatte. Es habe seiner Mutter gehört.«

»Es hätte dir nichts ausgemacht, es herzugeben«, sagte Miss Glaser. »Du trägst es nie.«

»Hergeben?« schrie La Falterona, und vor lauter Erstaunen sprach sie das akzentfreiste Englisch. »Hergeben? Du bist nicht bei Trost.«

Sie starrte Miss Glaser an, als erwarte sie in dieser Sekunde bei ihr einen Ausbruch akuten Wahnsinns, und erhob sich; das Essen war zu Ende.

»Gehen wir hinaus«, befahl sie. »Ohne meine Engelsgeduld wäre sie schon lange geflogen.«

La Falterona und ich setzten uns auf die Veranda, Miss Glaser blieb zurück. Im Garten stand eine wunderbare Zeder, deren dunkle Zweige sich vom sternhellen Himmel abhoben. Das Meer, das sich fast zu unseren Füßen ausbreitete, lag zauberhaft ruhig. Plötzlich fuhr La Falterona auf.

»Beinahe hätte ich's vergessen. Glaser, du Dummkopf«,

rief sie, »warum hast du mich nicht daran erinnert?« Und mich herrschte sie an: »Ich habe eine Wut auf dich!«

»Glücklicherweise fiel dir das erst nach dem Essen ein«, antwortete ich.

»Dieser Freund von dir mit seinem Buch.«

Zuerst begriff ich gar nicht, wovon sie sprach.

»Welcher Freund? Welches Buch?«

»Stell dich nicht so blöd. Dieser häßliche Knirps mit dem verschwitzten Gesicht und der traurigen Figur. Er schrieb ein Buch über mich.«

»Ach so! Peter Melrose. Aber der schrieb gar nicht über dich.«

»Doch, natürlich. Ich bin doch nicht dumm. Er war auch noch so frech und schickte es mir.«

»Hoffentlich hattest du so viel Anstand, dich zu bedanken.«

»Meinst du, ich hätte Zeit, mich für alle Bücher zu bedanken, mit denen mich die Hintertreppenliteraten bombardieren? Glaser wird ihm geschrieben haben. Du hattest kein Recht, mich zum Essen einzuladen und uns zusammenzuführen. Ich kam dir zuliebe, weil ich dachte, du mögest mich um meiner selbst willen; ich ahnte nicht, daß man mich bloß ausnützen wollte. Es ist schlimm, wenn die ältesten Freunde einen als Gentleman im Stich lassen. Nie mehr werde ich mit dir essen, solange ich lebe. Nie, nie, nie mehr.«

Sie steigerte sich in einen ihrer berühmten Koller hinein, darum unterbrach ich sie, bevor es zu spät war.

»Immer mit der Ruhe, meine Liebe«, sagte ich. »Die Sängerin in jenem Buch, auf die du wohl anspielst ...«

»Denkst du etwa, ich spiele auf die Putzfrau an?«

»Also gut, der Charakter der Sängerin war skizziert, ehe der Autor dich überhaupt sah, und gleicht dir kein bißchen.«

»Was heißt das: gleicht mir kein bißchen? Alle meine Freunde haben mich wiedererkannt. Es ist eindeutig ein Porträt.«

»Mary«, protestierte ich.

»Ich heiße Maria, und niemand weiß das besser als du, und wenn du mich nicht Maria nennen willst, rede mich bitte mit Madame Falterona oder Prinzessin an.«

Ich überging ihre Tirade.

»Hast du das Buch gelesen?«

»Natürlich. Nachdem jedermann sagte, es handle von mir.«

»Aber die Heldin, jene Primadonna, ist fünfundzwanzig.«

»Eine Frau wie ich hat kein Alter.«

»Sie ist musikalisch bis in die Fingerspitzen, sanft wie eine Taube und ein Wunder an Selbstlosigkeit. Sie ist offenherzig, treu und hilfsbereit. Siehst du dich so?«

»Und wie siehst *du* mich?«

»Stahlhart, grausam, eine geborene Intrigantin und ein Muster an Egozentrik.«

Sie titulierte mich mit einem Schimpfwort, das üblicherweise eine Dame einem Herrn nicht an den Kopf wirft, solange kein Anlaß besteht, die Abkunft dieses vielleicht tadelnswerten Herrn in Frage zu stellen. Obwohl ihre Augen blitzten, ärgerte sie sich keinesfalls – sie faßte meine Charakteristik als Kompliment auf.

»Und die Geschichte mit dem Smaragdring? Du kannst doch nicht leugnen, daß ich sie ihm erzählte?«

Mit dieser Geschichte verhielt es sich so: Der Kronprinz

eines mächtigen Staats war einmal unsterblich in La Falterona verliebt und hatte ihr einen hochwertvollen Smaragdring geschenkt. Eines Nachts zankten sie sich, harte Worte fielen, und als die Rede auf den Ring kam, zog sie ihn vom Finger und warf ihn in den brennenden Kamin. Der Kronprinz, ein rechter Knicker, stürzte mit einem Schrei des Entsetzens auf die Knie und räumte die Kohlen aus, bis er den Ring fand. La Falterona betrachtete ihn geringschätzig, wie er da auf dem Boden herumkroch. Sie gab selbst nicht gerne etwas her, aber Knausrigkeit bei anderen ertrug sie nicht. Sie beendete die Geschichte mit den klassischen Worten: »Danach *konnte* ich ihn nicht mehr lieben.«

Diese dankbare Anekdote hatte Peter gut gefallen, und er hatte sie ziemlich getreu übernommen.

»Ich habe sie euch beiden unter dem Siegel der Verschwiegenheit anvertraut, kein Mensch kannte sie zuvor. Es ist ein himmelschreiender Vertrauensbruch, daß er sie in seinem Roman verwendet hat, und nichts entschuldigt euch, weder ihn noch dich.«

»Aber ich war doch hundertmal dabei, als du die Geschichte zum besten gabst. Und Florence Montgomerie erzählte dasselbe von sich und dem Kronprinzen Rudolf – es war auch eine ihrer Lieblingsgeschichten. Und Lola Montez von sich und dem König von Bayern. Wahrscheinlich hat schon Nell Gwynn sie von sich und Charles II. verbreitet. Diese Geschichte gehört zum Märchenschatz der ganzen Welt.«

La Falterona war verblüfft, aber nur einen Moment.

»Ich finde es ganz normal, daß sie sich mehrmals ereignet hat. Frauen sind eben heißblütig und Männer Pfennigfuchser. Ich kann dir den Smaragd zeigen, wenn du willst. Natürlich mußte ich ihn neu fassen lassen.«

»Bei Lola Montez waren es Perlen«, sagte ich ironisch. »Sie haben ziemlich gelitten, glaube ich.«

»Perlen?« Sie schenkte mir ihr bezauberndes Lächeln. »Hast du je die Geschichte von Benjy Riesenbaum und den Perlen gehört? Du könntest daraus eine Novelle machen.«

Der millionenschwere Benjy Riesenbaum war lange Jahre La Falteronas ständiger Begleiter gewesen, und er hatte ihr auch die kleine Luxusvilla gekauft, in der wir eben saßen.

»In New York hat er mir eine sehr anständige Perlenkette geschenkt. Ich sang an der Met, und wir fuhren nach Schluß der Saison zusammen nach Europa zurück. Du kanntest ihn nicht, oder?«

»Nein.«

»Er war kein schlechter Typ, nur wahnsinnig eifersüchtig. Wir zerstritten uns auf dem Schiff, weil mir ein junger italienischer Offizier gewaltig den Hof machte. Weiß der Himmel, mit mir ist leicht auskommen, aber ich lasse mich nicht von einem Mann tyrannisieren. Meine Selbstachtung zählt schließlich auch. Ich rückte ihm den Kopf zurecht – du verstehst, was ich meine? –, und er schlug mir ins Gesicht. Auf Deck, ich bitte dich. Zugegeben, ich schnappte über vor Zorn: Ich riß mir die Kette vom Hals und schmiß sie ins Meer. ›Sie kostete fünfzigtausend Dollar‹, keuchte er und erbleichte, aber ich reckte mich zu meiner vollen Größe empor: ›Ich schätzte sie, weil ich dich liebte.‹ Dann drehte ich mich auf dem Absatz um.«

»Dummerchen«, sagte ich.

»Vierundzwanzig Stunden sprach ich kein Wort mit

ihm ... Dann fraß er mir aus der Hand. Als wir in Paris waren, stürzte er als erstes zu Cartier und kaufte mir eine neue, ebenso schöne Kette.«

Sie kicherte.

»Hast du ›Dummerchen‹ gesagt? Die echte Kette ließ ich doch in einem Banksafe in New York, ich wußte, daß ich für die nächste Saison zurückkehren würde. Ich habe eine Dublette in die Wellen geworfen.«

Sie lachte und lachte, so herzhaft und vergnügt wie ein Kind. Das war ein Gag ganz nach ihrem Sinn. Sie juchzte vor Vergnügen.

»Diese dummen Männer«, prustete sie. »Du hast wirklich geglaubt, ich schmeiße eine echte Perlenkette ins Meer?«

Und von neuem schüttete sie sich aus vor Lachen. Endlich faßte sie sich, aber sie war in Laune gekommen.

»Ich will singen. Glaser, begleite mich.«

Eine Stimme drang aus dem Salon.

»Sie können nicht singen, nachdem Sie sich den Bauch derart vollgeschlagen haben.«

»Halt's Maul, alte Kuh. Fang an.«

Statt einer Antwort spielte Miss Glaser gleich darauf die Eingangstakte eines Schumannlieds. Es strapazierte die Stimme nicht, und ich ahnte, daß Miss Glaser es nicht ohne Überlegung ausgewählt hatte. La Falterona begann mit halber Stimme, aber als sie die Töne klar und rein kommen hörte, hielt sie sich nicht mehr zurück. Als das Lied zu Ende war, herrschte Stille. Miss Glaser, der La Falteronas glänzende Form nicht entgangen war, fühlte, daß sie weitersingen wollte. Die Primadonna stand am Fenster, den Rücken dem erleuchteten Zimmer zugekehrt, und schaute aufs dunkel schimmernde Meer. Die Zeder hob sich anmutig vom Himmel ab. Die Nacht war lau und voll von Düften. Miss Glaser spielte einige Takte, und mich durchschauerte es. La Falterona stutzte, als sie die Musik erkannte; ich spürte, wie sie sich innerlich spannte.

Mild und leise wie er lächelt,
Wie das Auge hold er öffnet

Isoldes Liebestod. Sie hatte, aus Angst um ihre Stimme, nie eine Wagnerrolle übernommen, aber vermutlich dieses Stück häufig im Konzertsaal gesungen. Es störte nicht, daß jetzt statt eines Orchesters nur das dünne Klimpern eines Klaviers sie begleitete. Die überirdisch schöne Melodie schwebte durch die ruhige Luft hinaus übers Wasser. In dieser hochromantischen Umgebung, in dieser lieblichen Nacht war der Eindruck überwältigend. La Falteronas Stimme war immer noch köstlich, voll und glockenrein; sie sang so wunderbar, innig und zart, mit solch tragischem, ergreifendem Schmerz, daß mir das Herz in der Brust schmolz. Ein dicker Kloß steckte mir im Hals, als sie endete; ich sah, daß ihr Tränen übers Gesicht liefen. Mir war nicht nach Reden zumute. Sie stand still da und schaute auf das ewige Meer.

Eine merkwürdige Frau! In diesem Moment dachte ich, daß ich sie samt ihren unmenschlichen Fehlern, so wie sie war, dem Idealbild eines Peter Melrose vorzog, der in ihr den Ausbund aller Tugenden sah. Aber nun tadelt man mich wieder, ich hätte die Leute zu gern, die ein bißchen schlechter als erlaubt sind. Natürlich war sie ein Ekel, aber ein unwiderstehliches.

Aufgeklärt

Wenn Henry Garnet nachmittags sein Büro in der Londoner City geschlossen hatte, begab er sich in seinen Klub, um Bridge zu spielen, ehe er zum Abendessen nach Hause fuhr. Er war ein angenehmer und verläßlicher Partner, denn er beherrschte das Spiel; er holte aus seinen Karten das Beste heraus, verlor ohne Groll und schrieb seinen Erfolg lieber dem Glück als seiner Geschicklichkeit zu. Auch konnten alle Mitspieler damit rechnen, daß ihre Fehler von ihm nachsichtig entschuldigt wurden. So staunten seine Freunde nicht schlecht, als er diesmal seinen Partner mit unnötiger Schärfe anfuhr, er habe noch nie ein so hundsmiserables Spiel erlebt; und nicht genug damit, kurz darauf beging er selbst einen schwerwiegenden Fehler, den sie ihm nie zugetraut hätten. Sowie sein Partner es ihm mit einem Quentchen Schadenfreude unter die Nase rieb, brauste er hitzig auf und behauptete wider alle Vernunft, er sei völlig im Recht. Aber da er mit lauter alten Freunden spielte, nahm keiner seine schlechte Laune besonders ernst: Henry Garnet war Börsenmakler, Teilhaber einer angesehenen Firma, und wahrscheinlich bröckelten einige Werte ab, die ihn interessierten.

»Wie stehen die Aktien?« fragte einer aus der Runde.

»Steigen wie toll. Jeder Dummkopf scheffelt, was das Zeug hält.«

Offensichtlich bedrückten Henry Garnet weder Aktien

noch Obligationen, doch ebenso offensichtlich mußte etwas anderes los sein. Dabei war er gesund und so munter wie ein Fisch im Wasser, besaß eine Unmenge Geld und liebte seine Familie innig. Im allgemeinen strahlte er vor Vergnügen und lachte bereitwillig über die Witze während des Spiels, nur heute brütete er mit ärgerlich zusammengezogenen Brauen schweigend vor sich hin und ließ verdrossen die Mundwinkel hängen. Um die gespannte Atmosphäre aufzuheitern, schlug einer der Freunde Henry Garnets Lieblingsthema an, über das er sich immer gern verbreitete.

»Was macht dein Junge, Henry? Ich hörte, er hat sich beim Turnier recht gut geschlagen.«

Henry Garnet verdüsterte sich noch mehr.

»Nicht besser, als zu erwarten war.«

»Wann kommt er aus Monte Carlo zurück?«

»Seit gestern abend wieder da.«

»Hat es ihm dort gefallen?«

»Wahrscheinlich. Ich kann nur sagen, er hat sich völlig idiotisch benommen.«

»Wie denn?«

»Darüber möchte ich lieber nicht sprechen, seid mir bitte nicht böse.«

Die drei Männer schauten ihn neugierig an, doch Henry Garnet starrte finster auf den grünen Filz.

»Entschuldige. Du teilst aus.«

Sie spielten in gezwungenem Schweigen weiter, und als Garnet ein 3 Pik verlor, sagte keiner ein Wort. Sie begannen einen neuen Rubber, und Garnet paßte.

»Nichts da?« fragte ihn sein Partner.

Garnet war derart gereizt, daß er überhaupt keine Antwort gab; als er zum Schluß noch den Rubber verpatzte, konnte man aber von seinem Partner nicht verlangen, daß er so viel Zerstreutheit wortlos überging.

»Was ist denn los mit dir, Henry?« fragte er. »Du spielst wie ein Anfänger.«

Das saß. Mochte es Garnet nicht weiter stören, einen Rubber zu verlieren, so tat es ihm doch leid, daß der Partner für seinen Fehler zahlen mußte. Er riß sich zusammen.

»Ich laß lieber die Finger von den Karten. Ich dachte, so ein paar Rubber würden mich beruhigen, aber ich kann mich einfach nicht konzentrieren. Ehrlich, ich habe eine miserable Laune.«

Alle brachen in fröhliches Gelächter aus.

»Das brauchst du uns nicht erst zu sagen, das wissen wir bereits.«

Garnet lächelte ihnen reumütig zu.

»Euch wäre an meiner Stelle genauso zumute. Ich sitze scheußlich in der Klemme. Wenn mir einer von euch mit einem guten Rat weiterhelfen kann, wäre ich ihm ewig dankbar.«

»Wir bestellen noch etwas zu trinken, und dann bist du dran. Ein Kronanwalt, ein Beamter des Innenministeriums und ein berühmter Chirurg sollten doch einen Ausweg finden – sonst ist überhaupt nichts zu machen.«

Der Kronanwalt klingelte nach dem Ober.

»Es handelt sich um meinen gräßlichen Sohn«, seufzte Henry Garnet.

Die Getränke wurden gebracht, und er begann seine Geschichte.

Der besagte Sohn, sein einziger übrigens, hieß Nicholas

und wurde Nicky genannt. Er war achtzehn. Die Garnets besaßen zwar noch zwei Töchter von sechzehn und zwölf, doch im Widerspruch zur Volksweisheit, Väter hingen vor allem an den Mädchen, zog Henry ohne Zweifel seinen Sohn vor, obwohl er sich die größte Mühe gab, seine Schwäche zu verbergen. Seinen Töchtern gegenüber erwies er sich als netter, lustiger und etwas distanzierter Papa, der ihnen zum Geburtstag und an Weihnachten ein prächtiges Geschenk in die Hand drückte, doch Nicky vergötterte er, nichts war gut genug für seinen Liebling, und er konnte sich kaum an ihm satt sehen. Und man durfte es ihm nicht einmal verübeln, denn Nicky hätte jeden Vater mit heißem Stolz erfüllt. Ein Meter fünfundachtzig groß, fein gebaut, doch kräftig, mit breiten Schultern und schmalen Hüften, hielt er sich vornehm gerade; auf seinem Hals saß ein wohlgeformter Kopf mit hellbraunem, leicht gewelltem Haar, markanten Brauen und blauen Augen unter langen dunklen Wimpern. Er hatte einen vollen roten Mund, eine tadellose sonnengebräunte Haut und zeigte beim Lächeln eine Reihe regelmäßiger schneeweißer Zähne. Nicky war nicht schüchtern, doch er benahm sich in Gesellschaft mit gewinnender Bescheidenheit ungezwungen, höflich und vergnügt, ohne über die Stränge zu schlagen. Er war der Sprößling liebenswürdiger, gesunder und anständiger Eltern, er wurde in einem behaglichen Heim gut erzogen, auf eine gute Schule geschickt, und als Resultat stand ein selten geglücktes Exemplar eines jungen Mannes da. Und er war auch so rechtschaffen, offen und brav, wie er aussah. Keinen Augenblick hatte er seinen Eltern Kummer bereitet, als Kind war er selten krank, nie unartig, und tat stets, was man von ihm verlangte. Er brachte blendende Zeugnisse nach Hause, alle Kameraden mochten ihn gut leiden, und er verließ die Schule als Vorsitzender des Schülerrats und Kapitän der Fußballelf mit zahllosen Auszeichnungen. Und das war noch nicht alles. Mit vierzehn zeigte sich bei Nicky plötzlich eine Begabung für Tennis, ein Spiel, das sein Vater nicht nur liebte, sondern auch sehr gut beherrschte, weshalb er seinen Sohn förderte, sobald er sein vielversprechendes Talent erkannte. Während der Ferien ließ er ihn von den allerbesten Trainern unterrichten, und mit sechzehn hatte Nicky bereits mehrere Jugendturniere gewonnen. Er konnte jetzt seinen Vater so haushoch schlagen, daß diesen nur die elterliche Liebe mit dem armseligen Schauspiel versöhnte, das er abgab. Mit achtzehn begann Nicky sein Studium in Cambridge, und Henry Garnet hegte den Ehrgeiz, der Junge müsse in die Universitätsmannschaft, denn er besaß wirklich alle Gaben, um sich zu einem Tennis-As zu entwickeln. Er war groß und schnell, er erreichte auch entlegene Bälle, und sein vollendetes rhythmisches Gefühl versagte nie. Er wußte instinktiv, wo der Ball aufschlug, und stand bereit, scheinbar ohne die geringste Eile. Seinen kräftigen, heimtückisch geschnittenen Aufschlag nahm man nicht leicht an, und seiner flachen, langgezogenen, genauen Vorhand war niemand gewachsen. Dagegen fiel die Rückhand ab, und seine Flugbälle waren unkontrolliert geschlagen, doch bevor er nach Cambridge ging, hatte er mit dem ersten Trainer von England an seinen schwachen Seiten gearbeitet, ganz nach dem Wunsch von Henry Garnet, der insgeheim, ohne sogar Nicky ein Wort davon zu verraten, davon träumte, seinen Sohn einmal auf den Plätzen von Wimbledon zu sehen und, wer weiß, vielleicht auch als Vertreter Englands beim Davis-Cup. Ein dikker Kloß stieg Henry Garnet in die Kehle, wenn er sich vorstellte, wie sein Sohn übers Netz sprang, um dem soeben besiegten amerikanischen Champion unter dem donnernden Applaus des Publikums die Hand zu schütteln.

Als passionierter Wimbledon-Besucher ging Henry Garnet in Tenniskreisen aus und ein, und als er eines Abends bei einem Bankett neben einem solchen Tennisfreund, dem Oberst Brabazon, saß, lenkte er im richtigen Augenblick das Gespräch auf Nicky und dessen Chancen, in der kommenden Saison seine Universität zu vertreten.

»Warum lassen Sie ihn nicht beim Frühlingsturnier von Monte Carlo mitmachen?« fragte der Oberst plötzlich.

»Ich glaube nicht, daß er mit seinen achtzehn Jahren schon soweit ist, er studiert doch erst seit letztem Herbst. Gegen die Stars dort könnte er nichts ausrichten.«

»Austin und von Cramm würden ihn natürlich vom Platz fegen, aber zu einem oder zwei Spielen könnte es vielleicht doch reichen; und wenn er gegen kleinere Kaliber antritt, müßte er ohne weiteres zwei- bis dreimal gewinnen. Es wäre eine herrliche Gelegenheit für ihn, sich endlich einmal mit erstklassigen Leuten zu messen. Er lernt da viel mehr als bei diesen Provinzturnieren, zu denen Sie ihn bisher geschickt haben.«

»Das kommt gar nicht in Frage, er müßte ja mitten im Semester von Cambridge weg! Und ich habe ihm immer gepredigt, Tennis sei nur ein Sport und dürfe sein Studium nicht beeinträchtigen.«

Oberst Brabazon fragte Garnet, wann das Semester aufhöre.

»Ausgezeichnet! Da würde er bloß drei Tage versäumen, und das sollte sich doch machen lassen. Wir sind scheußlich in Verlegenheit, nachdem zwei Zusagen zurückgezogen wurden, und bekommen nur mit Mühe eine gute Mannschaft zusammen. Die Australier und die Amerikaner schicken ihre besten Leute.«

»Ausgeschlossen. Erstens spielt Nicky nicht gut genug, und zweitens ist er zu jung, um sich allein in Monte Carlo herumzutreiben. Wenn ich mitkönnte, wäre es etwas anderes, aber das steht nicht zur Debatte.«

»Ich bin auch dort als Betreuer der englischen Mannschaft und werde auf ihn aufpassen.«

»Bei Ihren vielen Pflichten möchte ich Ihnen nicht auch noch diese Verantwortung aufladen. Der Junge war noch nie im Ausland, und ich hätte keine ruhige Sekunde während seiner Abwesenheit.«

Man beließ es dabei, und Henry Garnet verabschiedete sich. Doch Oberst Brabazons Vorschlag hatte ihm derart geschmeichelt, daß er nicht umhin konnte, seiner Frau davon zu erzählen.

»Stell dir vor, so große Stücke hält er auf Nicky! Er sagte mir, er habe ihn spielen sehen und finde seinen Stil ausgezeichnet. Der Junge brauche nur etwas mehr Erfahrung, um in die allererste Klasse aufzusteigen. Du, wir werden ihn noch im Halbfinale von Wimbledon sehen!«

Zu seiner Überraschung wandte Mrs. Garnet weniger gegen den Monte-Carlo-Plan ein, als er erwartet hatte.

»Schließlich ist Nicky achtzehn und hat noch nie etwas angestellt. Ich sehe nicht ein, warum wir ihm in diesem Fall etwas Schlechtes zutrauen sollten.«

»Aber denk doch an sein Studium. Wir lassen schlechte Sitten einreißen, wenn wir ihn drei Tage vor Semesterende herausholen.«

»Was machen drei Tage schon aus? Es wäre jammerschade, ihm diese Chance zu verderben. Er wird im siebten Himmel sein, wenn du ihn fragst.«

»Das lasse ich schön bleiben. Ich habe ihn nicht nach Cambridge geschickt, damit er bloß Tennis spielt. Natürlich ist er vernünftig, aber man sollte ihm nicht die Versuchung zu Füßen legen. Er ist viel zu jung für Monte Carlo.«

»Du meinst, daß er gegen diese Profis nichts ausrichtet? Man weiß nie!«

Henry Garnet seufzte. Auf dem Heimweg war ihm im Auto plötzlich eingefallen, daß Austins Gesundheit nicht die allerbeste war und von Cramm in einer Formkrise steckte. Angenommen – man mußte schließlich die Sache von allen Seiten betrachten –, Nicky lächelte das Glück, dann könnte er zweifellos künftig in der Universitätsmannschaft spielen. Aber das waren alles Hirngespinste.

»Nein, nein. Ich bin dagegen, und dabei bleibt's.«

Mrs. Garnet schwieg, aber am nächsten Tag schrieb sie Nicky und berichtete von dem Vorschlag des Obersten und gab ihm einen Wink, was sie an seiner Stelle tun würde, um vom Vater die Erlaubnis zu erlangen. Ein oder zwei Tage später erhielt Henry Garnet Post von seinem Sohn. Nicky konnte sich vor Begeisterung kaum fassen. Nach einem Gespräch mit seinem Tutor, der selber Tennis spiele, und mit dem Vorsteher seines Colleges, der zufällig Oberst Brabazon kenne, sehe er keine Schwierigkeiten, das Semester abzukürzen, denn beide fänden es eine einzigartige Gelegenheit, die er nicht auslassen dürfe. Und was könne ihm schon passieren? Wenn sein Vater nur dieses eine Mal ein Auge zudrücken würde, dann verspreche er feierlich, im nächsten Semester wie verrückt zu büffeln. Es war ein ganz reizender Brief. Mrs. Garnet beobachtete ihren Mann über den Frühstückstisch hinweg, während er ihn las; sein Stirnrunzeln störte sie keineswegs. Er warf ihr das Blatt hin.

»Wie kommst du dazu, Nicky zu verraten, was ich dir im Vertrauen erzählt habe? Wirklich dumm von dir. Du hast ihn ganz durcheinandergebracht.«

»Das tut mir leid. Ich wollte ihm mit Oberst Brabazons Urteil nur eine Freude bereiten. Warum soll man bloß das Unangenehme weitersagen, das einem zugetragen wird? Natürlich habe ich ihm klargemacht, daß eine Fahrt nach Monte Carlo nicht in Frage kommt.«

»Du hast mich in eine entsetzlich schiefe Situation gebracht. Ich hasse es, wenn mich der Junge für einen Spielverderber und Familientyrannen hält.«

»Das wird er nicht. Er findet dich vielleicht altmodisch und ungerecht, aber er sieht gewiß ein, daß du zu seinem eigenen Besten so streng gegen ihn bist.«

»Himmel«, stöhnte Henry Garnet.

Seine Frau mußte sich das Lachen verbeißen, sie wußte, die Schlacht war gewonnen. Du liebe Güte, wie kinderleicht ließen sich doch die Männer am Gängelband führen! Um den Schein zu wahren, blieb Henry Garnet noch achtundvierzig Stunden lang hart, dann gab er nach, und vierzehn Tage später fuhr Nicky nach London. Er sollte am nächsten Morgen nach Monte Carlo abreisen, weshalb Henry nach dem Abendessen, als Mrs. Garnet und ihre ältere Tochter die beiden allein ließen, die Gelegenheit beim Schopf packte und mit seinem Sohn ein ernstes Wort redete.

»Mir ist nicht ganz wohl bei dem Gedanken, daß du dich in deinem Alter ohne Aufsicht an einem Ort wie Monte Carlo aufhältst«, schloß er, »aber das läßt sich nun einmal nicht ändern, und ich kann nur deiner Vernunft vertrauen. Ich möchte mich nicht als moralisierender Vater aufspielen, doch vor drei Gefahren muß ich dich warnen. Erstens: Glücksspiel – laß dich niemals darauf ein; zweitens: Geld – leih niemandem etwas; drittens: Frauen – Hände weg. Wenn du dich an diese drei Punkte hältst, so kann dir nicht viel passieren, darum merk sie dir gut.«

»In Ordnung, Vater«, versicherte Nicky mit einem Lächeln.

»Genug davon. Ich habe viel von der Welt gesehen; glaube mir, mein Rat ist wohlüberlegt.«

»Ich will ihn nicht vergessen, das verspreche ich dir!«

»Recht so. Doch nun wollen wir den Damen Gesellschaft leisten.«

Im Turnier von Monte Carlo schlug Nicky weder Austin noch von Cramm, aber er hielt sich wacker. Er gewann überraschend gegen einen Spanier und bedrängte einen Schweden härter, als allgemein erwartet wurde. Im gemischten Doppel drang er sogar bis zum Halbfinale vor. Er bezauberte alle mit seinem Charme und genoß die Tage in vollen Zügen. Jedermann pries sein vielversprechendes Talent, und Oberst Brabazon sagte ihm, sobald er etwas älter sei und häufiger gegen die erste Garnitur gespielt habe, werde er seinem Vater alle Ehre machen. Das Turnier ging zu Ende, und am Tag darauf sollte er nach London zurückfliegen. Um in

Form zu bleiben, hatte Nicky bisher sehr maßvoll gelebt, wenig geraucht, keinen Alkohol getrunken, sich beizeiten ins Bett gelegt, aber an seinem letzten Abend wollte er sich gerne das berühmte Nachtleben von Monte Carlo etwas ansehen. Nach dem offiziellen Bankett für die Turnierteilnehmer folgte er den anderen ins Casino. Er war zum erstenmal dort, und in den Sälen drängten sich die Leute, denn in Monte Carlo war Saison. Nicky, der Roulette nur von Filmen her kannte, blieb staunend beim ersten Tisch stehen. In scheinbar hoffnungslosem Wirrwarr lagen große und kleine Chips auf dem grünen Filz verstreut, der Croupier stieß die Scheibe energisch an und warf mit elegantem Schwung die winzige, weiße Kugel darauf. Nach einer kleinen Ewigkeit hörte die Kugel zu rollen auf, und weit ausholend rechte der zweite Croupier gleichgültig die Chips der Verlierer zusammen.

Dann schlenderte Nicky zu einem anderen Tisch, wo man Trente-et-quarante spielte, aber er begriff überhaupt nicht, worum es ging, und fand das Ganze langweilig. Im nächsten Saal stieß er auf eine dichte Menschenmenge und mischte sich darunter. Eine Partie Bakkarat war in vollem Gange, und er spürte sogleich die Spannung, die in der Luft lag. Die Spieler, von einem Messinggeländer gegen die andrängenden Zuschauer geschützt, saßen um einen Tisch, neun auf jeder Seite, in der Mitte der Pointeur, ihm gegenüber der Bankhalter. Große Summen gingen von Hand zu Hand. Nicky beobachtete das teilnahmslose Gesicht des Pointeurs mit den lauernden Augen und den starren Zügen, die weder Gewinn noch Verlust widerspiegelten – ein schreckliches, seltsam eindrucksvolles Bild. Nicky, zur Sparsamkeit erzogen, verschlug es glatt den Atem, als er sah, wie jemand hundert Pfund auf eine Karte setzte und sie mit einem Scherz lächelnd verlor. Es war alles furchtbar aufregend.

Ein Bekannter trat zu ihm.

»Glück gehabt?« fragte er.

»Ich habe nicht gespielt.«

»Sehr vernünftig. Alles fauler Zauber. Trinken wir etwas?«

»Gerne.«

Als sie zusammensaßen, erzählte Nicky, er sei zum erstenmal in einem Spielsaal.

»Oh, aber dann müssen Sie unbedingt ein Spielchen riskieren, bevor Sie abreisen. Es ist blödsinnig, in Monte Carlo zu sein und sein Glück nicht zu wagen. Was macht es Ihnen schon aus, hundert Francs zu verlieren?«

»Eigentlich nichts; aber mein Vater ließ mich nur ungern fahren und hat mir in seinem Drei-Punkte-Programm besonders eingeschärft, ja nicht zu spielen.«

Nachdem Nicky sich von seinem Bekannten verabschiedet hatte, zog es ihn doch wieder zu einem Roulettetisch. Eine Zeitlang schaute er zu, wie der Croupier die verlorenen Chips einstrich und ein paar Glücklichen ihren Gewinn zuschob. Es war wirklich toll, und sein Bekannter hatte recht, nur ein Trottel reiste, ohne einen einzigen Einsatz versucht zu haben, aus Monte Carlo ab. Er würde eine neue Erfahrung machen, und in seinem Alter mußte man Erfahrungen sammeln. Er bedachte, daß er seinem Vater nicht versprochen hatte, nie zu spielen, sondern bloß, sich seinen Rat zu merken. Das war schließlich nicht dasselbe, oder? Etwas befangen setzte er hundert Francs auf die Nummer achtzehn –

er war doch achtzehn Jahre alt. Das Herz klopfte ihm bis zum Hals, als er die Scheibe sausen sah, die weiße Kugel fuhr wie ein boshaftes Teufelchen herum, die Scheibe drehte sich langsamer, die weiße Kugel zögerte, drohte stillzustehen, dann rollte sie weiter. Nicky traute seinen Augen nicht, als sie in die Nummer achtzehn fiel. Man schob ihm einen großen Haufen Chips zu, die er mit zitternden Händen einsteckte; es schien ihm eine wahnsinnige Menge Geld. Vor lauter Verblüffung dachte er gar nicht daran, von neuem zu setzen, er wollte auch gar nicht mehr spielen, einmal genügte. Er war nicht schlecht überrascht, als nochmals achtzehn kam. Nur ein einziger Chip lag auf diesem Feld.

»Donnerwetter, Sie haben schon wieder gewonnen!« sagte der Mann hinter ihm.

»Ich? Ich habe doch gar nicht gesetzt?«

»Doch, doch. Ihren allerersten Chip. Den lassen sie immer liegen, wenn man ihn nicht ausdrücklich zurückverlangt. Wußten Sie das nicht?«

Zum zweitenmal schob man Nicky einen Berg Chips zu. Ihm schwindelte. Sein Gewinn belief sich auf siebentausend Francs. Ein merkwürdiger Machtrausch packte ihn, er kam sich rasend gescheit vor. Leichter ließ sich das Geld einfach nicht mehr verdienen. Sein offenes, freundliches Gesicht glänzte vor Seligkeit. Sein strahlender Blick begegnete den Augen einer Frau, die neben ihm stand. Sie lächelte.

»Sie sind in einer Glückssträhne.«

Sie sprach englisch, doch mit einem fremdländischen Akzent.

»Ich kann's noch gar nicht glauben. Ich spiele nämlich zum erstenmal.«

»Das erklärt alles. Würden Sie mir wohl tausend Francs leihen? Ich habe alles verspielt. In einer halben Stunde bekommen Sie Ihr Geld zurück.«

»Bitte.«

Sie nahm einen großen roten Chip von seinem Turm und verschwand mit einem »Danke«.

Der Mann, der ihn vorhin angesprochen hatte, brummte: »Die sehen Sie nie wieder.«

Nicky stand da wie ein begossener Pudel. Sein Vater hatte ihn doch eigens gewarnt: Leihe niemandem etwas! Und er gab blind sein Geld einem Geschöpf, das er noch nie im Leben gesehen hatte. Aber sein Herz floß eben über vor Nächstenliebe, so daß ihm ein Nein überhaupt nicht in den Sinn gekommen war, und es fiel ihm auch schwer, in diesem großen roten Chip einen greifbaren Wert zu sehen. Na ja, was war das schon, er besaß immer noch sechstausend Francs! Er würde jetzt noch ein- oder zweimal sein Glück versuchen und, wenn es schiefging, sich ins Hotel verziehen. Er setzte einen Chip auf sechzehn, weil seine eine Schwester sechzehn war, aber er hatte Pech, und ebenso mit zwölf, dem Alter der kleinen Schwester. Aufs Geratewohl probierte er ein paar andere Zahlen aus – erfolglos. Staunend sah er sich vom Glück verlassen. Noch ein einziges Mal wollte er es versuchen und dann aufhören – er gewann. Die Summe machte alle seine Verluste wett und übertraf sie sogar. Nach einer unruhigen Stunde voll dramatischer Spannung, wie er sie bisher nie erlebt hatte, türmten sich die Chips so hoch vor ihm auf, daß er sie kaum in seinen Taschen unterbringen konnte. Er beschloß zu gehen. Als der Mann am Wechselschalter zwanzig Tausend-Francs-Noten vor ihn hinblätterte, mußte Nicky nach Luft schnappen. So viel Geld hatte er in seinem ganzen Leben noch nicht besessen. Er stopfte es in seine Tasche und wandte sich zum Ausgang, als die Frau, der er die tausend Francs geliehen hatte, auf ihn zukam.

»Ich habe Sie überall verzweifelt gesucht«, sagte sie. »Ich meinte schon, Sie seien weg. Was hätten Sie nur von mir gedacht. Hier sind Ihre tausend Francs, vielen Dank.«

Nicky stieg das Blut bis zu den Haarwurzeln, er starrte sie verblüfft an. Wie hatte er sich in ihr getäuscht! Sein Vater hatte ihn gewarnt: Spiele nie – nun, er hatte trotzdem gespielt und zwanzigtausend Francs eingesackt; und sein Vater hatte gesagt: Leihe niemandem etwas – nun, er hatte trotzdem einer Unbekannten eine beträchtliche Summe geliehen und sie zurückerhalten. Er war kein solcher Kindskopf, wie sein Vater vermutete. Instinktiv hatte er gewußt, daß er dieser zierlichen Unbekannten das Geld ohne Risiko anvertrauen konnte. Aber er war derart fassungslos, daß die Frau lachen mußte.

»Was haben Sie denn?« fragte sie.

»Offen gestanden, ich rechnete eigentlich nicht damit, mein Geld wiederzusehen.«

»Für was halten Sie mich? Doch nicht für ein schlechtes Mädchen?«

Nicky stand mit rotem Kopf da.

»Nein, natürlich nicht.«

»Sehe ich etwa so aus?«

»Nicht die Spur.«

Sie trug ein unauffälliges schwarzes Kleid, das ihre anmutige schlanke Figur unterstrich, und eine goldene Kette. Sie besaß ein hübsches Gesicht, war gut frisiert und nicht übertrieben geschminkt. Nicky schätzte sie nur drei oder vier Jahre älter als sich. Freundlich lächelte sie ihn an.

»Mein Mann ist in Marokko bei der Verwaltung. Er meinte, als Abwechslung würden mir ein paar Wochen Monte Carlo guttun.«

»Ich wollte gerade gehen«, sagte Nicky, dem nichts anderes einfiel.

»Schon?«

»Ja, ich muß morgen früh aufstehen, um nach London zurückzufliegen.«

»Natürlich, das Turnier ging ja heute zu Ende. Ich schaute Ihnen zwei- oder dreimal zu.«

»Wirklich? Und ich sollte Ihnen aufgefallen sein?«

»Sie haben einen wunderbaren Stil, und ich fand Sie so süß in Ihren Shorts.«

Nicky war nicht allzu eingebildet, aber er fragte sich doch, ob sie ihn nur angepumpt hatte, um mit ihm anzubandeln.

»Waren Sie schon im ›Knickerbocker‹?« fragte sie ihn.

»Nein, noch nie.«

»Das müssen Sie aber kennenlernen, bevor Sie abreisen. Wir könnten dort ein bißchen tanzen. Um Ihnen die Wahrheit zu sagen, ich sterbe vor Hunger und hätte Lust auf Rührei mit Speck.«

Nicky dachte an den Rat seines Vaters: Hände weg von den Frauen, doch konnte das hier nicht gelten, der erste Blick sagte einem, daß dieses zierliche kleine Geschöpf durch und durch anständig war. Ihr Mann arbeitete in einer Behörde, die wohl dem öffentlichen Dienst in England entsprach, und seine Eltern zählten auch Regierungsbeamte zu ihren Freunden, die sie mit ihren Frauen manchmal zum Essen einluden. Diese Frauen waren zwar weder so jung noch so hübsch wie diese hier, aber als Dame nahm sie es mit allen auf. Und mit einem Gewinn von zwanzigtausend Francs in der Tasche schien ein bißchen Amüsement keine schlechte Idee.

»Ich komme schrecklich gern mit«, sagte er, »doch ich kann nicht lange bleiben. Ich habe im Hotel Anweisung gegeben, man soll mich morgen früh um sieben wecken.«

»Wir gehen, sobald Sie wollen.«

Nicky gefiel es prächtig im ›Knickerbocker‹. Er verspeiste hungrig Schinken und Ei und trank eine Flasche Champagner mit der zierlichen Unbekannten. Sie tanzten zusammen, und sie machte ihm das Kompliment, er tanze ausgezeichnet. Das war ihm nicht neu, und mit diesem federleichten Persönchen fiel es ihm schon gar nicht schwer. Sie lehnte ihre Wange an die seine, und als sich ihre Blicke trafen, glomm in ihren Augen ein Lächeln, das sein Herz höher schlagen ließ. Eine schwarze Frau sang mit dunkler sinnlicher Stimme. Die Tanzfläche war überfüllt.

»Hat man Ihnen schon einmal gesagt, daß Sie sehr, sehr gut aussehen?« fragte sie ihn.

»Ich glaube nicht«, meinte er lachend. ›Mensch‹, dachte er, ›die hat's erwischt.‹

Nicky war nicht so einfältig, sich seiner Wirkung auf das weibliche Geschlecht nicht bewußt zu sein, und als sie von seinem Äußeren sprach, zog er sie enger an sich. Sie schloß die Augen, und ihren Lippen entschlüpfte ein leichter Seufzer.

»Es wäre wohl nicht ganz das richtige, Ihnen vor allen Leuten einen Kuß zu geben«, sagte er.

»Was würden die von mir denken?«

Es wurde spät, und Nicky meinte, er müsse jetzt wirklich aufbrechen.

»Ich gehe auch«, sagte sie, »würden Sie mich bitte vor meinem Hotel absetzen?«

Nicky bezahlte die Rechnung, deren Höhe ihn einigermaßen erstaunte, aber mit all dem Geld in der Tasche konnte er es sich leisten, darüber hinwegzusehen. Sie stiegen in ein Taxi. Dort schmiegte sie sich dicht an ihn, und er küßte sie, was ihr anscheinend gefiel.

›Donnerwetter‹, dachte er, ›ob sich da etwas anspinnt?‹

Gewiß, sie war verheiratet, aber ihr Mann war in Marokko, und es machte ganz den Eindruck, als sei sie in ihn verschossen. Bis über beide Ohren. Und ebenso gewiß hatte ihn sein Vater gewarnt: Hände weg von den Frauen, aber Nicky überlegte wiederum, daß er seinem Vater nicht versprochen hatte, sich daran zu halten, sondern bloß, seinen Rat nicht zu vergessen. Das tat er ja auch nicht, gerade in diesem Augenblick erinnerte er sich getreulich. Doch andere Umstände, andere Gesetze. Sie war ein reizendes kleines Ding; warum sollte er so blöd sein, ein Abenteuer auszulassen, das man ihm auf dem Präsentierteller anbot? Als sie vor dem Hotel hielten, schickte er das Taxi fort.

»Ich gehe zu Fuß«, erklärte er, »die frische Luft wird mir guttun nach dem verqualmten Lokal.«

»Kommen Sie doch auf einen Augenblick nach oben«, sagte sie, »ich möchte Ihnen noch ein Bild von meinem kleinen Jungen zeigen.«

»Ach, Sie haben einen Sohn?« rief er verwirrt aus.

»Ja, einen süßen kleinen Jungen.«

Er stieg hinter ihr die Treppe hinauf, ohne die mindeste Lust, das Bild ihres Söhnchens zu betrachten. Aber es schien ihm dann doch höflich, ein gewisses Interesse zu heucheln. Er fürchtete, er habe sich danebenbenommen, und sie schleppe ihn nur deshalb zu dem Foto nach oben, um ihm diskret seinen Fauxpas vorzuhalten. Er hatte ihr nämlich seine achtzehn Jahre gestanden. Wahrscheinlich hält sie mich für ein Kind. Er wünschte nachgerade, er hätte in dem Nachtlokal nicht so viel für Champagner ausgegeben.

Aber sie zeigte ihm das Bild ihres kleinen Sohnes dann doch nicht. Kaum waren sie in ihrem Zimmer, drehte sie sich um, schlang die Arme um seinen Hals und küßte ihn auf den Mund. So leidenschaftlich war er in seinem ganzen Leben noch nie geküßt worden.

»Liebster«, flüsterte sie. Noch einmal schoß Nicky die väterliche Warnung durch den Kopf, dann vergaß er sie.

Nicky hatte einen leichten Schlaf und schreckte beim geringsten Geräusch hoch. Nach zwei oder drei Stunden wachte er auf und mußte sich erst besinnen, wo er sich befand. Es war nicht ganz dunkel, da die Tür des Badezimmers offenstand und dort noch Licht brannte. Plötzlich spürte er, daß sich jemand durchs Zimmer bewegte, und da fiel ihm alles wieder ein. Er sah, daß seine kleine Freundin aufgestanden war, und wollte sie eben ansprechen, als ihn ihr sonderbares Benehmen davon abhielt. Sie schlich behutsam durch das Zimmer, wie um ihn nicht zu wecken, ein- oder zweimal blieb sie sogar stehen und warf einen Blick auf sein Bett. Er fragte sich, was sie im Schilde führte. Er sollte es bald merken, als sie zu dem Stuhl ging, auf dem seine Kleider lagen, und noch einmal zu ihm herüberschaute. Sie wartete, wie ihm schien, eine Ewigkeit, und die Stille war so dicht, daß er seinen eigenen Herzschlag zu hören vermeinte. Dann hob sie langsam und lautlos sein Jackett hoch, schob ihre Hand in die Brusttasche und zog all die schönen Tausend-Francs-Scheine hervor, den ganzen Gewinn, auf den Nicky so stolz war. Sie legte das Jackett wieder hin und faltete ein paar andere Kleidungsstücke darüber, um jede Spur zu verwischen, dann stand sie mit dem Geldbündel in der Hand wiederum längere Zeit stockstill. Nicky hatte einer instinktiven Regung, aufzuspringen und sie zu packen, nicht nachgegeben. Teils lähmte ihn die Überraschung, teils der Gedanke, daß man in einem unbekannten Hotel in einem fremden Land tunlichst keinen Krach schlug. Sie blickte zu ihm herüber. Er hielt die Augen halb geschlossen, überzeugt, daß sie ihn schlafend wähnte. In der Stille mußte sie sein regelmäßiges Atmen hören. Als sie sich vergewissert hatte, daß er nicht aufgestört worden war, huschte sie auf leisen Sohlen quer durch das Zimmer. Nicky beobachtete sie nun mit weit aufgerissenen Augen. Beim Fenster stand auf einem Tischchen eine Zinerarie. Die Pflanze war offenbar nur lose in den Topf gesetzt, denn seine Geliebte hob sie am Stiel heraus und versenkte die Geldscheine auf den Grund des Blumentopfs, dann stopfte sie die Zinerarie wieder hinein. Ein wunderbarer Safe! Kein Mensch wäre auf die Idee gekommen, unter diesen üppigen Blüten ein Versteck zu vermuten. Sie drückte mit den Fingern die Erde noch etwas fest, machte sich dann langsam auf den Rückweg und schlüpfte wieder ins Bett.

»*Chéri*«, gurrte sie.

Nickys Brust hob und senkte sich ruhig, als ob er in tiefem Schlaf läge. Da drehte sich die kleine Frau auf die Seite, um einzuschlummern. Nicky verhielt sich zwar still, doch seine Gedanken arbeiteten fieberhaft. Er war rechtschaffen erbost über das, was er soeben mit eigenen Augen gesehen hatte, und sparte im Geiste nicht mit entsprechenden Ausdrücken.

›Dieses Flittchen! Die mit ihrem süßen kleinen Jungen und ihrem Mann in Marokko. Von wegen. Stiehlt, was das Zeug hält. Mich für so dumm zu verkaufen! Soll sich nur nicht einbilden, daß die Sache glattläuft. Die wird ihr blaues Wunder erleben!‹

Er hatte sich gut überlegt, was er mit dem so klug gewonnenen Geld anfangen wollte. Schon seit langem wünschte er sich einen eigenen Wagen und fand es ziemlich schäbig von seinem Vater, darauf nicht einzugehen – wer mochte auch dauernd in der Familienkutsche herumfahren! Jetzt wollte er dem alten Herrn eine Lehre erteilen und sich selber eine Kiste kaufen. Für zwanzigtausend Francs, also ungefähr zweihundert Pfund, bekam man einen sehr anständigen Gebrauchtwagen. Er war entschlossen, sein Geld zurückzuholen, er wußte nur noch nicht, wie. Krach mochte er, ein Fremder in einem unbekannten Hotel, wirklich nicht schlagen, denn dieses gemeine Weib konnte sehr wohl Komplizen herbeirufen, und wenn er sich auch vor einem ehrlichen Kampf nicht fürchtete, so würde er doch recht töricht vor einer Revolvermündung dastehen.

Und wie wollte er beweisen, daß das Geld ihm gehörte? Ließ sie es auf eine Kraftprobe ankommen und schwor hoch und heilig, die Scheine gehörten ihr, dann landete er mir nichts, dir nichts bei der Polizei. Er wußte wirklich nicht, was tun. An ihrem regelmäßigen Atmen hörte er, daß seine kleine Freundin schlief. Mit gutem Gewissen, da sie ihre Aufgabe fehlerlos erledigt hatte. Nicky ärgerte es nicht schlecht, daß sie so sanft neben ihm schlummerte, während er sich verzweifelt den Kopf zerbrach. Plötzlich kam ihm eine so einzigartige Idee, daß er nur unter Aufbietung all seiner Willenskraft nicht aus dem Bett sprang, um sie sogleich in die Tat umzusetzen. Ihr Spielchen konnten doch zwei spielen: Sie hatte ihm sein Geld gestohlen, er würde es zurückstehlen, und sie beide wären quitt. Er wollte mäuschenstill warten, bis dieses hinterlistige Frauenzimmer tief schlief. Ihm schien es, als wartete er eine Ewigkeit. Sie regte sich nicht. Ihr Atem ging so gleichmäßig wie der eines Kindes.

»Schatz«, murmelte er endlich.

Keine Antwort. Nichts. Kein Zucken. Sie war der Welt entrückt. Geräuschlos schlüpfte er langsam aus dem Bett, wobei er nach jeder Bewegung innehielt. Dann blieb er stehen und beobachtete sie. Sie atmete so ruhig wie zuvor. Während der Wartezeit hatte er sich sorgfältig die Anordnung der Möbel eingeprägt, damit er beim Durchqueren des Zimmers nicht krachend gegen einen Tisch oder einen Stuhl stieß. Nach ein paar behutsamen Schritten hielt er inne, dann wagte er wieder ein paar Schritte. In fünf langen Minuten arbeitete er sich bis zum Fenster vor, und dort wartete er von neuem. Da knackte das Bett – er fuhr zusammen, doch die Schläferin hatte sich nur umgedreht. Er zwang sich, bis hundert zu zählen. Sie schlief wie ein Murmeltier. Mit größter Sorgfalt hob er die Zinerarie an den Stengeln aus dem Topf und langte mit der anderen Hand hinein, sein Herz hämmerte wie toll, als er die Geldscheine berührte, er packte sie und zog sie langsam heraus. Dann setzte er die Pflanze wieder in den Topf, und nun war es an ihm, die Erde festzudrücken. Die ganze Zeit über behielt er das Bett wachsam im Auge, aber dort blieb alles ruhig. Nach einer vorsichtigen Pause schlich er auf Zehenspitzen zu dem Stuhl mit seinen Kleidern. Als erstes schob er das Geldbündel in die Tasche seines Jacketts, darauf kleidete er sich leise, leise an. Er brauchte eine gute Viertelstunde. Glücklicherweise hatte er zum Smoking ein weiches Hemd gewählt, das war einfacher anzuziehen als ein gestärktes. Er kämpfte mit seiner Krawatte, die er ohne Spiegel binden mußte, aber es war ihm schließlich egal, wie sie saß. Seine Stimmung stieg, das Ganze war doch eigentlich ein Mordsspaß. Endlich hatte er alles an bis auf die Schuhe, die er in die Hand nahm, da er erst im Flur hineinschlüpfen wollte. Jetzt mußte er noch die Tür auf der anderen Seite des Zimmers erreichen, und das gelang ihm so geräuschlos, daß es auch den leichtesten Schlaf nicht stören konnte. Aber er mußte die Tür aufschließen. Langsam drehte er den Schlüssel, er quietschte.

»Wer ist da?«

Die zierliche Unbekannte fuhr plötzlich auf. Nicky schlug das Herz bis zum Hals. Mit größter Anstrengung bewahrte er ruhig Blut.

»Ich bin's. Es ist sechs, und ich muß jetzt gehen. Ich wollte dich nicht wecken.«

»Ach so.«

Sie sank in die Kissen zurück.

»Wenn du schon wach bist, kann ich meine Schuhe auch hier anziehen.«

Er setzte sich dazu auf den Bettrand.

»Mach keinen Lärm beim Hinausgehen, das können sie im Hotel nicht leiden. Himmel, bin ich müde!«

»Schlaf nur schnell wieder ein.«

»Gib mir noch einen Kuß.« Er beugte sich zu ihr herab und küßte sie. »Du bist ein süßer Junge und ein wunderbarer Liebhaber. *Bon voyage.*«

Nicky fühlte sich erst sicher, als er das Hotel im Rücken hatte. Es dämmerte. Im Hafen lagen die Segelyachten und Fischerboote unter einem wolkenlosen Himmel ruhig auf spiegelglattem Wasser. Am Ufer rüsteten sich die Fischer für ihr Tagewerk. Die Straßen lagen verlassen. Nicky atmete tief die frische Morgenluft ein. Ihm war pudelwohl. Mit weit ausholenden Schritten ging er aufrecht bergan, an den Anlagen vor dem Casino vorbei – im klaren Morgenlicht schimmerten die taubenetzten Blumen herzerquickend – bis zu seinem Hotel. Hier hatte der Tag bereits begonnen. Eine Baskenmütze auf dem Kopf, ein Halstuch ins offene Hemd gesteckt, putzten die Hausdiener die Eingangshalle. In seinem Zimmer angelangt, ließ Nicky ein heißes Bad einlaufen. Während er sich wohlig in der Wanne ausstreckte, dachte er befriedigt, er sei doch kein solcher Einfaltspinsel, wie manche Leute vermuteten. Dann absolvierte er seine Morgengymnastik, zog sich an, packte und begab sich ins Frühstückszimmer hinunter. Er hatte einen Wolfshunger – ein englisches Frühstück mußte her. Er vertilgte eine Grapefruit, eine Portion Porridge, gebratenen Speck mit Spiegelei, ofenwarme, knusprige Brötchen, die ihm zart auf der Zunge zergingen, dazu drei Tassen Kaffee. War ihm schon vorher urbehaglich, fühlte er sich jetzt noch besser. Er zündete seine Pfeife an – seine neueste Errungenschaft –, bezahlte die Rechnung und stieg in den Autobus, der ihn zum Flugplatz von Cannes bringen sollte. Bis Nizza führte die Straße über die Hügel, unten lag das tiefblaue Meer, eingefaßt von der zarten Linie der Küste. Er fand es unheimlich schön. Dann fuhren sie durch das am frühen Morgen schon freundlich belebte Nizza und anschließend eine schnurgerade Straße das Meer entlang. Nicky hatte die Hotelrechnung mit dem Geld seines Vaters beglichen, nicht mit dem Gewinn vom Abend vorher. Tausend Francs war er im ›Knikkerbocker‹ losgeworden, doch dieses falsche Weib hatte ihm die geliehenen Francs zurückgegeben, so daß er immer noch zwanzig Tausend-Francs-Scheine in der Tasche hatte. Er mußte sie noch einmal ansehen, denn nachdem er sie um ein Haar verloren hatte, waren sie ihm doppelt teuer. Er fischte sie aus der Gesäßtasche seines Reiseanzugs, wo er sie sicherheitshalber verwahrt hatte, und zählte sie durch. Etwas Sonderbares war passiert. Statt der erwarteten zwanzig waren es sechsundzwanzig Scheine. Er begriff überhaupt nichts und zählte zweimal nach. Kein Zweifel, er besaß sechsundzwanzigtausend Francs anstelle der zwanzigtausend. Das konnte doch nicht sein. Er überlegte, ob er vielleicht im Casino mehr gewonnen hatte, als er in Erinnerung behielt? Nein, das war nicht möglich, er sah den Mann am Schalter deutlich vor sich, wie er ihm die Scheine in vier Reihen zu fünf Stück hinfächerte und er sie selber nachzählte. Plötzlich dämmerte ihm die Erklärung: Als er in den Blumentopf griff, hatte er alles Geld, das er dort liegen fühlte, genommen, die Zinerarie war die Sparbüchse dieses Luderchens, und er hatte nicht nur sein eigenes Geld, sondern auch ihre Ersparnisse herausgeholt. Nicky lehnte sich im Autobus zurück und brach in ein herzhaftes Gelächter aus. Das war der Witz seines Lebens. Und als er sich ausmalte, wie sie am Vormittag aufwachte, das so raffiniert verdiente Geld dem Blumentopf entnehmen wollte und feststellen mußte, daß nicht nur dieses, sondern auch ihre eigenen Moneten Beine bekommen hatten, lachte er noch mal so laut. Er konnte gar nichts für sie tun, da er weder ihren Namen noch den des Hotels wußte, er konnte ihr das Geld beim besten Willen nicht zurückgeben.

»Geschieht ihr ganz recht«, brummte er.

Diese Geschichte erzählte Henry Garnet seinen Freunden am Bridgetisch; am Abend vorher hatte Nicky sie ihm in epischer Breite geschildert, als die Damen der Familie die Herren mit dem Portwein allein ließen.

»Und wißt ihr, ich hätte mich grün ärgern können, wie er vor Selbstzufriedenheit aus allen Nähten platzte. Was hat er am Schluß zu mir gesagt? Da guckte er mich mit seinem unschuldigen Kinderblick an und sagte: ›Papa, an deinen Ratschlägen muß doch irgend etwas nicht gestimmt haben. Du hast mich gewarnt: Laß dich niemals aufs Glücksspiel ein, leihe niemandem etwas, Hände weg von den Frauen. Und ich hab beim Spiel eine Stange Geld gewonnen, das verliehende Geld zurückbekommen, und die Affäre mit der jungen Frau hat mir sechstausend Francs eingebracht.‹«

Es war kein Trost für Henry Garnet, daß seine drei Freunde wieherten.

»Ihr habt gut lachen, aber ich sitze scheußlich in der Klemme. Der Junge hat voller Respekt zu mir aufgeblickt, und meine Worte galten ihm wie das Evangelium, und jetzt hält er mich für einen senilen Schwätzer, das sah ich seinen Augen an. Ich kann lang sagen, eine Schwalbe macht noch keinen Sommer, er begreift einfach nicht, daß alles nur Zufall war und daß er sich auf sein geschicktes Händchen nichts einzubilden braucht. Die ganze Sache wird ihn noch zugrunde richten.«

»Du stehst aber auch ein bißchen wie ein Trottel da«, meinte der eine, »das läßt sich nicht leugnen, oder?«

»Ich weiß, ich weiß, und das bedrückt mich ja auch so. Es ist alles abscheulich ungerecht. Das Schicksal darf einen nicht derart hereinlegen. Mein Rat war nämlich gut, das müßt ihr zugeben.«

»Sehr gut.«

»Dieser Bengel hätte sich die Finger verbrennen müssen. Aber das ist nicht geschehen. Nun helft mir aus der Klemme, ihr mit eurer Lebenserfahrung.«

Doch keiner konnte ihm helfen.

»Hör mal, Henry, an deiner Stelle würde ich mich nicht weiter aufregen«, sagte der Kronanwalt, »ich glaube, der Junge ist unter einem glücklichen Stern geboren, und das ist auf die Dauer mehr wert als Geld und Geist.«

Gigolo und Gigolette

Die Bar war voll. Nach mehreren Cocktails wurde Sandy Westcott allmählich hungrig und schaute auf seine Armbanduhr. Für halb zehn hatte ihn Eva Barrett zum Essen eingeladen, und nun war es beinahe zehn. Aber sie kam immer zu spät, und er konnte sich glücklich schätzen, wenn er um halb elf etwas zu essen bekam. Als er eben beim Barmann noch einen Cocktail bestellen wollte, entdeckte er neben sich einen neuen Gast.

»Hallo, Cotman«, rief er, »wie wär's mit einem Drink?«

»Gerne, Sir.«

Cotman war ungefähr dreißig Jahre alt, klein, doch so wohlproportioniert, daß es nicht auffiel, und sah sehr sympathisch aus. Sein hocheleganter zweireihiger Smoking markierte ein bißchen zu deutlich die Taille, seine Fliege war erheblich zu groß. Er hatte einen dichten Schopf schwarzer glänzender Locken, die er von der Stirn glatt zurückbürstete, und schöne feurige Augen. Er sprach sehr kultiviert, aber mit Cockney-Akzent.

»Wie geht's Stella?« erkundigte sich Sandy.

»Gut. Sie hat sich noch etwas hingelegt vor ihrer Nummer, wie immer. Sie sagt, das beruhigt ihre Nerven.«

»Ich würde ihren Mut nicht für tausend Pfund aufbringen.«

»Das glaube ich. Das macht ihr keiner nach, aus dieser

Höhe, meine ich, bei einer Wassertiefe von bloß ein Meter fünfzig.«

»So viel Herzklopfen habe ich noch bei keiner Vorführung gehabt.«

Cotman lachte kurz, er faßte Sandys Bemerkung als Kompliment auf. Natürlich riskierte Stella, seine Frau, bei ihrer sensationellen Nummer Kopf und Kragen, aber ihm war der publikumswirksame Einfall mit den Flammen gekommen, dem sie ihren Erfolg verdankte.

Von zwanzig Meter Höhe sprang Stella also in ein anderthalb Meter tiefes Bassin. Kurz vorher wurde die Wasseroberfläche mit Benzin übergossen, er zündete es an, die Flammen schossen empor, und sie stürzte sich mitten hinein.

»Paco Espinel meint, es sei der tollste Erfolg, seit das Casino existiert«, fuhr Sandy fort.

»Ja. Er erzählte mir, sie hätten im Juli so viele Gedecke serviert wie sonst nur im August. ›Und das ist Ihr Verdienst‹, hat er zu mir gesagt.«

»Hoffentlich bringt es Ihnen auch etwas ein.«

»Nicht gerade viel. Wir stehen unter Vertrag und ahnten natürlich nicht, daß unsere Nummer derart einschlägt. Doch Mr. Espinel möchte uns auch nächsten Monat buchen, und ich kann Ihnen flüstern: Zu solchen oder ähnlichen Bedingungen kriegt er uns nicht mehr. Erst heute morgen hat mir ein Agent geschrieben, er habe ein Angebot für uns in Deauville.«

»Da kommen meine Leute«, sagte Sandy und nickte Cotman zum Abschied zu. Eva Barrett rauschte mit ihren Gästen herein, die sie bereits unten um sich versammelt hatte, alles in allem acht Personen.

»Ich dachte mir, daß wir dich hier finden würden«, begrüßte sie Sandy. »Ich habe mich doch nicht verspätet?«

»Nur eine halbe Stunde.«

»Kümmere dich doch um die Cocktails, dann wollen wir essen.«

Während sie noch an der fast leeren Bar standen – die meisten Gäste hatten sich zum Dinner auf die Terrasse begeben –, kam Paco Espinel vorbei, blieb stehen und reichte Eva Barrett die Hand. Paco Espinel, ein junger Argentinier, der sein Geld verjubelt hatte, verdiente jetzt seinen Lebensunterhalt im Casino, indem er die artistischen Einlagen betreute. Auch gehörte es zu seinen Berufspflichten, reiche und berühmte Gäste zu hofieren. Zum Beispiel jene Mrs. Chaloner Barrett, eine steinreiche amerikanische Witwe, die nicht nur teure Einladungen gab, sondern auch besessen Roulette spielte. Im Grunde waren die Menüs mit den zwei Vorstellungen nämlich nur dazu da, um die Leute an die Spieltische zu locken, wo sie ihr Geld loswurden.

»Paco, Sie haben mir doch einen guten Tisch reserviert?« fragte Eva Barrett.

»Den besten.« Seine schönen dunklen argentinischen Augen ließen Bewunderung für Mrs. Barretts üppige alternde Reize erkennen. Das gehörte mit zum Beruf. »Haben Sie Stella schon gesehen?«

»Natürlich. Dreimal. Schauderhaft aufregend das Ganze.«

»Sandy schaut sich's jeden Abend an.«

»Ich will bei ihrem Todessprung dabeisein. Sie muß sich doch bald das Genick brechen, und das möchte ich auf keinen Fall verpassen.«

Paco lachte.

»Sie hat einen Riesenerfolg, darum wollen wir noch einen Monat verlängern. Bis Ende August sollte sie nach Möglichkeit am Leben bleiben, nachher kann sie von mir aus machen, was sie will.«

»Himmel, muß ich denn bis Ende August jeden Abend Forelle und Brathähnchen essen?« stöhnte Sandy.

»Du bist ein Ekel«, schalt Eva Barrett. »Gehn wir zu Tisch, ich komme um vor Hunger.«

Paco Espinel erkundigte sich beim Barmann, ob er Cotman gesehen habe. »Ja, eben noch bei einem Drink mit Mr. Westcott.«

»Wenn er wieder aufkreuzt, richten Sie ihm bitte aus, ich möchte ihn sprechen.«

Oben an der Treppe zur Terrasse blieb Mrs. Barrett stehen, um der kleinen, verhärmten, schlecht frisierten Reporterin Zeit zu geben, mit ihrem Notizbuch die Stufen heraufzuhasten. Sandy flüsterte ihr die Namen der Gäste zu, die an dieser typischen Riviera-Party teilnahmen: Da war ein englischer Lord mit seiner Gemahlin, ein riesengroßes, spindeldürres Paar. Sie dinierten noch so gerne mit jedem, der ihnen das Essen zahlte, und man konnte sich darauf verlassen, daß sie noch vor Mitternacht sternhagelvoll wären. Des weiteren eine hagere Schottin mit einem Gesicht wie eine peruanische Maske, über welche die Stürme eines Jahrtausends hinweggebraust waren, und ihr Mann, ein Engländer, von Beruf Makler, ein jovialer Schwindler mit militärischem Gehabe. Er wirkte derart redlich, daß man ihn mehr bedauerte als sich selber, wenn das als besonderer Gunstbeweis verkaufte Grundstück ein Reinfall war. Dann eine italienische Gräfin, die weder Gräfin noch italienisch war, doch wundervoll Bridge spielte, und ein russischer Fürst, der, seinen heiratslustigen Sinn auf Mrs. Barrett gerichtet, vorläufig mit Champagner, Autos und alten Meistern handelte. Es wurde getanzt, und Mrs. Barrett, die warten mußte, überblickte das wogende Gewimmel mit einem bei ihrer kurzen Oberlippe betont verächtlichen Ausdruck. Wie bei allen Gala-Abenden hatte man die Tische eng zusammengerückt. Vor der Terrasse lag schweigend das Meer. Als der Tango zu Ende war, näherte sich freundlich lächelnd der Oberkellner, um Mrs. Barrett an ihren Tisch zu führen. Majestätisch schwebte sie die Treppe herab.

»Wir werden Stella von hier aus gut sehen«, bemerkte sie, als sie Platz nahm.

»Darf ich neben dem Bassin sitzen?« bat Sandy. »Ich möchte ihr Gesicht beobachten.«

»Ist sie hübsch?« fragte die Gräfin.

»Mich interessiert bloß der Ausdruck ihrer Augen. Sie stirbt vor Angst bei jedem Sprung.«

»Was denn!« posaunte der Makler, ein Oberst Goodhart, der seinen Titel auf höchst geheimnisvolle Weise erworben hatte. »Alles ein blödsinniger Trick. Völlig ungefährlich. Ist doch klar.«

»Haben Sie eine Ahnung! Bei einem Kopfsprung von der Höhe in dieses winzige Becken muß sich Stella blitzschnell drehen, sobald sie das Wasser berührt. Wenn sie den richtigen Moment verpaßt, schlägt sie mit dem Kopf auf dem Grund auf und bricht sich das Genick.«

»Natürlich, Sandy, ein Trick«, sagte der Oberst, »wir sind uns ganz einig.«

»Aber wenn es nicht gefährlich ist, ist ja gar nichts dran«, warf Eva Barrett ein. »Die Nummer rauscht in einer Minute vorüber. Wenn Stella nicht mit dem Tod spielt, ist sie die größte Betrügerin unserer Zeit. Wir können doch unmöglich Abend für Abend hier sitzen und uns einen Schwindel vorsetzen lassen.«

»Das ist der Welt Lauf, glauben Sie mir!«

»Sie müssen es ja wissen«, bemerkte Sandy.

Sollte dem Oberst die verborgene Spitze überhaupt aufgefallen sein, ging er sehr geschickt darüber hinweg.

»Ich habe so meine Erfahrungen«, gab er lachend zu, »und halte meine Augen offen. Mir kann man so schnell nichts vormachen.«

Das Bassin befand sich auf der linken Seite der Terrasse, dahinter ragte eine unendlich hohe, von Stangen gestützte Leiter empor, die zu einer winzigen Plattform führte. Nach zwei oder drei Tänzen – Eva Barretts Gäste genossen gerade den Spargel – verstummte die Kapelle, die Lichter erloschen, ein Scheinwerfer richtete sich auf das Bassin, und in der strahlenden Helle lief Cotman die sechs Stufen bis zum Bassinrand hinauf.

»Meine Damen und Herren«, begrüßte er mit schallender Stimme das Publikum, »in wenigen Sekunden sehen Sie den Star des Jahrhunderts, Madame Stella. Madame Stella, die berühmteste Kunstspringerin der Welt, wird sich aus einer Höhe von zwanzig Metern in ein Flammenmeer von nur anderthalb Meter Tiefe stürzen. So etwas ist noch nie dagewesen, und Madame Stella bietet jedem von Ihnen hundert Pfund, der diesen Sprung wagt. Meine Damen und Herren, ich habe die Ehre, Ihnen Madame Stella vorzustellen.«

Oben an der Treppe erschien eine schmächtige Gestalt,

eilte über die Terrasse zum Bassin und verneigte sich vor dem Applaus der Menge. Sie trug einen seidenen Männerbademantel und eine Bademütze, das schmale Gesicht hatte sie wie für die Bühne geschminkt. Die italienische Gräfin betrachtete sie durch ihr Lorgnon.

»Gar nicht hübsch«, stellte sie fest.

»Aber eine gute Figur«, sagte Eva Barrett, »warten Sie nur.«

Stella ließ den Mantel von den Schultern gleiten und warf ihn Cotman zu, der die Stufen herabstieg. Einen Augenblick schaute sie regungslos ins Publikum, auf die im Dunkeln undeutlich schimmernden Gesichter und die weißen Hemdbrüste. Klein, zierlich, mit langen Beinen und schmalen Hüften stand sie in ihrem engen Badeanzug da.

»Das mit der Figur stimmt, Eva«, bemerkte der Oberst. »Ein bißchen unterentwickelt, aber ihr Frauen findet das ja chic.«

Stella kletterte die Leiter hinauf, und das Licht des Scheinwerfers wanderte mit – höher und immer höher. Ein Assistent goß Benzin auf das Wasser und reichte Cotman die brennende Fackel. Sobald Stella auf der Plattform stand, rief er: »Fertig?«

»Ja.«

»Los!«

Zugleich senkte Cotman die brennende Fackel ins Wasser, und die Flammen loderten gefährlich empor. In diesem Augenblick sprang Stella. Wie ein Blitz schoß sie in das Wasser, sogleich erlosch das Feuer. Eine Sekunde später tauchte sie auf und schwang sich unter dem tosenden Applaus des Publikums aus dem Bassin. Cotman hüllte sie in ihren Bademantel. Sie verneigte sich nach allen Seiten, doch der Beifallssturm wollte nicht abebben. Die Kapelle setzte ein. Noch einmal winkte Stella, dann huschte sie die Stufen hinab und zwischen den Tischen hindurch zur Tür. Die Lichter flammten auf, und eilig widmeten sich die Kellner von neuem ihren Pflichten.

Sandy Westcott seufzte, ob vor Enttäuschung oder Erleichterung, wußte er selber nicht.

»Eine Klasse für sich«, sagte der englische Lord.

»Ein billiger Trick, mehr nicht«, beharrte starrköpfig der Oberst, »da gehe ich jede Wette ein.«

»Es geht viel zu schnell vorbei«, bemängelte die Gemahlin des Lords, »man bekommt kaum etwas für sein Geld.«

Immerhin war es nicht ihr Geld – das war es nie. Die italienische Gräfin, die fließend Englisch sprach, wenn auch mit starkem Akzent, beugte sich vor.

»Liebste Eva, kennen Sie dieses merkwürdige Paar an dem Tisch zwischen Tür und Balkon?«

»Urkomisch, nicht?« sagte Sandy. »Ich muß die beiden auch dauernd anschauen.«

Eva Barrett sah zu dem von der Gräfin bezeichneten Tisch hinüber, und der Fürst, der ihm den Rücken zuwandte, drehte sich ungeniert um.

»Ist das die Möglichkeit!« rief Eva. »Ich muß sofort Angelo fragen.«

Mrs. Barrett gehörte zu den Frauen, die in allen vornehmen Restaurants Europas den Oberkellner beim Vornamen kannten.

Dem Kellner, der soeben ihr Glas nachfüllte, trug sie auf, Angelo zu ihr zu schicken.

Das Paar, das für sich allein an einem Tischchen saß, fiel wirklich auf. Der Mann war groß und dick und hatte eine prächtige weiße Mähne, buschige weiße Augenbrauen und einen stattlichen weißen Schnurrbart – ganz der verstorbene König Umberto von Italien, nur sehr viel königlicher. Kerzengerade saß er da in seinem Frack mit weißem Binder und einem seit gut dreißig Jahren aus der Mode gekommenen Kragen. Ihn begleitete eine kleine alte Dame in einem schwarzen Abendkleid aus Taft mit riesigem Dekolleté und enger Taille. Um ihren Hals hing eine mehrreihige falsche Perlenkette, auf dem Kopf thronte, deutlich erkennbar, eine schlecht sitzende Perücke mit kunstvoll aufgetürmten rabenschwarzen Locken. Und wie knallig war sie geschminkt: die Schatten unter den Augen und auf den Lidern tiefblau, dick schwarz die Brauen, auf den Wangen zwei große rosarote Flecken, die Lippen scharlachrot. Aus ihrem verschrumpelten Gesichtchen musterten große kecke Augen munter Tisch um Tisch und sahen überall Bemerkenswertes, so daß sie die ganze Zeit über ihren Mann eifrig auf irgend etwas hinweisen mußte. Inmitten des eleganten Publikums – die Herren trugen Smoking, die Damen pastellfarbene Sommerkleider – zogen die zwei seltsamen Vögel viele Blicke auf sich. Das schien die alte Dame aber nicht weiter zu stören, sie begegnete der allgemeinen Neugier mit neckisch emporgezogenen Brauen, rollenden Augen und geschmeicheltem Lächeln – fast als wolle sie sich beim Publikum für seinen Applaus bedanken.

Eilig näherte sich Angelo Mrs. Barrett, dieser wichtigen Kundin des Casinos. »Sie wollten mich sprechen, Mylady?«

»O Angelo, wir möchten fürs Leben gern wissen, was für

herrlich verrückte Leute dort am Tisch neben der Tür sitzen.«

Angelo warf einen Blick hinüber, und Mißbilligung breitete sich über seine Züge. Sein Gesicht, sein Schulterzucken, sein gekrümmter Rücken, die Hände, wahrscheinlich sogar die eingerollten Zehen baten halb scherzhaft um Entschuldigung.

»Bitte übersehen Sie die beiden, Mylady.«

Natürlich wußte er, daß Mrs. Barrett dieser Titel nicht zukam, daß die italienische Gräfin weder italienisch noch Gräfin war, daß der englische Lord nie freiwillig einen Drink zahlte, aber er wußte auch, daß ihr diese Anrede gefiel. »Als ehemalige Artisten wollten sie unbedingt Madame Stellas Nummer sehen und baten mich um einen Tisch. Gewiß, sie passen nicht recht hierher, aber ich brachte es nicht übers Herz, ihnen ihre Bitte abzuschlagen.«

»Die beiden sind rasend originell, ich finde sie wundervoll.«

»Ich kenne sie seit vielen Jahren, er ist ein Landsmann von mir.« Der Oberkellner lachte herablassend. »Sie erhielten ihren Tisch unter der Bedingung, keinesfalls zu tanzen. Ich wollte nichts riskieren, Mylady.«

»Wie schade, ich hätte ihnen zu gern zugeschaut.«

»Alles hat seine Grenzen, Mylady«, bemerkte Angelo ernst. Er verbeugte sich mit einem Lächeln und ging.

»Seht her«, rief Sandy, »die beiden brechen auf.«

Die komischen Alten bezahlten soeben die Rechnung, dann stand der Mann auf und legte seiner Frau eine üppige, allerdings nicht mehr ganz saubere Federboa um. Sie erhob sich, er reichte ihr den Arm, und sie trippelte neben ihm dem

Ausgang zu. Ihr schwarzes Abendkleid endete in einer langen Schleppe, die Eva Barrett trotz ihrer gut fünfzig Jahre zu einem Kichern hinriß. »Unglaublich! Meine Mutter trug so ein Kleid, als ich noch zur Schule ging.«

Arm in Arm schritt das wunderliche Paar durch die hohen Säle des Casinos zur Eingangshalle, dort wandte sich der Alte an einen Portier.

»Würden Sie uns bitte zur Künstlergarderobe führen, wir möchten Madame Stella unsere Aufwartung machen.«

Der Portier musterte sie abschätzend: Bei den beiden zahlte sich Höflichkeit nicht aus.

»Dort treffen Sie sie nicht an.«

»Ist sie schon weg? Um zwei sollte doch noch eine Vorstellung stattfinden.«

»Gewiß. Vielleicht sind sie in der Bar.«

»Uns fällt keine Perle aus der Krone, wenn wir da mal nachsehen, Carlo«, meinte die alte Dame.

»Recht so!« stimmte er mit rollendem R zu.

Langsam stiegen sie die breite Treppe zur Bar hinauf. Niemand war dort außer dem zweiten Barmann und einem Paar, das sich auf die Sessel in der Ecke zurückgezogen hatte. Die alte Dame ließ den Arm ihres Mannes los, mit ausgestreckten Händen eilte sie auf Stella zu.

»Wie geht's dir denn, Mädchen? Ich mußte einfach herkommen und dir gratulieren, ich bin doch Engländerin wie du, und dazu im gleichen Beruf. Deine Nummer ist großartig und verdient ihren Erfolg.« Sie wandte sich Cotman zu. »Ist das dein Gatte?«

Stella erhob sich mit einem schüchternen Lächeln, leicht verwirrt von dem Redestrom der alten Dame.

»Ja, das ist Syd.«

»Angenehm«, murmelte er.

»Und hier ist meiner«, trompetete die alte Dame und versetzte dem großen weißhaarigen Mann an ihrer Seite einen Puff mit dem Ellbogen. »Mr. Penezzi, eigentlich ein Graf, und ich bin eine richtige Gräfin Penezzi, aber als wir die Künstlerlaufbahn aufgaben, verzichteten wir auf den Titel.«

»Trinken Sie etwas mit uns?« fragte Cotman.

»Nein, wir laden euch ein«, bestimmte Mrs. Penezzi und sank in einen Sessel. »Carlo, bestell mal.«

Der Barmann kam, und nach einigem Hin und Her entschloß man sich zu drei Flaschen Bier. Stella wollte nichts.

»Vor der zweiten Vorstellung nimmt sie nie etwas zu sich«, erklärte Cotman.

Stella war nicht eigentlich hübsch, doch sie hatte klare, feine Züge, graue Augen, kurzgeschnittene hellbraune Locken und einen blassen Teint. Ihre Lippen waren geschminkt, doch auf den Wangen lag nur wenig Rouge. Sie trug ein schlichtes Abendkleid aus weißer Seide. Als das Bier gebracht worden war, tat Mr. Penezzi, offensichtlich kein Freund von vielen Worten, einen gewaltigen Zug.

»Was war denn eure Spezialität?« erkundigte sich Syd Cotman höflich.

Mrs. Penezzi blitzte ihn mit rollenden schwarzumränderten Augen an und wandte sich an ihren Mann.

»Carlo, sag ihnen, wer ich bin.«

»Die menschliche Kanonenkugel«, verkündete er.

Mit strahlendem Lächeln und einem schnellen Vogelblick schaute Mrs. Penezzi von einem zum andern. Die beiden starrten sie unglücklich an.

»Flora«, sagte sie, »die menschliche Kanonenkugel.«

Vor ihrer felsenfesten Überzeugung, tiefen Eindruck zu machen, saßen die beiden hilflos da. Stella warf Syd einen verlegenen Blick zu, und er griff ein.

»Das muß vor unserer Zeit gewesen sein.«

»Natürlich. Wir sind seit dem Todesjahr der Königin Victoria nicht mehr aufgetreten, unser Entschluß hat damals schrecklich viel Staub aufgewirbelt. Aber ihr habt doch von mir gehört.«

Als sie sich nur zwei verständnislosen Gesichtern gegenübersah, fuhr sie eindringlich fort: »Ich war die größte Zugnummer von London im alten ›Aquarium‹. Die ganze Hautevolee traf sich da, der Prinz von Wales und so. Ich war damals das Stadtgespräch. Stimmt's, Carlo?«

»Ein Jahr lang war das ›Aquarium‹ gerammelt voll, nur wegen ihr.«

»Ich galt dort als einmalige Sensation. Erst vor ein paar Jahren bin ich zu Lady de Bathe gegangen. Lily Langtry, ihr wißt ja. Sie wohnte hier, und die erinnerte sich sofort an mich. Zehnmal hatte sie mich gesehen!«

»Was hast du denn gemacht?« fragte Stella.

»Ich wurde aus einer Kanone geschossen. Ein Riesenerfolg, sag ich dir. Nach dem Gastspiel in London ging ich auf Welt-Tournee. Jetzt bin ich eine alte Frau, ich geb's zu. Mr. Penezzi hat achtundsiebzig Jahre auf dem Buckel, und ich bin auch schon über die Siebzig hinaus, aber in London sah ich mein Bild auf jeder Plakatwand. ›Meine Liebe, Sie waren so berühmt wie ich‹, hat Lady de Bathe zu mir gesagt. Aber ihr kennt ja das Publikum: Da hat man eine erstklassige Nummer, und sie tun wie verrückt, und dann wollen sie etwas

Neues; man kann noch so erstklassig sein, es verleidet ihnen, und sie bleiben weg. Das wird dir auch so gehen, Mädchen. Wir müssen alle da durch. Doch Mr. Penezzi war eben immer auf Draht. Ist ja auch schon als Knirps aufgetreten. Im Zirkus. Er brachte es bis zum Direktor. Da hab ich ihn kennengelernt, als Akrobatin in einer Truppe. Trapeznummer. Er ist ja heute noch ein schöner Mann, aber kein Vergleich zu damals. Als er in Russenstiefeln, Reithose und engem Husarenjackett mit seiner langen Peitsche knallte und die Pferde durch die Manege jagte, war er der schönste Mann meines Lebens.«

Mr. Penezzi schwieg und zwirbelte gedankenvoll seinen riesigen weißen Schnurrbart.

»Und wie gesagt, immer hielt er den Daumen auf dem Beutel. Als die Agenten uns nicht mehr unterbringen konnten, hat er beschlossen: wir geben's auf. Und recht hat er gehabt, denn als Varietékönigin von London konnte ich nicht zum Zirkus zurück, und Mr. Penezzi ist doch ein Graf und muß an seine Würde denken. So haben wir hier ein Haus gekauft und eine Pension aufgemacht, ein alter Traum von Mr. Penezzi. Jetzt sind wir fünfunddreißig Jahre hier, und es geht uns nicht schlecht, obwohl die Gäste längst nicht mehr so sind wie früher und Zimmer mit elektrischem Licht und fließendem Wasser und anderem Firlefanz verlangen. Carlo, gib ihnen unsere Karte. Mr. Penezzi kocht selber, und wenn ihr's richtig gemütlich haben möchtet, dann kommt nur zu uns. Kollegen sind immer gern gesehene Gäste, und wir beide hätten uns viel zu erzählen, nicht wahr, Mädchen? ›Einmal Künstler, immer Künstler‹ ist meine Devise.«

In diesem Augenblick kehrte der erste Barmann vom Essen zurück und entdeckte Syd.

»Mr. Cotman, Mr. Espinel sucht Sie, er möchte Sie sprechen.«

»Wo ist er jetzt wohl?«

»Irgendwo hier herum.«

»Wir brechen auf«, meinte Mrs. Penezzi und erhob sich. »Besucht uns doch mal zum Mittagessen, ja? Ich zeige euch dann die alten Bilder von mir und die Zeitungsausschnitte. Nein, daß ihr die menschliche Kanonenkugel nicht kennt! Ich war so berühmt wie der Londoner Tower.«

Mrs. Penezzi war nicht entrüstet über die jungen Leute, die noch nie etwas von ihr gehört hatten, sondern bloß erheitert. Sie verabschiedeten sich, und Stella sank in ihren Stuhl zurück.

»Ich trinke nur noch mein Bier aus«, sagte Syd, »dann suche ich Paco. Willst du lieber hier warten, Schatz, oder in deiner Garderobe?«

Stella hielt die Hände ineinander verkrampft. Sie antwortete nicht. Syd warf ihr einen Blick zu und schaute rasch wieder weg.

»Ein lustiger Vogel, diese Gräfin«, fuhr er munter fort, »schwatzt ohne Punkt und Komma. Und das ist sicher wahr, was sie erzählt hat, auch wenn wir's kaum glauben können. Stell dir vor, daß sie vor – nicht wahr, vierzig? – Jahren ganz London auf die Beine brachte. Und jetzt denkt sie, man erinnere sich noch daran. Komisch, nicht? Sie begriff einfach nicht, daß wir gar nichts von ihr gehört hatten.«

Aus dem Augenwinkel schaute er wieder unauffällig zu Stella hinüber und sah, daß sie weinte. Er stockte. Über ihre bleichen Wangen rollten dicke Tränen, aber sie gab keinen Laut von sich.

»Schatz, was hast du?«

»Ich kann heute abend nicht noch einmal, Syd«, schluchzte sie.

»Aber ich bitte dich, warum denn nicht?«

»Ich habe Angst.«

Er nahm ihre Hand.

»Da kenne ich dich besser«, sagte er. »Kleines, du bist die tapferste Frau auf der ganzen Welt. Trink einen Cognac, dann wird dir wieder besser.«

»Nein, davon wird's nur schlimmer.«

»Du kannst aber das Publikum nicht einfach sitzenlassen.«

»Dieses gräßliche Publikum, das sich mit Essen und Trinken den Bauch vollschlägt, diese Schweine. Lauter schnatternde Idioten, die nicht wissen, was sie mit ihrem Geld anfangen sollen. Ich kann sie nicht ausstehen. Was bedeutet es für sie, daß ich mein Leben aufs Spiel setze?«

»Natürlich wollen sie den Nervenkitzel, das läßt sich nicht leugnen«, entgegnete er unruhig, »aber du und ich, wir wissen beide, daß du nichts riskierst, solange du nicht die Nerven verlierst.«

»Aber ich hab sie verloren, Syd. Ich werde in den Tod springen.«

Sie hatte lauter gesprochen, und er blickte sich kurz nach dem Barmann um, doch der war in den *Éclaireur de Nice* vertieft und sah und hörte nichts.

»Du weißt nicht, was es heißt, oben auf der Leiter zu stehen und auf das Bassin hinunterzuschauen. Ich sage dir, vorhin wäre ich beinahe ohnmächtig geworden. Heute abend kann ich wirklich nicht noch einmal, du mußt mich da irgendwie rausholen, Syd!«

»Wenn du heute schlappmachst, ist es morgen nur noch schlimmer.«

»Bestimmt nicht. Aber die zwei Vorstellungen, die halte ich nicht durch. Die Warterei und das übrige Drum und Dran. Du mußt Mr. Espinel beibringen, daß ich an einem Abend nicht zweimal auftreten kann. Ich schaffe es nicht.«

»Darauf wird er nicht eingehen. Der ganze Umsatz mit den Abendessen hängt doch von dir ab. Die Leute kommen bloß, weil sie dich sehen wollen.«

»Das ist mir egal, ich kann nicht mehr.«

Er schwieg. Immer noch liefen ihr die Tränen übers Gesicht, und er merkte, daß es mit ihrer Selbstbeherrschung zu Ende war. Schon seit ein paar Tagen lag etwas in der Luft und bedrückte ihn. Er hatte versucht, Stella keine Gelegenheit zu einer Aussprache zu geben, denn er spürte dunkel, daß sie ihre Ängste besser nicht in Worte faßte. Aber er hatte darunter gelitten, denn er liebte sie.

»Espinel will mich ja sprechen«, bemerkte er.

»Weswegen?«

»Ich weiß nicht. Ich werde ihm sagen, daß du an jedem Abend nur einmal auftreten kannst. Mal sehen, was er meint. Willst du hier auf mich warten?«

»Lieber in meiner Garderobe.«

Zehn Minuten später eilte er heiter und beschwingt zu ihr. Er stieß die Tür zur Garderobe auf.

»Schatz, eine große Neuigkeit! Sie engagieren uns im nächsten Monat für die doppelte Gage.«

Er wollte sie an sich ziehen und küssen, doch sie schob ihn beiseite.

»Muß ich heute abend nochmals auftreten?«

»Leider ja. Ich versuchte, nur eine Abendvorstellung herauszuschinden, aber er lehnte ab. Er sagte, die Vorführung während des Essens sei zu wichtig. Und schließlich: bei der doppelten Gage, da lohnt sich's.«

Von Schluchzen geschüttelt, warf sie sich auf den Boden.

»Ich kann nicht, ich kann nicht, es ist mein Tod, Syd.«

Er setzte sich neben sie, hob ihr Gesicht zu sich empor, nahm sie in seine Arme und streichelte sie.

»Kopf hoch, Liebes. Wie willst du auf so viel Geld verzichten! Wir können den ganzen Winter davon leben und brauchen keinen Finger zu rühren. Sieh her, bis Ende Juli sind's nur vier Tage, und dann bleibt bloß noch der August.«

»Nein, nein, nein. Ich habe Angst. Ich will nicht sterben, Syd, ich liebe dich.«

»Sicher, Stella, und ich liebe dich; seit unserer Heirat habe ich keine andere Frau angesehen. Wir verdienen jetzt so viel Geld wie noch nie – und nie wieder werden wir so viel verdienen. Du verstehst doch, im Augenblick sind wir ein Erfolg, aber es fragt sich, ob das anhält. Man muß das Eisen schmieden, solange es heiß ist.«

»Willst du, daß ich sterbe, Syd?«

»Dummerchen. Wie könnte ich ohne dich leben? Nimm dich zusammen. Du mußt deine Selbstachtung bewahren, du, eine internationale Berühmtheit.«

»Wie die menschliche Kanonenkugel«, rief sie mit einem zornigen Lachen.

›Zur Hölle mit dem alten Weib‹, wünschte er im stillen. Deren Gebabbel hatte das Faß zum Überlaufen gebracht. Pech, daß Stella so darauf reagierte.

»Es ist mir wie Schuppen von den Augen gefallen«, fuhr

sie fort, »warum kommen die Leute immer wieder, um mich zu sehen? Weil sie hoffen, bei meinem Tod dabeizusein. Und eine Woche später werden sie sogar meinen Namen vergessen haben. So ist das Publikum. Das hab ich der geschminkten Alten alles vom Gesicht abgelesen. O Syd, ich bin so unglücklich!« Sie schlang die Arme um seinen Hals und preßte ihre Wange an die seine.

»Syd, es hilft nichts, ich kann es nicht mehr.«

»Du meinst, heute abend? Wenn dir wirklich so zumute ist, werde ich Espinel sagen, daß du eine Ohnmacht hattest. Ich glaube, für einmal läßt es sich machen.«

»Nicht nur heute abend, sondern nie wieder.«

Sie spürte, wie er erstarrte.

»Syd, Lieber, halt mich bitte nicht für übergeschnappt. Es rumort nicht erst seit heute in mir, sondern schon lange. Nachts kann ich nicht schlafen, weil ich daran denken muß, und wenn ich einnicke, stehe ich im Traum oben auf der Leiter und schaue auf das Bassin herab. Heute abend konnte ich kaum die Sprossen hinaufklettern, ich habe so gezittert. Und als du das Benzin angezündet hast und ›Los!‹ riefst, da hielt mich irgend etwas zurück. Ich merkte nicht einmal, daß ich sprang. Mir war ganz leer im Kopf, bis ich auf dem Podium stand und den Applaus hörte. Syd, wenn du mich lieb hättest, würdest du mir diese Folterqualen ersparen.«

Er seufzte. Die Augen waren ihm feucht geworden, denn er liebte sie innig.

»Du weißt, was das bedeutet: zurück zum alten Leben mit endlosen Tanzmarathons und so weiter und so fort.«

»Alles besser als das.«

Das alte Leben. Sie erinnerten sich beide gut daran. Syd

hatte bereits mit achtzehn Jahren seinen Unterhalt als Gigolo verdient. Bei seinem blendenden spanisch-dunklen Aussehen und dem sprühenden Temperament fand er immer Arbeit, denn alte und ältere Damen zahlten gerne für die Gelegenheit, mit ihm zu tanzen. Er war von England auf den Kontinent herübergekommen und schlug sich von Hotel zu Hotel durch, im Winter an der Riviera, im Sommer in französischen Badeorten. Es war kein schlechtes Leben, meist teilten sich zwei oder drei Freunde eine billige Unterkunft, sie standen spät auf und erreichten gerade um zwölf Uhr das Hotel, um mit den dicken Damen zu tanzen, die etwas Gewicht verlieren wollten. Dann hatten sie frei und fanden sich zum *five o'clock tea* wieder an einem Tischchen ein, von wo sie mit scharfem Auge nach Klientinnen Ausschau hielten. Natürlich hatten sie auch ihre regelmäßigen Kundinnen. Abends aßen sie im Restaurant auf Kosten des Hotels sehr anständig, tanzten zwischen den einzelnen Gängen und verdienten tüchtig. Im allgemeinen wurde ein Tanz mit zehn oder zwanzig Francs beglichen, doch manchmal ließ eine reiche Kundin für zwei oder drei angenehm bediente Abende sogar zweihundert Francs springen. In die Jahre gekommene Damen baten gelegentlich um eine Nacht, und das brachte fünfzig Francs ein. Und man konnte auch Glück haben: Eine verliebte Alte verlor den Kopf und rückte mit Platin- und Saphirringen, Zigarettenetuis, Anzügen und einer Armbanduhr heraus. Einer von Syds Freunden hatte eine solche Frau geheiratet; sie hätte zwar seine Mutter sein können, aber sie schenkte ihm ein Auto und Geld fürs Roulette, und sie bewohnten in Biarritz eine herrliche Villa. Das waren noch Zeiten, als man die Zigarren mit einem Geldschein anzündete! In den Krisenjahren hatten die Gigolos nichts zu lachen. Die Hotels standen leer, und die Kundinnen schienen nicht bereit, für das Vergnügen, mit einem gutaussehenden jungen Mann zu tanzen, auch zu zahlen. Häufig verdiente Syd nicht einmal das Geld für einen Drink, und oft drückte ihm jetzt eine alte Fettkugel von einer Tonne Lebendgewicht ohne zu erröten zwei Francs in die Hand. Und er konnte seine Ausgaben nicht einschränken, denn er mußte elegant angezogen sein, sonst rüffelte ihn der Geschäftsführer des Hotels; dabei kostete die Wäscherei ein Sündengeld, und er brauchte enorm viele Hemden. Und dann die Schuhe! Die Tanzfläche nutzte sie abscheulich ab, und sie sollten immer wie neu wirken. Überdies mußte er für sein Zimmer und das Mittagessen aufkommen.

Die Saison in Evian ließ sich miserabel an, als er Stella, eine Australierin, kennenlernte. Sie gab Schwimmunterricht und als hervorragende Kunstspringerin morgens und nachmittags eine Vorstellung. Abends war sie vertraglich verpflichtet, im Hotel zu tanzen. Sie aßen zusammen an einem Tischchen im Restaurant, etwas abseits von den Gästen, und wenn die Kapelle einsetzte, tanzten sie, damit die Leute sich aufs Parkett trauten. Aber häufig blieb alles sitzen, und sie tanzten allein, auch fanden sich für sie beide nur wenig zahlende Kunden. Da verliebten sie sich ineinander und heirateten nach Saisonschluß.

Sie hatten es nie bereut, obwohl sie sich mühsam durchbrachten. Aus Berufsgründen – ältere Damen mochten nicht mit einem verheirateten Mann vor den Augen seiner Frau tanzen – verheimlichten sie ihre Ehe, doch es war nicht einfach, in einem Hotel eine Stelle für sie beide zu finden, und Syd verdiente keineswegs genug, um Stella untätig in einer noch so bescheidenen Pension zu lassen. Als Gigolo war nichts mehr zu machen. Sie gingen nach Paris und studierten eine Tanznummer ein, doch bei der starken Konkurrenz ergatterten sie kaum je in einem Kabarett ein Engagement. Stella beherrschte die klassischen Gesellschaftstänze, aber Akrobatik war die große Mode, und da brachte sie trotz eifrigen Trainings nichts Besonderes zustande. Das Publikum konnte den Apachentanz nicht mehr sehen, manchmal waren sie wochenlang arbeitslos. Syds Armbanduhr, sein goldenes Zigarettenetui, der Platinring – alles wanderte ins Pfandhaus. Zuletzt ging es ihnen in Nizza so dreckig, daß Syd sogar seinen Smoking versetzte. Das war das Ende. Sie mußten an einem Tanzmarathon teilnehmen, den ein umtriebiger Manager aufgezogen hatte, und tanzten jeden Tag vierundzwanzig Stunden mit fünfzehn Minuten Pause nach jeder vollen Stunde. Es war fürchterlich. Ihre Beine schmerzten, ihre Füße schwollen unförmig an, oft bewegten sie sich lange Zeit hindurch in einem Dämmerzustand und versuchten im Takt zu bleiben, ohne sich zu verausgaben. Sie verdienten immerhin ein bißchen etwas, denn ein paar Zuschauer schenkten ihnen zur Aufmunterung zehn oder zwanzig Francs. Manchmal rafften sich Syd und Stella auch zu einer kunstvollen Einlage auf, um die Aufmerksamkeit auf sich zu ziehen. Das zahlte sich aus, wenn das Publikum guter Laune war. Doch sie wurden irrsinnig müde. Am elften Tag sank Stella ohnmächtig zu Boden und mußte aufgeben. Syd tanzte allein weiter, immer im Kreis, immer im Kreis, ohne Partnerin, ein grotesker Anblick. Damals hatten sie die tiefste Not und Erniedrigung durchlebt, jenes entsetzliche Elend, das sie nie vergessen konnten.

Und damals, während er allein über das Parkett schlurfte, war Syd seine glänzende Idee gekommen. Hatte Stella nicht stets behauptet, sie könne einen Kopfsprung in eine Pfütze machen, es sei nur ein Trick?

»Merkwürdig, wie einem etwas einfällt«, sagte er später, »es schlägt ein wie der Blitz.«

Plötzlich erinnerte er sich auch an einen Jungen, der auf der Straße ausgelaufenes Benzin angezündet hatte, und wie die Flammen emporgelodert waren. Brennendes Wasser und ein tollkühner Sprung, das mußte doch die Leute begeistern. Sofort brach Syd den Tanzmarathon ab, viel zu erregt, um noch weiterzumachen. Er besprach den Plan mit Stella, die freudig zustimmte. Dann schrieb er an einen befreundeten Agenten, und da jedermann den netten kleinen Syd leiden mochte, schoß der Agent das Geld für die Ausstattung vor und verschaffte ihnen ein Engagement bei einem Pariser Zirkus. Ihre Nummer schlug ein, und sie waren gemachte Leute. Ein Engagement folgte dem anderen, Syd kaufte sich eine neue Garderobe, und die Krönung ihrer Laufbahn waren diese Auftritte im Casino während der Riviera-Saison. Syd hatte keineswegs übertrieben, als er Stella einen Star nannte.

»Wir sind unsere Sorgen los, Kleines«, hatte er ihr versichert, »wir können sogar etwas auf die hohe Kante legen für Notzeiten. Wenn unsere Nummer nicht mehr zieht, lasse ich mir eben etwas Neues einfallen.«

Und jetzt wollte Stella auf der Höhe ihres Ruhms den ganzen Kram urplötzlich hinwerfen – was sollte er ihr sagen? Ihre Verzweiflung brach ihm das Herz, denn er liebte sie jetzt noch inniger als am Tage der Hochzeit: Er liebte sie als seine Gefährtin in der Not – sie hatten einmal fünf Tage lang nur von einem Glas Milch und einem Stück Brot gelebt; und er liebte sie als seine Retterin – er konnte sich wieder anständig kleiden und dreimal am Tag satt essen. Die Qual, die sich in ihren grauen Augen spiegelte, war ihm unerträglich. Als sie zaghaft seine Hand berührte, seufzte er tief.

»Schatz, du weißt, was es für Konsequenzen hat. Unsere Beziehungen zu den Hotels sind hin, und als Gigolo läßt sich sowieso nichts mehr holen. Was da noch herausspringt, geht an Jüngere. Du kennst ja diese alten Frauen, sie wollen etwas Junges im Arm haben, und im Grunde bin ich auch zu klein, was früher nicht viel ausgemacht hat. Und sag nur nicht, niemand würde mir mein Alter ansehen.«

»Vielleicht könnten wir beim Film unterkommen.«

Er zuckte die Schultern. Das hatten sie schon früher versucht, als sie einmal pleite waren.

»Ich bin zu allem bereit, ich arbeite auch als Verkäuferin.«

»Glaubst du, daß die Arbeit nur so auf der Straße liegt?«

Sie weinte wieder.

»Hör auf, Liebes, du brichst mir das Herz.«

»Wir haben doch gespart!«

»Natürlich, das reicht für ein halbes Jahr, nachher können wir verhungern. Erst versetzt man den Schmuck und andere Kleinigkeiten, dann die Kleider, alles wie gehabt. Für ein Essen und zehn Francs müssen wir uns in drittrangigen Lokalen als Tanzpaar produzieren, dazwischen wochenlang keine Arbeit. Und bei jedem Marathon dabei. Doch wie lange rennt das Publikum noch dorthin?«

»Ich weiß, du findest, ich übertreibe, Syd.«

Nun wandte er sich um und schaute sie an. Tränen standen in ihren Augen. Er lächelte ihr gewinnend zärtlich zu.

»Nein, gewiß nicht. Ich möchte dich glücklich machen, denn du bist mein ein und alles. Ich liebe dich.«

Er nahm sie fest in seine Arme und spürte, wie laut ihr Herz klopfte. Wenn Stella wirklich so verzweifelt war, mußte er eben mit der Situation fertig werden. Schon der Gedanke, daß sie verunglücken könnte... Nein, nein, lieber aufgeben, als sich dem verdammten Geld verkaufen. Sie regte sich leise.

»Was hast du, Schatz?«

Sie löste sich aus seinen Armen, stand vom Boden auf und setzte sich vor ihren Toilettentisch.

»Ich werde mich wohl umziehen müssen«, sagte sie. Er fuhr empor.

»Du wirst doch nicht heute abend auftreten?«

»Heute und morgen und jeden Abend, bis ich mir das Genick breche. Was bleibt mir anderes übrig? Du hast recht, Syd, ich kann nicht mehr zurück. Oh, diese stinkenden Unterkünfte in fünftrangigen Hotels, dieser ewige Hunger. Und dann dieser Tanzmarathon. Warum hast du mich daran erinnert? Tagelang schmutzig und sterbensmüde, und dann zusammenbrechen, weil der Körper nicht mehr mitmacht. Vielleicht halte ich noch einen Monat durch, und wir können es uns leisten, daß du dich ein bißchen umsiehst.«

»Nein, Stella, nein, ich lasse es nicht zu. Wir werden uns schon durchschlagen. Wir haben früher Hunger gehabt, wir werden uns wieder daran gewöhnen.«

Sie schlüpfte aus ihren Kleidern und stand, nur in Strümpfen, einen Augenblick vor dem Spiegel. Sie lächelte sich höhnisch zu und kicherte: »Ich darf mein Publikum nicht enttäuschen.«

Glossar

aficionado – Fan, Zuschauer

Alma de mi corazón – Seele meines Herzens

Au nom du peuple français justice est faite – Im Namen des französischen Volkes wurde Gerechtigkeit geübt

Baju – tunikaähnliches Hemd

bargueño – Möbelstück in der Art eines Sekretärs

Betel – Genußmittel aus der Betelnuß

carai – Ausruf des Erstaunens

C'est le premier pas qui coûte – Der erste Schritt ist immer der schwerste

chemin de fer – hier eine Version des Kartenspiels Bakkarat

Dayak – Angehörige einer Volksgruppe auf Borneo

Dingi – kleines Beiboot

Dispense Usted por Dios – Um Himmelswillen

Dragoman – Dolmetscher im Nahen Osten

gallego – Galicier

Espadrilles – Leinenschuhe mit geflochtener Sohle

Hasta luego – Bis bald

Il faut souffrir – Es geht nicht ohne Leiden

Keno – eine Art von Zahlenlotterie

Kris – Dolch mit glatter oder gewellter Klinge

Kuli – Tagelöhner in Südostasien, oft chinesischen Ursprungs

La garde meurt mais ne se rend pas – Die Garde stirbt, aber sie ergibt sich nicht (Angebliche Worte General Cambronnes in der Schlacht von Waterloo)

La Gorda – Spitzname: die Dicke

la petit fils de mon femme – fehlerhaftes Französisch, etwa: Die kleine Sohn von meine Frau

Maître d'Hôtel – Oberkellner

Moa, proprietarre cirque. Vous avez visité – fehlerhaftes Französisch, etwa: Ich Besitzer von Zirkus. Sie haben besucht

Monsoo – Monsieur

nouveaux riches – Neureiche

officier de marine en retraite – Marineoffizier im Ruhestand

pardessus le marché – obendrein

Peer – Mitglied des englischen Oberhauses

petit déjeuner – Frühstück

Picador – berittener Stierkämpfer mit Lanze

Prahu – langes, schmales Flußboot

Qu'est-ce que vous prenez? – Was nehmen Sie?

Qué tal? – Wie geht's?

Que tu es bête, mon ami – Du bist unmöglich, mein Lieber

reja – schmiedeeisernes Eingangstor

Resident – Verwaltungsbeamter im britischen Kolonialreich

rijstafel – Reisgericht mit Fleisch-, Gemüse- und Fischbeilagen

Sahib – indische Anrede (»Herr«) für Europäer

sala principal – Salon

Sampan – Ruderkahn mit Verdeck, auch als Wohnboot verwendet

Sarong – rockähnliches Kleidungsstück der Malaien

scaloppina – in Butter gebratenes Kalbsschnitzel

Scone – britisches Teegebäck

Toque – kleiner barettartiger Damenhut

Tresillo – spanisches Kartenspiel

Tuan – indonesisch für »Herr«

Une petite verre de porto? – fehlerhaftes Französisch, etwa: Eine kleine Glas Porto?

Vaya Usted con Dios – Gehen Sie mit Gott

virgo intacta – Jungfrau

Zut! – Mist!

»Der Diogenes Verlag will durch lesbare Literatur unterhalten, durch Neues vor den Kopf stoßen, aber auch Altes neu entdecken; das ›Neue um des Neuen willen‹ übersehen und so das Modische vom Modernen unterscheiden. So viel wirklich Neues kann es gar nicht geben. Echte Avantgarde, sagt Karl Kraus, ist nichts anderes als der mutige Rückschritt zur Vernunft – und an das Neue, das nur aussieht wie das Alte, muss man sich erst gewöhnen.«

DANIEL KEEL

Roman
Aus dem Englischen von N. O. Scarpi
496 Seiten

Maughams anspruchsvollster ›philosophischer‹ Roman gibt ein farbiges Porträt der zwanziger Jahre - vom Swing bis zum Börsenkrach. Ein junger Amerikaner protestiert, indem er sich entzieht; sein Trip führt ihn über Europa und Indien zurück nach Chicago und zu einer neuen Lebenshaltung und wird so zum Protokoll einer von Arbeit, Erfolg und Amüsement gehetzten Gesellschaft - und einer verwirklichten Alternative.

Roman
Aus dem Englischen von Mimi Zoff und Susanne Feigl
Mit einem Vorwort des Autors
976 Seiten
Auch erhältlich als eBook

Philip Carey ist voller Neugier auf die Liebe, das Leben und die Abenteuer, die es bereithält. In London, Heidelberg und Paris, über Umwege und Sackgassen, zwischen Bohème und Bürgertum, zwischen Liebesqual und Überdruss entdeckt der junge Mann, wer er ist und wer er sein will.